THE

COMEDIANS

Graham

Greene

喜剧演员

〔英〕 格雷厄姆 · 格林 著

郭贤路 译

外语教学与研究出版社

北京

京权图字：01-2017-3604

THE COMEDIANS © Graham Greene, 1966

图书在版编目 (CIP) 数据

喜剧演员 ／（英）格雷厄姆·格林（Graham Greene）著 ；郭贤路译. -- 北京：外语教学与研究出版社，2017.5
书名原文：The Comedians
ISBN 978-7-5135-9051-8

Ⅰ . ①喜… Ⅱ . ①格… ②郭… Ⅲ . ①长篇小说－英国－现代 Ⅳ . ①I561.45

中国版本图书馆 CIP 数据核字 (2017) 第 143217 号

出 版 人　蔡剑峰
项目策划　杨芳州
出版统筹　张　颖
责任编辑　孙嘉琪
执行编辑　李佳星
装帧设计　马晓羽
出版发行　外语教学与研究出版社
社　　址　北京市西三环北路 19 号（100089）
网　　址　http://www.fltrp.com
印　　刷　北京联兴盛业印刷股份有限公司
开　　本　880×1230　1/32
印　　张　12
版　　次　2017 年 7 月第 1 版 2017 年 7 月第 1 次印刷
书　　号　ISBN 978-7-5135-9051-8
定　　价　48.00 元

购书咨询：（010）88819926　电子邮箱：club@fltrp.com
外研书店：https://waiyants.tmall.com
凡印刷、装订质量问题，请联系我社印制部
联系电话：（010）61207896　电子邮箱：zhijian@fltrp.com
凡侵权、盗版书籍线索，请联系我社法律事务部
举报电话：（010）88817519　电子邮箱：banquan@fltrp.com
法律顾问：立方律师事务所　刘旭东律师
　　　　　中咨律师事务所　殷　斌律师
物料号：290510001

目 录

代　序

　　格雷厄姆·格林十分关注在海地发生的暴行，他曾以海地为主题，向报纸媒体撰写义愤填膺的书信，甚至专门发表了一篇新闻报道；然而，这个被他称为"梦魇共和国"的国度，对他而言却是最完美的所在。和体制健全的民主国家相比，那些"梦魇共和国"更受旅行者格林的青睐，尽管当他要定居时，他会选择更有益健康的去处，比如卡普里岛¹，巴黎的时髦街区，以及昂蒂布镇²。1966 年，为了躲避税务，格林迁至法国南部定居，《喜剧演员》即于当年出版。

　　在格林位于昂蒂布镇的公寓住宅里，墙上挂着几幅由海地艺术家菲利普·奥古斯特³和里戈·伯努瓦⁴绘制的珍贵画作。无独有偶，《喜剧演员》的叙述者布朗也拥有这些画家的作品。布朗描述了奥古斯特画作

1　卡普里岛（Capri）：意大利南部岛屿，位于那不勒斯湾南部入海口附近，是著名的游览胜地。——译者注。本书注释如无特殊说明均为译者注。

2　昂蒂布镇（Antibes）：法国东南部城镇，位于地中海沿岸，是著名的旅游度假胜地。

3　菲利普·奥古斯特（Philippe Auguste, 1908—1989）：全名萨尔纳夫·菲利普－奥古斯特（Salnave Philippe-Auguste），生于海地西岸阿蒂博尼特省圣马可市，50 岁前以律师为业，业余从事绘画，50 岁后全身心投入绘画创作，并于 1960 年加入海地艺术中心，终成一代艺术大师。其作品风格独特，色彩鲜艳，多以非洲动物、风景、静物和女性人物为主题，颇受拍卖行和艺术收藏家的欢迎。

4　里戈·伯努瓦（Rigaud Benoit, 1911—1986）：海地著名画家，生于海地首都太子港市，20世纪 40 年代海地"稚拙艺术"运动的早期成员之一。其作品风格朴素，绘图精确，色调柔和，前期多描绘海地日常生活场景，后期带有超现实主义色彩，多描绘伏都教仪式场景。

中以死亡为主题的恐怖细节，随后他补充道："我心想，这幅画挂在哪里，我就会在哪里感觉到海地近在身旁。"格林肯定在昂蒂布镇那些安逸无忧的旅客[1]身上感受到过这种怀日情绪。但他并不是第一个在艺术品和美食餐厅的包围下书写恐怖故事的小说家。在他那些创作草率的同胞中，有许多人正做着近乎同样的事情。整洁有序的蓝色海岸[2]正是能唤起"底层怀日[3]"情绪的所在地，而此处的"底层"则是一片"荒凉破败的恐怖之土"（这又是格林的描述）。

格林 1954 年首次赴海地旅行，后来他又多次回访，直到十二年后，《喜剧演员》激怒了海地总统弗朗索瓦·杜瓦利埃（"爸爸医生"）[4]。国民作家通常都会被专制政权拒于门外，但像格林这样，其个人被施以严厉谴责，其作品被国家首脑审查评论，而原因仅仅在于他将该首脑治下的国家作为小说背景，另外还有哪一个访问作家可以做到呢？格林对此事佯装愤怒，但他对"爸爸医生"的小册子《最终暴露的格雷厄姆·格林》表现出愉悦满足之情，这一点清楚无疑。很明显，格林将这场口诛笔伐视作一枚荣誉勋章。

海地融合了格雷厄姆·格林希望从异乡之旅中收获的一切事物，特别是它可以作为格林创作小说的背景。这个国家地处热带，极度贫穷，腐朽破败，人口密集，民不聊生，还濒临内战边缘，其统治者是

1　原文为"lotus-eaters"，意为"食忘忧果/落拓枣的人"，典出古希腊神话史诗《奥德赛》。

2　蓝色海岸（Côte d'Azur）：又称里维埃拉地区（Riviera），位于法国东南部沿海，毗邻意大利，是法国著名的旅游胜地，尼斯、戛纳、昂蒂布等城镇以及摩纳哥公国均在此地。

3　原文为法语"nostalgie de la boue"，也可理解为"对鄙俗之物的膜拜"。

4　弗朗索瓦·杜瓦利埃（Francois Duvalier, 1907—1971）：绰号"爸爸医生"（Papa Doc），海地前总统。生于太子港市，早年毕业于海地大学医学院，后前往美国学医，20 世纪 50 年代起参与政治活动，1957 年当选海地总统，就任后长期实行残暴独裁统治，并建立恐怖特务组织通顿·马库特（Tontons Macoutes）。1971 年去世前，安排其子，绰号"娃娃医生"（Baby Doc）的让-克洛德·杜瓦利埃（Jean-Claude Duvalier, 1951—2014）上台执政。1986 年，杜瓦利埃家族政权被海地人民推翻。

一个恶鬼般的可怕人物。令海地出名的还有数不清的妓院、贫民区和诡异的宗教信仰——罗马天主教和非洲原始宗教仪式的大杂烩。这里的女人，尤其是妓女，以姿色超群而闻名。富丽堂皇的酒店日趋没落，却依然有足够多的玉液琼浆，尽可以让宾客在这里醉生梦死。然而，出于十二分的恐惧，游人们早就遗弃了海地。居住在此地的外国人只有闯荡江湖的可疑商贩、常驻此地的外交大使和他们那些必不可少的无聊主妇。除此以外，再加上伏都教、专制暴政、朗姆潘趣酒和明媚的阳光，结果就是一幅舒适宜人、色彩鲜艳的恐怖风景画。

海地也因美国政府的干涉介入而蒙上污点。在格林看来，杜瓦利埃的专制政权之所以能长期存在，全依赖美国政府在幕后提供援助。这一点同样让格林感到愉悦，因为在其漫长的写作生涯中，格林经常发表一些反美言论，以此嘲弄他接见的采访者。（1960 年，一名法国记者曾向他发问："在今天这个文明世界里，你厌恶哪一样东西？"格林答道："美国。"）针对格林的这种轻蔑态度，美国政府施展了报复。格林去世后，一些内幕消息得到了披露：美国联邦调查局曾秘密监视格林的行动，监听他的激进言论，时间长达四十年之久。

格林虽然是作为外国记者出门旅行，并对发生在越南、马来亚[1]和非洲的危机进行报道的，但他不是一个天然的记者，也就是说，他对新闻行业追求时效性的苦差事不感兴趣。所以，他曾多次延误报道，每天只将收集到的故事素材整理归档。他还经常反复提起自己厌恶新闻记者这件事。他写作的天然形式是经过深思熟虑、富于思想内涵的散文。他所寻求的是鲜活生动、能够阐释生活的经历体验，不是那些捷足先登的独家报道。总而言之，他在新闻采访方面取得的成就并不

---

1 马来亚（Malaya）：马来西亚联邦西部土地（即半岛马来西亚）的旧称，简称"西马"。

显著。即便如此，他还是为海地留下了浓墨重彩的一笔，不是作为突发新闻，也不是作为重大事件报道，而是对当地环境氛围的综述总结。这篇描述海地悲惨现状的文章名为《梦魇共和国》，发表在1963年9月22日的伦敦《星期日电讯报》上，此时距《喜剧演员》出版尚有三年。（在这部小说中，他特别嘲讽了这种类型的新闻报道，甚至还用一种贬损的方式引用了这篇文章的标题。）格林个人对海地的态度，和他在小说中表现出的不偏不倚恰好相反，对任何一个希望理解他这种态度的人来说，阅读这篇文章会大有裨益。

在《喜剧演员》中，有个段落描绘了伏都教巫师活生生咬下公鸡头颅的场景，从段首的寥寥数语，以及全书对贫困、毁灭、暴力和恐惧的描述中不难看出，作者之所以选择很多细节，是因为它们能起到震撼人心的作用。"伊斯帕尼奥拉岛[1]上获得自由的奴隶们，某种奇异的诅咒降临在他们头上。"格林如是写道，然后他追加一句，"他们生活在希罗尼穆斯·博斯[2]的世界中。"读完这几句话，你首先会想到的是，格林声称自己讨厌新闻行业，这可真是出人意料，因为这些句子正是通俗小报为了达到最耸人听闻的效果而进行过度渲染的例证。

然而，《梦魇共和国》也有其精明微妙之处。开篇伊始，格林便如是写道："恐怖统治周围往往萦绕着闹剧的气氛。"你马上就能猜到，正是闹剧——邪恶所体现出的荒谬感——吸引住了格林。他将"爸爸医生"总统描绘成一个暴君，一个迫害成性的虐待狂，一个盗用公款的贪污犯，一个信奉伏都教的巫师，一个平日里扮演着邪魔恶鬼形象的人

1　伊斯帕尼奥拉岛（Hispaniola）：又名"海地岛""西班牙岛"，位于古巴以南、波多黎各以西，是加勒比海地区西印度群岛中仅次于古巴的第二大岛屿。1492年由意大利航海家哥伦布发现并开拓为殖民地，现分属海地共和国和多米尼加共和国。

2　希罗尼穆斯·博斯（Hieronymus Bosch, 1450—1516）：尼德兰文艺复兴时期著名画家，擅长用细密笔法描绘充满民间趣味的作品，画作富有想象力，充满了荒唐的形式和怪异的象征主义。代表作有《圣安东尼的诱惑》《愚人船》《干草车》等。

物。"经常在坟场出没的星期六男爵[1]，头戴高礼帽，身穿燕尾服，嘴叼雪茄烟，鼻梁上夹着一副墨镜，就像某些人相信的那样，成天待在总统宫邸，他的另一个名字就是杜瓦利埃医生。"

格林枚举了现实生活中的一系列闹剧元素——空空荡荡的酒店，耸人听闻的流言，把守路障的暴徒。"在任何时间、任何地点，任何事情都有可能发生。"弥撒在太子港市的大教堂里举行，可是"有一次，在被革出教门的总统现身弥撒仪式之前，手持冲锋枪的通顿·马库特分子首先赶来进行了彻底搜查，就连祭坛后面也没放过"。不仅如此，"某种不怀好意的邪恶闹剧甚至闯入了宗教争端的领域"。为了遏制伏都教，一位声名显赫的主教曾经要求收缴伏都教的护身符饰品，结果"这位主教受到了指控，罪名是妄图掠夺海地珍贵的考古学文化遗产"。

贸易萎靡，农业萧条，就连人民起义也以失败而告终。"在太子港，可以说每个人都是囚徒。"饥饿成为常态。"海地的赤贫状况无可夸大。"而当格林自问，这个"美丽而多难的国家"是否还有一丁点的希望时，他似乎也感到困惑了，就连单单一个佐证也找不出来，除了"海地的骄傲亦无可夸大"[2]这一点评价以外。而面对格林为这块无望之地做出的沮丧评价，我们会禁不住思考：海地究竟为何而骄傲？

林木尽毁，贫民遍地，暴君横行，鱼肉百姓，国格蒙羞，内部分裂，濒临战火——对于居住在海地的人们来说，这里是一个恐怖的国度，对格林而言，它却是一份天赐之礼。作为一名经常访问海地的旅者，格林目睹了这个国家在历届政权统治下发生的变化，而在《梦魇

1　星期六男爵（Baron Samedi）：一译"巴隆·撒麦迪"（音译）或"安息日男爵"（Baron 意为男爵，Samedi 意为星期六，在某些宗教中，星期六是上帝以六天时间创造万物后的第七天，上帝在这一天休息，故称安息日。海地伏都教中的死神，通常被描绘成一个身型瘦弱、鼻孔用棉花塞住而会用鼻音腔调说话的黑人男子，多以戴高帽、身穿黑色晚礼服、佩带单眼镜片的绅士装扮出现。信奉伏都教的海地独裁总统弗朗索瓦·杜瓦利埃生前常常以这种形象示人。

2　上述引文均出自格林《梦魇共和国》一文。

共和国》一文中，格林将海地描述成了失败的典范。或许，正是这篇文章的创作使格林相信，对这个国家最好的描述应该呈现在小说里。格林在文章中表达的许多观点在《喜剧演员》里也得到了刻画和体现；而那篇文章中的气氛，那股恐怖和闹剧相融合的黑暗气氛，也弥漫于小说的始末。

格林在构思创作《喜剧演员》时，正逢他遇到了人生的危机。由于他的会计的管理不当，导致他的财务状况处于极度困难的境地。他决定迁往法国生活，声称这是出于健康原因，但实际上他是为了躲避税务。由于这场财务危机，格林就像早年时那样，重新开始为金钱而创作。他切断了和英国的联系，卖掉了在伦敦的住所，并检讨审视自己的情感生活。格林以前曾爱上一名住在法国的有夫之妇。尽管她从未离婚——格林也是如此（但他的婚姻早在25年前就已名存实亡）——搬到法国南部生活却可以让她更方便地接近自己。他已年过六旬，不如以前宽裕，人又背井离乡，心神不宁。

这些情境在《喜剧演员》中均有体现。书中的一切都暗示着危机：背景是腐败的海地共和国，每个人物都被无法解决的问题所困扰着。这是一部关于危险的小说。海地没有希望，海地人民也没有希望。食品匮乏。政府鱼肉百姓，横征暴敛。一切都失去了作用。怎么办？好吧，还有性——这个倒管用；还有信仰——伏都教赐予信徒激情，而对于天主教徒，上帝从天庭向芸芸众生提供救赎；还有爱——虽然此地所剩无几；还有喜剧——这个倒还挺多。的确，喜剧在这里是备受推崇的。悲剧和闹剧只差一步——格林曾这样写道。当其他一切事物都无可挽回时——而在这部小说里，其他一切事物都是如此——至少始终还有欢笑存在。

从小说开篇，所有的人物角色便都戴着面具。在驶往海地的货轮

"美狄亚"号上的旅程表明，这一小群付账的旅客都是伪君子，只是程度有重有轻。引言中有"相由心生"一句。随着小说脉络的展开，这些人物的真实面目逐一暴露。总而言之，虽然他们看上去可能过得很悲惨，或者深受麻烦困扰，但他们几乎所有人都是喜剧演员。

这部小说的第一段话是格林最好的开场白之一——它暗示出了小说里全部的模糊含义，还带着一股嘲讽雄辩的味道，而且主要集中在琼斯身上。琼斯明显是个骗子，一个投机倒把分子，一个讨人喜欢的迷魂精，擅长含糊其辞。很显然，格林创造琼斯这个角色，在某种程度上是以他的会计为原型的，正是那个家伙让格林陷入了财务混乱的困局。在为这部小说所作的一篇序言里，格林写道，史密斯先生和史密斯太太的原型是他在某次旅行中结识的一对善良的美国夫妇——他们热爱艺术，打算将艺术引入海地的课堂。这个事实蛮有意思，而艺术指导似乎比史密斯夫妇对素食主义的执着追求更有用处。不过，既然在叙述中出现了素食主义者，而本书又是一部黑色喜剧，那么书中就有余地对已经提前打包好的素食代餐略提一笔，比如像"益舒多"和"保尔命[1]"这样的名字，所有这一切似乎都让格林觉得滑稽可笑。

小皮埃尔这个角色脱胎于一位名叫奥伯兰·若利克尔的真实人物——至少在某次访谈中，奥伯兰本人对此事深信不疑——他是太子港市内的一名记者，性情调皮有趣，为人精于世故，经常出入各种社交场合，而小皮埃尔和他确有几分相似之处。布朗的酒店"特里亚农"则取材自现实中一家名为"奥洛弗森"的酒店，和后者一样空空荡荡、破旧衰败、装饰华丽。书中还有一座名叫"凯瑟琳妈咪之家"的妓院——而凯瑟琳正是格林以前的情妇，在他迁居法国之前，两人断绝了联系。格林素来喜欢在自己的作品中植入一些私人笑话。然而，所

1　益舒多（Yeastrel）和保尔命（Barmene）均为酵母提取物，是两种不同的素食代餐。

有这些与格林的个人生活相吻合的事情，它们具有任何实际意义吗？我看没有。

"美狄亚"号货轮上的航程是一段不错的前奏，包含了许多提示性线索和对人物的素描——格林很少在小说里写船上生活，虽然在《不法之路》中，他描述过一段在墨西哥的旅程。"美狄亚"号上的狭小舱房空间和喧闹快活的气氛，与旅途前方笼罩着海地的无边黑暗相比，在某种意义上构成了一幅温馨光明的序幕场景。跨越重洋之旅的封闭环境，是揭示人物性格和撩拨读者兴致的绝佳手段，使故事更具悬念，并设置好接下去的全部情节。主要角色陆续登场。他们分别是史密斯、琼斯和布朗，只有普普通通的姓氏名，而格林这样做似乎是玩了一个令同类相聚的小花招，仿佛在费劲编造一个生硬的笑话："看哪，这里有这样三个人——史密斯，琼斯，还有布朗……"

《喜剧演员》不是格林最好的作品，也不是他个人最喜爱的（他的宠儿们包括《权力与荣耀》和《名誉领事》），但却是格林最具代表性特征的作品之一，显示出了他绝大多数的优点和许多缺陷。小说的情节叙述很简单。布朗正要回到从邋遢母亲手里继承的衰败酒店。琼斯卷入了一场私人冒险。史密斯夫妇则热心推动素食主义，他们还曾在美国南部宣扬自由平等，是 20 世纪 50 年代后期支持美国民权运动的理想主义人士。史密斯先生曾在 1952 年竞选美国总统，为素食主义摇旗呐喊。[1]

抵达太子港后，这些人物表面上分道扬镳，但此时处于政治危机中的海地是一个排外的弹丸小国，他们的人生道路再次交会。在"特里亚农"酒店的空游泳池里，布朗发现了海地医生菲利波的尸体，他显然是自杀身亡的。此后，一系列海地人物粉墨登场：爱打探消息的

1　史密斯先生在书中应为"1948 年总统候选人"。此处原文如此，疑为代序作者笔误。

讨厌鬼记者小皮埃尔，爱用警句的马吉欧医生，掌管通顿·马库特组织的孔卡瑟尔上尉（这个名字意为"蒸汽压路机[1]"），还有凶狠残暴的通顿·马库特分子。此外，"爸爸医生"虽然没在小说里直接露面，却始终阴魂不散。布朗自始至终都表现得愤世嫉俗，史密斯夫妇的理想主义在海地备受考验，琼斯则是最大的机会主义者——这也是导致他毁灭的原因所在。小说中人物相遇的关键地点是在布朗的"特里亚农"酒店和那所妓院"凯瑟琳妈咪之家"。随着剧情发展，我们得知，菲利波医生是为了逃避通顿·马库特的折磨迫害而割喉自尽的。菲利波的儿子[2]和布朗的酒店雇员参加了一场伏都教降神仪式（格林整段整段摘抄自己那篇新闻报道《梦魇共和国》中的文字，描绘了那幅宗教场景），成为了海地起义军的新成员。为了把装模作样的琼斯诱离自己的情妇，布朗参与了义军游击队的反抗活动。起义失败了——尽管琼斯在战斗中变成了英雄。布朗的风流韵事化为了泡影。史密斯夫妇黯然离开了海地，他们虽然满心悲伤，却变得更加睿智。布朗最终变成了一名殡葬业者。海地则毫无变化。

从旅途伊始便不停自我指涉的布朗（我们只知他的姓氏，不晓得他的名字）时常反省着自己动荡不定的无根生活。他是一个真正迷茫的人物。矛盾在于，他越是意识到这一点，就越是会察觉出自己和琼斯的相似之处。"也许他就像我一样，没别的地方可去。"布朗说。"我把世上的人分成两类——阔佬和穷鬼。"琼斯声称，还说自己就是个穷鬼。这乍听起来很可笑，但琼斯随后解释，穷鬼们为了谋生而四处奔波忙碌，时刻保持警觉，始终漂泊不定，靠小聪明苟活，而他对穷鬼的描述也与布朗本人不谋而合。尽管琼斯的诙谐幽默让他跟布朗格格

1　"Concasseur"一词应为"碎石机"之意。此处原文如此，疑为代序作者笔误。

2　小菲利波在书中应为菲利波医生的侄子。此处原文如此，疑为代序作者笔误。

不人，这两人在小说中却似乎有某种共性。琼斯最后甚至变成了布朗的情妇玛莎（一位某南美洲国家驻海地大使的德国太太）的房客。玛莎作为一名已婚妇女，在与布朗继续保持偷情关系的同时，仍选择与对她百依百顺的丈夫共同生活，在格林的全部小说作品中，她是一个定型化的角色。令布朗深感恼火的是，玛莎觉得琼斯是一个不错的客人，是一个比布朗有趣得多的伴侣，而布朗却阴沉郁闷，冷漠无情。

琼斯是"外人"，在故事临近尾声时，他透露自己带有一半印度血统，所谓"英国战斗英雄"不过是他的自我粉饰。他急于用伪装和吹嘘来掩饰自己那段模糊不清的过去。很显然，布朗也只是一个无名小卒，在他得知琼斯的真实身世后，他说道："我仿佛遇见了一个未曾谋面的兄弟。"琼斯生于印度的阿萨姆邦，布朗则生在摩纳哥公国："这就和当个无名之地的公民差不多。"在另一段中，布朗说道："这个世上也没有哪块地方曾取代过我的故乡。"

"我根本就不该来这个国家，我是个陌生人，"布朗在另一段里说，"我母亲包养了一名黑人情夫，她的心因此有了牵挂，而我呢，自从许多年以前，在某个地方，我早就忘记该如何对任何事情产生牵挂了。不知何故，也不知在何地，我失去了挂念别人的能力。"

布朗惨淡经营着自己位于海地的空酒店，"对这里，对上天偶然为我选择的这片荒凉破败的恐怖之土，我感到了更加强烈的羁绊"。可是我们翻遍全书都见不到任何对布朗与这个国家之间联系的表述。事实上，布朗还曾经离开海地前往纽约，打算出售酒店，但出于可以理解的原因，没有买家愿意接手。

无根的布朗没有提到自己身上的一个显著特征，那就是极端的自私自利。出于自我保护，布朗始终只考虑他自己。你会感到奇怪：既然布朗的利己主义令他无法在海地的历史大戏中亮相，而他又明明哪儿都可以去，他却为何偏偏要寄身于这个极度危险的独裁国家中呢？

为了解释自己的漂泊不定，对于这个问题，布朗在书中含蓄地给出了一个理由，他是这样说的："这样你就更容易随遇而安……我们别无选择，只能苟活于世，'天天和岩石、树木一起，随地球旋转运行'[1]。"然而，这种华兹华斯式的精神让布朗超脱事物之外，成了一个冷漠的观察者。他的担忧焦虑不过是敷衍了事。事情发生在他身上了，他却不采取行动。这算是存在主义的表现吗？不，这是自我中心主义。

从布朗身上我们看不出任何忠诚，琼斯则是一个精于掩饰的吹牛大王。但琼斯吹起牛来令其他人都信服不已，这就迫使他去采取行动。当布朗诱使琼斯摊牌时，琼斯从骗子到游击队领袖的角色转变，成了他夸夸其谈的可笑结果。在小说中，琼斯是所有出场的喜剧演员里最滑稽可笑的人物。我们不可能遗漏这一主题——恐怖激发了闹剧。"人生是一出喜剧，不是我准备好想要面对的悲剧，"布朗在"美狄亚"号货轮上沉思，并诉说自己对上帝的信仰，"在我看来，……我们仿佛都受到一个独断专行的恶作剧大王的驱使，走向喜剧的极点。"

布朗说，要想信仰上帝，你得具有一丝幽默感。然而，幽默在海地同样有用，它代替了承诺的意义：史密斯夫妇奉行的素食主义和他们的天真理想令人发笑；琼斯则是一个大笑话，他自己跳进了泥潭。但还有那些海地角色呢？他们都很叫人开心，可实际上他们没什么要紧，因为这部小说的主旨不是要描绘海地的困境，而是要讲述欧洲人在一个没有希望的暴政国家中分崩离析的故事。海地是一个恐怖可怕的舞台背景，上演着一幕幕背叛失贞、自我怀疑、家庭悲剧和外国投机者信口雌黄的好戏。

每个人物都在这里或是那里被描述成喜剧演员。布朗的母亲就是其中之一，她生前挥霍放纵，拖欠债务，蒙骗世人，还包养了一个黑

1　此句出自18世纪英国浪漫主义诗人威廉·华兹华斯（William Wordsworth，1770—1850）的《露西组诗》第五首《恬睡锁住了心魂》（*A Slumber Did My Spirit Seal*）。

人情夫。布朗说："我虽然对她所知甚少，却也足以看出她是一个技艺高超的喜剧演员。"史密斯先生也说："也许在你眼里，我们是相当可笑的角色吧，布朗先生。"而当布朗否认这点并说对方是英雄人物时，他心里仍然觉得素食主义、总统竞选和争取民权自由的美国南部之旅是相当愚蠢的。史密斯夫妇是典型的美国人——充满幽默感的滑稽人物。

"我可绝不是什么喜剧演员。"虽然玛莎自己这么说，但她丈夫随即猜测道："也许连'爸爸医生'都是喜剧演员嘛。"当布朗第一次在"凯瑟琳妈咪之家"遇见孔卡瑟尔上尉时，孔卡瑟尔做了一小番关于幽默的演讲，他说："你这家伙身上有点儿幽默感。我欣赏幽默。我喜欢笑话。笑话有政治价值。它们可以给懦夫和无能之辈带来解脱。"

琼斯的幽默感是他身上的可取之处。他能让玛莎哈哈大笑，能把妓女逗得花枝乱颤。（这又令布朗恼火不已，因为她是布朗在"凯瑟琳妈咪之家"中最喜爱的妓女之一："到了一定岁数，人会更喜欢老朋友，甚至在妓院里也是。"）而作为起义武装的领袖，琼斯也很成功："弟兄们都爱戴他。他把他们逗得哈哈大笑。"书中有一段小插曲，是少有的几段真正滑稽可笑的情节之一：琼斯扮成女人的模样，想从一艘船上逃跑——他戴着一顶羽饰成功地蒙混过关，那顶羽饰暗示出，他以前也像这样干过，借用剃须粉化装，再穿上一条黑裙子和一身西班牙女装：

"等走到跳板那儿，"他对事务长说，"你必须亲我一下。这样可以挡住我的脸。"

"你怎么不亲布朗先生？"事务长问。

"他马上要带我回了，现在就亲我会让人觉得别扭。你得想象一下，我们刚刚在一起过了夜，三个人都在。"

"过的什么夜？"

"一个放浪不羁的夜晚。"琼斯说。

"你的裙子能应付吧？"我问。

"当然了，老兄。"他神秘兮兮地补充道，"这又不是第一回了。当然，以前的情形很不一样。"

后来，当我们屡次得知琼斯的弱点是扁平足时，我们很容易就会把他的扁平足和小丑的扁平鞋联想在一起。喜剧本来是没有意义的，但它至少可以使人从凄惨或悲哀的生活中解脱出来，这种暗示贯穿小说的始末。"我们属于喜剧的世界而不属于悲剧的世界。"布朗谈起自己和玛莎时这样说道。之前，玛莎曾否认自己是喜剧演员，但布朗的结论是，或许"她才是我们中间最出色的喜剧演员"。虽然布朗对喜剧大谈特谈（而且在这部小说中，谈论喜剧的次数比喜剧真实发生的次数要多），但是布朗和玛莎的私情似乎既不可笑也不可悲，反倒显得沉闷阴郁，毫无激情可言，时而突然性欲勃发，还带有明显的嫉妒、误解、矛盾和怨恨之情。这是一段恋情的终结，欲望的消逝。

"若即若离"，这是布朗对自己和玛莎的私情所做出的阐释，而他对这桩情事的描述也为小说中的海地社会给出了一条线索。他们的爱情生活曾经是那么重要，布朗说道，因为它"似乎全然独属于太子港，属于宵禁期间的恐怖与黑暗，属于无法拨通的电话，属于戴墨镜的通顿·马库特，属于暴力、不义与折磨"。

然而，布朗还声称，自己这段失败的恋情和海地正在分崩离析的混乱局势十分相称，他这是在浪漫地美化他们两人的自私，与此同时，他对数百万海地民众所蒙受的水深火热之苦却不屑一顾。布朗并没有用"混乱"这个普通易懂的词语，而是采取戏剧化的手法加以夸张表述。他那桩棘手的风流情事和海地的混乱局势及偶发的暴力事件相得益彰。可是那又有什么要紧？因为这段恋情上演的地点是一幕更为宏大的混乱场景的边缘，我们对前者所知太多，对后者又所知不足。这部小说存在的问题之一便是，格林——以及他的代言人布朗——从未向我们解释，我们为什么应该对这两个鸡毛蒜皮、毫无幽默、自私自利、失贞不忠且满腹牢骚的情人加以关注。光说我们全是喜剧演员，这是不够的。虽然没有得到证明，但从某种更坦率、更残酷的意义上说，书中有些人物的举动就像是傻瓜的作为。

在小说的结尾，布朗坦承自己是一个精神空虚的人。格林小说的读者们会发现这份告白十分耳熟。布朗对任何心怀信念的人都很嫉妒——他嫉妒马吉欧医生，是因为后者持有政治信仰。"我早就觉得自己不仅仅只是缺乏爱的能力……可我甚至连感觉内疚都做不到。"在小说中，布朗从头到尾都显得相当平静镇定，甚至在做爱时他也感觉沉闷无趣。和玛莎享受鱼水之欢时，布朗说："我纵身扑向欢愉，仿佛跳楼自尽时投向人行道的路面。"他把自己和玛莎之间存在的问题归结于他缺乏幽默感，或者，正如他所说的——"没有学会能逗人发笑的把戏。"到头来，布朗嫉妒琼斯，因为琼斯不仅很幽默，而且最终变成了一个采取行动的人；不仅是那名最出色的喜剧演员，而且还是一位英雄。小说以布朗对琼斯的追忆开篇，以布朗梦见琼斯的场景结尾。很明显，琼斯才是这部小说中的关键人物，但问题在于，布朗的复杂个性对格林刻画琼斯的简单纯朴这一过程造成了阻碍。

格林在海地的生活体验不够深入，对此格林自己也直言不讳。1968 年，在明显仰慕格林的青年维·苏·奈保尔为格林所做的一场新闻访谈中，格林说："(《喜剧演员》中描述的）政治形势是准确无误的。但是我感觉我对海地人民的生活和风俗的了解还很肤浅。"（他还尖锐地向奈保尔发问："你对自己写的东西还满意吧？"）没错，海地社会生活的纹理未在书中得到体现。另外，由于缺乏武装起义的第一手资料，这部小说显得不温不火。作为本书叙事高潮部分的那场战斗，是格林道听途说的第二手和第三手的削弱版本，它就像莎士比亚戏剧中的舞台说明（"警钟高响。号角齐鸣。几支大军杀作一团。"），从背景中突然出现，令人难以信服，而我们也从未看到一场小规模战斗。我们会想当然地以为，武装反抗"爸爸医生"的义举正在酝酿之中，地点就在与海地遥遥相望的圣多明各[1]边境附近。

影响过格林的作家们（据他本人所称）都是动作和冒险小说的作者——安东尼·霍普[2]、乔治·亨蒂[3]、赖德·哈格德[4]，创作出《基姆》和《可能成为国王的人》的吉卜林[5]，还有玛乔丽·鲍恩[6]，她的《米兰的毒蛇》令格林终生赞不绝口。奇怪的是，他几乎很少尝试去写动作小说，通常只会写几段故事大纲拿来自娱自乐。《喜剧演员》的构思诞生于海地的一场未遂的武装起义期间，书中并没有描述任何枪战场景，所以实际上也没有正面描写任何武装起义。取代动作场景本身的是对它的

1　圣多明各（Santo Domingo）：多米尼加共和国首都，该国的商业、文化中心及主要海港城市，位于伊斯帕尼奥拉岛东南岸，距海地约 250 公里。

2　安东尼·霍普（Anthony Hope, 1863—1933）：英国著名小说家、剧作家，其代表作《曾达的囚犯》充满了悬疑、抗争以及浪漫的气氛，另有《安东尼奥伯爵年谱》《国王的镜子》等作品。

3　乔治·阿尔弗雷德·亨蒂（George Alfred Henty, 1832—1902）：英国著名小说家、记者，以少年历史冒险小说最受欢迎，代表作有《与克拉夫在印度：帝国的开端》《杰克·阿切尔：克里米亚故事》等。

4　亨利·赖德·哈格德（Henry Rider Haggard, 1856—1925）：英国著名小说家，著有 75 部作品，其中以"艾伦·夸特梅因"和"艾莎"幻想冒险系列影响最大。代表作《所罗门王的宝藏》《她》等。

5　约瑟夫·鲁德亚德·吉卜林（Joseph Rudyard Kipling, 1865—1936）：英国著名小说家、诗人，代表作有诗集《营房谣》《七海》，小说集《生命的阻力》和动物故事《丛林之书》等。1907 年以少年间谍小说《基姆》荣获诺贝尔文学奖。

6　玛乔丽·鲍恩（Marjorie Bowen, 1885—1952）：英国著名女作家加布丽埃勒·玛格丽特·维尔·坎贝尔·朗（Gabrielle Margaret Vere Campbell Long）所用的笔名之一。她一生用数个笔名共创作了上百部作品，以历史浪漫小说、超自然恐怖故事、通俗历史作品和人物传记为主。《米兰的毒蛇》（*The Viper of Milan*, 1906）是其历史浪漫小说的代表作。

描述。这本书还充满了一系列的警句隽语和差不多算是半格言警句的
文字。

"横死暴毙在这里都算是自然死亡。"爱用警句的马吉欧医生说，
"他是被环境逼死的。"后来马吉欧又说："在这里，证人受到的折磨不
见得就比被告少。"布朗则说："一名无辜的受害者几乎总会流露出罪
恶感。"还有"在没吃早饭时，就连勇敢者的胆量也是蛰伏未醒的"，
以及他评价小皮埃尔的话语："他具有失败者的勇气和幽默[1]。"还有，
"暴力可以是爱的表达，冷漠却绝对不是"。还有，"死亡是真诚品质的
证明"。格林试图用这些评论来支撑其观点，但这些言论每一条都有待
商榷。在《喜剧演员》中，海地这个"反叛和动乱的共和国"被弱化
成了一个"言论共和国"，冗长的言语矫饰给了这部小说一种静止不变
的特质。

然而，这本书里带有确凿无误的作家印记。这部小说只可能是格
雷厄姆·格林的作品：一段发生在荒僻岛国上的注定失败的恋情，关
于信仰的谈话——尤其是关于对原则的信仰的谈话，破败的酒店，欢
闹的妓院，烈性的饮料，所有这一切都是格林式的元素。"情妇"令我
颇感过时，而在某种程度上，关于信仰上帝的讨论亦是如此。一个没
有艾滋病的海地也是过时的。带有狂欢聚会的海上旅程则属于过去的
年代。《喜剧演员》出版至今只有四十多年，但它已经显得有点不合时
宜了。

格林很可能会反对这一观点，不过，这些细节的离奇古怪之处
也是小说所具有的吸引力的一部分，因为世界已然改变，而格林笔下
的世界早已远去。可是，格林用这本书为读者打开了一扇了解海地的
窗口，绘制了一幅鲜活生动的海地风情画；此外，格林通过将弗朗索

1　这句话在书中应是布朗对英国代办的评价。此处原文如此，疑为代序作者笔误。

瓦·杜瓦利埃妖魔化，使这个卑鄙的独裁者显得重要起来，甚至变得神秘怪异不似凡人。（"星期六男爵在我们所有的坟场中徘徊，他的身影随处可见。"）"爸爸医生"死后，其幼子让-克洛德·杜瓦利埃——他因为体形肥胖、头脑蠢笨而被人们戏称为"篮筐脑袋"——接管家族政权，后来在一场军事政变中下台。杜瓦利埃政权倒台后，海地又发生了数起军事政变（该国历史上共有三十多起），最后才在海地的首届自由选举中产生了一位民选总统。[1]

我写下这篇序言的时间是 2004 年 3 月，正值海地独立二百周年。1791 年，海地爆发了由杜桑·卢维杜尔[2]及其战友布克曼（一名伏都教巫师）领导的著名奴隶起义。最终，海地于 1804 年获得独立。二百年后，海地在媒体的报道中再次变成了"梦魇共和国"：太子港街头的暴乱，偏远城镇里的动荡，数千人丧生，甚至就像《喜剧演员》所描述的那样，许多大难临头的海地民众向外国大使馆寻求庇护。民选总统让-贝特朗·阿里斯蒂德发声抗议，自称是被美国海军陆战队绑架，且在违背其意愿的情况下前往非洲的。政府选出了一位临时总统。一名担任过海地行刑队队长，且有证据显示曾犯下许多暴行的叛军头领，目前正在谋划成为海地的下一任国家元首。

"海地并不是正常世界中的一个例外：它是每天随机抽取的日常生活的其中一小部分。"所以四十年前的情况肯定看起来就是那样。地球上还有其他的一些国家和海地相似——政治地理学家已将统计数字更新到 45 个，其中大部分位于非洲，尽管阿尔巴尼亚也算一个，还有阿富汗也是。它们被统称为"失败国家"。这些国家最开始可能是前殖民

1　代序作者原文如此。但实际上，小杜瓦利埃并未遭遇军事政变，而是在面对海地全国民众长达两个月的大规模反抗斗争，还有美国放弃支持其家族政权的情况下，被迫提前下台逃亡海外。

2　杜桑·卢维杜尔（Toussaint Louverture, 1743—1803）：政治家、军事家、革命家，拉丁美洲独立运动的早期领袖，海地共和国的缔造者之一。

地，或是君主制国家，或是大共和国的行省，或是从前因拥有矿产资源或经济作物资源而繁荣兴旺的国家（而这些资源如今已失去市场需求）。1780 年的海地种植了占全球总量 60% 的咖啡作物。今天，海地只有很少量的咖啡树，其他种类的灌木也非常少：该国对燃料的需求造成了大量的森林砍伐。现在，海地已经成为西半球中最贫穷的国家。

作为一个"失败国家"，海地要实现其财政独立或是政治稳定的希望十分渺茫，它似乎注定要继续作为世界的贫民区之一而存在。格林心里明白，海地是一个问题不断的地方——他对这些地方的嗅觉十分灵敏——所以，在 20 世纪 60 年代初期，当越南战争已经见诸媒体报道时，格林还是选择将海地作为自己的书写对象。《喜剧演员》一书的巨大价值不在于它的宗教神学方面（有些批评家称它是一本宣扬詹森主义[1] 的小册子），不在于哲学探讨，也不在于它的情节。它读起来就像是一篇加长版的自我批评文章，由一个自称对海地所知不多的人写就，其最大的价值就在于故事背景。即使书中的戏剧本身并不真实，但格林对海地恐怖喜剧的偏执热爱却是真实可信的。海地曾经没有任何小说——也几乎没有任何正面描写——直到格林写出了本书为止。

保罗·索鲁，2004 年

1　詹森主义（Jansenism）：由荷兰神学家康内留斯·奥托·詹森（Cornelius Otto Jansen, 1585—1638）发起的天主教改革运动，其理论强调原罪、恩典的必要性和宿命论等，在 17 至 18 世纪曾流行一时。

致 A.S. 弗里尔[1]

亲爱的弗里尔，

你在大出版社当领导的时候，我曾经是你最忠实的作家之一。后来，等你不再从事出版工作，我也和你名单上的许多其他作家一样，觉得该是我另觅门户的时候了。这是我离开后写的第一本小说，我想把它献给你，以纪念我们之间超过三十年的联系——"联系"这个词冷冰冰的，代表了你送给我的所有的建议（你从未指望我会接受它们），所有的鼓励（你也从未意识到我多么需要它们），所有的感情，以及我们这么多年来共同分享的乐趣。

关于《喜剧演员》的角色我得说上几句。我是不可能把诽谤的祸水引向自己的，不过，我要声明清楚，这个故事里的叙述人虽然名字叫布朗，但这个人可并不是格林。许多读者会做出假设——这是我从经验中了解到的——书中的"我"往往就是作家自己。因此，在我的

1　亚历山大·斯图尔特·弗里尔（Alexander Stuart Frere, 1892—1984）：英国著名出版家，曾担任海涅曼出版社社长，1961 年退休。他在位期间出版了包括 D.H. 劳伦斯、约翰·斯坦贝克、萨默塞特·毛姆、格雷厄姆·格林等许多著名作家的作品。

写作人生中，我被人看成是杀害朋友的凶手，和某公务员夫人暗通款曲、心怀嫉恨的情郎，以及嗜轮盘赌如命的偏执玩家。我不希望再往自己如变色龙般多样的本质中添加其他特性，而这些特性本应属于那个给南美外交官戴了绿帽，自己也可能是私生子，而且曾被耶稣会士教育过的男人。啊，也许有人会说，布朗是天主教徒，所以嘛，我们都知道，格林自己也是……人们经常忘记的是，哪怕是在一部背景定为英格兰的小说里，当人物角色超过十人以上时，如果其中没有任何一个人是天主教徒，那么这个故事就会变得不够真实。对社会统计数据中呈现出的事实愚昧无知，有时会给英国小说带上一股外省乡村的庸俗气息。

在这部小说里，"我"并不是根据想象虚构出来的唯一人物，其他所有人，从那些默默无闻的小角色（比如英国代办）到主要角色，都从未在现实生活中存在过。某种生理特征，某人说话的习惯，一则奇闻逸事——这些素材在潜意识的厨房间里混杂融会，共同烹煮，当这道菜肴端上桌面时，大多数情况下，就连亲手掌勺的大厨也无法一一分辨清楚。

海地这个贫穷可怜的国度，还有杜瓦利埃医生统治下的社会生活特征，却是绝非杜撰，后者是如此真实，在书中甚至并未添加戏剧性效果去加以刻画。恐怖独裁的黑暗夜色是那么浓重，已经到了无以复加的地步。通顿·马库特组织里充斥着比孔卡瑟尔上尉更邪恶的货色；被中途打断的葬礼来自生活中真实发生的故事；许多百姓就像约瑟夫那样惨遭毒打，拖着断足跟跄走在太子港的街头。另外，虽然我从未见过小菲利波，但在圣多明各附近那座曾是疯人院的陋屋里，我曾和一些像他那样勇敢无畏但缺乏武装训练的游击队员打过交道。从我开

始写这本书以来，只有在圣多明各事情发生了一些变化——变得更加
糟糕。[1]

你诚挚的

格雷厄姆·格林

1　指 1961 年独裁总统特鲁希略遭暗杀身亡至 1966 年受美国扶植的华金·巴拉格尔当选总统之间多米尼加经历的混乱局势，其间美国曾派遣海军陆战队进驻多米尼加维持稳定。

喜剧演员

……相由心生，

最具君王之风范者

即为君王。[1]

托马斯·哈代

1　出自 19 世纪英国著名作家托马斯·哈代（Thomas Hardy, 1840—1928）的诗集《早期与晚期抒情诗》（*Late Lyrics and Earlier*, 1922）中的诗歌《年轻人的劝诫》（A Young Man's Exhortation）。

第一部

第一章

一

　　我遥想起了伦敦城内所有那些灰蒙蒙的纪念碑，它们纪念的人物有驰骋马背的将军，有旧殖民地战争的英雄，还有身穿礼服大衣、被人们遗忘得更加彻底的政客。想起它们时，我找不出任何理由嘲笑位于国际公路的遥远彼端，为纪念琼斯而树立的那块朴实无华的石碑。琼斯没能越过那条公路，他留在了远离故土的异国他乡——尽管直到今天我也不能完全确定，从地理意义上讲，他的故土究竟位于何处。至少，为了那块石碑，他付出了——无论他多么不情愿——生命的代价，而那些将军，如果可以的话，通常都会用部下的鲜血换得自己安然返乡。至于那些政客——谁会在乎那些已经离世的政客，记住他们的功劳事迹？一场阿散蒂战争[1]比自由贸易更有意思，虽然伦敦的鸽子对两者是一视同仁的。"我立了一座纪念碑"。[2]每当我为了自己那份颇

1　阿散蒂战争（Ashanti war）：阿散蒂联邦是17世纪末至19世纪末位于非洲加纳中南部的阿坎人王国。18世纪末，英国开始向西非内陆扩张。从1806年至1900年，英国先后与阿散蒂联邦发生过九次战争，最终于1902年将其彻底吞并，纳入黄金海岸殖民地。

2　原文为拉丁语"Exegi monumentum"，出自古罗马著名抒情诗人贺拉斯（Quintus Horatius Flaccus, 前65—前8）的《颂诗集》第3部第30首《纪念碑》一诗。

为古怪的工作而北上蒙特克里斯蒂[1]，中途经过那块石碑时，我都会感到某种骄傲之情油然而生，因为我曾用实际行动促成了它的建立。

在大多数人的一生中，都会有一个节点，事情一旦发生便无可挽回，而在彼刻，它却不为人所知。当这个节点出现时，无论是我还是琼斯，我们对此都没有察觉，虽然我俩所从事职业的性质应该把我们训练得眼力过人，就像喷气机出现以前那些老式班机的飞行员那样。当时，我肯定是完全没留意到它的来临，那是八月里一个阴郁的上午，荷兰皇家邮轮公司的货轮"美狄亚"号正行驶在大西洋上，要从美国的费城和纽约市开往海地的太子港，而那个节点就紧跟在"美狄亚"号船尾泛起的波浪之中。在我人生的那个阶段里，我对自己的前途仍抱着慎重其事的态度——我甚至很在乎自己那家空荡荡的酒店的未来，以及我那段几乎同样空荡荡的恋情。就我所知，当时我还没有和琼斯或史密斯产生任何联系，他们是与我同船的旅客，仅此而已，而对于他们日后在费尔南德斯的店铺里为我准备的殡葬差事[2]，当时我也一无所知。如果当时有人告诉我这些事情，我肯定会捧腹大笑，就像我现在回顾起自己以前的好日子也会大笑一样。

随着船身的摇摆，我酒杯中的红杜松子酒也在不停晃动，表面的水平线变化不已，仿佛这只酒杯是用来记录海浪冲击的仪器，这时，史密斯先生态度坚定地回应琼斯说："我从来没有晕过船，没有过，先生。晕船是酸性物质带来的反应。吃肉会导致酸性，喝酒也会。"史密斯先生来自美国的威斯康星州，但从一开始我就把他当作总统候选人看待，这是因为，在我得知他的姓氏前，他的夫人就是用这个称谓提到他的。当时货轮刚出海一个小时，我们正倚靠在栏杆上。开口时，

1　蒙特克里斯蒂（Monte Cristi）：多米尼加共和国西北部省份，首府为蒙特克里斯蒂市。一译"基度山"。

2　原文为法语"pompes funèbres"。

史密斯太太猛地支了支她那线条硬朗的下巴，仿佛是在提示我，如果这条船上还有另外一名总统候选人的话，那可不是她要讲到的人。她说："我是说我的丈夫，就在那儿，史密斯先生——他是1948年的总统候选人。他是一个理想主义者。当然，正是由于这个原因，他根本没机会取胜。"之前我们一直在聊些什么，把她引到了这番话上？当时，我们正闲散地望着平坦灰暗的海面，它横躺在三海里领海界限内，好似一头慵懒冷漠却暗藏凶险的笼中困兽，只等着冲破牢笼，向世界展现自己的威力。或许我先前向她提起了一个会弹钢琴的熟人，这可能让她的思绪跳到了杜鲁门的女儿 [1] 身上，又因此令她联想起了政治——她的政治意识比她丈夫的要强烈得多。我觉得，就做总统候选人而言，她相信自己比她丈夫更有胜算，而当我顺着她突出的下巴望去时，我心想这是挺有可能的。史密斯先生正在我们身后的甲板上踱步，他身穿一件破旧的雨衣，衣领竖起，保护着他那对毛茸茸的、看起来显得蠢笨的大耳朵，一缕白发像电视机天线那样竖立在风中，他的胳膊上还挂着一条旅行毛毯。我可以把他想象成一位名不见经传的普通诗人，或者也可能是一所不知名的学院里的系主任，但我绝对不会把他想象成一名政客。我试图回想起杜鲁门在那一个选举年的竞争对手是谁——毫无疑问是杜威 [2]，不是史密斯。然而，大西洋上的海风刮走了她的下一句话。我觉得她的话好像和蔬菜有关，但在彼时彼刻，"蔬菜"这个字眼在我看来似乎并不太可能出现。

1　此处指美国前总统哈里·杜鲁门（Harry S. Truman, 1884—1972）的独生女儿玛丽·玛格丽特·杜鲁门（Mary Margaret Truman, 1924—2008），美国著名侦探小说家、传记作家，被誉为"美国的阿加莎·克里斯蒂"。20世纪40年代，玛格丽特曾立志成为歌手，但在1950年12月的一次表演后，她遭到《华盛顿邮报》音乐评论人保罗·休姆（Paul Hume, 1915—2001）的批评。杜鲁门总统对此十分恼怒，公开向全国发表了他对保罗·休姆的谴责信，在当时引起了民众的一片哗然和广泛争议。

2　托马斯·杜威（Thomas Dewey, 1902—1971）：美国政治家，1943年到1954年期间曾任纽约州州长。1944年和1948年期间，他两次作为共和党候选人竞争美国总统，均失败落选。

琼斯是我稍后在令人尴尬的场合中遇见的，当时他正想贿赂舱室服务员，把我们的客舱调换过来。他站在我的客舱门口，一只手里提着一个手提箱，另一只手里攥着两张五美元的钞票。他正在说话："他现在人还没下来嘛。他不会找麻烦的。他不是那样的家伙。就算他发现房间不一样了，那也不会怎么样。"听他的口气，好像他以前就认识我似的。

"可是，琼斯先生……"服务员开始和他争辩。

琼斯是一个小个子男人，他穿戴得十分整齐，外面是一套浅灰色西服，里面搭配一件带双排纽扣的背心。不知为什么，离开了电梯、办公室人群和打字机发出的咔嗒声，他的这身打扮显得和周围的环境格格不入——"美狄亚"号正在阴暗凝滞的海面上游荡，在我们这艘破旧的货轮上，只有他穿着这么一身衣服。后来我注意到，他从来就没换过这套穿戴，甚至在船上举办音乐会的那天夜里也没有换，于是我开始怀疑，他的手提箱里是不是根本就没装其他的衣服。他给我的感觉是，之前他收拾行李时很仓促，结果带错了制服，因为他肯定不是有意想要引人注目的。他那两撇黑色的小胡须和那双哈巴狗似的黑眼珠，会让我误以为他是法国人——也许在巴黎证券交易所工作——所以当我得知他叫琼斯时，我倒很是吃了一惊。

"是琼斯少校。"他对服务员回道，口气中带着一丝责备。

我几乎就像他一样尴尬。一艘蒸汽货轮上本来就没有多少乘客，要是再和旅伴结下私怨，那会让人感觉很不自在。服务员扣紧双手，义正辞严地对琼斯说："先生，我真的没有办法。这间舱房是给这位绅士预订的。就是这位布朗先生。"史密斯、琼斯和布朗——三个再普通不过的姓氏聚到了一起，这种情况也太巧了，几乎不可能发生啊。我之所以取"布朗"这个单调乏味的名字，自有我的道理，可是他也有吗？我对他所处的窘境微微一笑，但琼斯身上的幽默感，就像我后来发现的那样，属于更简单的那种类型。他表情严肃、全神贯注地看着我说："先生，这个房间真是你的吗？"

"据我所知，是的。"

"先前有人告诉我这里没人住。"他稍微挪动了一下，以便将后背对着我那只分明已经摆在房间里的大皮箱。那两张钞票消失不见了，也许是被他藏进了袖子里，因为我没看到他做出任何向口袋伸手的动作。

"他们给你的房间不好吗？"我问。

"哦，我只是更喜欢住在靠右舷的位置。"

"是啊，我也是，尤其是这趟航行。住在这里可以把舷窗打开。"此时，"美狄亚"号正朝公海深处行驶，船身开始缓缓摇荡，仿佛是在强调我说的话真实无误。

"是时候来一杯红杜松子酒了。"琼斯飞快地说。我们一起上楼，找到了那座小交谊厅，里面的黑人服务员趁着给我酒里兑水的工夫，抓住机会贴着我的耳朵小声说："我也是英国公民，先生。"我留意到，他没向琼斯做出这样的声明。

交谊厅的房门旋转打开，总统候选人露面了，虽然他长了一对蠢笨的大耳朵，但他的身形还是令人印象深刻：他得先低下头，然后才能走进门。随后，他环顾了大厅一圈，这才站到一旁，好让他的太太能在他用手臂弯成的拱门下进屋，仿佛她是一位走在军刀下的新娘。[1]看那情景，他是先想让自己满意，确认这里没有不合适的同伴在场。他的双眼清澈如洗，呈现出纯净的蔚蓝色彩，几撮丑陋的灰色毛发从他的鼻孔和耳朵里探出。如果这个世上真有一位货真价实的高贵人物，

1　在英美等国的军人婚礼中，有一项传统的退场仪式，称作"军刀拱门"（saber arch/arch of swords），由持刀军官列队搭建，新婚夫妇一般在婚礼结束时穿越其下。该传统源起于英国皇家海军。

那就非史密斯先生莫属，他和琼斯先生形成了鲜明的对照。如果当时我费心去琢磨他们的话，我会认为他们就像油和水一样无法相融。

"请进来吧，"琼斯先生说（不知为什么，我就是没法把他想成是琼斯少校），"进来咪上一口吧。"我后来发现，琼斯使用的俚语总是有点过时，就好像他是从通俗用语词典中学到它们的，但词典本身却不是最新的版本。

"请您务必包涵，"史密斯先生彬彬有礼地回答，"但我这人是不沾酒的。"

"我自己也不沾酒啊，"琼斯说，"我会喝掉它。"接着他便用行动证实了自己的话。"我是琼斯，"他补充道，"是琼斯少校。"

"很高兴认识您，少校。我叫史密斯。威廉·亚伯·史密斯。这是我夫人，这位是琼斯少校。"他向我投来询问的目光，我这才意识到，自己在这轮相互介绍中不知为何慢了半拍。

"布朗。"我迟疑地说。我觉得自己好像在讲一个拙劣的笑话，而他们二人都没有领会笑点所在。

"再摇下铃吧，"琼斯说，"我的好伙计。"我已经升到他的老朋友的地位上了，于是，尽管史密斯先生离服务铃更近，我还是穿过大厅，亲自去摇那个铃；毕竟，史密斯先生这会儿正忙着将旅行毛毯裹在他妻子的膝盖上，虽然大厅里已经足够暖和而（也许这是在婚姻中养成的一种习惯吧）。琼斯断言道，一杯红杜松子酒是祛除晕船症状的绝佳药方，再也没有比它更有效的方法了。就在这时，为了回应琼斯的话，史密斯先生做出了他对自己信念的声明："我从来没有晕过船，没有过，先生……我这辈子都是素食主义者。"然后他妻子又补了一句："我们为这件事曾参加过竞选。"

"竞选？"琼斯突然开口问道，仿佛这个词将他体内的少校唤醒了。

"1948年美国总统大选。"

"你当过总统候选人？"

"恐怕，"史密斯先生露出淡淡一笑，"我本来就没多少获胜的机会。两大党派……"

"那是一种姿态，"史密斯太太尖锐地插嘴道，"我们表明了自己的立场。"

琼斯陷入了沉默。也许他是被这件事给镇住了，或者可能就像我刚才那样，他正在努力回忆那一年参选总统的主要竞争者是谁。然后他在舌尖品味着这个称呼，仿佛他很喜欢它的味道："1948年美国总统候选人。"他又补了一句："我非常荣幸能与您见面。"

"我们当时也没有竞选团队，"史密斯太太说，"费用承担不起。尽管如此，我们最后还是拿到了一万多张选票。"

"我从未想到自己能获得那么多人的支持。"总统候选人说。

"我们拿的票数在计票结果中不是垫底的。还有一名候选人——好像跟农业有点关系，对吧，亲爱的？"

"没错，我也记不清他的政党具体叫什么名字了。我想，他是亨利·乔治[1]的信徒。"

"我必须承认，"我说，"我以为只有共和党和民主党的党员才能当上总统候选人——哦，另外还有一个社会党，对吗？"

"全国党代会[2]为总统选举做足了宣传，"史密斯太太说，"但它们就像牛仔竞技比赛一样粗俗。你能想象史密斯先生跟一大群鼓乐队的女队长走在一起吗？"

---

1 亨利·乔治（Henry George, 1839—1897）：19世纪末美国知名社会活动家和经济学家。他主张土地国有，地税归公，废除一切其他税收，使社会财富趋于平均，其思想曾在欧美盛行一时。

2 全国党代会（United States presidential nominating convention，简称the Convention）：在美国总统大选年，所有的政党都要召开总统候选人提名大会，这个大会最终将宣布该党的总统候选人。

"任何人都可以竞选总统，"这位候选人带着温和而谦逊的态度解释道，"这就是我们民主政治令人骄傲的地方。我可以告诉你，对我来说那是一段不同寻常的经历。一场了不起的体验啊。我永远也忘不了它。"

二

我们乘坐的是一艘很小的船。我相信船上就算住满也只能装下十四名乘客，而"美狄亚"号现在压根儿就没有满员。当前并不是旅游旺季，而且无论如何，我们即将前往的那座岛屿对游客们来说已经不再具有吸引力了。

船上的乘客中有一名非常整洁干净的黑人，他衣服上的白色衣领竖得很高，袖口浆洗得十分硬挺，脸上还戴着一副金丝眼镜，其旅途的目的地是圣多明各。他这人很自闭，在餐桌前，他总是彬彬有礼又模棱两可地用几个单音节字眼回复别人。比如，有一次我曾经问他，船长可能会往船上装运什么样的主要货物，等我们到了特鲁希略城[1]以后——我随即更正道："抱歉。我是指圣多明各。"他严肃地点点头，说了一声"是"。他十分谨小慎微，从来不问任何问题，仿佛是在对我们自己身上那份闲散无聊的好奇心加以责难。船上还有一名来自某家制药公司的旅客——他告诉过我自己不愿坐飞机的理由，但我现在已经记不清了。我的感觉是，那肯定不是他选择坐船的真正原因，而且他还受着心脏病的折磨，却不肯告诉别人。他的脸上总挂着一副紧绷绷的表情，干巴巴的，单薄如纸。和他的脑袋相比，他的身躯显得过

1　特鲁希略城（Trujillo）：即多米尼加共和国首都圣多明各。1930 年，多米尼加共和国警察首脑兼陆军总司令拉斐尔·莱昂尼达斯·特鲁希略·莫利纳（Rafael Leónidas Trujillo Molina, 1891—1961）通过军事政变上台，当选总统后推行独裁统治和个人崇拜，国会遂于 1936 年通过决议，将圣多明各更名为特鲁希略城。1961 年 5 月，特鲁希略遭暗杀身亡，其家族统治旋即崩溃，圣多明各恢复原名。

于臃肿庞大。每天他都会在自己的铺位上躺很长时间。

我自己之所以选择坐船——有时候我怀疑琼斯可能也抱着同样的想法——是出于谨慎行事的考虑。在机场里，你很快便会走下飞机，踩在沥青跑道上，跟机组人员分道扬镳；而在码头里，你会拥有一份安全感，因为你脚下踩着一块外国的领土——我总觉得，只要我还待在"美狄亚"号上，我就算是一名荷兰公民。预订船票时，我把旅程的终点定为圣多明各，而且不管多么令人难以信服，我还是告诉自己，我一点儿也没有想要下船的意思，除非我从英国代办——或者从玛莎——那儿得到某些保证。至于我那座在山顶上俯瞰着首都的酒店，我已经有三个月没去料理它了，现在它肯定无人入住。和一间空荡荡的酒吧、走廊上一排空荡荡的客房以及一个毫无希望的空荡荡的未来相比，我更重视我当下的生活。而那对史密斯夫妇，我当真以为他们是因为热爱大海才乘船旅行的，不过，还要过好一阵子我才会明白，他们为何要选择海地共和国作为其旅行拜访的目的地。

船长是一个身材清瘦、冷漠不易亲近的荷兰人，在餐桌前只露过一次面，他平时总梳洗打扮得干干净净，就像自己船上的黄铜扶手一样光亮整洁。与船长相反，事务长是个邋遢鬼，带着一股兴高采烈的快活劲儿，对波尔斯[1]杜松子酒和海地朗姆酒青睐有加。出海的第二天，事务长便邀请我们去他的舱房里和他共饮。除了制药公司的那名旅客说他向来必须在九点前上床睡觉而没有参加，我们其他人全都挤了进去。甚至连来自圣多明各的那位绅士也加入了我们，而当事务长问他觉得天气如何时，他回了一声"不"。

事务长有一个叫人开心的习惯，他总是喜欢眉飞色舞地对每一件事情都夸大其词，而当史密斯夫妇向他要柠檬汽水，在得知没有后继

---

1 波尔斯（Bols）：荷兰著名酿酒企业，创立于 1575 年，以烈性甜酒和杜松子酒闻名世界。

而要求喝可口可乐的时候，他那股发自内心的快活劲儿也只是稍稍受了点打击而已。"你们这是在自折阳寿。"他对他们说，然后便开始阐述自己的那套理论，解释可口可乐的秘密原料是如何制造出来的。史密斯夫妇却不为所动，带着一副明显的愉悦表情继续喝他们的可乐。"在你们要去的地方，你们会需要比它更烈的玩意儿。"事务长说。

"我和我先生从来没喝过比这个更烈的东西。"史密斯太太回答。

"那儿的水质叫人信不过，而且现在美国人已经走了，你们买不到可乐喝。到了夜里，当你听见从街上传来枪声时，你就会觉得也许来上一杯烈性朗姆酒……"

"不要朗姆酒。"史密斯太太说。

"枪声？"史密斯先生问道，"那里会有人开枪吗？"他面带一丝焦虑，朝他妻子看了一眼，只见史密斯太太坐在那里，蜷缩在那条旅行毛毯下面（甚至在这间闷热的舱房里，她还是觉得不够暖和）。"为什么要开枪？"

"去问布朗先生吧。他生活在那里。"

我开口说："我听到枪声的次数并不多。通常他们会更隐蔽一些，不声不响地动手。"

"'他们'是谁？"史密斯先生问。

"通顿·马库特[1]，"事务长带着一副不怀好意的欢悦表情插嘴道，"总统的魔鬼手下。他们都戴墨镜，在天黑后上门拜访他们的牺牲品。"

史密斯先生将一只手搁在他妻子的膝头。"这位先生是想吓唬我们，亲爱的，"他说，"在旅游局他们根本没告诉我们还有这种事。"

1　通顿·马库特（Tontons Macoutes）：在克里奥尔语中意为"吃人魔王"，是海地民间传说中一个魔鬼的名字，它总是在夜里摄取儿童的灵魂，然后装在袋子里带走。老杜瓦利埃上台后建立的恐怖特务组织即以此命名，成员通常穿夹克和牛仔裤，脖子上系红色领巾，佩戴墨镜，显得凶神恶煞。

"他哪里晓得，"史密斯太太说，"我们可没那么容易害怕。"不知为什么，我相信她说的是真话。

"您听得懂我们在说什么吗，费尔南德斯先生？"事务长抬高嗓门朝舱房另一头喊道，就像有些人在和外国人说话时会提高音量那样。

费尔南德斯先生脸上挂着一副人快要睡着时露出的呆滞表情。"是。"他说，但我觉得他向来只会回答"是"或"不"，所以两者出现的机会是一样的，没有什么区别。琼斯刚才一直坐在事务长铺位的床沿上，小心地端着一杯朗姆酒，这时他第一次开口说话了："给我五十个突击队员，我就能像一剂泻盐[1]那样顺畅地穿过那个国家。"

"你以前参加过突击队？"我有些惊讶地问他。

他模棱两可地说："是同一种部队下面的另一个分支。"

总统候选人开口道："我们有一封给社会福利部长的私人介绍信。"

"什么部长来着？"事务长说，"福利？你们什么福利都找不着呀。你应该去看看那些老鼠，长得有小猎犬那么大……"

"旅游局的人告诉我，那里有几家非常好的酒店。"

"在下就开了一家。"我接口道。我掏出袖珍笔记本，向史密斯先生亮出三张明信片。尽管印出来的色彩显得艳丽俗气，但它们还是带着历史的庄严感，因为它们是一个永久逝去的时代留下的遗物。第一张明信片上有一座贴着蓝色瓷砖的游泳池，里面挤满了身穿比基尼泳装的年轻姑娘；第二张上有一名在加勒比地区闻名遐迩的鼓手，他正在克里奥尔式酒吧的茅草屋檐下演奏鼓乐；而第三张——整座酒店的全貌——有许多山墙、阳台和塔楼，是那些奇妙非凡的 19 世纪太子港老建筑。至少它们还没有变样。

"我们原本考虑住在更安静一点儿的地方。"史密斯先生说。

"我们那里现在够安静了。"

1　泻盐（salts）：学名硫酸镁（magnesium sulfate），是一种常用的口服泻药。

"和朋友住在一起，肯定会让人很愉快，不是吗，亲爱的？要是你那儿还有一个带浴缸或淋浴的空房间就好了。"

"每个房间都有浴缸。不用怕有人吵闹。那名鼓手已经逃到纽约去了，所有那些比基尼姑娘现在都待在迈阿密。你们很可能会是我仅有的客人。"

我心想，和他们付的房钱相比，这两位顾客本人也许能给我带来更多的好处。一位总统候选人肯定有地位，他会受到美国大使馆全体或留守人员的保护。（在我之前离开太子港的时候，美国大使馆里只剩下了一位代办、一个秘书和两名海军陆战队卫兵。）琼斯或许也有相同的想法。"我可能也会加入你们，"他说，"要是他们没有替我做其他安排的话。我们如果住在一起，不就有点儿像是还留在船上一样吗？"

"人多保险嘛。"事务长也同意道。

"有三位房客入住，我肯定是太子港最遭人嫉妒的酒店老板[1]了。"

"遭人嫉妒可就不太保险咯。"事务长说，"你们仨，如果到时还跟我们在一起，肯定会好得多。我自己是不会跑出码头太远的，顶多五十码。圣多明各有家不错的酒店。是一家豪华酒店。我可以拿风景明信片给你们看，跟他的一样好。"他打开抽屉，我瞥见了十来只方形小袋——都是些保险套，当船员们要上岸去逛"凯瑟琳妈咪之家"或更便宜的妓院时，他就会卖掉它们赚上一笔。（我敢肯定，他的推销词里会包含某些危言耸听的统计数字。）"我把它们放哪儿去了？"他徒劳地问了费尔南德斯先生一声，后者却微笑着回答："是。"他开始在桌面上寻找，桌上散乱地摆放着许多什物，有打印好的表格、回形针、装红色、绿色和蓝色墨水的瓶子，一些老式木制笔筒和钢笔尖。他找到了几张质地松软的明信片，上面印着的游泳池和我的简直是一模一

---

1 原词为法语"hôtelier"。

样，另外也有一座克里奥尔式风格的酒吧，除了奏乐的鼓手不同以外，其他地方和我的也分不出什么区别来。

"我先生可不是过来度假的。"史密斯太太轻蔑地说。

"如果你不介意的话，我想留一张在身上。"琼斯说，他选了带游泳池和比基尼姑娘的那一张，"谁知道以后会怎么样……"现在想想，我觉得他说的这句话代表了他对人生意义最深刻的探究。

三

第二天，在带有遮阳棚的右舷甲板上，我坐在一张折叠躺椅中，任自己随着淡紫绿色海水的波动，慵懒地在阳光和阴影之间晃来晃去。我试着去读一本小说，但书中人物在索然无趣的"权力走廊"中那段枯燥乏味、足可预见的进展，让我感到昏昏欲睡，因此当书本掉落在甲板上，我也懒得去捡起它。只有在制药公司的那名旅客从我身边经过时，我才睁开眼睛。只见他用双手紧紧抓住护栏，似乎想爬上去，就好像那是一架竖梯。他剧烈地喘着粗气，脸上露出一副不达目的决不罢休的拼命表情，仿佛他心里明白，这番奋力攀爬会带来什么结果，而那结果值得他付出这般气力；不过，他也清楚，自己永远不可能有力量爬到梯顶。我再度昏沉睡去，梦中发现自己独自待在一个灯火全灭的黑房间里，这时有人用一只冰冷的手碰了我一下。我惊醒了，原来是费尔南德斯先生，我猜他刚才是被船身的一阵猛烈摇晃吓了一跳，赶紧用手抓紧我好稳住自己。时有时无的阳光在他的墨镜上忽隐忽现地闪烁着，给我留下的印象是一场黄金阵雨正从暗空中倾泻而下。"是，是。"他说，一边跟跟跄跄地继续往前走，一边露出表示歉意的微笑。

在这出海后的第二天，好像货船上除我以外的所有人都突然爱上了运动，因为下一个过来的便是琼斯先生——我还是没法让自己管他叫"少校"——他沿着甲板中间稳稳地走来，一边顺应船体的摆动而调整着脚步。"狂飙肆虐哈。"走过身旁时，他冲我喊了一句，我再次产生了这种印象：他的英语是从书本上学来的——也许这一次是出自狄更斯的作品。接着，出人意料的是，费尔南德斯先生又折回来了，动作剧烈，左右打滑，而在他身后，那名药商还在继续艰苦攀爬，显得痛苦而费力。他已经落在了后面，但他还是顽强地坚持继续这场竞走比赛。我开始好奇总统候选人会在何时露面，他肯定是碰上了什么大麻烦，可就在这时候，史密斯先生从我身旁的交谊厅里冒了出来。他孤身一人，很不自然地落了单，就像晴雨盒[1]中的一只男玩偶，失去了另一只女玩偶的陪伴。"风挺大嘛。"他说，仿佛是在纠正琼斯先生的英语文风，然后便坐在我身边的椅子上。

"我希望史密斯太太一切安好。"

"她挺好的，"他说，"挺好的。她正在下边儿的船舱里练习法语语法呢。她说有我在她没法集中精神。"

"法语语法？"

"他们告诉我说，我们要去的地方是讲法语的。史密斯太太是一个出色的语言家。给她几个小时练习语法，她就能把某种语言的方方面面弄得一清二楚，除了发音以外。"

"她以前从没碰过法语？"

"对史密斯太太来说这根本不是问题。有一次，我们家里住了一个德国姑娘——不到半天工夫，史密斯太太就用那姑娘的母语告诉她，自己的房间要自己打扫干净。另外还有一次住的是个芬兰人。史密斯太太花了将近一个星期才找到一本芬兰语的语法书，可随后就没有什

1　晴雨盒（weather house/box）：一种用于测量空气湿度以预报天气状况的民间艺术装置，代表造型为一座德式或阿尔卑斯山区式的小型木屋，有双门并排，左门内为女孩 / 女人玩偶，右门内为男孩 / 男人玩偶。晴天干燥时，女性玩偶走出门外，下雨天则是男性玩偶出门。该装置多见于奥地利、德国、瑞士等国。

么能难倒她了。"他顿了一下，继而露出一丝微笑，给他身上的荒谬气息带上了一种奇特的庄重感，"我和她结婚已经有三十五年了，但我从来没有停止过崇拜那个女人。"

"你们是不是，"我有点虚伪地问，"是不是经常在这块地方度假？"

"我们设法将假期，"他说，"和我们的使命结合在一起。史密斯太太和我都不是那种可以撇开一切全心享受的人。"

"我明白了，那么你们这次的使命要把你们带到……？"

"有一次，"他说，"我们去田纳西州度假。那是一次难忘的经历。你要知道，我们是作为自由行示威者¹过去的。途中在纳什维尔²出过一次状况，当时我为史密斯太太担了不少的心呢。"

"这样度假实在是勇气可嘉。"

他说："我们对黑人抱着极大的爱。"他好像觉得这是唯一需要的解释。

"在你们要去的地方，恐怕到头来那些人会让你们失望。"

"大多数事情都会让人失望，除非你能看得更加深入。"

"黑人可以变得像纳什维尔的白人一样暴力。"

"在美国，我们有自己的麻烦。不管怎么样，我觉得——有可能——事务长是在开玩笑耍弄我。"

"他是有那个意思。但那个玩笑砸了他自己的脚。现实情况比他在码头上能见到的任何坏事都要恶劣得多。我很怀疑他有没有到城里去过。"

"你也会像他那样劝我们——继续前进，到圣多明各再下船吗？"

1　自由行示威者（freedom rider）：指 20 世纪 60 年代初期的美国民权工作者，他们常乘坐公共汽车在美国南部各州为抗议种族隔离而作示威性旅行。一译"自由乘车运动者"。

2　纳什维尔（Nashville）：美国田纳西州首府，是该州仅次于孟菲斯（Memphis）的第二大城市，美国乡村音乐的发源地。

"是的。"

他悲哀地眺望着船外那连绵不绝的枯燥海景。我觉得我的话已经对他产生了一定影响。我说："让我举个例子告诉你那边的生活怎么样吧。"

我告诉史密斯先生，有一次，总统先生的子女们在放学回家的路上差点遭到绑架，当局怀疑某个男人也参与了这桩未遂的阴谋。我认为没有任何证据可以拿来指控他，但他曾代表共和国在巴拿马举办的某届国际射击比赛中摘得奖牌，而当局或许觉得绑架的策划者需要一名神枪手助阵才能干掉总统卫队。于是，通顿·马库特分子便将他的住处团团围住——幸好他不在家——浇上汽油付之一炬，然后架起机关枪扫射，把每一个试图从火海中逃出的人统统击毙。当救火车匆匆赶来时，他们高抬贵手，允许消防队阻止了火势的蔓延，所以如今你能看见，大街上的那处缺口就像拔牙后留下的一个空洞。

史密斯先生专注地听着。他开口说："希特勒做得更绝，不是吗？而且他还是个白人。你不能总归咎于他们的肤色。"

"我没有。受害者也是黑人。"

"当你全面看事情的时候，你会发现它们在各方各面都有非常糟糕的地方。史密斯太太不会愿意让我们掉头回去，如果只是因为……"

"我不是在劝你回头。是你刚才问了我一个问题。"

"那为什么——如果你能原谅我再问你一个问题的话——为什么你还要回去呢？"

"因为我唯一拥有的东西在那里。我的酒店。"

"我猜我们——史密斯太太和我——唯一拥有的东西就是我们的使命。"他端坐着凝望大海，就在此时，琼斯从我们身边经过。他回过头朝我们喊道："第四圈了。"然后又继续前行。

"他也不害怕嘛。"史密斯先生说，仿佛他必须为自己表现出勇气而道歉，就如同某个男人戴了太太送的一条相当花哨招摇的领带，便要指出其他男人也戴着同样的领带，以便让自己释怀似的。

"我倒怀疑他是不是出于勇敢。也许他就像我一样，没别的地方可去。"

"他对我们俩一直很友好。"史密斯先生坚定地说。很明显，他想换个话题。

待我更了解史密斯先生之后，我即刻便能听出他那特殊的音调。当我说起别人的坏话时，他会深感不安，即使我针对的是陌生人或敌人时也一样。他会退出谈话，如同马儿不肯下水直往后退那样。有时，我会在谈话中捉弄他，在他毫无防备的情况下，将他引诱至水沟边缘，随后皮鞭马刺骤然齐下，驱赶他继续前进。但我一直没能教会他跃过水沟。我想，他很快便开始察觉到我的意图，可他从未将自己心中的不快大声吐露出来。那就相当于是在批评一位朋友啊。他宁愿去小心地退让迁就。至少在这一点上，他和他太太的性格有些差异。我后来才领教到她的性格火爆粗率到什么地步——她可是不管什么人都敢攻击得罪的，当然，除了她的总统候选人以外。在往后的日子里，我和她争吵过许多次，她怀疑我有点取笑她先生的意思，但她从来不知道我心里有多羡慕他们。在欧洲，我从未见过有哪对夫妇能像他们那样对彼此忠贞不渝。

我说："刚才你在聊你们的使命。"

"是吗？那请你务必要原谅我，居然会那样子说自己。'使命'这个词分量太重了。"

"我倒有兴趣听听。"

"不如叫它'希望'吧。但我猜做你这份职业的人是不太会支持它的。"

"你的意思是它跟素食主义有关？"

"没错。"

"我不会不支持。我的工作就是让我的顾客开心。如果我的顾客是素食主义者……"

"素食主义并不只是跟食物有关，布朗先生。它涉及生活中的许多方面。如果我们真能将酸性物质从人体内排除，我们就能消灭人的激情。"

"那么世界就会停顿不前。"

他温和地责备我："我没说要把爱也消灭掉。"这句话让我感到一阵莫名的羞愧。愤世嫉俗是廉价品——你在任何一家"不二价"商店[1]里都能买到它——所有质量低劣的商品中都有它的成分。

"无论如何，你正在前往一个素食的国度。"我说。

"这是什么意思，布朗先生？"

"那里百分之九十五的人都吃不起肉、鱼和鸡蛋。"

"可是你从来没有想过吗，布朗先生，在世界上制造麻烦的并不是穷人？发动战争的人都是那些政客、资本家、知识分子、官僚老爷或者华尔街的老板——没有任何一场战争是由穷人挑起的。"

"我猜，那些有钱有势的人都不是素食主义者？"

"不是的，先生。通常都不是。"再一次，我为自己的冷嘲热讽感到羞愧。当我注视着他那双浅蓝色的眼睛，感受到其中那坚定不移、充满信任的目光时，有那么一阵子，我居然真的相信，他说的或许有点道理。一名服务员站在我的肘边。我说："我不想喝汤。"

"喝汤时间还没到，先生。是船长请您过去和他说句话，先生。"

船长正待在他自己的舱房里——这个房间打扫得就像他自己一样干干净净，朴实无华。除了一张相框大小的照片，屋里没有摆放任何

1　"不二价"商店（Monoprix）：法国的一种专门销售廉价商品（以食品为主）的连锁商店。

私人物品。照片上是一名中年女子，看着像是刚从美容院里出来，不仅是她的头发，连其性格也在烘发罩下定了型。"请坐，布朗先生。来支雪茄吗？"

"不，不用，谢谢。"

船长说："我希望能尽快说到重点。我不得不请求与你合作。有件事情非常令人尴尬。"

"怎么回事？"

他用沉重沮丧的口气说："如果在航行中有什么事情是我不愿意看到的，那就是意外。"

"我以为在海上……总会遇到……风暴……"

"我说的当然不是海。大海从来不给我添麻烦。"他挪了挪烟灰缸，又动了动雪茄烟盒，然后将照片朝自己移近了一厘米，照片上的女人面无表情，头发上似乎包着一层灰色水泥。或许她能给他带来信心：换作是我，她会让我意志瘫痪。他说："你已经和那个叫琼斯少校的乘客见过面了。他总是管自己叫琼斯少校。"

"我和他聊过几句。"

"你对他印象如何？"

"说不上来……我还没有想过……"

"我刚刚收到一封电报，是从我在费城的办公室发来的。他们想让我回电报，汇报他在何时何地上岸。"

"从他的船票上自然就能知道……"

"他们想确认他没有改变行程计划。我们的目的地是圣多明各……你自己也跟我解释过，你预订了去圣多明各的船票，以防在太子港……他可能也有同样的打算。"

"是警方在盘问吗？"

"有可能——这只是我的猜测——警方对他有兴趣。你要明白，我对琼斯少校没抱任何成见。这回很可能只是一次例行调查，因为某个档案管理员的……但我觉得……你和他一样是英国人，又住在太子港，我这边送你一句警告，那你这边呢……"

他这份绝对的谨慎、无比的得体和十足的正派令我颇为恼火。难道在他年少轻狂或酩酊大醉的时候，当他那位精心打理发型的太太不在身边的时候，这位船长就连一次差错都从没犯过吗？我开口道："你把他说得像是个耍老千的赌牌骗子。我向你保证，他从来没有提出要跟我们玩牌。"

"我从来没说过……"

"你想叫我睁大眼睛监视，竖起耳朵探听，对不对？"

"没错。就这么多。要是有任何严重的事情发生，他们肯定早就让我拘留他了。也许他是在逃亡躲避债主。谁知道呢？或者是牵扯到女人的事。"他厌恶地加了一句，眼神和那个发型呆板的严厉女人凝视的目光撞在了一起。

"船长，请恕我直言，我可不是经过培训的密探。"

"我不是在请求你做那种事情，布朗先生。我总不能去请求像史密斯先生那样上了年纪的人去……就琼斯少校的事情……"我再次注意到了这三个姓名，它们就像闹剧中用的滑稽面具，互相可以换来换去。我说："好吧，如果我发现有什么事情值得汇报的话——请记住，我不会主动搜索。"船长自怜自艾地轻叹一声："好像我跑这趟船责任还不够重似的……"

他开始向我讲述两年前的一段漫长轶事，就发生在我们即将前往的那座港口中。有一天，深夜一点，从远处传来纷乱的枪声，半小时后，一名警官和两个警察出现在跳板前：他们要搜他的船。他自然拒绝了对方的要求。这是荷兰皇家邮轮公司的主权领土。双方发生了激烈的争执。他坚持完全信任在自己船上守夜的值班员——结果却证明他信错了人，因为那个人在站岗时睡着了。后来，在找值班主任谈话的路上，船长发现了一串斑驳的血迹。这道血迹引着他来到一艘救生艇前，在那里，他发现了那名逃犯。

"你是怎么处理的？"我问。

"他被送往船医那里接受治疗，然后，当然了，我把他交还给了有关当局。"

"也许他是想寻求政治庇护。"

"我不知道他要寻求什么。我怎么知道？他字都不认得几个，而且不管怎样，他都没钱买船票嘛。"

四

结束与船长的面谈后，当我重新见到琼斯时，我感觉心里有些向着他。如果他当时邀我打扑克，我一定毫不犹豫地答应下来，并很乐意输给他，因为像这样表示一下我对他的信任，也许可以祛除我嘴巴里残留的怪味儿。我沿着左舷绕道甲板而行，以避开史密斯先生，结果身上溅到了浪花。就在我准备下船舱时，我和琼斯先生打了照面。他停住脚步，邀请我去喝一杯，我不由自觉愧疚，仿佛我已经出卖了他的秘密。

"现在还有点早吧。"我说。

"在伦敦，酒吧都开门营业了。"我看看手表——时间指向差五分十一点——心里觉得自己这是在检验琼斯说话的可信度。交谊厅里，他走开去找服务员，我则拾起了他落在身后的书。那是一本美国出版的平装书，封面图片上是一个浑身赤裸的姑娘，脸朝下地趴在一张豪华大床上，书名叫《良辰莫失》。在书封内侧，他用铅笔将自己的名字潦草地写在了上面——H.J.琼斯。他这是在树立自己的声望，还是单单要把这本书预存到他的私人藏书库里？我随手翻开一页。"'信任？'

杰夫的话像皮鞭一样抽在她身上……"正在这时，琼斯端着两杯贮藏啤酒[1]回来了，我赶紧放下书，带着大可不必的窘迫说道："维吉尔卦[2]。"

"什么卦？"琼斯举起酒杯，把脑中那本旧词典翻了一阵，也许觉得"喝得你满眼泥"[3]这句祝酒词过于陈旧，便改用了一个更加时髦的说法："干杯。"吞下一大口酒后，他补了一句："刚才我看见你在和船长讲话。"

"怎么了？"

"难接近的老杂种。他只跟上流社会的阔佬说话。""阔佬"这个字眼带着一丝旧古董味道：这回他那本旧词典肯定让他失望了。

"我不会自称阔佬。"

"你可别怪我那么说。阔佬对我而言具有特殊的意义。我把世上的人分成两类——阔佬和穷鬼。阔佬没有穷鬼也能过活，但穷鬼没有阔佬可就不行了。我就是个穷鬼。"

"你说的穷鬼到底是什么意思？它好像也有点特别吧。"

"阔佬有稳定的工作或不错的收入。他们在某些地方有本钱，就像你在酒店里投了本钱。穷鬼么——好吧，我们四处奔波讨生活——在雅座酒吧。我们每时每刻都保持着警觉，眼观六路耳听八方。"

"你们在靠小聪明过日子，是这样吗？"

1　贮藏啤酒（lager）：原产于德国或波希米亚的一种多泡沫的淡啤酒。

2　原文为拉丁语"Sortes Virgilianae"。维吉尔（Virgil，公元前 70—前 19），古罗马著名诗人，代表作品有诗集《牧歌集》（*Eclogues*）、《农事诗》（*Georgics*）和长篇史诗《埃涅阿斯纪》（*Aeneid*），其中基于《荷马史诗》创作的《埃涅阿斯纪》是代表罗马帝国文学最高成就的巨著。由于维吉尔在《牧歌集》第四首诗中用先知式的语言预言了一个孩童的诞生会带来一个新的黄金纪元，被人们认为是在预言耶稣降生，因此人们开始相信维吉尔具有未卜先知的能力，不久他便被基督徒奉为耶稣诞生前的圣人，其形象开始变得神秘化，在民间也出现了一种叫"维吉尔卦"的占卜方式——当一个人感到有决定需要咨询上天的时候，只须打开《埃涅阿斯纪》，第一眼看到的那行诗便是神意。这种占卜传统一直盛行到中世纪晚期。

3　原文为"Mud in your eye"，原系第一次世界大战时士兵战地祝酒用语，意即"干杯，祝您健康"。

"或者说，我们往往会因小聪明而死去。"

"那阔佬呢——他们就没有一丁点儿小聪明吗？"

"他们不需要啊。他们拥有理性、智慧和情操。我们这些穷鬼嘛——为了自己的好处，有时候我们走得太急了些。"

"那其他乘客呢——他们是阔佬还是穷鬼？"

"我摸不透费尔南德斯先生。他可能两者皆是。还有那个药商伙计，他没给我们留任何机会去做判断。但史密斯先生——如果世上真有阔佬的话，他可是货真价实的一位。"

"听起来你挺崇拜阔佬的，是不是？"

"我们所有人都想当阔佬，但有些时候——承认吧，老兄——你不也会羡慕那些穷鬼吗？有些时候，你就是不想和你的会计坐在一起，为特别遥远的未来伤脑筋，对吧？"

"是啊，我想有些时候的确如此。"

"你自己心里会想：'我们挑着所有的担子，他们却享受着所有的乐子，逍遥自在。'"

"希望你在要去的地方能找着乐子。那是个穷鬼当道的国家——自总统以下全是。"

"对我来说那样就更危险了。穷鬼一眼就能看出其他穷鬼的底细。或许我得装一装阔佬，让他们放松警惕。我应该学学史密斯先生。"

"你以前经常得去装阔佬吗？"

"那倒不是，感谢上帝。对我来说最难的事就是装阔佬了。我发现自己老是在不该笑的时候笑出来。什么，琼斯，你也配在那帮人中间说出那种话？有时候我也会害怕。我迷失了方向。在异国他乡迷路是挺叫人心里发毛的，对吧？可要是你在自己心里迷失的话……再来一杯淡啤。"

"这一杯算我的。"

"我有没有看准你这个人还不好说。刚才见到你在那儿……和船长一起……我路过时从窗户里瞄进去的……你瞅着不是很自在……你该不会是穷鬼假扮成阔佬吧？"

"谁又能把自己永远摸得一清二楚呢？"这时，服务员走了进来，开始布置烟灰缸。"再来两杯淡啤。"我告诉他。

"如果你不介意的话，"琼斯说，"这回我想喝点儿波尔斯酒。灌了太多淡啤下去，我的肚子已经有点胀气了。"

"来两杯波尔斯。"我改口说。

"你玩过牌没有？"琼斯问。我心想，这下可总算等到我赎罪的机会了，但不管怎样，我还是谨慎地回答："扑克牌吗？"

他对我太过坦诚，简直不像是在说心里话。为什么他要对我如此地直言不讳，大谈阔佬和穷鬼呢？我有一种感觉，他当时猜到了船长对我说过些什么，现在他是在试探我的反应，将他这份坦诚扔进我的思潮中，看它是否会像石蕊试纸那样改变颜色。或许他觉得我在最后这件事上表现出的忠心并不像是阔佬的所为。或许我的名字"布朗"在他听起来就跟他自己的名字一样虚假。

"我不玩扑克。"他顶了我一句，黑眼睛里闪闪发光，好像在说"这下可逮着你了"。他说："我总是会泄露太多信号。在跟朋友一起打牌的时候。掩饰感情的诀窍我还没学会呢。玩牌我只玩金罗美[1]。"他把这个牌名念得拿腔拿调，仿佛那是育儿游戏——一个纯真无邪的标记。"你玩不玩？"

"以前我只玩过一两次。"我说。

"我不是在勉强你。我只是觉得到吃午饭之前，我们可以打打牌消磨一下时间。"

---

1 金罗美（gin rummy）：一种双人纸牌游戏，以得同花色 10 张牌为胜，全手牌少于 10 点时可摊牌叫停。

"干吗不呢？"

"服务员，上牌。"他朝我微微一笑，仿佛在说："你瞧，我可没带自己动过手脚的牌。"

从玩法上来讲，金罗美的确是一种纯真无邪的纸牌游戏。想耍老千绝对是很不容易的。琼斯问："我们怎么玩？来一百点十美分的？"

琼斯在玩金罗美的时候有他自己的门道。他后来告诉我，打牌时他首先会观察那些缺乏经验的对手把烂牌握在手里哪个位置上，然后判断自己离摊牌获胜还有多远。他会观察对手如何理牌，在出牌前会犹豫多久，由此弄明白对方手里的牌是好牌、烂牌或是不好不坏的牌，而如果对方明显握有一手好牌，他往往就会提出重新洗牌，即使他明知道对手会坚决反对。这样一来，对手就会产生一种优越感和安全感，于是乎便胆大起来，倾向于冒险行事，为了能大获全胜而持续玩上太长时间。甚至连对手抓牌和出牌的速度都让他获悉颇多。"心理学永远要胜过单纯的数学计算。"他有一次对我这样说，而事实也的确如此，几乎每次他都能赢我。我要想赢他，先得自己做出一手好牌才行。

当提醒旅客享用午餐的锣声响起时，他赢了我六美元。他想要的差不多也就是这个数目，只须小赢一把，这样的话，以后就没有哪个对手会拒绝和他接着玩。一星期六十美元的收入不算多，但琼斯告诉我，他可以靠这笔钱过日子，而且烟酒不愁。当然了，偶尔他也会大赚一笔：有些时候，对手会对这么幼稚的小牌嗤之以鼻，非要赌一点五十美分的大牌。后来在太子港，有一次我就见识到了这样的一幕。当时如果是琼斯输了，我都怀疑他能否付得起赌债，但哪怕在当下的二十世纪，运气有时也的确会对勇者青睐有加。那个对手输光[1]了两堆筹码，琼斯从赌桌前起身时，身上多了两千美元。甚至在那种情况下，

1　原文为法语"capot"，意即"（在扑克牌游戏中）全盘皆输"。

他也赢得很有分寸。他主动给了对手报仇的机会，又输了五百多块钱。"另外还有一点，"有一次他向我透露道，"女人通常都不会跟你玩扑克牌。她们的丈夫不喜欢这样——玩扑克牌会带有一种轻佻随便的气氛，而且还要冒风险。可是一百点赌十美分的金罗美嘛——那只不过是花点零用钱消遣罢了。当然了，这样一来玩牌的人也会多得多。"就连史密斯太太，一个在我看来铁定会对扑克牌局不以为然、不屑一顾的人，有时也会过来看我们打牌。

那天吃午饭的时候——我现在已不记得谈话是怎么开始的了——我们聊到了战争这个话题上。我想应该是那名药剂师乘客挑的头。他说自己曾在民防组织里当过防空队员，然后就开始兴致勃勃地讲起那些发生在轰炸期间的普通故事，说得不厌其烦无聊透顶，就像描述别人做的梦一样乏味。史密斯先生坐在桌前，露出一副彬彬有礼的专注神情，仿佛戴着一张僵硬的面具，而史密斯太太则心不在焉地摆弄着手里的叉子。与此同时，那名药剂师还在滔滔不绝地讲述位于斯托大街上的一家犹太青年女子招待所遭到轰炸的故事（"我们那天晚上都忙昏头了，居然没有一个人注意到它整个儿被炸成了平地！"），直到琼斯突然冷冷地打断他的话："我自己有一次也弄丢了一整排的兵呢。"

"怎么会这样？"我开口问，心里高兴能怂恿琼斯继续往下说。

"我一直没搞清楚，"他说，"没有一个人回来告诉我们发生了什么事。"

可怜的药剂师微张着嘴巴呆坐在那里。他自己的故事才刚刚讲到一半，结果现在就一个听众也没有了，他那副模样活像一头把嘴里的鱼弄丢了的海狮。费尔南德斯先生自顾自地又拿了一份烟熏鲱鱼。我们当中只有他对琼斯的故事丝毫不感兴趣。就连史密斯先生也被激起了好奇心，说："再给我们多讲讲吧，琼斯先生。"我注意到，我们所有人都不太情愿授予他军人的头衔。

"事情发生在缅甸,"琼斯说,"我们空降到日本鬼子的阵地后方去牵制敌人。就这个排和我的总部失去了联络。带队指挥的是一个年轻小伙子——他在丛林作战方面缺乏适当的训练。当然了,那时候我们一直在节节败退[1]。奇怪的是,除了这个排,我手下再没有其他伤亡了,一个也没有——只有这一整个排,就那样从我们的队伍里被划掉了。"他撕下一块面包吞进嘴里,"没有一个俘虏回来。"

"你是温盖特[2]部队里的人吗?"我问。

"是同一类部队。"他又用那种模棱两可的口气回答我。

"你在丛林里待过很长时间吧?"事务长问。

"哦,好吧,对付丛林生活我还是很有本事的。"琼斯说。他继续谦虚地补充道:"要是在沙漠里,那我可就不中用了。你们知道吗,我当时算是小有名气,因为我可以像本地人一样用鼻子嗅出水源。"

"换在沙漠里,这本事或许也用得上。"我说。琼斯越过餐桌生气地瞪了我一眼,目露责备之意。

"真可怕,"史密斯先生一边说,一边推开面前吃剩的炸肉饼——当然了,是素食的果仁炸肉饼,厨房特别为他准备的,"人类居然能耗费那么多的勇气和技巧去自相残杀。"

"竞选总统的时候,"史密斯太太说,"全国上下那些出于良心拒绝入伍的反战人士都支持我先生。"

"他们中间没有一个吃肉的?"我问,这一回轮到史密斯太太对我大失所望了。

"这不好笑。"她说。

1　原文为法语"sauve qui peut",字面意思是"各自逃生",意为"大溃败"。

2　奥德·温盖特(Orde Wingate, 1903—1944):英国陆军上将,特种作战的先驱,于1943年2月至6月间组织特种部队"钦迪队"(Chindlts)深入缅甸日占区作战,给日军造成了一定的破坏并鼓舞了盟军的士气。1944年3月,温盖特在敌后视察返回途中死于飞机失事。

"这是一个合情合理的问题，亲爱的，"史密斯先生温和地责备她，"但是，布朗先生，你只要仔细想想，就会明白素食主义和出于良心拒绝入伍本该是同一类事情，没有那么叫人奇怪。前两天我跟你讲过酸性和它对激情产生的效应。排除掉人体内的酸性物质，你就能给内心的良知腾出一定的自由空间。而良知嘛，嗯，它是想不断生长壮大的。于是有一天，你会拒绝为了自己的感官享受去屠宰无辜的动物，接下来——或许，这会让你大吃一惊，但你会对杀害人类同胞的恶行感到无比恐惧，主动远离这种是非。然后接下来就是黑人的问题，还有古巴[1]……我可以告诉你，当时我还得到了许多神智学[2]社团的支持。"

"反流血运动联盟也支持我们。"史密斯太太说，"当然，不是整个联盟正式支持。但有许多会员都给史密斯先生投了票。"

"有那么多人支持啊……"我开始说，"我很惊讶……"

"在我们这一生中，"史密斯太太说，"进步人士永远是少数派，但至少我们抗议过。"

随后自然是照例爆发了一场无聊的争论。是制药公司的那名旅客挑的头——我很想也用起首大写字母去拼写他的称谓，就像我对总统候选人[3]那样，因为他似乎真的很具有代表性，但他代表的是一个更加低级的世界。作为前任空袭警报哨[4]，他自认为是一名战士。此外，他内心里也揣着一份不满：刚才他对轰炸记忆的讲述被中途打断了。"我真搞不懂那些和平主义者，"他说道，"居然又允许像我们这样的人为

---

1 20 世纪 50 年代至 60 年代，位于北美洲加勒比海地区的岛国古巴时局动荡，成为冷战期间全世界关注的焦点。

2 神智学（theosophy）：一译"通神学"，是一种结合宗教、科学与哲学来解释自然界、宇宙和生命等重大问题的学说，带有神秘主义色彩。1875 年，第一所神智学会在美国创立，并迅速发展成世界性组织。

3 书中布朗所说的"总统候选人"为"Presidential Candidate"，起首字母为大写形式。

4 空袭警报哨（air-raid warden）：指临时执行警戒任务的防空人员。

他们提供保护……"

"你们没有征询过我们的意见。"史密斯先生温和地纠正他说。

"我们大多数人都很难分清到底谁是出于良心拒绝入伍的人，谁又是想开小差躲避服役的逃兵。"

"至少他们躲不过监狱。"史密斯先生说。

琼斯出人意料地支持史密斯先生。"有很多和平主义者都很勇敢地在红十字会工作过。"他说，"多亏了他们，我们中间有些人才能活到今天。"

"在你们要去的地方可找不到多少和平主义者。"事务长说。

药剂师依然固执己见，由于心怀不满，他说话的调门听着很高："那如果有人要攻击你太太呢，到时你又会怎么做？"

隔着整张餐桌，总统候选人死死地盯着眼前这个粗矮肥胖、面色苍白、健康不佳的旅客，用沉重严肃的口吻，像面对一个在政治集会上找碴起哄的捣乱分子那样对他说："先生，我从未声称过，排除掉酸性物质就会消灭所有的激情。如果有人要攻击史密斯太太，而我手上正好有武器的话，我无法保证自己不会使用它。有些标准是我们自己也没法永远达到的。"

"说得太棒了，史密斯先生。"琼斯大声叫好。

"但我会为我的激情感到悔恨，先生。我会为它感到悔恨。"

五

那天傍晚，我在吃饭前先去了一趟事务长的舱房，具体办什么事情现在我已经忘记了。我发现他坐在桌子前，正在往一只安全套里吹气，直到它鼓胀成警棍大小，然后他用丝带将末端的吹气口扎紧，再把它从嘴上拿下来。他的桌子上胡乱摆放着一根根巨大肿胀的阳具。那幅光景活像是一场生猪大屠杀。

"明天船上开音乐会，"他跟我解释，"但我们没有气球。是琼斯先生出的主意，我们可以用这些东西代替。"我看到他在一些安全套上用彩色墨笔画了许多滑稽的鬼脸。"我们船上只有一位女士，"他说，"我想她应该也看不出来这些是……"

"你忘了她是一名进步人士。"

"那样的话，她就更不会在乎这个了。这些东西无疑就是进步的标志。"

"我们已经饱受酸性物质的折磨，至少不用再把它传给下一代人。"

事务长咯咯地笑了一阵，然后又拿起一只彩色蜡笔开始画鬼脸。橡胶阳具的表皮在他的手指下发出尖锐刺耳的吱吱声。

"你觉得我们星期三大概几点能到？"

"船长指望能在傍晚早点靠岸。"

"但愿我们能在灯火管制前进城。我猜现在还是有灯火管制的吧？"

"有。你会发现那里什么都没有变好。只会比以前更糟。现在，没有警方出具的许可证，你就没法离开城里半步。通向太子港城外的每条道路上都设了路障。我怀疑不经过搜查你都到不了自家的酒店。船员我们都已经警告过了，要想离开码头，他们就得自己担风险。当然，他们还是会照常去。'凯瑟琳妈咪之家'一直都开门营业的。"

"有男爵的消息吗？"我问。"男爵"是有些人对总统的另一个称谓，用来取代"爸爸医生"这个绰号——在伏都教的神话里，星期六男爵头戴高礼帽，身穿燕尾服，嘴叼雪茄烟，经常在坟场里出没，而我们拿"星期六男爵"这个头衔来称呼总统，是在给那个步履蹒跚、邋遢寒碜的人物添光增色。

"他们说已经有三个月没见着他了。他甚至都不到宫殿窗口前面观赏乐队演奏了。没准他已经死了。要是没有一颗银子弹他也死得了的话。[1]跑前两趟船的时候，我们前往海地角[2]的行程硬是被取消了。当时那座城市正在实行军事管制。它太靠近多米尼加边境，有关当局不准我们进港。"他深吸了一口气，又开始去吹另外一只安全套。套尖上的小凸起翘在那里，就像人脑袋上长的一颗瘤子，舱房内弥漫着一股医院里的橡胶味儿。事务长问："你是为了什么事情跑回来的？"

"我总不能抛下自己的酒店撒手不管吧……"

"但你确实抛下过啊。"

我不打算把我回来的理由吐露给事务长。它们太私密也太严肃了，如果我们那混乱迷惘的人生喜剧能用"严肃"二字来描述的话。事务长又吹起了一只安全套[3]，我心想：这世上肯定有一种力量在冥冥中做出安排，让事情总是在最让人丢脸的情况下发生。小时候我曾经信仰上帝。在他的荫庇下，人生是一件非常严肃的事务，我在每一出悲剧中都能看见上帝的化身。他从属于人生的悲剧[4]，好似一个巨大的身影，透过苏格兰的迷雾隐约显现。如今，我已走近人生的尽头，只有我的幽默感还能让我时而相信上帝的存在。人生是一出喜剧，不是我准备好想要面对的悲剧，而且在我看来，在这艘取了个希腊名字的货轮上（一家荷兰航运公司为什么要给它的船取希腊名字呢？），我们仿佛都受到一个独断专行的恶作剧大王的驱使，走向喜剧的极点。在沙夫茨伯里大街[5]或百老汇大道上的人群里，待剧院关门之后，我曾不知有多少次听到那句话——"我笑得连眼泪都掉下来了。"

---

1 在西方传说中，银子弹（silver bullet）具有驱魔的效力，是专门用来杀死妖怪的致命武器。

2 海地角（Cap Haïtien）：海地共和国北部城市，是海地的第二大城市和重要海港，靠近多米尼加共和国边境，距太子港130公里。

3 原词为法语"capote anglaise"。

4 原文为拉丁语"lacrimae rerum"，出自古罗马著名诗人维吉尔的长篇史诗《埃涅阿斯纪》。

5 沙夫茨伯里大街（Shaftesbury Avenue）：位于伦敦西区的一条重要街道，建于19世纪晚期，得名于第七任沙夫茨伯里伯爵，有许多知名剧院。

"你觉得琼斯先生这人怎么样？"事务长问我。

"琼斯少校吗？我还是把这种问题留给你和船长去琢磨吧。"很显然，他和我一样也被船长找去商量过。或许我名叫布朗这个事实让我对琼斯要扮演的喜剧更加敏感。

我从这堆鱼皮大香肠里拿起一条，问道："你有没有正经地用过这玩意儿？"

事务长叹了口气："唉，没用过啊。我都已经到了这把岁数……免不了就得消化不良[1]。每次当我情绪低落的时候都会。"

事务长刚才对我十分亲近，说了很多的体己话，现在他是想让我也说些真心话来回报他，或者是船长也想要一些关于我的信息，而事务长看到了向他提供这些信息的机会。他问我："像你这样的人怎么会跑来太子港落脚呢？你又是怎么当上酒店老板的？你看起来不像是酒店老板啊。[2]你看着倒像是——像是……"然而他的想象力辜负了他。

我哈哈大笑。刚才他提出的问题倒蛮一针见血的，但答案我还是情愿自己留着。

六

第二天夜里，令我们感到荣幸的是，船长在晚宴上大驾光临，还有轮机长也来了。我猜在船长和轮机长之间一定有竞争，因为他们的职责不相上下。只要船长独自一人用餐，轮机长便也会不甘落后，如法炮制。现在，他俩一个在席首，另一个在席尾，势均力敌地坐在那些令人生疑的气球下面。为了纪念我们在海上的最后一晚，宴席上多加了一道菜肴，而且除了史密斯夫妇以外，其他所有的乘客都品尝了香槟酒。

1　原词为法语"crise de foie"，字面意思是"肝脏的危机"，即指消化不良。

2　句中两处"酒店老板"原词为法语"hôtelier"。

在他的上司面前，事务长显得不同寻常的拘谨（我想他会更愿意跟大副一起待在舰桥上，在海风徐徐的黑暗夜色中享受那份自由自在），而船长和轮机长也意识到了当下场合的气氛，微微弓着身，如同牧师们在主持一场盛大的庆典。史密斯太太坐在船长右边，我坐在他左边，而琼斯也在场，光这一点就让交谈没那么容易。甚至连菜单也额外叫人伤脑筋，因为荷兰人对重口味大肉菜的喜好在这个时候被发挥得淋漓尽致，而史密斯太太的餐盘里大多数时候都空空如也，仿佛是在责备我们。不过呢，史密斯夫妇从美国随身携带了许多硬纸盒与玻璃瓶，总是像浮标一样标记出他们所在的地方，而或许是他们觉得自己之前放弃了原则，喝了像成分可疑的可口可乐那样的东西，所以他们今晚就用开水给自己调制了一些饮品。

"我听说，"船长阴沉地说道，"在晚宴过后会举办一场表演。"

"虽然我们这趟船没多少人，"事务长说，"但我和琼斯少校都觉得，在我们共同相处的最后一晚，我们应该做点什么。当然，我们还有厨房乐队助阵，巴克斯特先生也会给我们带来十分特别的节目……"我和史密斯太太交换了一个茫然的眼神。我们俩谁也不知道巴克斯特先生到底是谁。难道在我们的船上还有一个偷渡者不成？

"我也向费尔南德斯先生提出过邀请，希望他能以他自己的方式帮助我们，而他也已经欣然同意了。"事务长继续快活地往下说着，"最后，我们会一起高唱《友谊地久天长》，以向我们的英国乘客表示敬意。"鸭肉在人群中又传了一圈，而史密斯夫妇依然陪我们坐在席间，吃着从他们自带的小纸盒与玻璃瓶里舀出的食物。

"对不起，史密斯太太，"船长说，"请问您现在在喝什么？"

"一点儿保尔命兑开水，"史密斯太太告诉他，"我先生在夜里更喜欢喝益舒多。或者有时候是维康。保尔命嘛，他觉得，会刺激到他。"

船长带着受惊的表情朝史密斯先生的餐盘里看了一眼，然后给自己切了一块鸭肉。我开口了："那您现在吃的又是什么呢，史密斯太太？"我想让船长好好品味一下这幅铺张奢华的情景。

"我不晓得你为什么要问这个，布朗先生。每天傍晚同一个时辰你都见我吃过它。这是用滑榆做的食品。"她向船长解释。船长放下刀叉，推开餐盘，低下头坐在那里。我一开始以为他是在做饭后的谢恩祷告，但转念一想，我觉得实际上他是被一阵恶心的感觉给压倒了。

"最后我要吃点坚果灵[1]来结束这顿饭。"史密斯太太说，"要是您这里没有酸奶的话。"

船长声音粗哑地清清嗓子，将目光从她身上移向餐桌，朝远端望去，看到史密斯先生正在刮起盘子里的某些棕褐色的干谷粒，他的眼神畏缩了一下，然后又定格在温良无害的费尔南德斯先生身上，就好像对方多多少少应该要为此负点责任似的。接着，他用一种出于职责所在的声音宣布："明天下午，我希望我们能在四点钟之前靠岸。我建议你们要在海关抓紧时间尽早出关，因为城里通常会在六点半左右断电熄灯。"

"为什么？"史密斯太太诘问道，"这样对大家肯定都很不方便。"

"为了省钱。"船长回答。他随即又补充道："今晚在电台里播出的新闻不太好。据说反叛武装越过多米尼加边境发动了攻击。政府当局宣称在太子港一切都平安无事，但我还是奉劝你们中间那些要在此停留的乘客，你们要和驻当地领事馆保持密切联系。我收到的命令是尽快让乘客登岸，然后立即开往圣多明各。我不会耽搁货物装船的时间。"

"我们似乎撞上了一个很麻烦的地方，亲爱的。"史密斯先生在餐桌的另一头说，然后他又舀了一勺我看着像是弗罗芒[2]的东西——这种

1　坚果灵（Nuttoline）：一种用坚果制成的健康食品，富含蛋白质与油脂，可以用来代替奶油和黄油。

2　弗罗芒（Froment）：一种用面筋蛋白制成的健康食品。

食品他在中午吃饭的时候向我解释过。

"这也不是第一次了。"史密斯太太严肃而满意地回答。

有个水手走进屋里，给船长带来了一条消息，当他打开房门的时候，有一阵风刮进来，将那些安全套吹得左右摇摆，一碰到东西便吱吱作响。船长说："请各位务必原谅。我有职务在身。现在我必须走了。祝愿你们所有人度过一个欢乐的夜晚。"我却在心里琢磨，那条消息是不是之前就安排好要送进来的——他不是一个喜爱交际的人，而且他发现史密斯太太令他难以接受。轮机长也站起了身，就好像他不放心把这艘船交给船长一个人管似的。

既然长官们都已离开，事务长便又恢复了老样子，还怂恿我们多吃多喝。（就连史密斯夫妇在好一阵犹豫过后——"我可不是地道的美食家。"史密斯太太说——也给自己多舀了一份坚果灵。）服务员为众人端来甘甜的利口酒，事务长解释说，这杯酒会算在公司"头上"。想到还能喝一杯免费的甜酒，我们所有人——当然，除了史密斯夫妇以外——都像入迷似的越喝越多，就连那位药剂师乘客也不例外，尽管他在看酒杯时显得很担心，仿佛绿色是代表危险的色彩。等我们终于来到交谊厅时，我们看到在每把椅子上都放着一份节目单。

乐队进场了，事务长兴高采烈地喊了一声"抬头挺胸啊"，便开始用双手轻轻拍打自己那对肉鼓鼓的膝盖。带队的是一个骨瘦如柴的年轻小伙儿，他是厨房里的厨子，两颊被炉火烤得泛红，头上戴着厨师帽。他的同伴手里拿着各种罐子、锅子、刀子、勺子，另外还有一台绞肉机，用来添加研磨物品的声响，而厨师长举着一只长柄烤叉，权当指挥棒用。在节目单上，他们演奏的这支曲子名叫《夜曲》，接下来是一首《爱的香颂》，由厨师长亲自咏唱，美妙悦耳却又有点底气不足。"秋日""柔情""枯萎的叶"，[1] 在汤勺敲击罐身发出的沉闷声响中，

---

1 原词为法语 "automne" "tendresse" "feuilles mortes"。

我只能零零碎碎地听出这么几个忧伤的字眼。史密斯夫妇手牵手坐在沙发里，史密斯太太的膝盖上铺着那条旅行毛毯。制药公司的那名旅客认认真真地向前倾身，注视着那位清瘦的歌手，或许他正在用专业眼光判断自己的那些药里有没有能派上用场的。至于费尔南德斯先生，他坐得离大家很远，时不时地在笔记本上写下点什么。琼斯在事务长坐的椅子后面走来走去，偶尔弯下腰在事务长耳边嘀咕一番。看那样子他似乎很享受现在的情况，就仿佛这一切都出自他的手笔，而拍手喝彩的时候他也露出一股扬扬得意的高兴劲儿。他朝我看了看，眨了眨眼睛，好像在说："等着瞧吧。我的想象力不会到此为止。还有更棒的节目要上呢。"

我本打算等厨师长唱完这首歌就回客舱去，但琼斯的这副态度激起了我的好奇心。那名药剂师乘客已经不见踪影了，但我随后想起来，现在已经过了他平常上床休息的时间。琼斯现在把厨房乐队的队长叫过去开会，首席鼓手也把大铜锅夹在腋下加入了他们。我看了一眼节目单，发现下一个节目是由 J. 巴克斯特先生表演的《戏剧独白》。"真是一场有趣的表演，"史密斯先生说，"你不觉得吗，亲爱的？"

"那几口锅现在倒是派上了好用场，比烹煮一只不幸的鸭子要好。"史密斯太太回答。她的激情并没有因为酸性物质的排除而明显减弱。

"唱得非常棒啊，不是吗，费尔南德斯先生？"

"是。"费尔南德斯先生说完，吮了吮手上的铅笔杆屁股。

药剂师乘客戴着一顶钢盔走了进来——他没有上床睡觉，而是去换了一条蓝色牛仔裤，他的嘴里紧紧地咬着一只口哨。

"这么说，他就是巴克斯特先生。"史密斯太太松了口气。我觉得她不喜欢神秘的事情，她想让人间喜剧里所有的成分都被精确标明，就像巴克斯特先生的药品上的标签或者是像装保尔命的瓶子上的商标那样清楚。药剂师乘客想从船员那里借到蓝色牛仔裤并非难事，可是他是怎么拿到那顶钢盔的就让我感到费解了。

现在他大声吹响了口哨，让我们保持安静，虽然其实只有史密斯太太刚才说过话，然后他宣布道："下面是戏剧独白《防空队员的巡逻》。"乐队中有人突然模仿出一阵空袭警报的声响，这显然令他惊慌失措。

"干得好！"琼斯说。

"你应该先提醒我一声啊，"巴克斯特先生说，"现在我把台词给忘了。"

一阵代表远方隆隆炮火的煎锅锅底敲击声响起，又打断了他的话头。

"这又是什么意思？"巴克斯特先生恼火地质问道。

"河口湾上的炮响。"

"你这是在干扰我记台词，琼斯先生。"

"继续吧，"琼斯说，"序曲已经结束。气氛也营造好了。1940 年的伦敦。"巴克斯特先生朝他投去委屈难过的一瞥，然后重新大声宣布："下面是戏剧独白《防空队员的巡逻》，由前任空袭警报哨 X 先生创作。"他举起手掌遮住眼睛上方，仿佛是挡开掉落的玻璃碎片，然后开始朗诵起来：

> 照明弹落在尤斯顿路、圣潘克拉斯区
> 和古老可亲的托特纳姆路[1]上，
> 防空队员在辖区内独自巡逻，
> 见自己的身影好似一片云朵。

---

1 此三地均位于伦敦市中心，在二战初期德军对英国的轰炸中曾受到严重破坏。

海德公园里爆发出隆隆炮响，
第一枚炸弹呼啸着从天而降，
防空队员向苍天挥舞着怒拳，
大声嘲笑希特勒的昭著恶名。

伦敦屹立，圣保罗大教堂岿然不倒，
我们这里每失去一条生命，
德国便多一人心生诅咒，
反抗他们恶魔般的元首。

枫树街被炸，高尔街变冥府，
皮卡迪利大街烈焰熊熊——但一切都好。
我们用配给的面包干杯庆祝，
因为闪击战已死在蓓尔美尔街上。

尖厉的口哨声高亢响起，巴克斯特先生猛然挺身立正，大声宣布：
"警报解除。"

"来得正是时候。"史密斯太太回道。

费尔南德斯先生激动地大叫起来："不，不。哦不，先生！"我心想，除了史密斯太太，大家应该都会同意演出已经达到高潮，接下来不管有什么节目都会让晚会开始走下坡路了。

"这时候就该多来点香槟啊，"琼斯说，"服务员！"

乐队全部返回厨房里去了，只有指挥响应琼斯的请求留了下来。"把香槟算在我头上，"琼斯说，"你比谁都值得干上一杯。"

巴克斯特先生突然在我身边坐下，开始全身打战。他的手紧张地敲着桌面。"别管我，"他说，"我一直都这样子。舞台恐惧症会在事后发作。你说，大家是不是很欣赏我的表演？"

"非常欣赏。"我说，"你从哪儿找到那顶钢盔的？"

"它只是我随身带着压箱底儿的东西之一。不知怎么的，我从来没有和它分开过。我想你也是一样吧——有些东西你会一直留着……"

这话倒也不假：和钢盔比起来，我保留的东西更方便携带，却也同样毫无用处——几幅照片，一张旧明信片，摄政街附近一家夜总会早已过期的会员凭据，蒙特卡洛[1]那家赌场的当日有效入场券。我敢肯定，要是我把我的袖珍笔记本拿出来翻，我还能找出半打像那样的旧物。"蓝牛仔裤是我从二副手里借来的——但它的剪裁却是外国样式。"

"我给你倒杯酒吧。你的手还在发抖。"

"你真的喜欢这首诗？"

"它十分生动。"

"那好，我要告诉你一件事，以前我从来没对任何人讲过。我就是那个前任空袭警报哨 X 先生。这首诗是我自己写的。在 1941 年 5 月的闪击轰炸过后。"

"你还写过不少别的东西吗？"我问。

"没有了，先生。哦，除了另外一首——是关于一个孩子的葬礼的。"

"请注意，各位先生们，"事务长宣布道，"如果看一下手里的节目单，你们就会发现，下面是费尔南德斯先生答应为我们表演的特别节目。"

事实证明，那的确是一个非常特别的节目，因为费尔南德斯先生突然间泪如泉涌，就像巴克斯特先生猛地开始全身打战那样。他这是

1　蒙特卡洛（Monte Carlo）：摩纳哥公国的一座城镇，位于地中海沿岸的法国里埃维拉地区，以其赌场和豪华酒店而闻名。

香槟酒喝太多了吗？还是说他真的被巴克斯特先生的朗诵给打动了？对此我颇感怀疑，因为他好像除了"是"和"不"以外就没掌握几个英文单词。可现在呢，他直挺挺地坐在椅子里，痛哭流涕。他哭起来仍然十分端庄不失身份，而我心想："我还从没见过黑人哭鼻子呢。"我曾经见过他们大笑、发怒、害怕时的样子，但从来没有人像眼前这人一样被难以言喻的悲伤所压倒。我们沉默地坐在那里看着他，谁都帮不上忙，我们没法和他交流。他的身体微微战栗，就像交谊厅伴随轮船发动机的震动而在颤抖一样。我不由心想，说到底，在我们驶近那个黑暗的共和国的路上，这个节目比音乐和歌曲更合适。在我们要去的地方，有很多事情能让我们所有人流下泪水。

接着，我看到史密斯夫妇头一回表现出了他们最好的一面。刚才史密斯太太快言快语地给了可怜的巴克斯特先生当头一棒，令我心生厌恶——我猜想，只要是任何关于战争的诗歌都会冒犯到她；但她现在是我们当中唯一一个向费尔南德斯先生伸出援手的人。她在他身旁坐下，什么话也没说，只是拉住他的手放入自己掌中，然后用另一只手轻轻抚摸他粉红色的手心。她就像一位母亲，在一群陌生人中间抚慰着自己的孩子。史密斯先生也跟在她身后走过去，坐在费尔南德斯先生另一侧，于是他们形成了一个与外界隔离的小团体。史密斯太太嘴里发出轻轻的咯咯声，就像是在哄自己的孩子。然而，一如他突然开始那样，费尔南德斯先生突然停止了哭泣。他站起身，将史密斯太太那只粗硬起茧的苍老手掌捧到嘴边，亲吻了一下，然后大步走出了交谊厅。

"哎哟，"巴克斯特诧异地大喊起来，"你们说说，这到底是咋回事儿……？"

"太奇怪了，"事务长说，"真是太奇怪了。"

"有点叫人扫兴啊。"琼斯说。他抓起香槟酒瓶，但瓶里是空的，于是他又放下了它。指挥也拾起长柄烤叉，回厨房去了。

"可怜的人，他心里有烦恼。"史密斯太太说。需要做出的解释就这么多，她看着自己的手，似乎指望能在皮肤上看到费尔南德斯先生留下的完整唇印。

"真是太叫人扫兴了。"琼斯重复道。

史密斯先生说："如果可以的话，我想提一个建议，也许我们现在应该合唱《友谊地久天长》，来结束今天的娱乐演出。马上要到午夜了。我不想让费尔南德斯先生独自待在下面，以为我们还要在这里继续——闹腾。"到目前为止，我觉得我们的庆祝活动不应该用"闹腾"这个字眼来形容，但我同意他的原则。我们现在没有乐队伴奏了，但琼斯先生坐到钢琴前，勉强弹出了一首难听的曲调。我们相当忸怩地牵起手来共同歌唱。少了厨子、琼斯和费尔南德斯先生，我们围成的圈子变得非常小。我们尚未体验到多少"旧日朋友"的情谊，杯中的美酒却早已喝干。

七

午夜过后，琼斯敲响了我的客舱房门。我正在处理一些文件，想销毁一切可能会被海地当局负面解读的东西——例如，为了卖掉我的酒店，我曾经和潜在的买家有过几封书信往来，其中几封信里提到了海地的政治局势，现在它们就有这种危险。我全心投入在自己的沉思中，所以当琼斯敲响房门时，我感到很紧张，就好像自己已经回到了那个共和国，而门外站着的是一名通顿·马库特。

"我没打搅你睡觉吧？"琼斯问。

"我还没换睡衣。"

"今晚我觉得挺遗憾的——事情不像我希望的那么好。当然了，准备的材料也很有限。你知道吗，我对在船上度过最后一夜有种特别的感觉——以后大家可能就再也不会见面了。就像在除夕夜，你想让那个古怪的老头子[1]一路走好。他们不是有种说法叫'善终'吗？我不喜欢那个黑人哭成那副德行。就好像他看到了什么事儿似的——以后发生的事儿。当然了，我不是个笃信宗教的人。"他乖巧地看了我一眼，"我看你也不是。"

我有一种模糊的感觉，他来我的舱房是别有用心的——不只是为了表达自己对娱乐节目的失望，也可能是想向我提出请求或者问题。如果他位高权重，有能力来威胁我，我甚至会怀疑他就是跑过来威胁我的。他身上裹着一层含混暧昧的外衣，如同穿着一套花哨的西服，看上去还为此沾沾自喜，好像在说："你看我是怎样的人，就得当我是怎样的人。"他继续说："事务长说你真的有那家酒店……"

"你不相信？"

"也不全是。但你看起来不像那种人。有时候我们在护照上提供的信息未必就准确嘛。"他大声说，亲切的口气中带着一股合情合理的味道。

"你在护照上写的什么？"

"公司主管。挺真实的——在某种程度上。"他承认道。

"不管怎样，这个头衔够含糊的。"我说。

"那你呢？"

"商人。"

---

1 此处"古怪的老头子"指时间老人（Father Time），通常被描绘成一名满脸胡须、身穿长袍，手持长柄镰刀和沙漏的老人形象，在除夕夜用来指代过去的一年（旧年）。与之对应，新年被描绘成一个可爱的新生婴儿形象（Baby New Year）。

"这个不是更含糊嘛。"他得意地高喊。

在我们相处的短暂时间里,半遮半掩的探问成了我们之间关系的基础:虽然从大的事情上看,我们通常会假装接受对方口中的故事,但我们也会去抓住话中那些细微的线索。我猜,我们当中那些将生命的一大部分用于掩饰伪装的人,不管是对女人、伙伴,甚至是我们自己,都迟早会嗅出同类的气息,了解彼此。我和琼斯到头来打探出了对方相当多的底细,因为只要是能说的时候,我们还是会透露一点事实。这是一种经济节省的形式。

琼斯说:"你以前在太子港住过。你一定认识那边的某些大人物吧?"

"他们经常来了又走。"

"那军队里呢,比方说?"

"他们都跑光了。'爸爸医生'不信任军队。我相信,参谋长正躲在委内瑞拉大使馆里。将军安全地待在圣多明各。几个上校留在了多米尼加大使馆,还有三个上校和两个少校关在监狱里——如果他们现在还活着的话。你有介绍信要给他们?"

"也不全是啦。"他说,但他看上去有点不安。

"别急着把介绍信拿出来,最好先确认一下你要找的人是否还活着。"

"我有一张海地驻纽约总领事写的便条,推荐我……"

"你要记住,我们在海上已经待了三天。这段时间里能发生很多事情。总领事也许已经去寻求庇护了……"

他就像事务长那样说道:"既然局势是这个样子,我很好奇你为什么还要回来。"

编造谎言比道出真相更耗心费神,而且时间也很晚了。"我发觉自己很想念这个地方，"我如实说，"安稳日子有时就像危险生活一样叫人心烦。"

他说："是啊，我还以为我在战争中已经尝够了危险的滋味呢。"

"你以前在哪支部队里服役？"

他冲我咧嘴一笑，我打出这张牌的意图过于明显了。"哦，那些日子里我可是有点漂来漂去的。"他说，"我在许多部队里待过。跟我说说，咱们的大使是个什么样的人？"

"我们没有大使。他在一年多以前就被赶走了。"

"那就说说代办吧。"

"他做自己能做的事情。趁他还能做的时候。"

"我们似乎正在驶向一个奇怪的国家。"

他走到舷窗前面，仿佛指望着能越过最后两百英里的海面望见那片土地，可除了舱房里的灯光，外面什么也看不见，光线横躺在漆黑的大海上，好似一层黄色的浮油。"那里再也不是旅行者的天堂咯？"

"没错。其实它从来都不是。"

"但对想象力丰富的人也许还有一些机会？"

"那要看情况。"

"看什么情况？"

"看你心里揣着多少顾虑。"

"顾虑啊？"他朝舷窗外望去，远眺海波起伏的黑夜，好像正在小心地掂量这个问题，"哦，好吧……顾虑要付出很大代价呢……你说那个黑人到底为什么要哭啊？"

"我不知道。"

"今天真是一个不寻常的夜晚。我希望下一次我们会做得更好。"

"下一次？"

"刚才我在想今年年终的事儿。不管我们可能在哪儿。"他从舷窗前走回来，说，"唉，到了该闭眼的时辰了，对吧？还有那个史密斯，你说他想搞什么名堂啊？"

　　"他干吗要搞出什么名堂呢？"

　　"也许你是对的。别管我。现在我要走了。旅途已经结束。现在一切都无法挽回了。"他将一只手搭在门上，又补充道："我本来想让大家高兴高兴的，可惜不太成功。闭眼睡觉才是一切的答案，对吧？或者只有我的看法如此。"

第二章

　　我正在重返这个充满恐怖与挫败的国度，心里原本就没抱多少希望，但随着"美狄亚"号缓缓进港，每一样熟悉的景物都给我带来了某种愉悦之情。崇山峻岭间的肯斯科夫 [1] 照常有一半隐藏在深影之中，巨大的山地俯瞰着太子港全城。夕阳西下，从港口附近的新建筑群投来一片玻璃反射的闪光，它们是为了举办一次国际展会而兴建的，体现了所谓的现代风格。一尊哥伦布的石像守望着我们驶进港口——我和玛莎以前曾趁着夜色在这里幽会，直到宵禁将我们投入各自的牢笼，我困在我的酒店，她待在她的使馆，彼此连一部能用来联络的电话都没有。黑暗中，她经常坐在丈夫的轿车里，打开大灯回应我的亨伯牌轿车发出的声响。我寻思在过去的一个月里，既然宵禁已经解除，她是否会选择另外一个幽会的场地，另外我也好奇她会跟谁在一起。她已经找到了另一个代替我的情人，对此我毫不怀疑。如今没有人会指望伴侣忠贞不渝。

　　我的思绪沉浸在太多令人伤神的想法中，同船的乘客都被我抛

1　肯斯科夫（Kenscoff）：城镇名，位于海地东南部山区，距太子港 10 公里，平均海拔高度约 1500 米。

在了脑后。从英国大使馆那里我没有等到任何消息，因此我认为目前的情况一切尚好。入境处和海关里是一如以往的混乱。我们的船是唯一一艘停泊在港口里的船，但棚屋里依然人满为患：搬运行李的脚夫，接连几个礼拜没有生意上门的出租汽车司机，警察，偶尔还有几个通顿·马库特，个个鼻架墨镜头戴软帽，此外，全是乞丐，周围到处都是伸手乞讨的叫花子。他们就像雨季的水一样无孔不入。一个无腿男人坐在海关柜台下面，活像一只关在笼里的兔子，无声地比划着一出哑剧。

一个熟悉的身影挤过人群向我靠拢。和往常一样，他总是在机场里出没，而我完全没有料到今天会在这里见到他。他是一名记者，每个人都知道他叫小皮埃尔——是一个混血儿，而在这个国家里，混血人种是贵族阶级，随时等待着囚车隆隆驶近。有人相信他和通顿·马库特有来往，不然到目前为止，他怎么会一直能躲开他们的毒打或是更糟糕的待遇呢？可是在他主编的漫谈专栏里，偶尔也会有几段文字流露出一股对当局嘲讽挖苦的奇怪勇气——也许他是自信警察从字里行间读不出他的弦外之意吧。

他一把抓住我的双手，仿佛我们是最亲密无间的老朋友，然后用英语问候道："哎呀，布朗先生，是布朗先生啊。"

"你好啊，小皮埃尔。"

他仰起头冲我咯咯一笑，还踮起穿着尖头皮鞋的双脚，因为他是一个瘦小的矮个子。他就和我记忆中的他一模一样，显得滑稽可笑。甚至连当下的时局在他眼里也是滑稽可笑的。他动作灵敏好似猿猴，现在他就仿佛在拿笑声作绳索，在墙壁间荡来荡去。我曾经一直觉得，当最后的时刻到来时，他会像英勇的中国人一样面对行刑的刽子手放声大笑，而那个时刻终有一天会在他那安危不定的抗争生活中降临。

"真高兴见到你，布朗先生。百老汇的辉煌灯火怎么样啊？还有玛丽莲·梦露呢，大量上好的波本威士忌呢，贩卖私酒的地下酒吧呢……"他已经有点过时了，三十年来，他从未去过比牙买加首都金斯敦更远的地方。"把护照交给我吧，布朗先生。你的行李票在哪儿？"他将它们举过头顶四下挥舞，推搡着挤过了周围混乱的人群，安排好了每一件事情，因为他什么三教九流的人都认识。甚至连海关里的人也放行了我的行李，没有开箱查验。他和站在门口旁边的一个通顿·马库特讲了几句话，等我从海关大门里钻出来时，他已经为我找好了一辆出租车。"请坐，请坐吧，布朗先生。你的行李马上就到。"

"这里的情况怎么样？"我问。

"和往常一样。一切都很平静。"

"没有宵禁？"

"为什么要宵禁呢，布朗先生？"

"报纸上说北边有叛乱。"

"报纸？是美国报纸吗？你可不会相信美国报纸上说的那些话，对不对？"他在出租车车门旁弯下身，将脑袋伸进车内，带着他那份古怪的乐呵劲儿对我说："看到你回来，布朗先生，你可想象不出我有多高兴哪。"我差点就信了他的话。

"干吗不回来？我不就是这儿的人吗？"

"当然，你就是这儿的人，布朗先生。你是海地的一位忠实朋友。"他又咯咯一笑，"但不管怎样，最近已经有很多忠实的朋友离开了我们。"他压低嗓门，将音调往下降了一度，"政府被迫接管了几家无人经营的酒店。"

"谢谢你的警告。"

"任凭房产变旧可不是什么好主意。"

"好体贴的想法。现在谁住里面？"

他咯咯笑道："政府的客人。"

"它们现在用来招待客人了？"

"有一支波兰代表团曾经住过，但他们很快就走了。你的行李送来了，布朗先生。"

"熄灯前我到得了'特里亚农'吗？"

"到得了——只要你是直接过去就行。"

"我还能上哪儿去？"

小皮埃尔轻笑一声说："让我陪你去吧，布朗先生。在太子港和佩蒂翁维尔[1]中间现在架起了路障。"

"好啊。上车吧。只要能避开麻烦，怎么都成。"我说。

"你去纽约做什么呀，布朗先生？"

我如实回答："我想找人收购我的酒店。"

"运气不好？"

"压根就没碰上好运气。"

"偌大的国家里就没有一家企业想来？"

"你们赶走了人家的军事代表团，召回了大使，人家还怎么能对你们有信心呢？老天啊，我居然完全给忘了。船上还有一位总统候选人没下来。"

"一位总统候选人？应该有人事先提醒我才对啊。"

"他做得不太成功。"

"都一样。一位总统候选人哪。他来这里有何贵干？"

"他有一封给社会福利部长的介绍信。"

"菲利波医生？可是菲利波医生他……"

"出什么事了吗？"

1　佩蒂翁维尔（Pétionville）：海地共和国首都太子港的卫星城市。位于海地南部塞勒山地北缘，距太子港 10 公里，海拔 460 米。市内多饭店、宾馆，并建有大片住宅，为度假休养地。有公路与太子港相连。

"政治这玩意儿你懂的。在任何国家都一样。"

"菲利波医生下台了？"

"他已经有一个星期没露面了。据说他正在休假。"小皮埃尔碰了碰出租车司机的肩膀，"停车，我的朋友¹。"我们还没有开到哥伦布雕像那里，暮色却正在飞快地降临。他说："布朗先生，我觉得我最好还是回去找到他。你也知道在你自己的国家里事情是怎么做的——我们必须避免给客人留下错误的印象。要是我去英国，身上却带了一封给麦克米伦先生²的介绍信，那可就不妙了。"他一边离去一边朝我挥手，"不久我就会去找你喝杯威士忌。看到你回来我真是太高兴，太高兴了，布朗先生。"说完他便走开了，身上依然带着那股子兴高采烈的乐呵劲儿，毫无来由可言。

我们继续开车上路。我问司机——他很有可能是通顿·马库特的密探——"熄灯前我们到得了'特里亚农'酒店吗？"他只是耸耸肩。泄露信息可不是他的工作本分。外交部长办公用的会展大厦里依然灯火通明，哥伦布雕像旁停着一辆标致牌轿车。当然，在太子港有许多辆标致牌轿车，而我也无法相信她会那么残忍无情或庸俗无趣，竟然要选择在同一处地点和别人幽会。但我还是对司机说："我就在这里下。把我的行李带到山上的'特里亚农'酒店里去。约瑟夫会付你钱。"我再也不会比现在更"小心谨慎"了。掌管通顿·马库特的上校明天一早肯定就会确切得知我是在哪里下的车。我唯一做出的预防措施就是盯着那个人真的把车开走。我望着出租车尾灯远去，直至它们在视野中消失。接着，我朝哥伦布雕像和那辆停在旁边的轿车走去。

---

1 原文为法语"mon ami"。

2 莫里斯·哈罗德·麦克米伦（Maurice Harold Macmillan, 1894—1986）：英国著名政治家、教育家、作家，1957 年任英国首相，1963 年因受到政治丑闻"普罗富莫事件"（Profumo Affair）的影响而惨淡下台。

我走到车尾，看到了带有 C.D.[1] 标志的汽车牌照。这是玛莎的车，她正独自一人坐在里面。

我注视了她好一会儿，没有被她发现。这时我脑中闪过一个念头：我可以一直等在这里，离她就几码远，直到我看清前来和她相会的那个人是谁。紧接着，她扭头往我所在的方向看过来，她知道有人正在监视自己。她将车窗摇下半英寸，用法语厉声问："你是谁？你想干什么？"她似乎把我当成了港口中那些数不清的叫花子中的一员。随后，她打开了车前灯。"哦，上帝啊！"她惊呼一声，"你已经回来了。"她的口气听上去就像是她得了一场反复发作的热病。

她推开车门，我钻进车里坐在她身旁。从她的亲吻中我能感觉到疑虑不安和恐惧。"你为什么要回来？"她问我。

"我想是因为思念你吧。"

"你非得在跑开以后才能发现这个事实吗？"

"我希望，如果我离开了，事情也许会有所改变。"

"什么都没有变。"

"你在这里做什么？"

"在这里想你，比在其他地方都要好。"

"你不是在等人？"

"不是。"她抓起我的一根手指，扭得它生疼，"知道吗，我也可以当几个月圣人。除了在梦中。我在梦中背叛过你。"

"我对你也一直很忠诚——以我的方式。"

"你不用现在就告诉我，"她说，"你的方式是什么。只要安静下来就好。留在这儿。"

我从了她。我的心里半是喜悦，半是愁苦，因为情况再清楚不

---

1 此处的 "C.D." 是法语 "corps diplomatique"（外交使团）的首字母缩写。

过了，什么事都没有变，只有一样除外：我们不会在哥伦布雕像旁边分手道别——今天我没开车过来，她得把我送回去，得冒着在"特里亚农"附近被人看见的风险。甚至在和她享受鱼水之欢时，我也在试探她。如果她刚才是在等待另一个情郎与她幽会，那现在她肯定没有胆量向我求欢。但紧接着，我又告诉我自己，这是一场不公平的试探——她可是什么事情都做得出来的。正是这份无所畏惧将她和她丈夫绑在了一起。她发出一声我记忆中熟悉的轻叫，然后用手堵住了嘴。她紧绷的身体松弛下来，整个人就像一个疲惫的孩子，偎依在我的膝上。她说："我忘了关窗户。"

"我们最好赶在熄灯前上山去'特里亚农'。"

"你找到买主了吗？"

"没有。"

"我很高兴。"

公园里，伫立的音乐喷泉化作一团黑影，没有水流，没有音乐。电灯泡在暮色中闪烁，显出那条宣言："我是海地的旗帜，统一而不可分割。弗朗索瓦·杜瓦利埃。"[1]

我们经过通顿·马库特烧毁的房屋所剩下的漆黑房梁，爬上山冈，向佩蒂翁维尔驶去。上山途中有一道路障。一个穿着破衬衫和灰裤子，头戴一顶想必是从垃圾桶里捡来的旧软帽的男人走到车门旁，垂在他身上的步枪枪口朝下。他命令我们下车接受检查。"我会下车，"我说，"但这位女士是外交使团的人。"

"亲爱的，别大惊小怪，"玛莎说，"特权这种东西如今已经不存在

---

[1] 此处原文为法语。前半句"我是海地的旗帜"（Je suis le drapeau Haïtien.）仿照法国国王路易十四的名言"朕即国家"（L'état, c'est moi.），后半句"统一而不可分割"（Uni et Indivisible.）引自法国《1793 年宪法》（又称《雅各宾宪法》或《共和元年宪法》）的第一条"法兰西共和国是统一而不可分割的"（La République française est une et indivisible.）。老杜瓦利埃本人生前在公开演讲中也经常如此宣称。

了。"她带头走到路边，把双手放在头上，对那个民兵露出一丝令我厌恶的微笑。

我说："你没看见车牌上写着 C.D. 吗？"

"而你就看不出来，"玛莎说，"他不认得字吗？"民兵碰了碰我的臀部，用双手在我两腿间上下摸索了一阵。然后他打开了轿车的行李厢。这番搜索不是特别利落，但也很快就结束了。他在路障中间清出一条通道，放我们过去。"我不想让你独自开车回家，"我说，"我会借一个侍童给你——要是我还有一个留下的话。"接着，开了半英里后，我的思绪又回到了原先的那份猜疑上面。如果说丈夫对妻子的失贞是出了名的无知无觉，我猜想，情夫的毛病则正好相反——他在任何地方都能看到出轨的痕迹。"告诉我，刚才你等在雕像旁边，到底在做什么？"

"今晚别犯傻了，"她说，"我很幸福。"

"我从未写信告诉过你我要回来。"

"那里是个想你的好地方，仅此而已。"

"刚好在今天晚上，这似乎也太巧了点吧……"

"你以为我就只有今晚在费神想你吗？"她补充道，"路易有一次问我，既然宵禁现在已经解除了，你怎么晚上不出去找人打金罗美呢。于是，第二天傍晚，我就像往常一样开车出门了。我没人可看，无事可做，所以就开到了雕像那儿。"

"那路易还满意咯？"

"他一直都很满意。"

突然，在我们的四周、上面和下方，灯火全灭。只有港口附近和政府大楼那里还亮着。

"但愿约瑟夫为我回家准备了一点汽油。"我说，"但愿他既忠贞又聪明。"

"他忠贞吗？"

"嗯，他纯洁着呢。自打通顿·马库特把他踹得死去活来以后。"

我们开进了陡峭的车道，两旁排列着棕榈树和三角梅[1]。我一直感到好奇，原来的主人为什么要给这座酒店取名叫"特里亚农"[2]。取其他任何名字都比这个更合适。酒店的建筑风格既不是18世纪的古朴典雅，又不是20世纪的时尚奢华。诸多的塔楼、阳台和木质回纹装饰，让它在夜里带上了一丝阴森荒凉的气息，就像有几期《纽约客》杂志上登载的查尔斯·亚当斯[3]漫画里的古宅。你会以为给你开门的是一个巫婆，或是一名疯管家，而在他身后的枝形吊灯上还倒挂着一只大蝙蝠。可是，在阳光映照下，或者当灯火在棕榈树丛间亮起时，它却又显得单薄脆弱、古色古香、精致漂亮、怪诞荒唐，宛若童话故事书中的一幅插画。从前，我已经逐渐爱上了这个地方，而今，在某种程度上，我为自己没能找着买家而感到高兴。我相信，如果我再多拥有它几年，我就会觉得自己有了一处家园。建立家园须待以时日，一如情妇变为妻子也要花上不少时间。就连我那个合伙人的暴毙横死也未曾严重干扰我对它的这份占有式的爱。我本想用法语版《罗密欧与朱丽叶》中洛朗神父的话作为评价，那句话我有充分的理由记在脑中：

> "治乱之道
>
> 不在此乱中。"[4]

1　三角梅（bougainvillaea）：又名"九重葛"或"叶子花"等，为常绿攀援状灌木，在全世界分布广泛。

2　在法语和西班牙语中，"特里亚农"（Trianon）一名暗含"环境优美、自然和谐、令人心生愉悦"之意。在法国凡尔赛官中，即修建有"大特里亚农宫"（Grand Trianon）和"小特里亚农宫"（Petit Trianon），带有18世纪洛可可风格和新古典主义风格。

3　查尔斯·亚当斯（Charles Addams, 1912—1988）：美国著名漫画家，以黑色幽默漫画著称，其中有很多漫画经常登载在《纽约客》杂志上。代表作有《亚当斯一家》（The Addams Family）。

4　原文为法语"Le remède au chaos / N'est pas dans ce chaos"。

治乱之道在与我的合伙人完全无关的成功之中：在游泳池边传来的叫喊声中；在约瑟夫调制他那出名的朗姆潘趣酒时从酒吧里传出的冰块撞击声中；在从城里驶来的一辆辆出租车中；在走廊上人们享用午餐时的众声喧哗中。而到了夜里，在夜晚的鼓手和舞者中间，还有那头戴高顶礼帽的星期六男爵——一个诡异可怕的身影，在被灯光照亮的棕榈树下优美地踩着芭蕾般的舞步。所有的这一切我都曾亲身体验过，尽管只有很短的一段时间。

我们在黑暗中停住汽车，我又亲吻了玛莎：这依然是一次试探。我无法相信在三个月的寂寞后她仍旧对我保持忠诚。或许——这个猜测比另外一个要好一点，没那么令我生厌——她已经再次投入了丈夫的怀抱。我紧紧搂住她，问："路易怎么样了？"

"老样子，"她说，"一直都是老样子。"但我又心想，她以前肯定是对他有情的。这便是不正当的恋爱关系所带来的痛苦之一：就连情妇最热忱的拥抱也只会证明感情无法长久维系。我曾经见过路易两面，第二次是在大使馆举办的一场鸡尾酒会上，我是参会的三十位嘉宾之一。在我看来，大使先生——那个体形臃肿、年近五旬，头发像擦净的皮鞋一般闪亮的男人——不可能没有留意到，我和玛莎那曾无数次穿过人群熙攘的房间交会在一起的目光，还有在我们擦身而过时，她用手给予我的隐秘触碰。然而，路易始终表现得气定神闲、高人一等：这里是他的大使馆，这位是他的夫人，这些人是他的宾客。装火柴的纸板盒上印着他的姓氏首字母，甚至在他的雪茄烟的纸带上也有。到现在我都还记得，他高举着鸡尾酒杯迎向灯光，向我展示玻璃杯上一幅精致的公牛面具蚀刻图案。他说："这是我让人在巴黎为我特别设计的。"他有着强烈的占有欲望，但也许他对出借自己占有的东西不会在意。

"我不在的时候，路易安慰过你吗？"

"没有。"她说，我暗暗咒骂自己胆小懦弱，竟然问出这么含混模糊的问题，结果她的回答也是模棱两可。她补了一句："没有人安慰过我。"我旋即开始寻思"安慰"这个字眼所代表的所有含义，也许她是从中挑了一个来证明她所言不虚。因为她的话里确实带有一些真实的感觉。

"你身上的香水味变了。"

"这是路易在我生日时送的。你给我的已经用完了。"

"你的生日。我忘了……"

"没关系。"

"怎么约瑟夫这么久还没出来，"我说，"他肯定听到声响了。"

她说："路易对我很好。你才是唯一那个狠心将我踹来踹去的人。就像通顿·马库特对约瑟夫那样。"

"你这话什么意思？"

一切一如往昔。见面十分钟后，我们共赴巫山云雨，可半小时后，我们便开始吵架怄气。我下了车，在一片黑暗中踏上酒店的台阶。在台阶顶部，我差点被我的行李绊倒，肯定是那个出租车司机把它们晾这儿不管了。我大声呼喊："约瑟夫，约瑟夫。"却无人回应。走廊在我的左右两边伸展，却没有一张餐桌摆出来供客人就餐。透过酒店敞开的大门，我能看见酒吧柜台，柜台旁点着一盏小小的油灯，和儿童睡床边或病人卧榻前的那种小油灯毫无二致。这就是我的豪华酒店——一小圈光线勉强照在半瓶朗姆酒、两只高脚凳和一个苏打水虹吸瓶上，水瓶缩在阴影中，活像一只带着长喙的小鸟。我再次呼喊："约瑟夫，约瑟夫。"依然没有人回话。我走下台阶回到车前，对玛莎说："你在这里等一会儿。"

"出了什么事？"

"我找不到约瑟夫。"

"我该回家了。"

"你不能一个人走。不用这么着急。路易可以再等一会儿。"

我重新踏上台阶走向"特里亚农"酒店。"这是海地知识分子生活的中心。一座为美食鉴赏家和本地民俗爱好者提供同等优质服务的豪华酒店。欢迎前来品尝用海地最上好的朗姆酒调制的特色饮料,在豪华泳池中戏水畅游,欣赏动听的海地鼓乐,观看优美的海地舞蹈。在'特里亚农'酒店,您将与海地的精英知识分子共聚一堂,众多的音乐家、诗人和画家将这里视为社会文化中心……"旅游手册上的这番话差不多曾经句句属实。

我在吧台下摸索着,找出了一只手电筒。我穿过大厅,来到自己的办公室,只见书桌上摊满了旧账单和收据。虽说原本我就没指望会有宾客入住,可现在甚至连约瑟夫都不在了。这趟家回的,我心想,可真不是滋味啊。办公室下方便是那座豪华泳池。平常在这个点上,应该正是想品尝鸡尾酒的宾客陆续从城里其他酒店赶来的时候。在以前那些光景好的日子里,除了那些已经预订了往返程旅行、费用已经全部打包算好的游客以外,很少有人会不来"特里亚农"而去其他地方喝酒。美国人总是喜欢喝干马提尼酒。到了午夜时分,有些人会在泳池里裸泳。有一次,在深夜两点钟,我向窗外望去,只见一轮巨大的黄澄澄的明月下,一个女孩正在游泳池里做爱。她的双乳压在池边,我看不清她身后的那个男人。她没有注意到我在看她,她什么都没有注意到。那天夜里,在入睡之前,我心里说:"我已经成功了。"

我听到花园里从游泳池的方向传来了一阵脚步声,是一个跛足男子不规则的脚步声。自从约瑟夫碰上了那帮通顿·马库特之后,他就只能一瘸一拐地走路了。我正要踏出办公室,到走廊上跟约瑟夫碰头,这时我又朝书桌看了一眼。有什么东西不见了。我不在酒店的这段日子里所堆积的所有账单全在桌上，可是那个形状像一口棺材，上面刻着字母 R.I.P.[1] 的黄铜小镇纸去哪儿了？它是有一年圣诞节我在美国迈阿密给自己买的，虽然不值几个钱，只花了我两美元七十五美分，但它是我的东西，我喜欢它，而现在它却不翼而飞了。为什么事情要在我们离开时发生变化呢？就连玛莎也换了身上用的香水。生活越是不安稳，人就越不喜欢微小的细节发生改变。

我出门到走廊上去找约瑟夫。我能看见他手里的灯火，正沿着从游泳池那边过来的曲折小径蜿蜒而行。

"是您吗，布朗先生？"他紧张不安地朝上方叫喊。

"当然是我。我回来的时候你怎么不在这儿？你为什么要把我的行李留在……"

他站在下面仰望着我，黑色的面庞上挂着一副病恹恹似的愁容。

"刚才是皮内达夫人好心让我搭顺风车回来的。我要你开车带她回城里去。你可以坐公交车回来。园丁在这里吗？"

"他走了。"[2]

"厨子呢？"

"他走了。"

"我的镇纸呢？我的镇纸怎么了？"

他呆望着我，似乎没听明白是怎么回事。

"我走以后这里连一个客人都没有吗？"

"没有，先生。只有……"

"只有什么？"

"四个晚上前，菲利波医生他来这儿了。他说不要告诉任何人。"

---

1 拉丁语 "Requiescat In Pace"，首字母缩写即为 "R.I.P."，天主教祷词，愿死者灵魂安息之意。

2 此处原文为 "He go away"，因约瑟夫受教育程度不高，故其所说的英语中存在诸多错误和不通顺之处，这一点在后文的多段对话中亦有体现。

"他想做什么？"

"我告诉他别待这儿。我跟他说通顿·马库特在这里找到他。"

"他怎么做的？"

"他还是待下了。后来厨子走了，园丁走了。他们说等他走了他们回来。他人病得很厉害。所以他要待下来。我说到山上去，可他说不走，不走。他的脚它们肿得可怕。我让他在你回来前走。"

"一回来就要面对乱七八糟的烂摊子，"我说，"我会跟他谈谈。他住哪个房间？"

"我听到汽车声，就朝他叫唤——是通顿，快出来。他很累。他不想走。他说：'我老了。'我对他说，如果他们在这里找到你，布朗先生他也会跟着一起完蛋。我说，要是通顿在路上找到你，对你来说都一样，但如果他们在这里抓住你，布朗先生他就完了。我告诉他我过去和他们说话。然后他就快快出去。可是原来只是那个笨蛋司机送行李……所以我又跑去告诉他。"

"我们要拿他怎么办，约瑟夫？"菲利波医生在政府官员中间不算是坏人。在他任职的第一年，他甚至做了一些努力，想改善码头旁边棚户区的情况。他们在德塞街的尽头修建了一座水泵，将他的姓名铭刻在一块冲压出来的锻铁铭牌上，但水泵始终没有接上水管，因为承包商们没有拿到足够多的回扣。

"我进他房间的时候他已经不在那里了。"

"你觉得他已经上山去了？"

"不是的，布朗先生，不是上山去了。"约瑟夫说。他站在我下方，低垂着脑袋。"我看他是去做了一件非常糟糕的事。"他压低声音补了一句："愿他的灵魂安息。"正是我那只镇纸上所镌刻的首字母铭文的含义，因为约瑟夫是一个虔诚的天主教徒，同时也是一个虔诚的伏都教教徒。"请吧，布朗先生，跟我来。"

我跟着他走下小径，向游泳池走去。曾几何时，在另一个纪元，在那个黄金年代，我曾见到那个美丽的女孩在泳池里做爱。如今，它已是空空荡荡。我的手电筒照亮了几处浅浅的积水，还有一堆杂乱的落叶。

"另一头。"约瑟夫告诉我，他站在原地纹丝未动，不肯再靠近一步。菲利波医生肯定是走进了跳水板投下的那道阴影中，如同藏身于狭窄的洞穴，现在他躺倒在阴影里缩成一团，膝盖向下巴靠拢，身上穿着一套齐整的灰色西服，就像一个年近半百的胎儿，已经装扮完毕，准备好要入土下葬。他先是割断了两只手腕，然后切开了喉管，以确保自己必死无疑。在他头上便是进水管的黑色圆形管口。我们只须打开龙头放水进来就能冲走血迹；他已经尽可能地为我们做出了考虑。他死去的时间很短，不会超过几分钟。我起初产生的念头都很自私：要是有人在你的游泳池里自尽，那可怨不得你。从大路上很容易就能直接走到游泳池边，不需要从酒店门口经过。以前曾有很多乞丐到这里来，向在泳池里游泳的宾客们兜售一些廉价劣质的木雕制品。

我问约瑟夫："马吉欧医生还在城里吗？"他点点头。

"你快去外面的车里找皮内达夫人，请她在回使馆的路上带你去马吉欧医生家。别告诉她原因。快把他带回来——如果他肯来的话。"在这座城市里，我想，他是唯一一个有胆量照料"男爵"敌人的医生，哪怕这个敌人现在已经彻底咽了气。可还没等约瑟夫踏上小径，外面就传来了一阵清脆的脚步声，接着我便听到了史密斯太太清楚无误的话音："纽约海关的人可以向这里的人学一学。他们对我们俩都非常客气。跟黑人比起来，你从白人那里可是永远都碰不到这样的礼遇。"

"小心啊，亲爱的，路上有个坑。"

"我看得清楚着呢。吃生胡萝卜对眼睛最有好处不过了，这位夫人是……"

"皮内达。"

"皮内达夫人。"

玛莎拿着一只手电筒走在最后。史密斯先生说："我们在外面的汽车上找到了这位好心的夫人。周围好像没什么人。"

"很抱歉。我完全忘记你们要住进来这件事了。"

"我以为琼斯先生也会一起来，但当时有个警察陪着他，我们就先走了。我希望他没有惹上什么麻烦。"

"约瑟夫，去把约翰·巴里摩尔套房收拾干净。要给史密斯先生和史密斯太太点上很多盏油灯。我必须为停电熄灯的事情道歉。它们随时都有可能恢复正常。"

"我们喜欢这样，"史密斯太太说，"让人感觉像是一场冒险。"

如果就像有些人相信的那样，逝者的魂魄会在其抛下的尸体上方盘旋一两个小时，那么菲利波医生的幽灵肯定正热切地等待着有人说出几句严肃的话，以便向他已然离弃的这一生表示些许敬意，奈何他命中注定要听到的却是一些最平凡不过的陈词滥调。我对史密斯太太说："你们介意今晚只吃鸡蛋吗？明天我会把一切都安排好，满足你们的需求。不巧的是，厨子昨天刚刚离开了这里。"

"别为鸡蛋的事费神了，"史密斯先生说，"说实话，我们对鸡蛋也有点儿忌讳。不过我们自己带了益舒多。"

"而且我还有我的保尔命呢。"史密斯太太说。

"只需要来一点儿热水就行，"史密斯先生说，"我和我太太都很容易适应的。您不必为我们担心。您这儿有这么好的一座游泳池啊。"为了让他们看清游泳池的大小，玛莎开始将手电筒的灯光移向远处的跳水板和深水区。我赶紧从她手上抢过手电筒，把光线照向带着回纹装饰的塔楼和俯瞰着棕榈树的一座阳台。楼上已经亮起了一盏灯，约瑟夫正在整理房间。"那里就是你们要住的套房，"我说，"约翰·巴里摩尔套房。从那里你们可以欣赏太子港全城的风景，海港，王宫，大教堂。"

"约翰·巴里摩尔[1]真的在这里住过？"史密斯先生问，"就在那个房间里？"

"那是我来这儿以前的事情了，但我可以把他的酒水账单拿给你看。"

"一个伟大的天才被毁掉了。"他伤感地评论道。

而我一直在思来想去的，却是灯火管制不久后便会结束，到时太子港的灯将会全部亮起。有些时候熄灯长达三小时，有些时候连一小时都不到——没有准数可言。我曾经吩咐过约瑟夫，我不在时"生意"要照常继续，因为谁知道会不会有一两个记者来这儿住上几天，撰写一篇关于这个无疑会被他们称作"梦魇共和国"的国度的新闻报道呢？或许在约瑟夫看来，"生意照常"的意思就是照常把棕榈树间的灯点亮，还有泳池周围的灯也点亮。我不想让总统候选人看到在跳水板下面有一具蜷缩的尸体——不想让他到达海地的第一个晚上就看到这样的惨状。这可不是我的待客之道。而且他不是也说过自己身上带着一封给社会福利部长的介绍信吗？

约瑟夫在小径的尽头现身了。我叫他先带史密斯夫妇去他们的房间，然后和皮内达夫人开车下山去城里。

---

1 约翰·巴里摩尔（John Barrymore, 1882—1942）：20世纪初美国著名戏剧和电影演员，因出演哈姆雷特一角，被誉为当时最伟大的莎剧演员，后因酗酒而沉沦。电影代表作有《化身博士》（1920）、《海上巨兽》（1926）、《风流伟人》（1939）等。

"我们的行李还在走廊上。"史密斯太太说。

"它们现在应该就在你们的房间里。灯火管制不会持续太长时间，我保证。请你们务必多多包涵。我们的国家太贫穷了。"

"这让我想起百老汇是多么浪费。"史密斯太太说，然后他们开始朝小径上走去，约瑟夫在前面提着灯盏带路，我不禁松了一口气。我仍然留在游泳池的浅水区那端，但现在我的眼睛已经适应了黑暗，我想我可以察觉到那具尸体躺在地上，像一座隆起的土堆。

玛莎问："出什么事了吗？"她用手电筒朝上照了一下我的脸。

"我还没来得及看呢。把手电筒借我用一下。"

"你刚才在下面干吗呢？"

我用手电筒照向离游泳池很远的棕榈树丛，装作是在检查上面的灯光设备。"在和约瑟夫说话。现在我们上去，好吗？"

"然后再撞见史密斯夫妇？我更情愿待在这儿。想想也挺奇怪的，我以前从没来过这儿。在你家里。"

"没有，我们一直都很小心。"

"你还没问我安格尔怎么样了。"

"对不起。"

安格尔是她儿子，这个叫人难以忍受的小孩也妨碍了我们幽会。他小小年纪却长得格外肥胖，他生着和他父亲一样的两只棕色纽扣似的眼睛，他喜欢吸吮夹心软糖，他会留意许多事情，而且他还会提出要求——一个劲儿地要求他母亲将全部注意力都只放在他的身上。在我们的恋爱关系中包含的柔情蜜意仿佛都被他吸走了，就像他吸吮出夹在糖果中间的糖汁那样，只须长长地吸口气便可。我们的谈话中有一半的主题全是他。"我现在必须走了。我答应过安格尔要念书给他听。""今晚我不能来见你了。安格尔要去电影院。""亲爱的，我今晚真是太累了——安格尔请了六个朋友到家里喝茶。"

"安格尔怎么样？"

"你不在的时候他生病了。得了流感。"

"但他现在已经好多了吧？"

"哦，是的，他好多了。"

"我们走吧。"

"路易没指望我这么早就回去。安格尔也是。我已经在这儿了。反正早走晚走都一样，索性我再多陪你一会儿。"

我看了一眼手表上的指针。时间快到八点半了。我说："那史密斯夫妇呢……"

"他们正忙着收拾自己的行李。你在为什么事情担心啊，亲爱的？"

我有气无力地说："我弄丢了一个镇纸。"

"是非常珍贵的镇纸吗？"

"那倒不是——但要是连一个镇纸都能弄丢，天晓得我还丢了其他什么东西。"

突然，我们周围的灯光全部亮起。我赶紧抓住玛莎的胳膊，拽着她猛转过身，带她沿着小径朝上走去。史密斯先生迈出房间来到阳台，朝我们大声喊道："您看史密斯太太的床上能不能再多加一条毛毯？我怕夜里的天气会转凉。"

"我会叫人多送一条毯子上去，但天气是不会转凉的。"

"从这上面看，风景确实很美啊。"

"我去把花园里的灯关掉，这样你们能看得更清楚。"

灯控开关在我的办公室里，我们几乎就要到了，这时楼上又传来了史密斯先生的声音："布朗先生，好像有人在您的游泳池里睡觉啊。"

"我想应该是个乞丐吧。"

史密斯太太肯定也出门和他站在了一起，因为这会儿我听见是她在说话："在哪儿呢，亲爱的？"

"就在那下面。"

"可怜的人啊。我真想带点钱下去送给他。"

我忍不住很想朝楼上喊："把你的介绍信带给他呀。他就是社会福利部长。"

"我可不会那样做，亲爱的。你只会吵醒那个可怜人。"

"选在那里睡觉挺奇怪的。"

"我想他是觉得那儿比较凉快吧。"

我进了办公室的门，关掉了花园里的灯光。我听见史密斯先生说："看那儿，亲爱的。那座带穹顶的白房子。那肯定就是王宫吧。"

玛莎问："游泳池里有个睡着的乞丐？"

"这种事情经常发生。"

"我完全没有注意到。你在找什么呀？"

"找我的镇纸。怎么会有人拿走我的镇纸呢？"

"它长什么样儿？"

"像一只小棺材，上面刻着 R.I.P. 这几个字母。我用它压那些不着急看的邮件。"

她笑了起来，然后平静地抱住我，亲吻我。我尽力想回应她的柔情，但游泳池里的那具尸体似乎将我们的痴恋化为喜剧。菲利波医生的尸体属于一个更富悲剧性的主题，而我们只是一段次要情节，提供着一点轻松的调剂。我听见约瑟夫在酒吧里走动，便对他喊道："你在干什么？"显然史密斯太太已经向他解释了他们的需求：两只杯子，两把勺子，一瓶热水。"再加一条毛毯，"我说，"然后你赶紧到城里去。"

"什么时候再和你见面？"玛莎问。

"老地方，老时间。"

"什么都没变，对吗？"她担心地问我。

"是啊，什么都没变。"但我的口气中略带锋芒，她察觉到了。

"对不起，但不管怎样你已经回来了。"

待她和约瑟夫终于开车离去，我又回到了游泳池边，在黑暗中坐下。我害怕史密斯夫妇会下楼来找我聊天，但在泳池边只等了几分钟，我便看到约翰·巴里摩尔套房里的灯光熄灭了。他们肯定已经吃过了益舒多和保尔命，现在躺下来开始他们无忧无虑的睡眠。昨天夜里的庆祝活动让他们睡得很晚，而且今天他们又度过了漫长的一天。我寻思着琼斯出了什么事。他曾向我表示想在"特里亚农"住下。我也想到了费尔南德斯先生和他神秘的眼泪。想什么事情都好，只要不去想在跳水板下蜷缩成一团的社会福利部长就行。

在肯斯科夫的远方，从高耸的群山中传来一阵击鼓的声响，标记出一座伏都教神棚[1]的地点所在。如今，在"爸爸医生"的统治下，这种鼓声已经没那么容易听到了。有什么东西"啪嗒啪嗒"地在黑暗中穿行，我打开手电，看见一只瘦骨嶙峋的饥饿野狗在跳水板边犹豫不前。它垂下湿漉漉的眼睛看着我，绝望地摇起了尾巴，仿佛是在乞求我准许它跳下池底，舔食地上流淌的鲜血。我嘘声赶走了它。就在几年前，我还有三个园丁、两名厨师、约瑟夫、另一名酒保、四个男侍、两个女侍和一名私人司机，而且在当时的旺季——今年的旺季其实还

---

[1] 原词为法语"tonnelle"。在伏都教中，它特指为施行宗教仪式（主要分为入会仪式和献祭仪式）而搭建的棚屋，通常建在伏都教圣殿（Hounfò 或 Badji）外，故译作"神棚"，以与"圣殿"相应。

没有结束——我还需要找更多的人手来帮忙。换作当年的话，今晚在游泳池旁边应该会有热闹的卡巴莱即兴歌舞表演，而在音乐节目的间隔休息期间，我会听见从远处的大街上传来持续不断的嗡嗡人声，仿佛这里是一处繁忙喧嚣的闹市区。如今，即使宵禁已经解除，周围还是一片寂静，月黑之夜，就连狗儿也不再吠叫。看这副情形，财运已经离我而去，连半点动静都没有了。对此我最近才明白过来，但我也没法去抱怨。"特里亚农"酒店里住了两位客人，我重新找回了自己的情妇，而且现在我还活得好好的，不像部长先生[1]那样悲惨。我尽可能让自己舒服地坐在游泳池边，开始了漫长的等待，等待马吉欧医生的到来。

1　原文为法语"Monsieur le Ministre"。

第三章

一

在我的一生中，我发觉自己经常需要提供简历。它往往以如下文字起首：1906 年生于蒙特卡洛的一户英国人家庭，就读于耶稣会圣母往见学校，在拉丁语诗歌和拉丁语散文写作领域荣获多个奖项，早年投身商旅生涯……当然，我会根据不同的简历收件人去对那段商旅生涯的细节做出修订。

甚至就在那几条开场陈述中，也有许多省略留白或者令人疑惑的真相。我母亲肯定不是英国人，直到今天，我也不能确定她是不是法国人——或许她是一个不寻常的摩纳哥人。她选来做我父亲的男人在我出生前就离开了蒙特卡洛。也许他就是姓布朗。这个名字不像是她杜撰的，带着一点真实感——她的选择通常不会这么谦卑。我最后一次见她时，她在太子港已快离开人世，而她所用的名号是拉斯科－维利耶伯爵夫人。1918 年一战停战后不久，她便匆匆离开了蒙特卡洛（顺带也丢下了她的儿子），连我在学校的账单都没结清。但耶稣会对拖欠账单之事已经习以为常。虽然身处贵族阶层的外围，他们仍然孜孜不倦地工作，努力解决由破落贵族造成的问题，而破落贵族那些被银行退回的支票几乎同男女奸情一样普遍，所以校方仍继续支持我的学业。

我是一名出类拔萃的学生，因此众人多半都觉得，假以时日，我便会蒙受圣召当上神父，甚至连我自己也这么相信。圣召的氛围如流感一样在我四周盘桓不散，就像一股虚幻的瘴气，让我的头脑在冷静理智的早晨低于常温，到了夜里又高烧不已。其他男生在跟自慰的恶魔搏斗，我却在和信仰抗争。如今回想起当年我学过的拉丁语诗歌和散文，我感到奇怪而陌生——所有那些知识就像我父亲一样完全消失不见了。只有一句诗行顽强地留在了我的脑中——它是对昔日梦想与抱负的追忆："我立了一座纪念碑，它比青铜更坚牢……"[1] 近四十年后，在我母亲去世的那一天，我站在佩蒂翁维尔"特里亚农"酒店的游泳池旁，仰望着棕榈树前那些精美的木制窗饰和从肯斯科夫上空飞卷而过的墨黑乌云，用这行诗句喃喃自语。我已经拥有了这座酒店一半以上的产权，而且我知道很快它就会全部归于我名下。我已经占有它了，我是一个有产业的人了。我还记得当时我在想："我要把这里打造成加勒比海地区最受欢迎的观光酒店。"要不是因为后来有个疯狂的医生上台执政，将我们夜里播放的爵士乐变成了充斥漫漫长夜的暴力喧嚣，那么我可能早就已经成功了。

酒店老板这个职业，正如我之前所指出的那样，并不是耶稣会会士们期待我从事的职业。那份前途最终毁于一场在学校举办的《罗密欧与朱丽叶》戏剧表演，剧本用非常刻板的法语翻译而成。我被指定扮演年迈的劳伦斯修士这个角色，当时被迫记诵的一部分台词直到今天还留在我的脑海里，我也不知道为什么。它们几乎毫无诗意可言。"让我和你谈谈你的处境吧。"洛朗神父[2] 甚至能把那对苦命鸳鸯的爱情

1　原文为拉丁语"Exegi monumentum aere perennius…"，出自古罗马著名抒情诗人贺拉斯（Quintus Horatius Flaccus, 前65—前8）的《颂诗集》第3部第30首《纪念碑》一诗。

2　《罗密欧与朱丽叶》法语译本中的洛朗神父（Frère Laurent）即英语原本中的劳伦斯修士（Friar Laurence）。

悲剧讲述得枯燥乏味平淡无奇，"我听说你礼拜四必须嫁给那位伯爵大人，而且这件事没法拖延。"

那些善良的神父肯定以为，在当时的环境下，这一角色很适合由我出演，既不过于刺激也不太强人所难，但我觉得自己身上的圣召流感已经近乎痊愈，再加上那些没完没了的戏剧排练、情侣们持续不断的出场亮相和他们激情四射的纵欲表演，所以不管剧中的激情被法语译者削弱了多少，它们仍然引诱着我越轨突围。我看起来要比实际年龄大许多，另外，戏剧导演或许没能使我成为演员，但他至少教会了我足够多的化装诀窍。我"借"了一位年轻的非神职英语文学教授的护照，然后在一天下午大摇大摆地混进了赌场。在那儿，短短四十五分钟的时间里，我凭着难以置信的运气惊人地押中了好几次19和0，赢了相当于三百镑的筹码，而仅仅一小时后，在巴黎大酒店的一间客房里，我便生疏而又意外地失去了我的童贞。

我的启蒙老师至少大我十五岁，但在我的心里，她永远停留在那个年纪，反倒是我一直在老去。我们是在赌场中认识的，当时她见我颇受财运之神的垂青——我一直在她身后越过她的肩头下注——便开始将她的筹码跟我的放在一起。我那天下午赢了三百多镑，她或许也赢了差不多一百镑，而就在那时，她拦住了我，劝我见好就收。我敢肯定她当时绝没有想要勾引我的意思。没错，是她邀请我同她一起去酒店喝下午茶的，但她此前早已看破我的伪装，比赌场里的那些工作人员厉害多了。走在阶梯上时，她像个共犯似的回头看看我，轻声说："你是怎么混进来的？"在她的眼中，我确信，那个时候我不过是一个胆大包天、让她觉得有趣的毛孩子罢了。

我甚至没有做出任何伪装。我把我的假护照拿给她看，然后，在她套房的浴室里面，她帮我擦去了化装的痕迹，在冬日的午后，在电灯的灯光下，它们曾被人误看成真正的皱纹。她的梳妆台上摆满了各种乳液、眉笔和装润发油的小罐子，还搁着一面化妆镜，我看见随着皱纹一条接一条消失，镜中的洛朗神父也随之不见，里面换了一个人。我们就像是两名共用一个化妆间的演员。

在学校，茶水装在一只大茶壶里，摆放在长桌的尽头。一张桌子上有三根法棍长面包，另外还有一点黄油和果酱。茶杯用粗瓷制作，以免男学生用力过猛打破它们，而茶水的味道也很浓重。在巴黎大酒店，我惊诧于那些茶杯、银茶匙、三角形的咸味小三明治和奶油夹心手指饼干，它们都是那么精细易碎。我的羞怯消失了，我谈起了我的母亲，谈起了我的拉丁语作文，谈起了《罗密欧与朱丽叶》。我还引述了卡图鲁斯的爱情诗篇——或许并无任何邪念——以此来炫耀自己的学识。

现在我已不记得事情发展的经过，反正后来我像大人一样和她在沙发上长时间地接吻。她结了婚，我记得她告诉过我，她的丈夫是东方汇理银行[1]的一位董事，这让我联想起一个用铜铲往抽屉里舀硬币的男人。当时他正在前往西贡的路上，而她怀疑他在那里包养了一个越南情妇。这段对话时间不长，我很快又回到了我刚起步的学业，在一个白色的小房间里，在一张带有凤梨雕饰床柱的白色大床上，我开始学习爱情的第一堂课。四十多年过去了，在那几小时里发生的种种细节，我至今仍然记得的可真不少啊。我一直听说，对作家而言，头二十年的生活要包含人生中所有的经历体验——余下的岁月里就只有观察了——但我觉得不只是作家，其实我们所有人都是这样。

当我们躺在床上时，发生了一件奇怪的事。她发现我羞涩、害怕，难以行乐。她的柔指无功而返，连她的软唇也未见成效，就在这时，一只海鸥从山下的港口飞来，突然闯进屋里。刹那间，那对长长的白

1　东方汇理银行（Banque de l'Indochine）：成立于 1875 年，是法国政府的特许银行，总行设于法国巴黎。起初经营法国在亚洲的殖民地印度支那地区的业务，后经过多次合并，成为法国农业信贷银行的一部分。现在它是欧洲最大的资产管理公司之一。

色羽翼仿佛充满了整个室内。她惊叫一声，朝后面退缩：现在轮到她害怕了。我伸出一只手去安抚她。鸟儿停在金框化妆镜下的一口大箱子上，挺着一双高跷似的长腿站在那里，审视着我们。它在房间里似乎无比自在，宛若一只温顺的家猫，而我感觉它随时都会开始梳理自己的羽毛。我的新朋友被吓得浑身轻颤，这时我突然发觉，自己变得像成年男子一样坚挺硬朗，我是那么轻而易举又自信满满地占有了她，仿佛我们是已经交往很久的恋人。在那几分钟里，我们谁也没有看见海鸥离去，尽管当它振翅起飞，向着窗外的港口和海湾翱翔时，我总觉得它带起的那丝小风曾轻轻拂过我的背脊。

　　全部情况就是这样，赌场中的胜利，白金色相间的酒店套房里那几分钟更进一步的胜利——那是我唯一一次在结束时既无痛苦又无悔恨的恋情。因为她甚至不是造成我离开学校的原因——那要怪我自己轻率冒失，竟然在做弥撒时将一个没能兑现的价值五法郎的轮盘赌筹码投进了募捐袋里。我自以为是在显示慷慨，因为我平常的捐款是二十个苏[1]，可是有人发现了这件事，向教务主任举报了我。在随之而来的约谈中，我蒙受圣召的最后一丝希望也烟消云散了。我和神父们分手告别，彼此保持了适度的礼貌。如果他们对我感到沮丧，我想他们同时也不得不对我另眼相看——我的冒险事迹于学校来说也并非等闲。之前我成功地将自己那一小笔财产藏在了床垫下，现在我让神父们相信，我的一个叔叔已经寄来了供我前往英国的旅费，他还答应照顾我以后的生活，并在他的公司里为我提供了一个职位。听完这话，他们自然毫不遗憾地就放我走了。我还告诉他们，一旦我挣到了足够多的钱，我就会偿还我母亲欠下的债务。（他们略带尴尬地接受了我这份承诺，因为他们显然怀疑我是否真去兑现。）我还向他们保证，我一定会和某位叫托马斯·卡普里奥的耶稣会神父取得联系，他住在农场街

1　苏（sou）：旧时法国辅币名，20苏合1法郎。

上，是校长的老朋友。（这项承诺他们倒是相信我可能会去遵守。）至于我那位虚构的叔叔的来信，要杜撰一封出来可是再简单不过了。如果我能骗过赌场里的工作人员，我就不怕自己会骗不过圣母往见学校里的那些神父，再说他们谁都没有想到向我索要信封进行核查。我乘坐国际特快列车出发前往英国，中途在赌场下面的小站里停靠了一会儿。那是我最后一次看见那些巴洛克风格的塔楼，它们曾经在我的童年生活里占据着不可动摇的地位——对成人生活的向往，充满机遇的殿堂，而在那里，正如我所证实过的那样，什么事情都有可能发生。

二

从蒙特卡洛的赌场到太子港的赌场，这一路上，要是我对自己发展过程中的每一步都要详加叙述，那么我的人生故事就会失去平衡，偏离主题。在太子港，我发现自己再一次腰缠万贯，还同样爱上了一个女人，这种巧合简直令人难以置信，就像名叫史密斯、布朗和琼斯的这三个人在大西洋上邂逅一样，可遇而不可求。

在中间这段漫长的岁月里，除了随着战争降临而到来的一段平和而体面的生活以外，我基本上过的是勉强糊口的日子，而我的工作也并不是每一件都能写进我的简历中。幸亏我的法语学得不错（我的拉丁语则完全没有帮助），这让我找到了第一份工作，在索霍区的一家小餐馆里当了六个月的服务员。我在简历中从未提及这份工作，也从未提起自己后来伪造了一封巴黎富凯饭店[1]的推荐信，借此成功地跳到了特罗卡德罗餐厅[2]发展。在特罗卡德罗餐厅做了几年以后，我又跳到了

---

1 富凯饭店（Fouquet's）：位于香榭丽舍大街上的一家著名饭店，建于1899年，以高档的巴黎风味食品闻名。

2 特罗卡德罗餐厅（the Trocadero）：位于伦敦西区的考文垂大街和沙夫茨伯里大道之间，始建于1896年，曾是伦敦最时尚的高档餐厅之一，并带有剧院等娱乐设施，可供欣赏歌舞表演。后于1965年停业关闭。1984年重新开业，被改造为集游戏、电影院和商店为一体的综合展览娱乐中心，并一直经营至今。

一家小型教育出版社当顾问，这家出版社发行了一系列法国经典作品，出于谨慎，这些书中还细心地添加了许多注释，以起到净化原文的作用。这份工作在我的简历中占了一席之地。后来的其他几份工作我就没有写上去了。二战期间，我在外交部的政治情报局为国效力，负责审阅我军对法国维希政权开展攻势的宣传材料，对文风格式进行指导，甚至还有一位女小说家当秘书。的确，这份安逸稳定的战时工作让我有点骄纵忘形了。战争结束后，我想过上更好的生活，不想再过以前那种过一天算一天的苦日子，但不管怎样，我后来还是回到了那种生活，又熬过了几年艰难的时光，直到最后有一天，在皮卡迪利大街南端，我突然想到了一个点子。当时我正站在一家画廊外面，像那种画廊，你可能会在里面看到一幅某个默默无闻的17世纪荷兰画家的画作，而且未必是真品；或者，当时我也许正身处某家在行业内更低一等的画廊外，里面为了迎合观众的审美口味，挂着描绘一群快乐的红衣主教在礼拜五享用鲑鱼的画作，实在让人不可思议。[1] 有一个穿着双排扣马甲、衣服上挂着表链的中年男子，我敢说他不可能对艺术抱有兴趣，却站在那里凝视着那些画，这时，我突然明白他心里想的是什么了。"上个月在苏富比拍卖行，有幅画卖到了十万镑。一幅画能代表一大笔钱——只要你懂得够多，或者愿意去赌一把。"他紧盯着一幅有几头站在草地中央的母牛的画，那样子就如同盯着一颗象牙小球在轮盘赌的凹槽周围滚动。他端详的肯定是那些草地上的母牛，而不是那群红衣主教——谁也不可能想象在苏富比的拍卖会上会有红衣主教的画。

在皮卡迪利大街南端找到灵感的一个星期后，我孤注一掷地取出了自己三十多年来攒下的大部分积蓄，投在一辆拖挂车和大约二十

---

[1] 根据《天主教法典》第1251条的规定，所有的天主教信徒在全年的每周礼拜五应守小斋，不食肉类或主教团所规定的其它食物，但礼拜五遇到节日不在此限。

幅廉价复制画上——这些画里既有亨利·卢梭[1]，又有风格与之大相径庭的杰克逊·波洛克[2]。我把它们挂在拖车一侧，附上每幅画在拍卖行拍出的价格和出售日期。然后我设法物色到了一个年轻的艺术系学生，让他为我快速仿制了一批粗糙的画作，每次画完一幅就署上一个不同的名字——他工作时我经常就坐在他身边，看着他在一张纸上尝试写出各种各样的签名。尽管有波洛克和穆尔[3]做榜样，足以证明盎格鲁－撒克逊式的姓氏也能卖出好价钱，但我们用的签名大多数还是外国人的。现在我只记得"斯洛兹"这个名字，因为他的画硬是怎么都卖不出去，最后我们只好涂掉他的名字，换成了"魏尔"这个德国姓氏。后来我才意识到，买主们至少都希望自己能够念出画家的名字，比如——"我前几天新搞到了一幅魏尔的画。"而"斯洛兹"（Msloz）这个名字让我自己念起来，最接近的时候听着也像是"斯拉基[4]"（Sludge），不知不觉中就可能会让买主们心生抵触，削弱他们的购买热情。

我开着拖挂车在一个又一个外省小城之间辗转奔波，然后在一座工业城市的富人区近郊落脚休息。没过多久，我便意识到，科学家和女人对我几乎毫无用处：科学家知道得太多，而家庭主妇很少有人喜欢赌博，如果不能像宾果博彩游戏那样能当场兑现，她们就不会下注。我需要的是赌徒，因为我做流动画展的目的其实在于推销："看这儿，

1　亨利·卢梭（Henri Rousseau, 1844—1910）：19世纪下半叶法国后印象派（Post-Impressionism）画家，被奉为"20世纪超现实主义艺术的先行者"。代表作有《村中散步》《睡着的吉卜赛姑娘》《梦》等。

2　杰克逊·波洛克（Jackson Pollock, 1912—1956）：20世纪美国抽象派表现主义（abstract expressionism）绘画大师，以自创的"滴画法"（drip painting）闻名于世。代表作有《秋韵》《大教堂》等。

3　此处人物所指不详，可能是19世纪英国画家艾伯特·约瑟夫·穆尔（Albert Joseph Moore, 1841—1893）。

4　"Sludge"意为"淤泥""下水道中的污物"，故令人生厌。

在画展这边，你可以看到在过去十年里售价最高的名画。你能猜到像莱热[1]的这几幅《骑自行车的人》和卢梭的《站长》这样的画竟然会值一大笔钱吗？再看这儿，在另一边，你有机会发现他们的接班人，也赚上一大笔钱。就算你没赚成，至少在你家墙上也有一幅画能让你和邻居大侃一通，收获高等艺术赞助人的美誉，而这只不过就花你……"我开出的价码从二十镑到五十镑不等，要根据社区环境和买主的情况而定。有一次，我甚至将一幅远远逊色于毕加索的双头妇女画像卖出了一百镑。

随着我雇用的年轻人对工作越来越上手，他一上午可以为我赶出六幅各种各样的画作，每张画我都付他两镑十先令的报酬。我没有剥削任何人——一个上午就能挣到十五镑，他对此已经很满足了；我这样做甚至是在帮助提携有潜力的年轻人呢，而且我也可以肯定，很多在乡下举办的宴会也变得更有生气了，因为总有人会对挂在墙上的高品位画作提出蛮横无理的挑战质疑。有一次，我曾将一副波洛克的仿画卖给了某个男子，这人在自家的花园里安放了沃尔特·迪士尼的七个小矮人[2]，就在日晷周围和碎石路面的两边。我伤害到他了吗？反正他出得起钱。他摆出一股浑身无懈可击的架势，但只有上帝知道，"糊涂蛋"和其他几个小矮人究竟弥补了他在床笫生活中或在生意场上的哪些失意之处。

在我把仿画以高价成功卖给"糊涂蛋"的主人后不久，我便收到了母亲的来信请求——如果你能管它叫请求的话。寄来的是一张

1　约瑟夫·费尔南·亨利·莱热 (Joseph Fernand Henri Léger, 1881-1955)：法国著名画家，早年由印象派、野兽派转入立体派，作品追求工整的形式美和单纯的色彩美；二战后，画风转向写实，内容多描绘工人和普通劳动者。代表作有《玩牌者》《三个女人》《建筑工人》《大行列》等。

2　出自根据格林童话改编的动画长片《白雪公主和七个小矮人》，由迪士尼公司于 1937 年出品，其中七个小矮人分别是"万事通"（Doc）、"害羞鬼"（Bashful）、"瞌睡虫"（Sleepy）、"喷嚏精"（Sneezy）、"开心果"（Happy）、"糊涂蛋"（Dopey）和"爱生气"（Grumpy）。

风景明信片，上面是克里斯多夫国王 [1] 建在海地角的城堡的废墟。她在明信片反面写下了自己的名字（这我还是第一次见到）、地址和两句话："自觉身似废墟。如能过来探望，不胜欣喜。"在法语"妈妈"（Maman）后面的括号里——由于认不清她的字迹，我一开始把它看成了"玛侬"（Manon），这倒也不算不合适——她还加上了"拉斯科－维利耶伯爵夫人"这个落款。这张明信片过了好几个月才寄到我的手中。

自从 1934 年在巴黎见过一面以后，我就再也没有见过我的母亲，战争期间我也没有她的任何音讯。我敢说，如果不是因为两件事情，我是不会去理睬她的邀请的——一是她难得地流露出了作为母亲的情感，向我发出了请求；另外，我现在确实必须结束我那流动画廊的生意了，有一家周日小报正在设法找出我那些画的来源。我已经在银行里存了一千多镑。我以五百镑的价格把拖挂车、存画和复制画卖给了一个从来不读《时人》[2] 的男子，然后我便出发飞往金斯敦，在那里寻找商机，却徒劳无获，最后我只好搭乘另一架航班来到了太子港。

三

几年前的太子港是一个和当下有天壤之别的地方。当时的这里，我猜，或许和现在一样充满腐败，或许还更加肮脏，或许乞丐也不少，但至少以前的乞丐还有点希望，因为有游客在这里。今天如果有人对

---

1 亨利·克里斯多夫（Henri Christophe, 1767—1820）：海地革命将领，在海地独立战争中担任杜桑·卢维杜尔的副手。1807 年建立"海地国"，1811 年自称"亨利一世"国王。他在位期间大兴土木，劳民伤财，在海地角建造了著名的拉费里耶尔城堡（Citadelle Laferrière），但该城堡在 1818 年弹药库爆炸和 1842 年海地大地震中严重损毁。1820 年，克里斯多夫国王在国内叛乱中绝望自杀。美国现代著名戏剧家、诺贝尔文学奖得主尤金·奥尼尔（Eugene O' Neil, 1888—1953）根据其生平经历创作了表现主义戏剧《琼斯皇帝》（The Emperor Jones, 1933）。书中提及此人的原文均为"克里斯多夫皇帝"，与史实不符，故译文中统一改为"克里斯多夫国王"。

2 《时人》（People）：英国最早的周日小报之一，成立于 1881 年，后更名为《周日时人》（Sunday People），现隶属于英国《镜报》（Mirror）旗下。

你说"我快饿死了",你要相信他说的是真话。我很好奇我的母亲在"特里亚农"酒店做些什么,她是不是靠着那位伯爵给她的养老金在那里生活(如果真有那么一位伯爵的话),或者她可能是在酒店里做管家。我在1934年最后一次和她见面时,她正在一家小型女士时装店里当店员。在战争爆发前的那段日子里,人们认为雇用英国女子是一件很时髦的事情,所以她便自称玛姬•布朗(也许她的夫姓真的就是布朗)。

出于谨慎起见,我把行李送进了"埃尔兰乔",一家豪华的美国式酒店。只要我身上的钱还够用,我就想让自己过得舒服一点儿,再说机场里也没有人能告诉我关于"特里亚农"的任何情况。当我开车上山行驶在两排棕榈树之间时,眼前的景象看上去够杂乱的:三角梅需要修剪打理,车道上长满了杂草,比砂砾还要多。阳台上有几个人正在喝酒,其中就有小皮埃尔,尽管我不久后便知道,他只用笔墨文章支付自己的酒钱。一个穿着体面的年轻黑人在台阶处迎接我,问我是不是需要订房间。我说我是来看望"伯爵夫人"的——我可记不住那个法语复姓,而明信片又被我落在酒店房间里了。

"我恐怕她现在身体不适。是她等着见您吗?"

一对年轻的美国男女披着浴袍从游泳池那边走来。男人用胳膊环抱着女孩的肩膀。"嗨,马塞尔,"他说,"来两杯你们的特调。"

"约瑟夫,"黑人喊道,"为纳尔逊先生调两杯朗姆潘趣酒。"他回过头继续问我。

"请告诉她,"我说,"布朗先生已经到了。"

"布朗先生?"

"是的。"

"我去看看她醒了没有。"他犹豫了一下,又问:"您是从英国来的?"

"没错。"

约瑟夫端着朗姆潘趣酒从酒吧里走了出来。那时候他的腿还没有瘸。

"从英国来的布朗先生？"马塞尔又问了一遍。

"对，从英国来的布朗先生。"他很不情愿地上楼去了。阳台上的那些陌生人都好奇地看着我，只有那对美国男女除外——他们用嘴唇叼着樱桃，正在热情地互相喂食。夕阳即将落下，隐没在肯斯科夫巨大高耸的山峦背后。

小皮埃尔问我："您是从英国来的？"

"没错。"

"是从伦敦来的吗？"

"没错。"

"伦敦的天气很冷吧？"

他这样问就像是秘密警察在审讯犯人，只是那时候海地还没有秘密警察。

"我走的时候正在下雨。"

"您觉得这里怎么样，布朗先生？"

"我刚到这里不过两个小时。"第二天，我才明白他对我感兴趣的原因：在当地报纸的社会专栏版面上，有一段关于我的文字。

"你的仰泳已经游得很不错了。"年轻男子对那个女孩说。

"哦，奇克，你是说真的吗？"

"是真的啊，宝贝儿。"

有个黑人爬到台阶中途，伸手拿出两个丑陋的木头雕像。谁都没有理他，他就站在那里，什么话也不说，只是把木雕举在手上。我甚至没有注意到他是什么时候走掉的。

"约瑟夫，晚饭吃什么呀？"那个女孩喊道。

有个背着吉他的男人绕过阳台走来。他在那对情侣身旁的餐桌前坐下，开始弹奏。~~一样~~没有人理会他。我开始感到有点尴尬。我本来希望能在母亲家里受到更热烈的欢迎。

马塞尔来了，身后跟着一个上了年纪的高个子黑人，此人长着一张罗马人的脸，仿佛被城里的煤烟熏黑了似的，头发上还蒙着一层从石阶上扬起的尘土。他说："是布朗先生吗？"

"是的。"

"我是马吉欧医生。请您来酒吧里一下好吗？"

我们走进酒吧。约瑟夫正忙着为小皮埃尔和他的同伴调制更多的朗姆潘趣酒。一个头戴白色高帽的厨子推门探头进来，看到马吉欧医生后，又把头缩了回去。一个非常漂亮的混血女佣打住了跟约瑟夫的话头，捧着一叠亚麻桌布走出酒吧，来到阳台上开始铺餐桌。

马吉欧医生说："您是伯爵夫人的儿子？"

"是的。"自从来到这里，我觉得自己除了回答问题好像就没做别的事情。

"您的母亲当然很着急想见您，但我首先要告诉您一些事实。兴奋对她有危险。您见她的时候请务必保持轻柔。要含蓄克制。"

我微微一笑："我们从来没有情绪激动过。她出了什么事，医生？"

"她已经犯过两次心脏病了。我很惊讶她还活着。她是个很了不起的女人。"

"我们难道不应该请一位……也许？"

"您不必担心，布朗先生。心脏病是我的专长。从这里到纽约，您一路上都不会找到比我更称职能干的医生了。我怀疑您就算去纽约也未必能找得到。"他不是在说大话，他只是在解释情况罢了，因为他已经习惯了被白人怀疑。"我接受过专业训练，"他说，"在巴黎夏尔丹医生的门下。"

"没有希望了吗？"

"再犯一次她就很难挺过去了。晚安，布朗先生。不要在她身边待太久。我很高兴您能赶到这里。我曾担心她也许没有亲人可以请过来看她。"

"确切的说，她并不是请我来看她的。"

"也许哪天夜里您和我可以一起吃顿晚饭。我认识您母亲很多年了。我对她怀着极大的敬意……"他向我鞠了一躬，就像一位罗马皇帝召见朝臣完毕时那样。他完全没有纡尊降贵的意思。他对自己的确切身价十分了解。"晚安，马塞尔。"对马塞尔，他却根本没有欠身。我注意到，就连小皮埃尔也任由他从身边走过，没有打声招呼或是提出问题。想想刚才我竟对他这么一位专业行家提出另请高明的建议，我不由心生惭愧。

马塞尔说："请您上楼吧，布朗先生？"

我跟在他身后上楼。墙壁上挂着许多海地艺术家的绘画作品：各种造型呆板笨拙、色彩鲜艳厚重的形象——斗鸡比赛，伏都教仪式，肯斯科夫上空的乌云，灰绿色的香蕉树，蓝色的甘蔗苗，还有金黄色的玉米。马塞尔打开房门，一进屋我便吃惊地看到，母亲的头发披散开来覆盖在枕头上，透出一种海地人似的红色，以前我在任何地方都不曾见过她这样。这头浓密厚实的秀发从她的脑袋两侧倾泻而下，流淌在巨大的双人床上。

"亲爱的，"她说，仿佛我不过是从城市另一头赶来看她，"你能来看我真是太好了。"她宽阔的额头像一堵用石灰水刷白的墙壁，我亲了一下，有些白粉剥落在嘴唇上。我察觉到马塞尔正在盯着我们。"英国现在怎么样？"她说话的口气就像在询问一个关系疏远的儿媳妇的情况，而实际上她并不怎么在乎。

"我走的时候正在下雨。"

"你父亲怎么都受不了他自己国家里的天气。"她评价道。

她看起来跟任何一个年近五旬的妇人别无二致，我也瞧不出她有任何生病的样子，除了嘴角四周的皮肤有些紧绷以外，这一点我多年后在那名药剂师乘客身上才重新注意到。

"马塞尔，给我儿子搬把椅子过来。"他不情不愿地从墙边拖来一把椅子，但等我坐下，由于那张床十分宽大，我和她之间似乎隔得更远了。这是一张伤风败俗令人羞耻的大床，只为了一个目的而制造，带有镀金花饰的床踏板更适合历史爱情小说里的风流名妓，却不适合一个即将离世的老妇人。

我问她："真有一位伯爵吗，母亲？"

她投给我一个会意的微笑。"他属于遥远的往昔。"她说，而我没法确定她是不是想用这句话作为他的墓志铭。"马塞尔，"她补了一句，"你这傻孩子，快走吧，我们俩单独待在这里没事的。我跟你说过了。他是我儿子。"房门关上后，她得意地说："他吃你的醋了，真好笑。"

"他是什么人？"

"他帮我经营这座酒店。"

"他该不会就是伯爵本人吧？"

"小坏蛋[1]。"她呆板地回答。从这张古董床上——还是从那位伯爵身上？——她真真切切地染上了18世纪那股子轻佻开明的风味。

"那他干吗要吃醋呢？"

"也许他以为你其实不是我儿子。"

"你的意思是，他是你的情人？"我暗中好奇，我那未曾谋面的父亲——他名叫布朗，或者我自以为是这样——对于他后任的这个黑人

---

[1] 此处原文为法语"Méchant"。

不知会有何感想。

"你笑什么啊，亲爱的？"

"你是个了不起的女人，母亲。"

"到最后总算有点小运气落到我头上了。"

"你是说马塞尔？"

"哦，不是的。他是个好孩子——仅此而已。我说的是这家酒店。这是我真正拥有的第一笔不动产。我拥有它的全部产权。没有任何抵押贷款。就连家具也已经付清了。"

"那些画呢？"

"它们当然是寄存在这里拿来出售的。我会收取佣金。"

"是不是伯爵给你的赡养费让你能……"

"哦，不是的，根本没那么回事。除了头衔以外，我从伯爵身上什么都没有得到，而且我也从来没有查过《哥达年鉴》，看这个头衔是不是真的存在。不是的，这纯粹是撞好运发了一小笔财。有一位住在太子港的德绍先生，他被税务问题搞得焦头烂额，当时我正好在给他干活，做一些秘书性质的工作，于是我就答应他把酒店放在我的名下。当然，我在遗嘱里给他留了位置，等我死后酒店就会归他所有。我那时已经六十多岁了，他才三十五，所以在他看来，这份安排是相当安全可靠的。"

"他很信任你？"

"他信任我倒是完全没错，亲爱的。但他错就错在想在我们这儿的公路上开奔驰跑车。幸运的是他只害死了自己。"

"所以你就接管咯？"

"他知道的话一定会非常高兴。亲爱的，你没法想象他有多恨他

---

1 《哥达年鉴》（Almanac de Gotha）：自 1763 年至 1944 年在德国中部城市哥达编纂出版的一本年鉴刊物，刊载欧洲各大王室和主要贵族名流的家族谱系表。

太太。一个既肥硕又没教养的黑女人。她绝对不可能把这地方经营好。当然，在他死后，我不得不修改了遗嘱——你的父亲，要是他还活着的话，可能就会是第一顺序继承人。顺便说一句，我把我的念珠和弥撒书留给往见学校的神父们了。我一直对自己当年那样对待他们感到过意不去，但当时我实在是太缺钱用了。你父亲简直就是头猪，愿天主保佑他的灵魂安息。"

"这么说他已经去世了？"

"我有充分的理由这么相信，但我没有任何证据。现在的人多长寿啊。可怜的家伙。"

"刚才我和你的医生谈过了。"

"马吉欧医生？我真希望自己能在他年轻的时候就碰到他。他是个相当不错的男人，对吧？"

"他说如果你能保持安静……"

"我现在不就安安静静地躺在床上嘛，"她大呼小叫，脸上露出一丝心领神会而又百般辩解的微笑，"能让他开心的事儿我都做遍了，不是吗，他还想怎样？你可知道那个可爱的家伙曾经问我要不要请个神父过来做告解这件事？我就跟他说：'不过啊，医生，现在要我做一次漫长的告解，对我来说难道不会有点太刺激了吗——有那么多的回忆哪？'亲爱的，你介不介意到门口去，把门打开一点点？"

我按着她的话照办了。走廊里空荡荡的。从楼下传来刀叉碰撞的叮当声，还有一个人声说道："哦，奇克，你当真觉得我能行吗？"

"谢谢你啊，亲爱的。我只是想完全确定……你过来的时候，能把梳子带给我吗？再次感谢你。真是太谢谢了。女人老了以后有个儿子在身边可真好……"她顿住了。我想她肯定是在期待我会像个吃软饭的小白脸那样奉承她，说以她这个年纪并不算老。"我想和你谈谈我的遗嘱。"她继续说，口气中略微带着一点失望，一边梳理着自己那一头令人难以置信的厚密长发。

"你现在不是应该休息了吗？医生叫我不要待太久。"

"他们给你准备了一个舒服的房间吧，我希望？有些房间还是比较简陋的。现金不够嘛。"

"我把行李留在'埃尔兰乔'了。"

"哦，你可一定要住到这儿来，亲爱的。'埃尔兰乔'——那怎么行——给那个'毒窝'打什么广告啊。"她居然用了"毒窝"这个美国俚语，"无论如何，有件事我必须告诉你——这家酒店总有一天会是你的。只不过我得说明——法律很复杂，我们必须保持谨慎——酒店是采取股份制的，我已经给马塞尔留了三分之一的股份。如果你好好待他，他对你会很有用，而我也必须为那孩子做点什么，不是吗？他在这儿不仅仅是一个经理。你明白吧？你是我儿子，所以你心里当然很明白。"

"我明白。"

"你在这里让我太高兴了。我不想出任何一点小差错……涉及遗嘱的时候，你可千万不要低估海地的律师……我会告诉马塞尔，你将会立即接管这里的实际经营。只是你得圆滑一点，这样你才是我的好儿子。马塞尔是很敏感的。"

"好了，母亲，你安静休息吧。可以的话，别再去想生意上的事了。先睡一会儿。"

"他们说死亡才是最安静的。我看不出自己期待死亡会有什么意义。死了以后可以安静好久呢。"

我把双唇再次贴到那堵白墙上。她闭起眼睛，摆出一副矫揉做作的母爱姿态，我便踮起脚尖从她面前走开，向门口走去。当我轻轻地打开房门，生怕惊扰到她时，从床上却传来了一阵咯咯的窃笑声。"你真不愧是我儿子，"她说，"现在你扮演的是什么角色呢？"那是她对我说的最后一句话，直到今天我都吃不准她这话到底是什么意思。

我乘坐出租车回到"埃尔兰乔"酒店，留在那里用了午饭。这里挤满了游客，游泳池旁摆放着为迎合美国人的口味而精心改良过的海地美食自助餐，有个皮包骨头的男子戴着一顶锥形尖帽，正和着海地鼓乐表演闪电踢踏舞。我想，就是在那时候，在我抵达海地的第一个夜晚，我心里萌生了要将"特里亚农"经营成功的雄心壮志。很明显，当时它只是一家二流酒店。我可以想象得到，跟我们合作的肯定是一些小旅行社，只有他们才肯把我们酒店纳入其往返旅行团的行程安排之中。我怀疑挣来的利润恐怕没法满足我和马塞尔两人的胃口。我下定决心，一定要尽最大的努力去赢得成功；我会很高兴看到自己有朝一日能把安排不下的剩余旅客推荐去山上的"埃尔兰乔"酒店投宿。奇怪的是，在一段短暂的时光里，我的美梦竟然成真了。不到三个季度，我就把这家寒碜破败的酒店变成了太子港一处异乎寻常的热门景点，而又过了三个季度，我却眼睁睁地看着它重新没落下来，现如今，这里只有史密斯两口子住在楼上的约翰·巴里摩尔套房里，而社会福利部长则倒毙在游泳池中。

我结完账后便乘坐出租车返回山下，住进了已经被我视为独有的唯一产业。明天我就要和马塞尔清理所有的账簿，我要约谈所有的员工，我要接管控制权。我已经开始盘算怎样用最好的方法买下马塞尔手中的股份，不过当然要等到母亲仙逝后才好办。他们给我安排了一个大房间，和她的房间在同一楼层。她说过，这里家具的钱都已经付清了，但地板还需要更换翻新，它们在我脚下弯曲变形，吱嘎作响，而房间里唯一值钱的东西就是那张床，一张具有维多利亚时代风格的精美大床——我母亲对床倒是挺有眼光——床柱顶上还带着巨大的黄铜球饰。在我的记忆里，这是我头一回躺在床上睡觉不用花钱，连早餐也免费——或者说是头一回睡在没有拖欠房钱的床上（当年在圣母往见学校时那可是家常便饭）。这种感觉奇特而又奢侈，我睡得很香——直到一阵歇斯底里的刺耳噪音将我从梦中惊醒，是老式摇铃的声响——天晓得是怎么回事，当时我竟然梦见了义和团运动。

摇铃声响个不停，我开始怀疑这是不是火灾警报。我披上睡衣，打开了房门。就在这时，同一层楼里的另一扇房门也打开了，我看到马塞尔冒了出来，他那张宽大扁平的黑人面孔上挂着一副半睡半醒的表情。他穿着一套鲜红艳丽的丝绸睡衣，站在门外犹豫了一小会儿，我趁机瞅见了他睡衣口袋上的两个字母：一个 M 和一个 Y，相互缠绕在一起。我寻思着：M 当然是马塞尔（Marcel），但 Y 又是谁呢？直到后来我才想起，我母亲的教名是伊薇特（Yvette）。那套睡衣莫非是一件定情礼物？对此我颇感怀疑。这对字母组合更有可能是我母亲对传统观念做出的挑战。她品味一流，马塞尔则体态健美，穿着一身鲜红色的丝绸睡衣也不乏魅力，再说她也没那么心胸狭窄，不会在乎住在这里的二等旅客会有什么看法。

马塞尔见我正盯着他，便用道歉的口气对我说："她要我。"然后他就慢吞吞地，看来好像不太情愿地走向她的房门。我注意到他没有敲门就直接进去了。

我回房继续睡觉，做了一个奇怪的梦——比刚才的义和团还要奇怪。我在月光下的湖水边漫步，打扮得像一名辅祭的童子——我感到静止不动悄无声息的湖水吸引着我，让我一步一步地向湖中走去，直到脚上的黑色长靴没入水中。这时，起风了，湖面上泛起水波，好似一道潮汐引起的轻浪，却并未向我涌来，反而朝后升起，慢慢退去。我这才发现自己正走在干燥的卵石上，身边是一片碎石沙漠，而湖泊只剩下在遥远地平线上的一线闪光，我的靴底还破了个洞，钻进来的碎石硌得我脚板生疼。我醒了过来，这才发现酒店上下已经乱作一团，楼梯和地板被人踩踏得震动不已。伯爵夫人，我的母亲，去世了。

我这趟旅程是轻装出行，海地天气太热，我随身携带的欧式西服没法穿，只有几件俗艳的运动衫可以穿去母亲离世的房间。我挑的那件是以前在牙买加入手的，鲜红的衣料上覆满花纹图案，选自18世纪一本论述海岛经济的书籍。此时他们已经替母亲收拾过了，她仰卧在床上，身穿一件精致透明的粉色睡衣，脸上浮现出一缕充满暧昧的神秘微笑，甚至流露着肉欲得到满足般的快感。不过，她脸上的脂粉在炎热的天气中有点结块了，我无法强迫自己去亲吻那些坚硬的粉块。马塞尔站在床边，很应景地穿着一套黑色西服，泪水从他的脸颊上滑落，仿佛他的面庞是暴风雨中的黑色屋顶。我原本只把他当作是母亲生前最后的奢侈品，但听他极度痛苦地向我诉说，我却没法只当他是个吃软饭的混蛋。"这不是我的错，先生。我跟她说了一遍又一遍：'不行啊，你的身子还不够结实。再等一阵儿吧。如果你再等等，事情就会好很多的。'"

　　"她是怎么说的？"

　　"她什么也没说。她只是把被单掀掉了。每当我看到她那样，我就没有其他办法了。"他动身准备离开房间，一边摇晃着脑袋，仿佛要甩掉眼中如雨点般的涟涟泪水，随后他突然又飞奔回来，扑通一声跪倒在床前，猛地将嘴唇贴在隆起的被单上，下面就是母亲的肚皮。他穿着黑色西服跪在那里，看起来就像是某个黑人神父在举行一场淫秽下流的仪式。是我，不是他，离开了房间；是我去了厨房里张罗，让用人们重新开始干活，准备客人们的早餐（连厨子都被眼泪弄得有点没法工作）；是我给马吉欧医生打了电话（那些日子里电话还是常常可以打通的）。

　　"她是个了不起的女人。"马吉欧医生后来对我说，而"我对她所知甚少"是我在茫然惊讶之余所能说出的唯一一句话。

　　第二天，我仔细查阅了她的文件，想找出那份遗嘱。她不太会收拾东西：书桌的抽屉里乱七八糟地塞满了账单收据，顺序杂乱无章，让我没法分辨，甚至不同年份的单据都混在了一起。有时候，在一堆洗衣房的收据里，我还翻到了以前被称作"情书"的字条。有一张是英文的，用铅笔写在一张酒店的菜单上："伊薇特，今晚来找我吧。我正在慢慢死去。我渴望得到慈悲。"这是酒店里的房客写给她的吗？我不知道她是为了这份菜单还是为了上面的情话才保留了它，因为这份菜单非常特别，是为庆祝某年7月14日的攻占巴士底狱纪念日而准备的。

与众不同的是，在另一只抽屉里，主要盛放着许多的管装胶水、图钉、发夹、钢笔墨囊和回形针，其中有一个陶瓷小猪存钱罐。小猪虽然很轻，晃一晃却也照样哗啦作响。我本不想打破它，可是如果不检查一下里面有什么，就这么把它扔到越堆越高的垃圾堆里去，好像也挺傻的。我砸破小猪，发现了一枚蒙特卡洛的价值五法郎的轮盘赌筹码，和我几十年前在做弥撒时放进募捐袋里的那个筹码一模一样，另外还有一枚失去光泽的旧奖章，系在一条缎带上面。我看不出这是什么奖章，但后来当我把它拿给马吉欧医生看时，他认了出来。"法国抵抗奖章。"他说，也就是在那时，他补了一句，"她是个了不起的女人。"

抵抗奖章……法国沦陷的那几年里，我和母亲之间没有半点联系。这是她自己争取来的，还是偷来的，或者是某人作为爱情信物送给她的？马吉欧医生对奖章的来历毫不怀疑，我却很难相信母亲会是一个英雄人物，尽管我也毫不怀疑她可以演好这个角色，就像她扮演多情女子和英国游客逢场作戏一样成功。甚至在蒙特卡洛那种可疑的背景环境下，她都成功地让往见学校的神父们相信了她是一个诚实正派的人。我虽然对她所知甚少，却也足以看出她是一个技艺高超的喜剧演员。

然而，尽管她的账单凌乱不堪，她的遗嘱却丝毫不乱。条款清晰，文字精准，落款写有"拉斯科－维利耶伯爵夫人"的签名，还有马吉欧医生作见证人。她把酒店变成了一家股份有限公司，资产分为一百只名义股份，一股分给马塞尔，一股分给马吉欧医生，还有一股分给她那位名叫亚历山大·迪布瓦的律师。她自己掌握了剩余的九十七股，加上三份股权过户转让书，整齐地夹在遗嘱文件上面。公司拥有全部资产，连最后一只汤勺和餐叉都要算上，我分到了六十五股，马塞尔有三十三股。从各方面来说，我都是"特里亚农"酒店的所有者。我可以立即开始实现前天晚上的梦想——中间只须耽搁一点时间去尽快办理我母亲的葬礼，因为天气炎热，所以必须得快。

　　事实证明，马吉欧医生在丧事安排方面提供了无比宝贵的帮助。当天下午，我们便把她移到了肯斯科夫山村中的小型墓地，在许多个小坟包中间择地挖穴，为她举办了适宜得体的天主教葬礼仪式，然后将她安葬了进去。马塞尔在她的墓穴前厚颜无耻地痛哭流涕，她的墓穴看起来就像挖在小城街道上用来排水的深坑，因为四周到处都是海地居民为他们的亡者搭建的小屋，在万灵节[1]那天，他们会在里面摆上面包和葡萄酒祭奠亡者。当人们用小铲刀将泥土铲到棺木上的时候，我心里盘算着，该怎样除掉马塞尔才算是最好的办法。每到这个时段，山上总是笼罩着浓墨般的乌云，而我们在乌云的阴影下已经站立良久，现在云层破碎，暴雨骤然倾泻，逼得我们赶紧奔回出租车上，神父带头跑在前面，掘墓工人们在队尾殿后。当时我还不了解情况，后来我才晓得，不等到第二天早上，那些掘墓工人是不会返回墓地给我母亲的墓穴盖好泥土的，因为没有人会在夜晚的坟地里干活，除非他是受伏都教巫师之命爬出坟墓在黑夜里做苦工的还魂尸。

1　万灵节（the Feast of All Souls 或 All Saints' Day）：即每年 11 月 2 日，为罗马天主教节日，为纪念死去的信徒而设立。

马吉欧医生那天晚上请我在他家吃饭，另外他还给我提供了许多不错的建议，只可惜我当时不够明智，没有理会它们，因为我怀疑他可能想帮另外一个委托人夺取酒店的控制权。正是他在我母亲公司里持有的那一只股份让我对他心生猜忌，尽管他签字的股权过户转让书已经在我手中。

他住在一幢三层楼房里，位于佩蒂翁维尔的山坡低处，带有塔楼和镂空花纹饰边的阳台，颇有点儿像缩小版的"特里亚农"。花园里生长着一棵干枯的南美杉，满树松针张牙舞爪，活像维多利亚时代小说里的一幅插图，而当我们吃完饭坐下闲谈时，房间里唯一一样现代的东西，便是电话。它就像因为疏忽大意而陈列在古董博物馆里的一件现代展品，显得与环境格格不入。鲜红的窗帘上那些厚重的褶边，四角带有圆球装饰的临时茶几上摆放的羊毛桌布，壁炉台上的瓷器物件（其中有两条小狗，眼神和马吉欧医生一样温和），医生父母亲的肖像（嵌在椭圆形镜框里用淡紫色丝绸衬垫的彩色照片），以及多余的壁炉中那道起皱的屏风，都代表了另外一个时代。文艺作品放在装有玻璃柜门的书橱里（马吉欧医生把医学专业书籍搁在自己的诊疗室中），都用老式的小牛皮装订了起来。趁医生出去"洗手"（他用文雅英语如是说）的工夫，我查看了这些书。里面有三卷本的《悲惨世界》，少了最后一卷的《巴黎的秘密》，加博里欧 [2] 的几本侦探小说，勒南 [3] 的《耶稣

---

1 《巴黎的秘密》(Les Mystères de Paris)：19 世纪法国著名小说家欧仁·苏（Eugène Sue, 1804—1857）的代表作品，揭露了当时法国社会的种种弊端，描绘了下层人民的贫困状况。

2 埃米尔·加博里欧（Émile Gaboriau, 1832—1873）：19 世纪法国著名作家，被誉为"法国侦探小说之父"，以其塑造的侦探角色勒科克先生（Monsieur Lecoq）闻名，代表作有《勒鲁日案件》(1866) 等。

3 约瑟夫·欧内斯特·勒南（Joseph Ernest Renan, 1823—1892）：19 世纪法国著名哲学家、历史学家和宗教学家，代表作有《宗教历史研究》(1857)、《道德批判短论》(1859)、《基督教起源的历史》（共 8 卷，1863—1883）、《科学的未来》(1891) 等，表达出以历史原则和人文主义方法研究宗教的心得和感受。《耶稣传》是《基督教起源的历史》的第一卷，1863 年首版于巴黎，一经问世便引起巨大反响。

传》，此外，让我深感惊讶的是，在这些书中居然还有马克思的《资本论》，也用小牛皮装订，远远看去和《悲惨世界》没有任何区别。马吉欧医生手肘边的台灯上有一只粉红色的玻璃灯罩，相当高明的是，里面点的是灯油，因为即使在那个时候，供电情况也是很不稳定的。

"你真的打算，"马吉欧医生问我，"接管这家酒店吗？"

"为什么不呢？我有一些在饭店里工作的经验。我能看得出来，要改善这里的经营状况是很有可能的。我母亲走的不是豪华酒店的路线。"

"豪华酒店？"马吉欧医生重复道，"我想你在这里很难指望走这条路线。"

"有些酒店就在这么做。"

"好年头不会永远持续下去。现在不会太久了，而且马上就要开始竞选……"

"不会有多少差别，对吧？谁赢了还不都是一样？"

"对穷人无所谓。对观光客也许就不一样了。"他在我身旁的桌子上放了一只饰有花纹的碟子——以前这里没有人抽烟，如果他摆上的是烟灰缸，那就和这个房间格格不入了。他小心地放好碟子，仿佛那是一件珍贵的瓷器。他块头很大，皮肤黝黑，却又无比的温柔——我深切地感到，他待人接物永远不会粗暴无理，甚至对一件没有生命的物体也不会，比如，一张难对付的椅子。对马吉欧医生那种职业的人来说，没有什么东西能比电话更烦人。然而，在我们谈话中途，它曾经响过一次，马吉欧医生轻轻地拾起话筒，就像抬起一个病人的手臂那样温柔。

"你以前，"马吉欧医生问，"听说过克里斯多夫国王吧？"

"当然。"

"那个时代很容易就能回来。也许会更残暴，而且肯定会更卑鄙。愿天主保佑我们，可别再出个小克里斯多夫了。"

"要是把美国游客吓跑了，谁也承担不起这个责任吧。你们需要美元。"

"等你更加了解我们这个民族，你就会明白我们这儿的人不是靠钱过日子，我们靠举债。你随时可以杀死借债的，却从来没有人会去干掉欠债的。"

"你在害怕谁呢？"

"我在怕一个默默无闻的小个子乡下医生。他的名字现在对你来说没有任何意义。我只希望有一天你不会看到这个名字在城市上空高高挂起，被电灯照得格外醒目。如果那一天到来，我向你保证，我会逃离这里躲起来。"这是马吉欧医生做出的第一个错误预言。他低估了自己的固执或是勇气，否则我后来也不会待在那座干涸的游泳池边等他，而前部长静静地躺在游泳池底，活像肉店里的一大块牛肉。

"那马塞尔呢？"他问我，"你打算对马塞尔做什么？"

"我还没定呢。明天我必须找他谈一谈。你知道他拥有酒店三分之一的股份吧？"

"你忘了——我是遗嘱的见证人。"

"我曾经想过，他也许准备卖掉他的股份。目前我手头上没有现金，但我会找银行借款，很有可能借得到。"

穿着黑色正装的马吉欧医生将自己那对宽大的粉红色手掌放在膝盖上，倾身向我靠近，仿佛有个秘密想要透露给我。他说："我倒想建议你反过来做。让他买下你手中的股份。对他客气一点，便宜卖给他就好了。他是海地人，只要很少一点东西就能过活。他能撑得下去。"可事实证明，马吉欧医生又一次做了伪先知。他预见自己国家的未来比预言组成这个国家的那些人的命运要灵验得多。

我微微一笑，说："哦不，我已经喜欢上'特里亚农'了。你看着吧——我会留在这里，我也会把酒店撑起来。"

我又等了两天才去找马塞尔说话，但中间我也和银行经理谈过一次。太子港前两个旅游季的光景都很不错。我把酒店发展计划简要地讲了讲，那个经理（他也是欧洲人）便爽快地给了我需要的贷款。唯一让我感到为难的是还款率。"你这不是等于要我三年内还清吗？"

"正是。"

"为什么？"

"这个嘛，你也知道，不出三年就要举行总统大选了。"

葬礼过后，我几乎没怎么见到马塞尔。酒保约瑟夫找我来吩咐工作，厨子和园丁也都来找我，马塞尔却不战而退，不过当我在楼梯上和他擦身而过时，我留意到他身上有一股浓烈的朗姆酒味，所以在我们最终见面商谈之前，我先为他倒好了一杯朗姆酒。他沉默地听我说完，便接受了我的条件，没有提出一点抗议。我给他开出的价码按当地标准来看是一大笔钱，而且我付的是美元，不是海地古德，尽管这笔钱只有他股份面值的一半。为了在心理上打动他，我还把这笔钱换成了百元大钞带在身边。"你最好数一下。"我告诉他，但他数也没数就把现金塞进了口袋。"现在，"我说，"请你在这里签字。"他直接签了字，一点儿也没看自己签署的文件。事情就这么简单。什么争执也没有发生。

"我需要你的房间，"我说，"从明天开始就要。"我对他很苛刻吗？和我母亲的情人打交道让我感到难堪，这一点在某种程度上影响了我，而对他来说，和他情妇的儿子，一个比他自己年长许多的男人见面，也肯定让他觉得尴尬别扭。就在离开房间之前，他提起了她。

"当时我假装没听见铃声，"他说，"但她一直摇个不停。我以为她可能需要什么东西。"

"可是她需要的只有你？"

他说："我很羞愧。"

我没法和他讨论我母亲强烈的性欲所造成的巨大影响。我说："你的朗姆酒还没喝完。"他抓起酒杯一饮而尽。他说："她在生我气或者很爱我的时候，会叫我'你这头又黑又大的畜生'。我觉得自己现在就是这样子，一头又黑又大的畜生。"他走出房间，屁股后面有一边鼓得老高，里面沉甸甸地塞满了百元美钞。一小时后，我望见他拎着一只用厚纸板做的破旧手提箱走下车道。他把那件带有 Y 和 M 字母的鲜红色丝绸睡衣扔在了房间里。

之后一个星期，我没有听到他的任何消息。酒店的事务让我异常忙碌。只有约瑟夫一人对自己的工作了如指掌（后来我让他因为调制朗姆鸡尾酒而出了名），而我也只能猜测那些客人想必已经习惯了在自己家里吃得很糟，所以到这里品尝了厨子做的菜肴，他们也没多少怨言，只好把它当作人生中一个不可分割的特点去接受。厨子做的牛排和冰激凌都过了火候。我差不多全靠吃葡萄柚勉强度日，这个东西他可很难做砸。今年的观光季已经接近尾声，我盼望着最后一名游客离去，好让我可以早早打发厨子走人。这倒不是说我知道在哪里能找到他的继任者——好厨师在太子港不易觅得。

有天夜晚，我强烈地感到自己需要把酒店暂时抛在脑后，于是就一个人跑去了赌场。在杜瓦利埃医生上台前的那些日子里，这里还有足够多的游客，可以坐满三张轮盘赌桌。你能听见从楼下夜总会传来的音乐声，偶尔会有一名身穿晚礼服的女子，在跳舞跳累了的时候，带着舞伴坐到赌桌前试试手气。海地的女子是世界上最美丽的，我心想，在这里见到的脸蛋和身段，要是换在西方的都市里，能为它们的所有者赚上一大笔财富。另外，在赌场中，我总感觉什么事情都有可能发生。"男人的童贞只有一次可以失去。"而我的童贞已在蒙特卡洛的那个冬日下午化作永远的回忆。

我玩了好几分钟，这才看见马塞尔也坐在同一张赌桌前。我本来可以换一桌再玩，但我已经押全注赢了一把。我有个迷信的想法，觉得每天晚上只有一张幸运赌桌，而今晚我已经找到我的幸运赌桌了，因为我不出二十分钟便已净赚了一百五十美元。我的眼神和赌桌对面一名欧洲女子的视线撞在一起。她微微一笑，开始跟着我下注，一边对她的男伴说了句什么，那是一个身材肥胖的男人，叼着一根巨大的雪茄烟，只顾不停地把筹码递到她手里，自己却从来不玩。然而，我的幸运赌桌对马塞尔而言就没那么幸运了。有时我们把赌注放进同一块方格里，接着我就会输掉。我开始伺机等待，直到他放下自己的筹码以后我才下注，而那名女子看破了我的心思，也追着我继续跟进。那情景就仿佛我们在合拍共舞——如同在跳一支马来亚隆隆舞那样——彼此之间却毫无接触。我心里很满足，因为她长得漂亮，因为我想起了蒙特卡洛的时光。至于那个胖子么，我可以待会儿再解决这个麻烦。没准他也在东方汇理银行工作呢。

马塞尔下注的手笔很疯狂。看样子他好像已经玩腻了，越早把筹码输光，他就能越早离开赌桌。接着，他看见了我，便将剩余的筹码统统抛出，全部押在了 0 上，而这个数字已经三十多局没有出现过了。他输了个精光，理所当然，正如人们在孤注一掷时总是会输那样，然后他把椅子往后推开。我朝他倾过身去，递给他一个十美元的筹码。"沾沾我的好手气。"我说。

当时我是想羞辱马塞尔，提醒他以前他曾是我母亲花钱豢养的情人吗？现在我已经记不清了，但如果那真的是我当时的动机，我肯定没有成功。他接过筹码，特别彬彬有礼地用他那口精致的法语说："我此生所有的好运都来自你的家族。"他再次押0，这回0出现了——我没有跟他。他把刚才那个筹码还给我，说："对不起。我这会儿必须要走了。我需要好好睡一觉。"我注视着他离开赌场大厅。现在他手上有三百多美元的筹码可以兑现。我已仁至义尽，不再为他感到良心不安。不过，虽然他确实块头很大、皮肤很黑，我却觉得，要像我母亲那样把他称为畜生，还是挺不公平的。

不知为何，马塞尔一走，赌场大厅里的严肃气氛顿时一扫而光。我们现在都成了无关紧要的小玩家，赌上几把纯粹是为了找乐子寻开心，不冒任何亏老本的风险，赚也只赚几杯酒水的小钱罢了。赢利涨到三百五十美元后，只不过因为我想看到那个抽雪茄烟的男人也输一小笔，让自己心里高兴一下，我又把它输成了两百块。然后我就罢手了。拿筹码去兑换现钞的时候，我向出纳问起了那个女人是谁。

"是皮内达夫人，"他说，"她是德国人。"

"我不喜欢德国人。"我失望地说。

"我也不喜欢。"

"那个胖子是谁？"

"是她丈夫——大使先生。"他报出了某个南美洲小国的名字，我却一转眼就忘记了。以前我看看邮票就能分辨出南美洲的各个共和国，后来我却将集邮簿留在了圣母往见学校，把它当作礼物送给了一个男孩，一个在我心目中最要好的伙伴（我早就忘记了他的名字）。

"我也不怎么喜欢大使。"我告诉出纳。

"他们是一种必不可少的祸害。"他回答，一边把钞票数给我。

"你相信祸害是必不可少的吗？那么你就和我一样是个摩尼教徒。"

我们对神学的讨论无法继续下去了，因为他没有在往见学校受过教育，而且不管怎样，那个女人的话音也打断了我们："丈夫也是。"

"丈夫怎么了？"

"是一种必不可少的祸害。"她说，一边把筹码放在出纳的桌子上。

我们会钦佩那些自己无法实现的品质，因此我很欣赏忠贞，而在当时那一刻，我差点儿扭头就走，永远地离她而去。我不知道是什么拦住了我。也许从她的声音里，我发现了另外一种令我崇拜的品性——不顾一切的特质。拼命与真实是很接近的同类——不顾一切的拼命告白往往能让人信以为真，正如并非所有人都有机会做出临终前的告解那样，具备不顾一切拼命到底这种能力的人也只有极少数，而我不是其中之一。但她却具备这种才能，这让我在心底原谅了她。如果当时我听从了内心的第一个想法，直接掉头走开，后来的日子我会过得更好，因为那样的话我就会远离许多痛苦不幸。可惜天意弄人，在她收拣自己赢到的赌金时，我偏偏选择了在赌场大厅的门口等她。

她和我在蒙特卡洛认识的那个女人年纪相同，但光阴颠倒了我们在人生中所处的位置。第一个女人年纪大得可以当我的母亲，而我现在的年纪呢，又大得足以去当这个陌生女人的父亲。她肤色很黑，身材娇小，神情紧张不安——我怎么也想不到她竟然是个德国人。她朝我走来，手里一边清点着钞票，以此掩饰自己的羞怯。她刚才不顾一切地投下了鱼饵，现在却不晓得该如何处理这条咬饵上钩的大鱼了。

我问："你丈夫呢？"

"在车上。"她说。我望向外面，这才头一次注意到那辆带有C.D. 标志牌照的标致轿车。那个大块头男人坐在方向盘旁边的副驾驶座位上，正在抽他的长雪茄烟。他的肩膀既宽厚又平坦。你简直可以在这对肩膀上贴一张海报。它们看上去就像死胡同里的一堵断头墙。

"我什么时候能和你再见？"

"就在这儿。在外面的停车场里。我不能去你的酒店。"

"你知道我是谁？"

"我也会问别人。"她说。

"明天晚上？"

"十点。我一点钟必须赶回家。"

"还有——他会不会奇怪你上哪儿去了？"

"他有无限的耐心，"她说，"外交官的特质。他要等到政局稳定以后才会开口。"

"那你为什么必须一点钟回家？"

"我有个孩子。他总是在一点左右醒来叫我。这是习惯——一个坏习惯。他老做噩梦。梦见屋里有强盗。"

"是你的独生子？"

"没错。"

她碰了碰我的胳膊，就在这时，大使在轿车里伸出右手摁响了喇叭，喇叭声响了两下，但听起来不算太着急。他甚至连头也不回，否则他就会看见我们在一起。

"他在叫你回去了。"我说。伴随着我对她提出的第一份索求，其他索求的阴影也笼罩在我的头上。

"我猜时间快到一点了。"她飞快地补道，"我认识你母亲。我喜欢她。她是个真诚的人。"她出了停车场，向那辆轿车走去。她丈夫没有转身，直接为她打开了车门，她钻进车里，坐在方向盘前：他的雪茄烟头在她的面颊旁微微闪烁，好像修路时在路边摆放的一盏警示灯。

我回到酒店，约瑟夫在台阶上迎接我。他说马塞尔半小时前回来了，今晚要在这里找个房间住一宿。

"就住一晚？"

"他说他明天走。"

他已经预先支付了房钱，准确数目他心里很清楚，另外他叫了两瓶朗姆酒让人送上楼，还问他能不能住进伯爵夫人的那个房间。

"他可以住他以前的老房间。"但随后我又想起，那名新来的客人——一位美国教授——正住在那里。

我心烦并不是没有道理。在某种程度上，我受到了触动。我很高兴我母亲曾被情人如此钟爱，被赌场里的那名女子（刚才我忘了问她的名字）这样喜欢。要是母亲能给我半点机会，我自己可能也会喜欢上她。或许我心里悄悄希望，她那么好的人缘也能传承给我——在生意场上，这可是一种巨大的优势——就像她传给我酒店的三分之二股份那样。

四

当我在赌场外找到那辆带有 C.D. 标志的轿车时，我已经迟到了快半个小时。有太多的事情让我无法抽身，何况我其实根本没有心情前来赴约。我不能欺骗自己假装爱上了皮内达夫人。一点点色欲和些许好奇心就是我自认为对她拥有的全部感受，而在开车进城的路上，让我对她心生抵触的所有事实都在我脑海中一一泛起：她是个德国人；她采取主动向我求欢；她是大使夫人。（以后从她的谈话里，我肯定会听到水晶吊灯和鸡尾酒玻璃杯的叮当碰撞声。）

她为我打开车门。"我差点儿就放弃你了。"她说。

"对不起。今天发生了很多事。"

"既然你来了，我们最好开到别处去。官方晚宴十一点结束，我们的同事会陆续出来。"

她开车倒出停车场。"我们去哪儿？"我问。

"我不知道。"

"昨晚你怎么会想到要跟我说话？"

"我不知道。"

"你是看我的手气不错，就跟着我押注吗？"

"对。我猜我是觉得好奇，想看看你母亲会有一个什么样的儿子吧。这里从来没有什么新鲜事。"

在我们前方，临时探照灯的强光笼罩着整座海港。两艘货船正在港口里卸货。许多佝偻着腰、背负麻袋的身影排成了长长一列。她来了个半圆形的急转弯，将轿车停在白色哥伦布雕像下那块浓重的阴影里。"我们的人谁也不会在夜里上这儿来，"她说，"所以乞丐也不会。"

"警察呢？"

"外交使团的牌照还是管点儿用的。"

我不知道我俩中间是谁在利用谁。我已经好几个月没和女人做爱了，而她呢——她显然就像大多数婚姻中的主妇那样，已经走进了爱情的死胡同。但我此时还是被白天发生的事情搅得心神不宁，后悔自己不该来，还禁不住常常想起她是德国人，尽管她年纪太轻，和德国当年犯下的罪行扯不上任何关系。只有一个理由让我们二人来到这里，但我们什么也没有做。我们坐在车上，凝视着那尊雕像，它则远远凝望着美国。

为摆脱这种荒谬的情形，我把一只手放在她的膝盖上。她的皮肤冰凉无比；她没穿长袜。我问："你叫什么名字？"

"玛莎。"她转身回答我，我笨拙地想去亲吻她，却错过了她的芳唇。

她说："我们不必这样，你懂的。我们都是成年人。"突然，我仿佛又回到了巴黎大酒店，身体变得绵软无力，但这一回，没有张开白色羽翅的海鸥前来拯救我了。

"我只想和你聊聊天。"她温柔地对我说出甜蜜的谎言。

"我以为你在大使馆里多的是聊天的机会。"

"昨晚——要是我能去你酒店的话,是不是会很好?"

"感谢上帝,幸好你没有去。"我说,"那儿的麻烦已经够多了。"

"是什么样的麻烦?"

"现在我们别说这个。"再一次,为了掩盖我对她缺乏感觉这件事,我粗暴地动起手来。我把她的身体从方向盘下拉出,扳倒在我的大腿上,车载收音机刮到了她的腿,她痛得大叫。

"对不起。"

"没事儿。"

她调整姿势让自己更舒服,又把双唇印在我的脖颈上,我却一点感觉也没有:我的体内没有任何冲动,心里还在想,如果她感到失望的话,不知她对这份失望能忍受多久。接下来的很长一段时间里,我将她全然抛在了脑后。我回到了酷热的正午时分,猛敲着我母亲生前居室的房门,却得不到任何回应。我敲了又敲,心想马塞尔肯定正在房中醉卧不醒。

"跟我讲讲那件麻烦事儿吧。"她说。突然间,我开始滔滔不绝地讲起来。我告诉她,起初是打扫房间的侍童感觉不对劲,然后约瑟夫也担心起来,最后等我敲门无果后,我便用万能钥匙试图开门,结果发现门从里面闩上了。我不得不拆掉两座阳台中间的隔层,然后从阳台上爬过去——幸好房客们都到海边的沙滩上游泳去了。进屋后,我发现马塞尔用自己的腰带吊死在了房中央的灯柱上:他肯定下了巨大的决心甘愿赴死,因为他在套索上只须挣扎摇晃几英寸,就能用脚尖踩到我母亲那张大床的花饰边沿。两瓶朗姆酒几乎都已喝干,只剩第二瓶里还留下最后一点儿,而在一只写给我的信封里,放着我输给他的那三百美元的余款。"你可以想象一下,"我说,"从那会儿到现在我该有多忙啊。要费尽脑筋应付警察——还有房客也是。那位美国教授还算通情达理，但有对英国夫妇却嚷嚷着要向他们的旅行社投诉。你想想也知道，出了自杀丑闻会让酒店身价大跌的。这个开头很不吉利。"

"真是太可怕了，好吓人啊。"她说。

"我不了解他，我也不在乎他，但这件事是很可怕，没错，的确很吓人。很显然，我非得请个神父或巫师过来给那房间驱邪不可了。我也不确定该请哪一边的。吊灯也必须拆掉。用人们都坚持这么做。"

事实证明，和人聊天能抚慰身心，伴着语言流淌，欲望悄然升起。她的后颈靠在我嘴边，一条腿斜搭在收音机上舒展开。她浑身战栗，猛地伸手出去，不巧正好按在方向盘边缘，让汽车喇叭长鸣起来。那声音仿佛是一头受伤的野兽在凄厉哀号，又如同一艘迷失在浓雾中的轮船拉响汽笛，直到她停止战栗时才宣告结束。

我们沉默地坐着，保持着同样的姿势挤在一起，就像工程师组装失败的两台机器。现在我们应该分手道别了：我们在这里待得越久，未来要付出的代价就会越大。在沉默中，信任油然而生，满足感得到培育。我意识到自己刚才睡了一小会儿，现在醒来后，发现她也睡着。共享的睡眠是至深的羁绊。我看了看表。离午夜还早呢。几台起重机在货轮上方升降，排成长列的工人从货轮走向仓库，肩上的麻袋压弯了他们的腰，从他们头顶伸出，让他们仿佛戴上了尖顶风帽，远远望去活像一群嘉布遣会[1]的托钵修士。她有条腿压痛了我。我挪开腿时惊醒了她。

她挣脱到一旁，嗓音尖锐地猛然问道："几点了？"

1　嘉布遣会（Capuchin）：天主教方济各会的独立分支，1525 年由玛窦·巴西（Matteo da Bascio, 1495—1552）创立，1619 年成为独立修会。入会修士均佩戴尖顶风帽，生活清贫简朴，从事社会传教工作。

"十一点四十。"

"我梦见车子坏了，而且已经夜里一点了。"她说。

我感觉自己被摆回了原位，在十点到一点之间画地为牢。嫉妒竟这么容易滋长，这一点想想就叫人害怕——我认识她才不过二十四个小时，现在我已经看不得别人要求占有她了。

"怎么了？"她问我。

"我在想我们什么时候能再见。"

"明天同一时间。就在这儿见。这里和其他的地方一样好，不是吗？换辆出租车过来，这样就行了。"

"以车作床还是不太理想吧。"

"我们可以到车后座上去。在那里会好一些。"她说得那么滴水不漏，让我感到沮丧。

我们的恋情就这样开始了，它一直持续至今，中途只产生过一些微小的变化：比如，在一年后，她把那辆标致牌轿车换成了更新的款式；另外也有几次——一次是趁她丈夫被召回国内开会磋商的空隙——我们摆脱了汽车的限制；还有一次，在一位女性朋友的帮助下，我们在海地角度过了两天时光，但随后那位朋友就回家了。有时候，我觉得我们不像是恋人，倒更像是一对密谋的共犯，因同一桩罪行而捆在了一起。和共犯一样，我们很清楚有侦探在背后跟踪调查。其中一人就是那个孩子。

我有一次参加了在大使馆举办的鸡尾酒会。他们没有理由不邀请我去，因为在我们幽会的六个月里，我已经成了为当地外国人社群所接受的成员。我的酒店还算小有成功——虽然我对此并不满足，并期望能找到一流的厨师。此前，我和大使第一次见面，是在大使馆举办的一场宴会过后，他开车送我的一位房客——一名英国同胞——回到酒店里的时候。他品尝了约瑟夫调制的一款鸡尾酒，饮后赞赏不已，还在我的走廊上待了一阵子，嘴里叼着的雪茄烟在地面上投下长长的阴影。我以前从未见过有人像他这样，将"我的"二字用得如此频繁。"来一支我的雪茄烟吧。""请让我的司机喝一杯吧。"我们谈起了即将到来的总统大选。"我的意见是，那个医生会当选。他有美国人撑腰。这是我得到的消息。"他还邀请我参加"我的下一场鸡尾酒会"。

我为什么会恨他呢？我又没有爱上他的妻子。我"成全"了她，仅此而已。或者应该说我当时自以为如此而已。是不是因为在我们的谈话中，他发现我曾经在往见学校受过耶稣会神父们的教育，便声称"我在圣依纳爵[1]天主教学校读过书"——想借此和我拉拢关系？至于那所学校是在巴拉圭，还是在乌拉圭——谁在乎呢？

我后来得知自己受邀参加的那场鸡尾酒会在级别上属于第二等级，一流的酒会——席间有鱼子酱奉上——纯属外交界的活动，由大使、部长和一等秘书这些人参加，而三级的酒会纯粹是为了"履行义务"而举办的。能被列入二等酒会的宾客名单也算是一种恭维了，这种活动中会带有几分"娱乐"的味道。酒会上有几位海地的富豪，他们的太太都是绝色美女。当时还没有到他们逃离这个国家的时候，情况也还没坏到他们要夜不出户，害怕在宵禁期间的黑暗街道上惨遭不幸的地步。

大使将我介绍给"我的夫人"——又是"我的"，她便带我去吧台找酒喝。"明天晚上？"我问，她冲我皱起眉头，抿紧嘴唇，暗示我不要说话——有人正在监视我们。但她害怕的并不是她丈夫。他正忙着向一位客人展示"我的"伊波利特[2]绘画藏品，从一幅画走到另一幅画

1　圣依纳爵（St Ignatius, 1491—1556）：西班牙贵族，天主教耶稣会的创始人。

2　埃克托尔·伊波利特（Hector Hyppolite, 1894—1948）：20世纪上半叶海地通俗艺术大师，著名画家。

前，对每一幅都详加解说，仿佛连这些绘画的主题也属于他。

"周围这么吵，你丈夫听不见的。"

"你看不到吗，"她说，"每个字他都在听啊。"但这个"他"不是指她的丈夫。一个小家伙，个子还不到三英尺高，长着一双直勾勾的黑眼睛，正带着侏儒特有的傲慢挤过人群，向我们走来。一路上他不停地推开客人们的膝盖，仿佛它们是树林中的低矮灌木丛，而这片林地全部归他所有。我看到他紧盯着她的嘴唇，仿佛是在读唇语。

"这是我的儿子安格尔。"她向我介绍。从此以后，我每次独自想起他时都会使用这个名字的英语发音，仿佛是在故意亵渎神明。[1]

一旦来到她的身边，他就再也不肯走开，尽管他从头到尾根本没说一句话——他太忙于倾听了，而他那双钢铁般的小爪子紧紧扣着她的手，就好像半副手铐。我碰上了真正的对头。下一次幽会时她告诉我，他问了好多好多关于我的问题。

"他发觉有什么不对劲了吗？"

"这么小的年纪怎么可能？他还不到五岁啊。"

一年过去了，我们想尽各种办法躲开他，可他还是缠着她不放。我发现她于我已是难以割舍，但当我要她离开她丈夫时，那孩子却挡住了她的退路。她无法做出任何危害儿子幸福的事。她明天就可以抛弃丈夫，但如果他从她身边带走安杰尔，她又怎么能活得下去？在我看来，她儿子这几个月里变得越来越像他父亲。他现在总喜欢说"我的"母亲；有一次我还看到他嘴里叼着一根长长的巧克力棒，活像一支雪茄烟；他长胖的速度也非常快。那样子就仿佛是父亲将自己的魂

---

1 原名"Angel"在德语中念"安格尔"，在英语中念"安杰尔"（一译"安琪儿"）。由于玛莎是德国人，说话有口音，所以该名在玛莎的话中均译作"安格尔"，而在布朗的叙述中（除个别情况例外）均译作"安杰尔"，以与此处呼应。"Angel"意为"天使"，故布朗自觉此举有渎神之感。

魄转移到了儿子身上，以确保我们的私情不至走得太远，逾越谨慎的边界。

有段时间，我们在一家叙利亚商店的楼上订房幽会。店主名叫哈米特，是个完全可靠的人——当时"爸爸医生"刚刚上台不久，所有人都能预见未来的阴影，如同肯斯科夫上空密布的乌云一般黑暗。对一个没有当地国籍的人来说，任何与外国使馆的关系都有价值，谁知道什么时候他可能就得寻求政治庇护呢？不幸的是，尽管此前我俩都很仔细地检查过这家商店，我们还是没有发现，在药品柜台后面的一个角落里，有几排货架上摆放着儿童玩具，它们的品质比其他任何地方能找到的玩具都要好；另外，在食品杂货区中间，偶尔还能找到一罐波旁饼干（因为奢侈品贸易在当时还没有彻底中止），它是安杰尔在餐前饭后最爱吃的零食。正是这个引发了我们之间的第一场激烈争吵。

我们在叙利亚商店的爱巢里已经幽会过三次，房间中有一张黄铜大床，上面铺着一层淡紫色的丝绸床单，四把硬靠背椅沿着墙边排成一列，墙上还有几幅用手工上色的家庭合影。我心想这里以前应该是客房，收拾得一尘不染，等候着某位从黎巴嫩过来的贵客入住，但他一直没来，现在就更不可能来了。第四次幽会时，我等了玛莎两个钟头，她却完全没有露面。我走出房间穿过商店时，叙利亚人小心翼翼地对我开口了。"您错过了皮内达夫人。"他说，"她和她的小男孩刚刚来过这里。"

"她的小男孩？"

"他们买了一辆玩具汽车，还有一盒波旁饼干。"

稍后的傍晚时分，她给我打来了电话。她听上去呼吸急促，心慌意乱，说话的语速飞快。"我现在人在邮局，"她说，"我把安格尔留在车里了。"

"吃他的波旁饼干？"

"波旁饼干？你怎么知道？亲爱的，我今天不能来。我到店里时发现安格尔和他的保姆就在那里。我只好装作过来给他买点东西，好表扬他最近听话。"

"他最近很听话？"

"也不是特别听话。保姆说，他们上周曾看见我从店里出来——还好我们从来不在一起离开——他就想看看我去了什么地方，然后他就发现了他喜欢的饼干。"

"波旁饼干。"

"是的。哦，他现在要进邮局来找我了。今晚。老地方见。"电话随即挂断。

就这样，我们又回到哥伦布雕像旁，在那辆标致牌轿车里见了面。那一夜我们没有共赴巫山。我们大吵了一架。我告诉她，安杰尔是个被宠坏的孩子，她承认这一点；但当我说他是在监视她时，她勃然大怒；而等我接着说他正变得和他父亲一样胖时，她竟想要扇我耳光。我抓住她的手腕，她却指责我殴打她。随后，我们俩神经质地大笑起来，但是这场争吵还在持续酝酿，就像为了准备明天再喝而煨在炉火上的一锅浓汤。

我异常理智地说："我和你丈夫，你得和我们中的一人做个了断，这样你才会更好过。这种日子没法一直这样下去。"

"你想让我离开你？"

"当然不。"

"可我离开安格尔就过不下去啊。就算我把他惯坏了，那也不是他的错。他需要我。我不能毁掉他的幸福生活。"

"十年以后他根本就不需要你。他会偷偷溜进'凯瑟琳妈咪之家'，或者跟你家的女佣上床。只不过那时你已经不在这儿了——你会住在"

布鲁塞尔或卢森堡，但那里也有很多妓院供他瞎逛。"

"十年的时间还很长。"

"到那时你已年近半百，而我也是一把老骨头了——老得什么都不会在乎。你却还得靠那两头肥猪过日子……当然了，还有你那副好心肠——你那时候肯定又重新天良发现了。"

"那你又怎么样？你就不会到处拈花惹草，找各种女人用各种方法安慰自己吗？少跟我说这种话！"

雕像下的黑暗中，我们争吵的嗓门越抬越高。就像所有这种类型的争吵一样，它只能给我们带来伤害，但是这道伤口很容易就能愈合。在我们发觉自己正在揭开旧伤疤之前，我们还可以找到许多不同的位置给彼此留下伤痕。我钻出她的轿车，走到自己车上。我在方向盘前落座，开始往后倒车。我告诉自己，我们的恋情已然终结——这场情感游戏玩得真是得不偿失——就让她跟那个小畜生待着好了——在"凯瑟琳妈咪之家"多的是漂亮女人——反正她也是个臭德国佬。当我驾车开到和她平行之时，我从车窗外冲她恶毒地喊道："再见了，皮内达夫人[1]。"接着，我便看到她伏在方向盘上开始哭泣。我想，只有当我要对她说再见时，我才会发觉自己离不开她。

我回到她的身边，这时她已经止住了泪水。"真糟糕啊，"她说，"今天晚上。"

"是啊。"

"明天我们还要见面吗？"

"当然。"

"在这里。和平时一样？"

"没错。"

1　此处的"夫人"原文为德语"Frau"。

她说:"有件事情我本来想告诉你。给你一个惊喜。是你非常想要的东西。"

一时间,我还以为她要向我屈服,答应离开她的丈夫和孩子。我伸手搂住她,想支持她做出这个重大的决定,她却说:"你需要一个好厨子,对吧?"

"哦——是的。没错。我想我很需要。"

"我们家的厨子很不错,现在他要走了。我设个了圈套,故意跟他吵了一架,然后解雇了他。如果你想要的话,他就是你的了。"我想我的沉默又让她感到受伤,"现在你还不相信我是爱你的吗?我丈夫知道了会非常生气。他说安德烈是太子港唯一一个会做地道的蛋奶酥的厨子。"我差点脱口而出:"那安杰尔呢?他也喜欢吃他做的菜呀。"

"你成全了我的财运。"我转口夸赞。我这话也近乎成真——"特里亚农"酒店推出的柑曼怡甜酒蛋奶酥曾经风光一时——直到恐怖统治开始,直到美国代表团离去,直到英国大使被驱逐出境,直到教皇使节回到罗马一去不返,直到宵禁在我们之间竖起一道比任何争吵更可怕的屏障,直到最后连我也跳上了达美航空的末班客机飞往新奥尔良。约瑟夫此前刚刚从通顿·马库特的刑讯审问中死里逃生,这件事把我吓坏了。他们要来抓我,对此我深信不疑。或许通顿·马库特的头头,"胖子"格拉西亚,正在垂涎我的酒店。甚至连小皮埃尔也不敢再登门拜访,前来品尝免费的酒水了。连着好几个礼拜,酒店里只有我、受伤的约瑟夫、厨子、女佣和园丁几个人。酒店需要粉刷修缮,但既然不会有房客入住,花那些力气又有什么好处?只有约翰·巴里摩尔套房还维护得整洁有序,仿佛一座空荡荡的坟墓。

我们的风流韵事如今变得乏善可陈,无法让我们在恐惧和无聊之间保持平衡。电话已经停止了工作:它摆在我的书桌上,就像是更好的年月里遗留下的一件文物。由于宵禁，我们不可能继续在夜里幽会，而白天总有那个安杰尔在监视我们。当我最终拿到出境签证时，我觉得自己不仅仅是在逃离政治，也是在躲避爱情。为了申请那张签证，我在警察局苦苦等待了十个小时，在那里，空气中弥漫着一股浓重的尿骚味，臭气熏天，几个警察带着心满意足的微笑从小牢房里走回来，令人不寒而栗。我记得有位神父在警察局也等了一整天，他身穿一袭白色法衣，像块石头似的端坐在那里，无比耐心地读着自己带来的《日课经》，没有人打扰他。他的名字始终没有被叫到。他身后的头顶处，在猪肝色的墙壁上用图钉钉着几张快照，上面是叛贼巴尔博 [2] 和他的同伙们千疮百孔的尸体，一个月前，他们在首都市郊的一间破茅屋里被机关枪扫射身亡。警察最后把我的签证越过柜台丢给了我，如同扔给乞丐一块面包皮，这时有人告诉神父，警察局晚上要关门了。我想他第二天还会回去继续等待。对他而言，警察局和其他地方一样，是个读《日课经》的好地方，因为现在大主教被驱逐在外，总统也被革出教门，所以来去匆匆的人们谁也不敢上前和他搭话。[3]

离开海地那天，骤雨将至，乌云森然逼近肯斯科夫上空，一如既往。飞机在雷暴中颠簸，穿越浓云，在自由清澈的蓝天中翱翔，我俯望那座城市，庆幸自己能离开此地，真是太棒了。太子港显得多么渺小啊，在它背后，是一片遍布沟壑的广袤废土，干旱缺水无人栖居的荒山野地，在薄雾中远远伸向海地角和多米尼加的边境，仿佛是从黏

---

1 《日课经》（Breviary）：罗马天主教神职人员使用的祷告用书或祈祷书，包含《圣经·诗篇》、赞美诗和《圣经》选段，用于每天在固定时刻朗诵，一年之中从不间断。

2 克莱芒·巴尔博（Clément Barbot, 1914—1963）：通顿·马库特组织的首任头目，后被老杜瓦利埃以谋逆篡权的罪名囚禁狱中，1963 年获释后，策划绑架老杜瓦利埃的子女并推翻其政权，最终失败身死。

3 老杜瓦利埃于 1957 年上台后，为加强对民众的精神统治，不断宣扬黑人主义，大搞个人崇拜，并打击天主教派，先后驱逐了包括大主教普瓦里耶在内的许多外籍传教士。罗马教廷于 1962 年将他革出教门。

土中挖掘出的一头远古巨兽断裂的脊骨。我告诉自己，我要找到一个热衷投机倒把的赌徒，怂恿他买下我的酒店，然后我就可以一身轻松，了无牵挂，就像当年我驱车上山来到佩蒂翁维尔时那样，在那一天，我发现母亲四肢摊开，躺在她那张妓院大床上。能离开这里我很高兴。这份喜悦，我对着身下翻转的黑色山峦轻声诉说，我对着端上掺水威士忌的美国空姐和向旅客汇报行程的机长报以微笑，尽情流露。四周后，在纽约西 44 号大街的一间空调客房里，我从噩梦中骤然惊醒，梦里是一辆标致轿车内纠缠的肢体和一尊遥望大海的雕像。当时我便明白过来，待我的固执消耗殆尽，我的交易一笔勾销以后，或迟或早，我一定会返回海地，在恐惧中尚有半块面包可吃总比完全没有面包要好得多。

第四章

一

马吉欧医生在前部长的尸首旁蹲坐良久。在我的手电灯光投下的阴影中，他仿佛是驱逐死神的巫师。我犹豫着不想搅扰他的仪式，但我又害怕史密斯夫妇在他们的塔楼套房里随时可能醒来，所以最后我还是开口打断了他的思考。"他们总不能说这不是自杀吧。"我说。

"只要对他们合适，他们就会这么说，"他回答，"别骗自己了。"部长尸体躺倒的姿势让左口袋暴露在外面，他开始掏空左口袋里的物品。他说："他还算比较好的一个。"说完，他像银行出纳员检查伪钞那样，将每张纸片凑到自己眼前，凑到他只有在读书时才戴的那副球面大眼镜前，仔细地察看起来。"我们在巴黎一起上过解剖学课程。不过在那段日子里，就连'爸爸医生'也还算是个不错的人。我还记得在二十年代伤寒爆发时期的杜瓦利埃……"

"你在找什么？"

"任何能让你跟他扯上关系的东西。在这座岛上，有一句天主教祷文很应景——'魔鬼如同吼叫的狮子，四下寻找可吞吃的人。'[1]"

---

1 出自《圣经新约·彼得前书》第5章第8节。此处原文与《圣经》原句略有区别，和合本译文是"你们的仇敌魔鬼，如同吼叫的狮子，遍地游行，寻找可吞吃的人"。

"他没有吞吃你。"

"言之过早。"他把一个笔记本收进自己口袋里，"现在我们没时间细看这个。"随后他把尸体翻转过来。尸体很沉，连马吉欧医生也不容易翻动。"我很庆幸你母亲已经去世了。她吃尽了苦。人一辈子碰上一个希特勒就已经够受的了。"我们轻声交谈，生怕吵醒了楼上的史密斯夫妇。"一只兔脚，"他说，"祈福用的。"他把那玩意放回原处。"这里有个很沉的东西。"他掏出的竟是我那只形如棺材、上面刻有 R.I.P. 字母的黄铜镇纸。"我从来不知道他还有这等幽默。"

"那是我的。他肯定是从我的办公室里拿走的。"

"把它放回原来的地方。"

"我要不要让约瑟夫去叫警察？"

"不行，不要去。我们不能把尸体留在这里。"

"有人自杀了，他们总不能来怪我吧。"

"他们可以怪你，因为他选择躲在你这幢房子里。"

"他为什么呢？我跟他素不相识。我只在招待会上见过他一次。就这些。"

"各个大使馆都已被严密警戒。你们英国人有句俗话，'英国人的家是他的城堡'，我想他是对此信以为真了。他走投无路，只好到口头禅里寻找安全感。"

"回家第一晚就碰上这种事情，真是活见鬼了。"

"是啊，我想也是。契诃夫曾经写道：'自杀是一种不良现象。'[1]"

马吉欧医生站起来俯视着尸体。黑人对婚丧喜庆等重大场合是极为重视的——西方教育并没有毁掉这一点：教育仅仅改变了他表达这种感情的方式。马吉欧医生的曾祖父或许曾在奴隶营里向着天上沉默

1　出自契诃夫的短篇小说《公差》(*On Official Duty*)。

的群星恸哭哀号，马吉欧医生则对死者念出了一段措辞谨慎的话语。"不管人对生活抱有多么强烈的恐惧，"马吉欧医生说，"自杀依然是勇敢之举，是像数学家那样头脑清醒的举动。一个人要自杀，必然首先根据随机定律做出判断——世事如此艰难，机会这般渺茫，活着将比死去更悲惨。他对数学的感觉比对生存的理解更准确。可是想想吧，在他生命的最后一刻，求生的欲望必定也曾在他的心底大声呼喊，渴望被他听见，即使找出的那些借口完全不算科学。"

"我还以为你作为天主教徒是绝对会谴责……"

"我不是一个身体力行的天主教徒，而且不管怎么样，你在想的是神学意义上的绝望。这个人的绝望却完全与神学无关。可怜的家伙，他这样做可是违反了教规啊。就相当于他在礼拜五吃肉不守小斋一样。在他身上，求生的欲望并没有搬出天主的戒律作为不让他自杀的理由。"他说，"你得下来抬他的腿。我们必须把他从这里搬走。"演讲结束了，葬礼的悼词已经念完。

马吉欧医生宽大方正的手掌让我感到欣慰。我就像一个病人，对于医生为确保让我康复而设立的严格生活制度，我毫无质疑地全盘接受。我们把社会福利部长抬出泳池，走向医生在车道上熄灯停靠的汽车。"等你回来以后，"马吉欧医生说，"你得打开阀门放水进去，把血迹冲走。"

"我会打开水阀，但有没有水来就不好说了……"

我们把他撑在汽车后座上。在侦探小说里，一具尸体总是很容易被装扮成醉鬼的模样，但我们车上的这个死人却是怎么看都明摆着已经死了——流血虽然已经止住，但外人只要朝车里瞥一眼，就能注意到他脖子上那道可怕的伤口。幸运的是，夜里没有人胆敢上街活动，在这个时辰出来干活的只有还魂尸和通顿·马库特分子。说到通顿·马库特，他们肯定就在外面——还没等我们抵达车道的尽头，我们就听见了他们汽车驶近的声响——这么晚了，不会有别人开车出来。我们赶紧关掉车前灯，静静等待。那辆车正在从首都市内缓慢地爬坡上山，我们可以听见车上乘员的争吵声，盖过了三挡车速的轰鸣。在我想来，那辆老破车无论如何也爬不上通往佩蒂翁维尔的漫长坡道。要是它在车道入口处抛锚了怎么办？那些人肯定会来酒店求助，顺便白喝几杯，不管时间有多晚。我们似乎等了很长时间，这才听到引擎声经过车道，渐渐远去。

我问马吉欧医生："我们把他弄到哪儿去？"

"我们上山或下山都走不了太远，"他说，"会碰到路障。这条路是往北走的，路上守夜的民兵都不敢睡着，怕被查哨。刚才的那帮通顿·马库特很可能就是去查哨的。如果车子不抛锚，他们会一路查到肯斯科夫的警察哨所那边去。"

"你到这里来，路上必须通过一道路障。你是怎么解释的……？"

"我说有个女人刚生完孩子得了病。这种事情太普遍了，如果我运气好，那个人是不会往上汇报的。"

"要是他报了呢？"

"我就说我没找到她家。"

我们把车开到大路上。马吉欧医生重新打开车前灯。"如果有人出来看见我们，"他说，"他会以为我们是通顿。"

我们能选择的地段很有限，因为上山和下山的途中都有路障。我们往山上开了两百码远——"这就表明他经过了'特里亚农'：他不是要去你那里。"——然后转入左手边的第二条小路。这里有一片矮小的房屋和废弃的园地。过去，自视甚高和不够成功的人都住在此地，他们已经身在通往佩蒂翁维尔的路上，却还没有真正抵达：拣别人不要的诉讼案件的律师，失败潦倒的占星家，还有喜欢喝朗姆酒胜过看病人的医生。马吉欧医生清楚地知道他们哪些人还住在这里，哪些人已经逃之夭夭，因为通顿·马库特会在夜里上门，强迫他们缴纳苛捐杂税，用来建造那座新城市——杜瓦利埃城。我自己也捐过一百块海地古德。依我看，所有的房子和花园都没有人住，也没有人管了。

"这里。"马吉欧医生指示道。他把车开到离小路几码远的地方。我们必须开着车灯，因为我们没有空手可以拿手电筒。灯光照在一块破木板上，依稀可见"……您的未来……"的残留字样。

"这么说他走了。"我说。

"他死了。"

"是自然死亡吗？"

"横死暴毙在这里都算是自然死亡。他是被环境逼死的。"

我们把菲利波医生的尸体抬出汽车，拖到一大丛蔓生的三角梅后面藏起来，这样人们从路面上就看不到它了。马吉欧医生拿出一块手帕缠住右手，从死者的口袋里取出一把用来切牛排的厨房小刀。在游泳池里，他比我眼尖得多。他把刀放在地上，离部长的左手只有几英寸远。他说："菲利波医生是左撇子。"

"你好像什么都知道。"

"你忘了，我们曾在一起做过解剖。你要记得再买一把牛排刀。"

"他有家人吗？"

"妻子和一个六岁的儿子。我想他是觉得自杀对他们更安全。"

我们回到车里，倒车开上了小路。在酒店车道入口处，我下了车。"现在全指望用人们能管住嘴了。"我说。

"他们不敢说出去。"马吉欧医生说，"在这里，证人受到的折磨不见得就比被告少。"

二

史密斯夫妇下楼来到走廊吃早餐。史密斯先生的胳膊上没搭毛毯，这几乎还是我头一回见到。他们昨晚睡得很香，现在他们津津有味地吃着葡萄柚、吐司和酸果酱：我曾担心他们可能会要求喝一些由某家公关公司命名的奇怪饮料，没想到他们却接受了咖啡，甚至还对其品质大加赞赏。

"我只醒过一次，"史密斯先生说，"好像听见有人说话。也许是琼斯先生到了？"

"不是。"

"奇怪。他在海关最后跟我说的话是'今晚在布朗先生的酒店见'。"

"很可能他被人强拉到另一家酒店里住去了。"

"我本来想在吃早饭前游会儿泳的，"史密斯太太说，"但我看到约瑟夫在打扫泳池。他好像什么事情都做。"

"没错。他很宝贵。我相信午饭前泳池就会为你准备好。"

"那个乞丐呢？"史密斯先生问。

"哦，他天亮前就走了。"

"他不是空着肚子走的吧，我希望？"他对我微微一笑，仿佛在说："我只是开个玩笑啦。我知道你是个好心人。"

"约瑟夫肯定会管好的。"

史密斯先生又拿了一片吐司。他说："今天上午我想和史密斯太太去趟大使馆，把我们的名字登记好。"

"这样做很明智。"

"我觉得这样比较礼貌。然后我可能就会把介绍信呈送给社会福利部长。"

"如果我是你的话，我会先在大使馆问一问有没有什么变动。我的意思是，如果这封信是写给具体某位官员的私人介绍信。"

"是一位叫菲利波的医生，我想。"

"那我一定会先问清楚。在这里，变化发生得非常快。"

"可是他的继任者，我想，总会接待我的吧？我来这里打算要提供的东西，对任何关心卫生状况的部长而言，都具有很大的价值。"

"我没听你说起过你的计划……"

"我是作为一名代表来这里的。"史密斯先生说。

"美国素食主义者的代表。"史密斯太太补充道，"真正的素食主义者。"

"还有伪素食主义者吗？"

"当然。有人甚至还吃受了精的鸡蛋呢。"

"在人类历史上，"史密斯先生悲哀地说，"每一场伟大的运动都被异教徒和教会分裂分子破坏了。"

"请问素食主义者在这里打算做些什么呢？"

"除了分发免费的文献资料以外——当然，它们都会被翻译成法语——我们计划在首都的心脏地带开设一个素食烹饪中心。"

"首都的心脏地带是一片贫民区。"

"那就找个合适的地方。我们想让总统先生和他的几位部长参加开幕典礼，享用第一顿素食正餐。为民众树个好榜样。"

"可是他害怕离开宫殿。"

史密斯先生礼貌地笑了笑，他以为我只是在生动地夸大其词。史密斯太太说："你可别指望能从布朗先生那儿得到什么鼓励。他不是我们中间的一分子。"

"好了，好了，亲爱的，布朗先生只是跟我们开个小玩笑而已。或许我可以在吃完早餐后先给大使馆打个电话。"

"电话不通。但我可以让约瑟夫送信。"

"不必了，那样的话我们就坐出租车过去吧。如果你能帮我们叫辆车的话。"

"我会让约瑟夫去找一辆。"

"他真是什么事情都做啊。"史密斯太太生硬粗暴地对我说，仿佛我是个美国南方蓄奴的种植园农场主。我看见小皮埃尔沿着车道走上来，便离开了他们。

"啊，布朗先生，"小皮埃尔叫道，"早上好啊，今天早上多么的好啊。"他挥舞着手上的一份当地报纸，说："你马上就会看到我是怎么写你的。你的客人们怎么样啦？他们睡得都还好吧，我希望。"他踏上台阶，向坐在餐桌前的史密斯夫妇欠身鞠躬，然后深深呼吸着太子港甜蜜的花香，就好像他是个刚来到这里的外地人。"多美的景色啊，"他说，"绿树，鲜花，海湾，宫殿。"他咯咯一笑，"距离为景色增添魅力。[1] 威廉·华兹华斯先生说的。"

我敢肯定，小皮埃尔不是为了欣赏美景而来，而在这个点儿上，他也几乎不可能是过来喝免费朗姆酒的。我估计他可能是想找我打探消息，要不然也许就是想向我提供消息。他那兴高采烈的模样不一定就表示有好消息，因为他向来都是那股子乐呵劲儿。太子港的居民们只有两种生活态度，理性的和非理性的，悲惨的和快活的，而他就好像用抛硬币的方式决定选择哪一种——硬币上带有"爸爸医生"头像的那一面朝下落地，于是他便很有把握地选择了绝望中的欢乐。

"让我看看你都写了些什么。"我说。

我打开报纸，翻到他的漫谈专栏版块——永远都在第四页上——读道：昨日乘坐"美狄亚"号抵达海地的诸位贵宾中，有一位可敬的史密斯先生曾竞选1948年美国总统，并仅以微小的差距败给了杜鲁门先生。陪伴他的是他那优雅可亲的太太，如果当年形势更好的话，她本可以成为美国第一夫人，令白宫熠熠生辉。在许多其他乘客中，还

---

1 出自苏格兰诗人托马斯·坎贝尔（Thomas Campbell, 1777—1844）的名诗《希望之悦》（Pleasures of Hope）。

有一位便是文化生活中心"特里亚农"酒店的老板，备受大家敬爱的他刚刚结束商务旅行从纽约归来……我往后翻到重大新闻版面阅读起来。教育部长日前宣布开展一项六年计划，旨在消除北部地区文盲泛滥的现状——为什么特别要选在北部地区呢？新闻里没有详细说明。或许他是想指望一场效果令人满意的飓风来临吧。1954 年的飓风"黑兹尔"[1] 曾消灭了海地内陆的大量文盲人口——准确的死亡人数一直没有被官方公布。报纸上还有一小段新闻，是关于一小股穿越多米尼加边境的叛军武装的：他们已经被政府军击退，两名俘虏的身上带有美制军械。如果总统先生之前没有和美国代表团闹翻，那些武器很可能就会被描述成捷克或古巴制造的了。

我说："我听到流言说，有位新的社会福利部长即将上任。"

"你可千万不能相信流言哪。"小皮埃尔说。

"史密斯先生身上带着一封写给菲利波医生的介绍信。我不想让他出错。"

"也许他应该多等几天。我听说菲利波医生在海地角——或者在北边的什么地方。"

"北边不是正在打仗吗？"

"我相信那里并没有那么多的仗要打。"

"菲利波医生是个什么样的人？"我有点好奇，想更加了解这个因为死在我家泳池里而变得像远亲一样的人物。

"他呀，"小皮埃尔说，"他是个神经非常紧张的人。"

我合上报纸，把它还给小皮埃尔："我们的朋友琼斯也来了，但我发现你没提这事儿。"

"啊，对哦，琼斯。这位琼斯少校究竟是什么人哪？"这下我明白

1　飓风"黑兹尔"（the Hurricane Hazel）：1954 年大西洋飓风季期间造成死亡人数最多、经济损失最惨重的飓风，夺走了 1000 余名海地居民的生命。

了，他来这里肯定是想打探消息，而不是向我提供消息的。

"一名同船的乘客。我知道的就这些。"

"他自称是史密斯先生的朋友。"

"既然如此，我想他肯定就是咯。"

小皮埃尔不易察觉地将我轻轻推向走廊远处，直到我们转过拐角，避开了史密斯夫妇的视线。他的白衬衫袖口从西服外套里伸出长长一截，一直盖到他那双黑色的手上。"如果你能坦诚告诉我，"他说，"也许我可以帮上点小忙。"

"坦诚告诉你什么？"

"关于琼斯少校的事。"

"我希望你不要喊他少校。不知怎的，这个头衔就是不适合他。"

"你觉得他可能不是……？"

"我对他一无所知。什么也不知道。"

"本来他要住进你的酒店里吧。"

"他好像已经在别处找到地方落脚了。"

"没错。在警察局。"

"老天啊，怎么会这样……？"

"我想他们是在他的行李里搜到了某些对他不利的东西。我也不知道是什么。"

"英国大使馆知道这件事吗？"

"不知道。但我想就算他们知道了，也帮不上太大的忙。这种事情是必须要走程序的。他们还没有开始对他动粗。"

"你有什么建议吗，小皮埃尔？"

"这很可能是场误会——但总会有自尊心 [1] 的问题从中作梗。警察

---

1 原文为法语"amour propre"。

局长可是因为自尊心而吃了不少苦头。或许如果能请史密斯先生跟菲利波医生谈谈，菲利波医生可能就会和内政部长讲讲，然后琼斯少校就可以从轻发落，为他的技术性过失交点罚款就行了。"

"可他到底犯了什么过失呢？"

"这个问题本身就是个技术性的问题。"他说。

"但你刚才还告诉我，菲利波医生正在北边。"

"没错。也许史密斯先生应该先去见见外交部长。"他骄傲地挥了挥手中那份报纸，"他会明白史密斯先生有多么重要，因为他肯定已经读过我的报道。"

"我马上去找我们的代办。"

"这个办法就不对了，"小皮埃尔说，"满足警察局长的自尊心可要比满足国家的荣誉感简单得多。海地政府不接受来自外国人的抗议。"

当天上午晚些时候，我去见代办时，他给我的意见和小皮埃尔的建议如出一辙。他是个长着漏斗胸的男人，从相貌上看显得有点神经过敏，我头一次和他见面时，竟想到了罗伯特·路易斯·史蒂文森[1]。他说起话来经常吞吞吐吐，还带着一股可笑的挫败感——是首都的生活状况击败了他，不是肺结核的侵害。他具有失败者的勇气和幽默。例如，他口袋里总是随身带着一副墨镜，当他看见通顿·马库特分子时，他就一定会把墨镜戴上，而对那帮家伙来说，墨镜就是他们的制服，是用来恐吓百姓的工具。他还收集有关加勒比海地区各种植物的书籍，但除了最常见的以外，他把其他那些书全部运回了老家，就像他把孩子们送回英国一样，因为这里永远存在着危险，只凭一小罐汽油便能卷起一场突如其来的火灾。

我把琼斯陷入的困境和小皮埃尔的建议告诉了他，他一直听我说

---

[1] 罗伯特·路易斯·史蒂文森（Robert Louis Stevenson,1850—1894）英国小说家，代表作有《金银岛》等。

完，没有打断过我，也没有露出不耐烦的样子。我敢肯定，要是我把社会福利部长死在了我家游泳池里，以及我如何处理掉尸体的经过讲给他听，他也不会有多么惊讶，只怕心里还会暗自感激我没有叫他去帮忙。等我讲完故事，他开口说："我收到了一封从伦敦发来的电报，是关于琼斯的。"

"'美狄亚'号的船长也收到过一封。他的电报是从费城的船运公司发来的。内容不是很清楚。"

"我这封可以算是警告信，让我不要太出头。我怀疑某位领事在什么地方上过他的当。"

"就算如此，一位英国臣民被关在监狱里，这难道……？"

"哦，我同意，这是有点太过分了。只是我们必须记住，有时候就连这些狗杂种也可能有很好的理由那么做，对吧。作为公务，我会小心地跟进这件事——就像电报里建议的那样。首先从正式的外交质询开始。"他伸手越过桌面，做出一个抓话筒的动作，然后哈哈一笑："我怎么也改不掉打电话的习惯。"

他是一个完美的观众——每个演员肯定都会对这类观众梦寐以求，他们机智聪明，专注警觉，既能乐在其中，又能恰如其分地展开批评，而这门功夫是他们通过无数次地欣赏不同戏剧中各种良莠不齐的表演才学到的。不知为何，我想起了母亲最后一次和我见面时所说的话："现在你扮演的是什么角色呢？"我想，我的确在扮演一个角色——一个关心同胞命运的英国人，一个尽职尽责，十分了解自己的义务，通过他所臣属的君王派驻此地的代表进行咨询的商人。我暂时忘记了标致轿车里纠缠的双腿。我敢打包票，代办会极力反对我给外交使团中的一名成员戴绿帽子——这种情节像极了低俗剧场中上演的闹剧。

他说："恐怕我的质询也帮不了多少忙。内政部长肯定会告诉我，案件目前掌握在警方手中。他很可能会训我一顿，跟我大讲一通司法部门与行政部门分权独立的道理。我有没有告诉过你关于我家厨子的事情？那时候你正在国外。有一天，我正在准备宴请同事，厨子却凭空失踪了。家里什么菜都没有买到。他是在去集市的途中在大街上被抓走的。我太太只好打开了我们为应对紧急情况而储备的罐头食品。你的皮内达先生很不喜欢用鲑鱼罐头做的蛋奶酥。"他为什么要说"我的皮内达先生"呢？"后来我听说，他被关进了警察局的看守所里。第二天很晚的时候，警察才把他放出来，这时一切都太迟了。他们讯问他不过是想知道我宴请了哪些客人。当然，我随即向内政部长提出了抗议。我说，他们应该先通知我一声，这样我就可以找个合适的时间安排他去警察局。部长的回应很简单，他说那厨子是海地人，他们对海地人想怎么样就怎么样。"

"但琼斯是英国人。"

"我想也是，但我还是怀疑咱们政府如今会不会派护卫舰前来震慑。当然，我非常愿意尽我所能提供帮助，但我认为小皮埃尔的建议相当合理。先试试别的办法吧。如果你这里没什么效果，我自然就会提出抗议——在明天上午。我有一种感觉，这不是琼斯少校第一次进看守所了。我们决不能将事态夸大其词。"我觉得自己有点儿像《哈姆雷特》中的国王角色，被哈姆雷特指责夸大了自己的戏份。

当我回到酒店里时，游泳池里已经放满了水，园丁装出一副忙碌的样子，正在用钉耙将水面上的一些落叶耙走，我还听到了厨子在厨房里说话的声音，一切几乎又恢复了正常。我甚至还有房客入住，在泳池里，史密斯先生正在一边躲开园丁的耙子一边游泳，他身上那条深灰色的尼龙泳裤在他身后溅起的水花中翻腾，让他看起来就像是某种史前巨兽，露出两条巨大的下肢。他游着蛙泳，缓慢地在池水中上下起伏，嘴里发出有节奏的咕噜声。看见我后，他从水里站起身，就像一个神话人物。他的胸膛上覆满了一绺绺白色的长毛。

我在泳池边坐下，朝约瑟夫喊话，叫他带一杯朗姆潘趣酒和一杯可口可乐过来。史密斯先生继续翻腾着游向深水区，在看到他爬出水面之前，我感到心里很不安——他游经的路线离社会福利部长倒毙的位置太接近了。我想起了荷里路德宫和里齐奥留下的那块经久难去的血迹。[1] 史密斯先生抖落身上的水珠，坐在我身旁。史密斯太太出现在约翰·巴里摩尔套房的阳台上，朝下对他大喊："快把身子擦干，亲爱的，不然你可能会感冒。"

　　"太阳很快就会把我晒干，亲爱的。"史密斯先生回喊道。

　　"把毛巾围在肩膀上，不然你会晒伤的。"

　　史密斯先生听从了她的话。我说："琼斯先生被警察逮捕了。"

　　"我的天啊。不会吧？他犯了什么事啊？"

　　"他不一定需要犯任何事。"

　　"他见过律师吗？"

　　"在这里不可能。警察不会允许的。"

　　史密斯先生向我露出一副倔强的表情。"天下的警察都一个样。这种事情在美国南方也经常发生。"他说，"黑人被关进监狱，警察不准他们见律师。但以牙还牙是不可取的。"

　　"我已经去过大使馆了。他们觉得帮不上什么忙。"

　　"这可实在是不像话。"史密斯先生说。他是指大使馆的态度，而不是琼斯被捕这件事。

　　"小皮埃尔认为，目前最好的办法是请你出面，也许要去见外交部长。"

1　荷里路德宫（Holyrood Palace）又名圣十字架宫，建于 1498 年，是苏格兰王室的寝宫，著名的苏格兰玛丽女王（Mary Stuart, 1542—1587）曾在此地长期生活，并与第二任丈夫达恩利勋爵成婚。戴维·里齐奥（David Rizzio, 1533—1566）是女王的私人秘书，达恩利勋爵怀疑他与女王有染，便伙同叛乱贵族在女王面前将其刺杀，宫中行凶处的木质地板上，至今仍有一块血迹清晰可见。

"我会尽我所能帮助琼斯先生。这中间显然有什么误会。但他为什么会觉得我有影响力呢？"

"你当过总统候选人。"我说，约瑟夫正好端来了酒杯。

"我会尽我所能。"史密斯先生重复道，他闷闷不乐地喝起了饮料，"我很喜欢琼斯先生。（我也不明白自己为什么就是不想叫他上校——毕竟在军队里还是有些好人的。）在我眼里，他是最优秀的那一类英国人。肯定有什么地方发生了愚蠢的误会。"

"我不想让你跟当局有任何麻烦。"

"麻烦我可不怕，"史密斯先生说，"跟任何当局有麻烦我都不怕。"

三

外交部长的办公室位于距港口和哥伦布雕像不远的会展大厦里。我们经过了如今已不再启动的音乐喷泉，还有公园里那条波旁王朝式的宣言："我是海地的旗帜，统一而不可分割。弗朗索瓦·杜瓦利埃。"最后，我们走进了那幢用水泥和玻璃打造的长方形现代建筑，踏上宽敞的楼梯，来到巨大的接待室，只见其中摆放着许多张舒适的扶手椅，墙上还挂着一排由海地艺术家创作的壁画。这栋建筑，与邮局广场上的乞丐和首都市中心的贫民区之间，几乎没有半点关联，就像克里斯多夫国王的无忧宫[1]和百姓无关一样，但等它化作废墟，其风貌会比后者逊色不少。

十几名中产阶级人士坐在接待室里，显得肥胖而富裕。女人们穿着自己最好的服饰，有铁蓝色的，有酸绿色的，她们快活地互相聊着天，仿佛在喝早间咖啡，一边抬起头用尖锐的目光打量着每个新来的

---

1 无忧宫（San-Souci Palace）：位于海地角南部的米洛城（Milot），是克里斯多夫国王驱使数万民众耗时三载，于1813年建成的华丽寝宫，后在1842年大地震中被毁，现存遗址是海地最著名的历史景点之一。

访客。打字机缓慢的敲击声回荡在接待室中，在这种氛围下，就连求见者也能摆出一副自己举足轻重的架势。我们到达十分钟后，皮内达先生带着外交官特权阶级的自信，迈着沉重的脚步从我们面前走过。他抽着一支雪茄烟，什么人也不看，也不问一声行不行，直接推开一扇通往里面阳台的房门走了进去。

"外交部长的私人办公室。"我解释道，"南美洲国家的大使们现在依然是受欢迎的人[1]。尤其是皮内达。他的使馆里还没有政治难民。目前还没有。"

我们等了三刻钟，史密斯先生却没有显出丝毫的不耐烦。"这里好像管得很有条理嘛。"他有次开口说，因为我们看到求见者中有两人在和一名办事员简短交谈后就离开了，"部长必须受到保护。"

最后，皮内达终于走了出来，穿过接待室，嘴里仍然叼着雪茄烟——这支是新的。纸带还在上面：他从不撕掉他的纸带，因为上面印着他的姓氏首字母。这一回他朝我鞠躬打了个招呼，表示认出了我——一时间，我还以为他要停下来和我说话呢。这一举动肯定引起了送大使到楼梯口的那个年轻职员的注意，因为他随后又折返回来，彬彬有礼地问我们有什么事。

"会见外交部长。"我说。

"他正忙着接见外国大使。有很多事情要讨论。明天他就要离开这里，出席联合国会议。"

"那我想他应该立刻接见史密斯先生。"

"史密斯先生？"

"你没看今天的报纸吗？"

"我们今天一直都很忙。"

1　原文为西班牙语"persona grata"。

"史密斯先生昨天刚刚抵达。他是总统候选人。"

"总统候选人？"年轻人难以置信地说，"在海地？"

"他来海地有生意要做——但那是和贵总统商量的事情。现在他想在贵部长去纽约前和他会面。"

"请在此稍候。"他走进内厅的一间办公室，一分钟后又拿着一份报纸急匆匆地跑出来。他敲敲部长办公室的房门，然后走了进去。

"你要明白，布朗先生，我已经不再是总统候选人了。我们做出政治表态就那一次而已。"

"史密斯先生，你不用在这里解释这件事。毕竟你属于历史。"从他那双真诚的淡蓝色眼睛里，我能看出自己说得有点过头了。我补充道："你以前做出的姿态就在那里，应该让所有人都知道。"——我也说不清到底在哪里——"它既属于过去，也属于现在。"

那个年轻人站在了我们身旁——他把报纸留在了部长那里。"请你们随我来……"

外交部长非常友好地向我们咧嘴微笑，一口白牙微微闪亮。我看见那份报纸躺在他书桌的角落。他向我们伸出的手掌显得巨大、方正，泛出粉红，汗津津的。他操着一口漂亮的英语告诉我们，得知史密斯先生来到海地的消息，他是多么地感兴趣，完全没想到能有幸与总统候选人会面，因为明天他就要出发前往纽约……他从美国大使馆处没有收到任何通知，不然他一定会事先安排时间……

既然美国总统认为召回大使乃合适之举，我说，史密斯先生也认为他对海地进行非正式访问更为恰当。

部长说他明白我的意思。他对史密斯先生补充说："我了解到您想要觐见总统……"

"史密斯先生还没有请求总统接见。他希望首先与您会面——在您赶往纽约之前。"

"我要在联合国提出抗议。"部长骄傲地解释道，"您来一支雪茄吗，史密斯先生？"他拿出自己的真皮雪茄烟盒，史密斯先生从中抽了一支。我注意到，纸带上印着皮内达先生的姓氏首字母。

"抗议？"史密斯先生问。

"抗议来自多米尼加共和国的袭击。叛匪有美制军械的援助。我们手里有证据。"

"什么证据？"

"在两名俘虏身上发现了美国生产的左轮手枪。"

"恐怕您在全世界都能买到这种东西吧。"

"加纳共和国已经承诺会支持我们。我也希望其他亚非国家……"

"史密斯先生今天是为了另一件事情过来的，"我打断他们说，"与他同行的一个好朋友昨天被警方逮捕了。"

"是美国人吗？"

"是一个名叫琼斯的英国人。"

"英国大使馆提出过质询吗？这件事情其实应该归内政部长管。"

"但是，阁下，您的一句话可以……"

"我不能干预其他部门的政事。我很抱歉。史密斯先生会理解的。"

史密斯先生强行挤进了我们的对话，他的口气中带着一股在我意料之外的粗鲁味道。"您总可以查清楚罪名是什么，对吧？"

"罪名？"

"罪名。"

"哦——罪名。"

"正是，"史密斯先生说，"罪名。"

"不一定非要有什么罪名。您想到最坏的情况上去了。"

"那为什么还要把他关在牢里？"

"我对这个案子一无所知。我想警方是有什么事情需要调查。"

"那他就应该被带到法官面前办理保释。我愿意缴纳数目合理的保释金保他出狱。"

"保释金？"部长说，"保释金？"他转向我，用拿雪茄烟的手做了个手势，"保释金是什么？"

"是一种献给政府的礼金，如果犯人保释出来以后不用回去受审的话。它可以是一大笔钱。"我加了一句。

"我想，您应该听说过人身保护令 [1] 吧。"史密斯先生说。

"是的。没错。当然听说过。可是我的拉丁语已经忘记很多了。维吉尔，荷马，很遗憾我没有时间再读书学习。"

我对史密斯先生说："这里的法律应该是根据《拿破仑法典》[2] 制定的。"

"《拿破仑法典》？"

"某些地方和盎格鲁－撒克逊法 [3] 有区别。人身保护令便是其中之一。"

"关进牢里以前总得先有罪名吧。"

"是啊。最后当然有。"我用法语飞快地对部长说起话来。虽然史密斯太太已经学到了《雨果法语自学教程》的第四课，但史密斯先生还是只懂一点法语。我说："我觉得您犯了一个政治错误。总统候选人和这位琼斯先生私交甚好。您不应该在即将访问纽约之前去疏远他。您

1　人身保护令（Habeas Corpus）：拉丁语原意为"控制身体"。源自中世纪的英国，是在普通法下由法官所签发的手令，命令将被拘押之人交送至法庭，以决定该人的拘押是否合法。它是以法律程序保障个人自由的重要手段，基本功能是释放受到非法拘押的人。

2　《拿破仑法典》（Code Napoléon）：资产阶级国家中最早的一部民法典，1789 年法国资产阶级大革命的产物，于 1804 年颁布，经过多次修订，现仍在法国施行。它最初定名为《法国民法典》，1807 年改称为《拿破仑法典》，1816 年又改称为《民法典》，1852 年再度改称为《拿破仑法典》，但从 1870 年以后，在习惯上一直沿用《法国民法典》的名称。

3　盎格鲁-撒克逊法（Anglo-Saxon law）：原指公元 449 年至 1066 年间英格兰的法律，因此时英格兰主要为盎格鲁-撒克逊人占领而得名。盎格鲁-撒克逊法中的许多制度对后来普通法的发展产生了重要影响。此处应指现今广泛应用于英美法系国家中的普通法。

也了解在民主国家里和反对派保持友好关系的重要性。除非案情真的十分重大，我想您还是应该让史密斯先生见见他的朋友。否则他无疑会相信自己受到了——也许——不友好的对待。"

"史密斯先生会说法语吗？"

"不会。"

"您要明白，警方或许逾越了上峰的指示，这种事情总有可能发生。我不希望让史密斯先生对我国警方的执法程序产生不良印象。"

"您就不能先派一名可靠的医生过去——收拾一下？"

"当然不会真的有什么丑闻需要遮掩啦。只是有时候犯人会有不当的举动。我相信哪怕在你自己的国家……"

"这么说，我们能拜托您向贵同僚美言几句咯？我想建议的是，史密斯先生应该留给您一点补偿——当然，是用美元，不是古德——来赔付琼斯先生可能给某位警察带来的伤害。"

"我会尽我所能。只要不牵涉到总统就行。要是那样的话，我们谁也帮不了你的忙。"

"没错。"

部长的头上悬挂着"爸爸医生"的肖像——星期六男爵的肖像。他身穿一袭来自墓地的厚重黑色燕尾服，透过一对厚厚的眼镜片，用那双呆滞无神的近视眼死死地盯着我们。据说他有时会亲自观看通顿·马库特分子将受害者慢慢折磨致死。那双眼睛丝毫不会改变。或许他对死亡的兴趣纯粹是出于医学角度。

"给我两百美元。"我对史密斯先生说。他从手提箱里取出两张百元大钞。在另外一个口袋里，我看见他放着一张照片，上面是裹着毛毯的史密斯太太。将钞票放在部长的书桌上时，我觉得他看它们时显得有点不屑一顾，但我又不相信琼斯先生会值更多的钱。走到门口时我转过身。"还有菲利波医生，"我问，"他现在在这里吗？我有些关于酒店的事情想找他商量——关于一项排水系统的方案。"

"我相信他去了南方，在沃凯市[1]视察一家新医院的工程项目。"海地是一个很适合兴办工程项目的伟大国度。对项目设计者而言，只要这些工程还没启动，它们就永远意味着滚滚钱财。

"那我们就等您的消息咯？"

"当然。当然。但我什么也不能保证。"部长现在变得有点粗鲁起来。我经常注意到，行贿（不过，当然，从严格意义上说，今天这事不算是行贿）会产生这种效果——它改变了双方的关系。人在行贿时会降低自己的一点身价；一旦贿赂被接受，他便处在了下风，如同一个花钱买春的男子那样。或许我犯了个错误。或许我应该继续保持让史密斯先生令人捉摸不透，成为一种莫名的威胁。敲诈者总是占据上风的。

四

无论如何，部长证明了自己还是个言而有信的人，不久我们便获准去探视囚犯。

翌日下午，警察局里最重要的人物是那名警官，远比陪同我们探监的部长秘书重要多了。秘书徒劳地想引起警官重视，后来却也不得不像其他求见者一样站在柜台前排队等候。我和史密斯先生坐在叛党尸首的快照下面，这么多个月过去了，它们仍然蔫不拉几地贴在墙上。史密斯先生看了它们一眼，随后匆匆地移开视线。在我们对面的小房间里，有一名身穿整洁便衣的高个子黑人，他把双脚跷在桌子上，透过墨镜死死地盯住我们。也许是我神经过敏，才会让我觉得他身上有一种令人厌恶的残忍气息。

1　沃凯市（Aux Cayes）：即海地共和国南部省首府莱凯市（Les Cayes），始建于 1504 年。

"下次他会记得我们。"史密斯先生微笑着说。

那人知道我们说的是他。他摁响桌上的一个按铃，一名警察走了过去。他没有挪动腿脚，也没有移开视线，直接抛出个问题，那名警察朝我们瞥了一眼，回答了他，然后又是长久的注视。我把头转到一边，但过了一小会儿，我又不可避免地回头看向那两片黑色的圆形镜片。它们就像一副双筒望远镜，被他拿来观察两头卑贱畜生的习性。

"讨厌的家伙。"我不安地说。随后我注意到，史密斯先生正在回敬那人的目光。因为有墨镜遮挡，我们看不见那人的眼睛到底眨了多少下；他也可能只是轻松地合上双眼，闭目养神罢了，而我们对此却一无所知。不过，在今天，史密斯先生的蓝眼睛里那道冷酷无情的凝视目光赢得了胜利。那人站起身，关上了办公室的房门。"干得好！"我说。

"我以后也会记住他。"史密斯先生说。

"他很可能得了酸性病。"

"非常有可能，布朗先生。"

在外交部长秘书得到任何关注之前，我们肯定在那里等了有半个多小时。在独裁政权下，部长像走马灯一样来了又去。在太子港，只有警察局长、通顿·马库特的头头和王宫护卫队队长的职位可以持久——只有他们能为下属提供安全保障。警官遣走了部长秘书，就像遣走一个跑完腿交完差的小孩，一名下士随后领着我们下楼，走进看守所内长长的走廊，这里的气味难闻得像在动物园一样。

琼斯坐在一只倒扣的便桶上，身边铺着一张草席。他的脸上横七竖八地贴着一道道膏药，右胳膊用绷带包扎好，吊在他的体侧。他已经被尽可能地收拾干净了，但他那只青肿的左眼还欠用生牛排敷一下。[1]他那件双排扣马甲上沾染了一小块铁锈色的血迹，让它看起来比

1　西方民间的老偏方认为，眼眶青肿等伤势可以用生牛排等冷冻肉类冷敷而治愈。

以往任何时候都更加显眼。"哎呀，哎呀，"他露出一脸快乐的微笑招呼我们，"看看这是谁来了呀。"

"你好像一直在拒捕反抗嘛。"我说。

"那是他们胡扯，"他爽朗地说，"你有烟吗？"

我递给他一支烟。

"没有过滤嘴？"

"没有。"

"啊，好吧，别挑剔了……我今天上午就觉得情况有好转。他们中午给了我一些豆子吃，还有个医生老兄过来照料了我一下。"

"他们指控你什么罪名啊？"史密斯先生问。

"罪名？"他对这个字眼好像感到很困惑，就像外交部长之前那样。

"他们说你做了什么事情，琼斯先生？"

"我还没有机会去做任何事呢。我连海关都还没出就被抓了。"

"肯定有什么原因吧？也许是弄错人了？"

"他们还没有跟我把事情解释清楚。"他小心地碰了碰那只左眼，"我想，我的样子有点惨不忍睹吧。"

"他们就给你这个东西当床睡？"史密斯先生愤怒地问。

"更糟糕的地方我也睡过。"

"在哪里？真让人难以想象……"

他的回答很含糊，叫人难以信服："哦，在打仗的时候，你懂的。"他又补了一句："我觉得问题出在我的介绍信上。我知道你曾警告过我，但当时我以为你是在危言耸听——就像那个事务长一样。"

"你从哪儿拿的介绍信？"我问。

"一个我在利奥波德维尔[1]认识的人。"[2]

"你在利奥波德维尔做什么？"

"那是一年多以前的事了。我这人经常外出旅行的。"他这话给我留下的印象是，这间小牢房在他看来并没什么了不起的，不过就像是漫长旅途中无数座机场里的一座罢了。

"我们一定要把你救出来，"史密斯先生说，"布朗先生已经告知了你们的代办。我们俩也见过了外交部长。保释金我们也已经交了。"

"保释金？"他比史密斯先生更了解现实情况。他说："如果你们不介意的话，让我来告诉你们，你们能帮我做什么。当然，我以后会把钱还给你们。待会儿你们出去的时候，拿二十美元给那位警官。"

"当然可以，"史密斯先生说，"要是你觉得这样做对你有好处的话。"

"哦，会有好处的。另外还有一件事——我必须把介绍信的事情澄清一下。你们身上有纸和笔吗？"

史密斯先生把纸笔递给琼斯，他便开始写起来。"你们有没有信封？"

"恐怕没有。"

"那我最好把措词改一改。"他犹豫片刻，接着问我："'工厂'这个词用法语怎么说？"

"Usine？"

"我对语言向来不太在行，但我还是零星学过一点法语。"

"在利奥波德维尔学的？"

1　利奥波德维尔（Leopoldville）：刚果民主共和国首都的旧称，以比利时国王利奥波德二世（1835—1909）的名字命名，1966年更名为金沙萨，位于该国西南部、刚果河下游东岸，是非洲中部最大的城市。

2　第69页，琼斯的说法是"我有一张海地驻纽约总领事写的便条，推荐我……"

"请把它交给那位警官，让他代为转递上去。"

"他会识字？"

"我想会吧。"他站起身，把钢笔还给我们，然后用解散队伍似的礼貌口吻说道："多谢你们俩过来看我。"

"你还有别的约会不成？"我挖苦地问他。

"说实话，是那些豆子在作怪了。我和便桶有个约会。如果你们能再多给我几张纸……"

我们俩从身上找出了三个旧信封，一张已经开出收据的账单，史密斯先生的记事簿上的一两页纸，还有寄给我的一封信。这封信来自纽约的一名房地产经纪人，信上说他很遗憾，目前没有客户对购买太子港酒店的交易感兴趣。我还以为自己早就毁掉它了。

"他那股精神劲儿啊，"在牢房外的走廊里，史密斯先生大声叹道，"就是你们英国人能平安撑过闪击战的力量源泉。我一定要把他救出来，就算我得去求总统本人也在所不惜。"

我看了看手中那一张折好的纸页。我认出了写在上面的名字。那是通顿·马库特组织里的一名官员。我说："不知这件事我们该不该再多牵扯进去。"

"我们已经牵扯进去了。"史密斯先生骄傲地说，我明白他正在想着一些我无法认同的冠冕词藻，比如人类、正义、对幸福的追求。他这位总统候选人可真不是白当的。

第五章

一

　　第二天，有几件事情分散了我的心神，让我无暇关注琼斯的命运，但我相信史密斯先生一刻也没有忘记他。清早七点钟，我便看见他在游泳池里上下起伏地游动，但那缓慢的动作——从深水区游到浅水区的尽头，然后再游回去——很可能有助于他去思考。吃完早饭后，他写了几张便条，史密斯太太用两根手指在一台便携式的科罗纳打字机上帮他敲好，然后他差遣约瑟夫坐出租车把它们送往各处——有一张要送给他的大使馆，还有一张要送给新上任的社会福利部长（当天早晨，小皮埃尔在报纸上宣布了新部长上任的消息）。对于像他这把年纪的人，他的精力可实在是旺盛，而且我敢肯定，当他一边想着建设那座素食中心，以便未来有一天能祛除海地人民体内的酸性和激情时，他也丝毫未曾因此分心，从而忘记小监牢里坐在便桶上的琼斯。与此同时，他还计划撰写一篇关于自己旅行见闻的文章，以前他曾经答应过自己家乡的报社——不用说，那家报社肯定是亲近民主党，反对种族隔离，而且还是同情素食主义的。前天，他请我通读一下他的手稿，看看有没有什么失实之处。"那些意见当然只是我个人的看法。"他露出一丝拓荒者似的苦笑，补充道。

让我分神的第一件事情来得很早，我还没有起床，约瑟夫便敲响了我的房门，告诉我，菲利波医生的尸体竟然已经被发现了，并导致好几个人离家出逃，躲进了委内瑞拉大使馆寻求庇护，其中包括一名当地警察局的局长、一名邮政局的副局长和一位老师（没人清楚他们和前部长之间的关系）。据说菲利波医生是自杀的，但当然没有人知道政府当局会怎样宣布他的死因——也许会说成是多米尼加共和国策划的一起政治暗杀事件？人们相信，总统现在非常恼怒。据说他很想活捉菲利波医生，因为在不久前的一天夜里，菲利波医生受朗姆酒的影响而嘲笑了"爸爸医生"的行医资格。我派约瑟夫去市场上搜集他能搜到的所有信息。

第二件令我分神的事情是，安杰尔那孩子得了腮腺炎——十分痛苦，玛莎在信中告诉我（而我禁不住暗暗咒他再来一场）。她不敢离开使馆，以免他要找她陪，所以之前我们约好当晚在哥伦布雕像下幽会的事也就不可能实现了。不过，她又写道，既然我已经缺席很久，我就没有理由不去大使馆做客了——这似乎是很自然的事。现在既然宵禁已经解除，许多人便时不时地晚上登门拜访，只要他们能避开守在使馆门口的那个警察，而他在九点钟通常会去厨房里喝上一份朗姆酒。她猜他们是在准备事先找好地方，以免将来有一天他们得匆忙地寻求政治庇护。她在便条结尾还补了一句："路易会很高兴的。他对你印象不错。"——其中那个短语可以用两种方式解读，有点模棱两可。[1]

吃完早餐后，我正在办公室里读史密斯先生的文章，这时约瑟夫回来了，他从头到尾向我讲述了菲利波医生的尸体被人发现的经过，而这故事即使还没刮进警察耳朵里，它也已经在市场上的小摊贩们中

---

[1] 上句原文 "He thinks a lot of you." 中有一个固定搭配短语 "think a lot of"，字面意思是 "经常想起" "思考很多"，实际含义则是 "看重某人" "对某人尊重／印象好" 的意思。因此，这一句既可理解成 "他对你印象很好"，也可按字面意思理解为 "他经常想起你"。

间传开了。是一个特别偶然的意外巧合让警察找到了尸体，本来我和马吉欧医生指望着，它躺在前占星家的废园里能隐藏好几个星期。这是一个异乎寻常的巧合，而那个故事让我很难将注意力放在史密斯先生的手稿上。那天一早，在酒店下方的路障前面，有个值勤的民兵看中了一个上山前往肯斯科夫大农贸市场的乡下妇人。他不准她通过，声称她在衬裙的夹层里私藏了某些秘密物品。她主动提出向他展示自己那儿有什么，于是他们便一起来到路障下方的那条小径上，走进了占星家那座废弃的园地。那个妇人急着赶远路去肯斯科夫，所以就匆匆地跪倒在地，撩起自己的衬裙，把脑袋磕在地上，结果却发现自己正盯着前社会福利部长那双呆滞瞪圆的眼睛。她认出了他，因为在他从政前，他曾经照料过她难产的女儿。

园丁就在窗外，因此，对于约瑟夫所讲的故事，我尽量不流露出很感兴趣的样子。相反，我又翻了一页史密斯先生的文章。"我和史密斯太太，"他写道，"在参加完亨利·S.奥克斯报社的招待宴会后，依依不舍地离开了费城。诸位读者一定记得，他们在德兰西广场2041号社址办公期间，曾殷勤地举办过许多场热闹的新年聚会。幸而我们在'美狄亚'号汽船上遇见了新的伙伴，离别故交的哀伤很快便被结识新朋的欢乐冲淡……"

"他们为什么要找警察？"我问。那两人发现尸体后，合乎情理的做法应该是悄悄溜走，啥也不说才对。

"她叫得太响，另一个民兵他也来了。"

我跳过一两页史密斯太太用打字机打出的文稿，翻到了"美狄亚"号抵达太子港的内容。"这是一个黑人的共和国——一个拥有深厚的历史、美术和文学底蕴的黑人共和国。我仿佛正注视着非洲所有新共和国在历经苦难后必将迎接的未来。"（我敢肯定，他绝对不想流露出悲观的态度。）"当然，即使在这里也还有许多问题亟待解决。海地已经历过君主专制、民主政治和独裁统治，但我们千万不能像评判白人独裁统治那样去评判黑人的独裁统治。海地的历史只有短短几个世纪，如果我们在经历两千年漫长岁月之后依然会犯错，那么，海地人民岂不是更有权利犯下类似的错误并从中学习，而且或许能比我们学得更好些？这里有贫困，大街上有乞丐，还有证据显示当地警察存在盲目服从命令的权威主义问题，"（他并没有忘记琼斯先生还被关在牢房里的事情），"但我依然怀疑，一个黑人在首次登上纽约的土地时，他是否会受到像我和史密斯太太在太子港入境处所享受的礼遇。"这些描述让我感觉像是在写另一个国度。

我对约瑟夫说："他们把尸体怎么样了？"

警察想把尸体扣下来，他说，可是太平间里的制冰设备出了故障。

"菲利波夫人知道吗？"

"哦，知道，她把他送进了埃居尔·杜邦先生的殡仪馆。我想他们要埋掉他，得抓紧埋。"

我不禁感到自己要对菲利波医生的临终仪式负责——他是在我的酒店里去世的。"到时把他们的安排告诉我一下。"我对约瑟夫说，然后回过头继续阅读史密斯先生的游记。

"对于像我这样一个默默无闻的陌生人，能在抵达太子港首日便得到外交部长的接见，是我在这里备受惊喜礼遇的另一个佐证。部长先生即将前往纽约出席联合国大会，尽管如此，他还是拨出半个小时的宝贵时间接见了我，并通过私人渠道和内政部长交涉，让我得以探访狱中的一位英国同仁。此人是我在'美狄亚'号上结识的旅伴，由于官僚体系的某些失误——这种情况在许多比海地更古老的国家中亦有可能发生——不幸与政府当局交恶而身陷囹圄。我正在继续跟进这一案件，但我对结果并不太担心。我在我的黑人朋友们身上（无论他们是生活在纽约州那相对自由的环境中，还是身处在密西西比州那赤裸裸的残暴压迫下）一直能发现深植于他们内心之中的两种特质——对正义的诉求，以及对人类尊严的觉悟意识。"读丘吉尔的散文作品会让人感受到一位雄辩家在发表历史性演说时的风采，而读史密斯先生的游记让我觉得像是一名演讲者在外省城镇的小礼堂中开设讲座。我感到自己身边仿佛坐满了头戴女帽、心地善良，出于正当理由特意花五美元前来听讲的中年妇女。

"我期待着，"史密斯先生继续写道，"与新任社会福利部长会面，和他商讨本报读者们早已知晓的、我内心长久以来持有的愿望——建立一座素食中心。我有一封写给前部长的私人介绍信，是一位常驻联合国的海地外交官给我的，遗憾的是，前部长菲利波医生目前并不在太子港，但我向各位读者保证，我的热情将帮助我跨越所有障碍，如果有必要的话，我甚至会觐见总统本人。我相信自己可以得到他的理解与支持，因为在他尚未步入政坛之际，在若干年前的那场大规模伤寒传染病爆发期间，他作为医生曾获得过至高的评价。就像肯尼亚总理肯雅塔[1]先生一样，他也留下了人类学家的印记。"（"印记"真是个含蓄的字眼——我想到了约瑟夫被打残的双腿。）

当天上午晚些时候，史密斯先生羞怯地走进我的房间，想听听我对他的文章有何意见。"它会让政府当局感到满意。"我说。

"他们永远也读不到它。那份报纸在威斯康星州以外没有任何发行。"

"我可不指望他们会漏过它不读。如今从这里寄出的信件不多。他们想要审查的话可是易如反掌。"

"你是说他们会拆信检查？"他难以置信地问，但随后他又立刻补了一句，"哦，好吧，这种事情甚至在美国也会发生。"

1　乔莫·肯雅塔（Jomo Kenyatta, 1893—1978）：肯尼亚政治家，1963 年出任肯尼亚自治政府总理。

"如果我是你的话——为了以防万一——我会略去所有和菲利波医生有关的内容。"

"但我没说错什么呀。"

"眼下他们可能会对他有些敏感。你要知道，他是自杀身亡的。"

"哦，可怜的人，可怜的人啊，"史密斯先生叹道，"究竟是什么能让他做出那种事？"

"恐惧。"

"他做错什么事情了吗？"

"谁没有呢？他生前说过总统的坏话。"

那对苍老的蓝眼珠转向了别处。他已经下定决心，不想对一个陌生人——一个白人同胞，一个属于奴隶贩子种族的人——流露出任何怀疑。他说："我想去看望他的遗孀——也许我能为她做点什么。至少史密斯太太和我应该送花过去。"不管他多么热爱黑人，他依旧生活在一个白人的世界里，他不了解其他的世界。

"我要是你的话就不会那么做。"

"为什么不会？"

我对向他解释已经感到绝望了，就在这时，也是注定要倒霉运，约瑟夫正好进门汇报：尸体已经离开杜邦先生的殡仪馆，他们正将棺材运往佩蒂翁维尔下葬，这会儿却在酒店下方的路障那里被拦住了。

"他们好像很着急嘛。"

"他们非常担心。"约瑟夫解释道。

"现在肯定没有什么好担心的吧。"史密斯先生说。

"除了天热以外。"我补充道。

"我要加入送葬的队伍。"史密斯先生说。

"你别做梦了。"

突然，我意识到那双蓝眼睛里也能爆发出怒火。"布朗先生，你不是我的监护人。我要去叫史密斯太太，我们两个都要……"

"至少把她留下吧。你难道真的就不明白危险……？"我刚说到"危险"二字，史密斯太太恰好走了进来，听见了这个凶险的字眼。

"什么危险？"她问。

"亲爱的，我们介绍信上那位可怜的菲利波医生自杀了。"

"为什么？"

"原因好像不太清楚。他们正要把他送到佩蒂翁维尔下葬。我想我们应该去给他送葬。约瑟夫，拜托，麻烦你了[1]，叫辆出租车……"

"你们刚才说的是什么危险？"史密斯太太追问道。

"你们俩难道都没看清楚这是一个什么样的国家吗？任何事情都有可能发生。"

"亲爱的，布朗先生刚才在说，他认为我应该单独去。"

"我认为你们两个谁都不该去，"我说，"那样做简直是发疯。"

"可是——史密斯先生告诉过你——我们有一封给菲利波医生的介绍信。他算是朋友的朋友啊。"

"那会被当作政治表态的。"

"史密斯先生和我从来不害怕政治表态。亲爱的，我有一件黑衣服……给我两分钟。"

"他连一分钟也给不了你，"我说，"你们听。"即便在我的办公室里，我们也能听见从山上传来的说话声，但它听起来让我感觉那不像是一场正常的葬礼。没有在乡下农民的送葬队伍里奏响的狂野音乐，也没有中产阶级葬礼上那股审慎克制的庄重气氛。没有尖厉的哀号：他们在争吵，他们在吼叫。一个女人的哭喊声响起，压过了众人的喧哗。我还没来得及阻止，史密斯夫妇俩便已冲出房间，沿着车道朝外

1　原文为法语 "s'il vous plaît"。

面跑去。总统候选人始终保持着领先半步。也许他这样做更多是出于礼节需要，而非出于自愿努力，因为史密斯太太跑起路来显然比他更胜一筹。我则跟在他们后面，慢吞吞的，一肚子不情愿。

菲利波医生在他生前和死后都受到过"特里亚农"酒店的庇护，如今我们依然没有摆脱他：我看见灵车就停在酒店车道的入口前面。它显然已经倒进来过，以便调头向市区撤退，不去佩蒂翁维尔。一只饥肠辘辘、经常在车道尽头游荡的无主野猫，由于被这阵侵扰惊吓到，一下子跳上了灵车的车顶，弓着背站在上面，像遭了雷劈一般颤抖不已。没有人打算赶走它——海地人可能会相信，前部长的灵魂就附在它的身上。

至于菲利波夫人，我曾在大使馆的某场宴会上见过她一面，此刻她正站在灵车前和司机争执，不准对方调头回城。她是个漂亮的女人——还不到四十岁——浑身肌肤呈现出美丽的橄榄色，这会儿她正张开双臂站在那里，仿佛一座糟糕的爱国纪念雕像，纪念着一场早已被遗忘的战争。史密斯先生反复地问个不停："这是怎么回事啊？"灵车通体漆黑，价格不菲，车上装饰着许多死亡的标志，而司机这会儿摁响了喇叭——我之前都没有意识到，原来灵车还安着喇叭。两个穿黑西装的男人从一辆破破烂烂、同样停靠在我家酒店车道上的出租车里下来，一左一右地站在灵车司机两旁和他争吵，而公路上还停着另外一辆出租车，车头冲着前往佩蒂翁维尔的方向，里面有个小男孩，把脸蛋挤在车窗玻璃上。这就是送葬队伍的所有成员了。

"这里到底发生了什么事啊？"史密斯先生又恼火地高喊了一声，惹得那只猫从灵车的玻璃车顶上冲他呼噜呼噜地低吼起来。

菲利波夫人用法语冲着司机大骂："混蛋！蠢猪！"然后她转过那对如黑色鲜花般的明眸，朝史密斯先生投去愤怒的一瞥。她听懂了他刚才说的英语。"你是美国人[1]？"

史密斯先生几乎掏空了肚子里的那点存货，总算用法语回答说："是。"

"这头蠢猪，这条狗杂种，"菲利波夫人怒吼着，她依然用身体挡住灵车的去路，"他想把车开回城里。"

"可他为什么啊？"

"上面看守路障的民兵不放我们过去。"

"可这是为什么啊，为什么啊？"史密斯先生满脸困惑地重复道，这时那两个男人开始朝山下的城里方向走去，他们似乎已经打定了主意，还把自己的出租车留在了车道上。他们俩都戴上了高顶礼帽。

"他们谋杀了他，"菲利波夫人说，"现在他们又不准我们把他埋葬在自己的土地里。"

"这中间肯定有什么差错，"史密斯先生说，"肯定有。"

"我告诉那个混蛋，让他从路障中间冲过去。让他们开枪好了。让他们把他的妻儿全都杀掉算了。"她用一种不合情理的轻蔑口吻补充道，"很可能他们的步枪里压根儿就没子弹。"

"妈妈，妈妈！"那个孩子在出租车里叫唤。

"怎么了，宝贝儿？"

"你答应要给我买香草冰激凌的。"

"再等一会儿，宝贝儿。"[2]

我开口了："这么说，你们在过第一道路障的时候没有受到盘查？"

"有的，有的。你也懂的啊——花笔小钱贿赂一下嘛。"

"而上面路障里的人不肯收钱？"

---

1 原文为法语"Vous êtes américain?"。

2 以上母子间的对话原文均为法语。

她说："哦，他接到了命令。他不敢放我们。"

"这中间肯定有什么差错。"我说，这句话和史密斯先生刚才说的一样，但和他不同，我脑子里想的是被拒绝的那笔贿款。

"你是生活在这里的人。你当真相信这中间会有什么差错吗？"她又转向灵车司机，说："继续走啊。往路上开啊。混蛋！"那只野猫似乎觉得这句辱骂是冲自己来的，便一下跳上了离它最近的一棵树：它的利爪深深地抓进了树皮里，让它停稳在树上。它又扭过头，带着饥饿的仇恨朝我们所有人呼噜呼噜地低吼了一阵，然后跳进了三角梅灌木丛中。

那两个黑衣男子慢慢地朝山上走了回来。他们仿佛受到了惊吓。我趁机朝棺材看了几眼——这是一口豪华气派的木棺，跟灵车倒很般配，但上面只有孤零零的一个花圈和一张吊唁卡片。已故的前部长命中注定要享受一场无人问津的孤独葬礼，就像他的死亡一样凄凉惨淡。那两人现在重新加入了我们的队伍，他们几乎很难分辨出谁是谁，只有一点除外：其中一人的个子比另一人高出一厘米左右——或者说不定是他的帽子更高一点。高一点的那个人说："我们到下面的路障那里去过了，菲利波夫人。他们说我们不能带着棺材回城。除非我们有政府部门官员颁发的许可证。"

"是哪位政府部门官员？"我问。

"社会福利部长。"

我们所有人都不约而同地朝那口体面气派、带有亮闪闪黄铜把手的棺材看去。

"那位不就是社会福利部长嘛。"我说。

"从今早开始就不是了。"

"您是埃居尔·杜邦先生？"

"我是克莱芒·杜邦先生。这位是埃居尔先生。"埃居尔先生摘下高顶礼帽，对我鞠了一个九十度的躬。

"发生什么事了？"史密斯先生问道。我把情况告诉了他。

"可这也太荒唐了。"史密斯太太打断了我的话，"难道棺材得放在这儿，等着哪个愚蠢的差错先弄清了才能走吗？"

"我开始担心这不是什么差错。"

"那又能是什么啊？"

"是报复。他们没能活着抓住他。"我对菲利波夫人说，"他们马上就要到了。可以肯定。你最好带上孩子到我的酒店里去。"

"然后把我丈夫就搁在路边不管？休想。"

"至少叫你的孩子进去吧，约瑟夫会给他香草冰激凌吃。"

这会儿太阳几乎垂直地照在我们头顶：从灵车的玻璃窗和棺材的黄铜器件上反射的细碎微光四下投散。司机熄灭了汽车引擎，周围顿时一片寂静，一直延伸出老远，我们可以听见一条狗儿在首都市郊猖獗狂吠的声响。

菲利波夫人打开出租车的车门，将小男孩抱了出来。他的肤色比她更深，两眼中的眼白有鸡蛋那么大。她叫他去找约瑟夫要冰激凌，但他不肯走，紧紧拽着她的衣服。

"史密斯太太，"我说，"请你把他带到酒店里去。"

她迟疑了片刻，然后说："如果有麻烦要来，我想我应该待在这里，陪着菲利……菲利……夫人——亲爱的，你带他进屋吧。"

"然后离你而去，亲爱的？"史密斯先生说，"不行。"

两辆出租车的司机正一动不动地坐在树荫下，我先前没有对他们多加留意。这会儿，趁我们说话的工夫，他们俩仿佛已经交换好了信号，突然之间同时有了动作。其中一人飞快地将车转出车道，另一人则猛然倒车并调转车头。在尖锐刺耳的换挡声中，他们就像两个衰老的赛车手，一起冲下山坡朝太子港驶去。我们听到车子在路障那里暂停片刻，然后重新启动，声响逐渐归于沉寂。

　　埃居尔·杜邦先生清了清嗓子，开口道："您说得很有道理。我和克莱芒先生会把孩子带进去……"他们俩各自牵起小男孩的一只手，但小男孩挣扎着不肯离开。

　　"去吧，宝贝儿，"他的母亲说，"去找香草冰激凌吃去。"

　　"上面还有奶油巧克力吗？"

　　"好的，好的，当然有啦，上面还有奶油巧克力。"[1]

　　他们组成了一支奇怪的队伍，两个头戴高礼帽的中年双胞胎男子，中间夹着一个小男孩，三人一起走在棕榈树下的车道上，两边是茂盛的三角梅。"特里亚农"酒店不是大使馆，但我猜杜邦兄弟可能觉得它是仅次于大使馆的庇护藏身之地——一个外国人的地产。灵车司机——我们刚才忘了他还在——也突然跳下汽车，奔跑过去想追上他们。菲利波夫人、史密斯夫妇和我孤零零地跟灵车和棺材待在一起，我们在沉默中倾听着公路上的另一种寂静。

　　"接下来会发生什么事啊？"过了一会儿，史密斯先生开口问道。

　　"那就不是我们所能左右的了。我们只能等。仅此而已。"

　　"等什么呢？"

　　"等他们来。"

　　我们所处的局面让我想起了孩童时期所做的噩梦：橱柜里有什么东西随时准备跳出来。没有人愿意彼此对视，从别人眼中看出自己内心噩梦的倒影，因此我们谁也不看谁，反而都把目光投向灵车，透过车窗玻璃注视着那口带有黄铜把手、崭新闪亮的棺材，就是它惹出了所有的这些麻烦。远远地，在那条狺狺狂吠的狗儿所在之处，一辆汽车正在驶上漫漫山路的第一条坡道。"他们来了。"我说。菲利波夫人

1　上述两句对话原文为法语。

把额头斜靠在灵车的玻璃上，那辆汽车缓缓地爬上山坡朝我们驶近。

"我希望你能进屋里去，"我对她说，"如果我们所有人都进屋会更好一些。"

"我不明白这是怎么回事。"史密斯先生说。他伸出手紧紧握住了太太的手腕。

那辆车在山坡下的路障处停了一会儿——我们能听到引擎空转的声响。随后，它又挂着低挡缓缓上路，我们现在能看清了，那是一辆凯迪拉克牌的大型轿车，年份可以追溯到美国政府向海地的穷苦百姓提供援助的那段日子。车开到我们身旁停住，从里面钻出四个人来。他们都戴着软帽和颜色极深的墨镜，胯后挂着手枪，但只有一个人费神把枪拔出来，而且还不是为了对付我们。他走到灵车侧面，开始用枪托捣烂窗玻璃，动作显得有条不紊。菲利波夫人没有动弹，一言未发，而我也实在无计可施。在四把手枪面前是没法争道理的。我们是目击证人，但这里没有法庭会听取我们的证词。现在灵车侧面的玻璃窗已经被砸碎了，可是那个头目继续用他的枪把车窗边缘参差不齐的碎玻璃统统敲掉。反正他并不着急，而且他也不想让手下有人被玻璃划伤。

史密斯太太突然冲上前，一把拽住那个通顿·马库特的肩膀。他扭过头，我认出了他。正是在警察局里被史密斯先生用眼神镇住的那个家伙。他甩开史密斯太太，伸出一只戴手套的手掌，从容不迫、坚决无情地摁在她脸上，猛地向前一推，把她推得踉踉跄跄，朝后跌倒在三角梅灌木丛里。我必须抱紧史密斯先生才能拦得住他。

"他们不能那样对我太太！"他越过我的肩头怒吼道。

"哦，得了吧，他们当然能。"

"放开我！"他大喊一声，奋力想挣脱我的阻拦。我从未见过有人像他这样突然间变得判若两人。"你这头猪！"他怒吼道。这是他能找出的最毒辣的咒骂字眼，但那个通顿·马库特不会说英语。史密斯先生在我怀里翻腾扭转，差点儿挣脱了我。他是个强壮的老人。

"你要是被他们打死了，对谁都没有好处。"我劝他说。史密斯太太坐在灌木丛里，她这辈子头一回显得不知所措。

他们将棺材抬出灵车，搬到那辆轿车后面，硬是把它塞进了行李厢中，可是它仍然朝外伸出一大截，有好几英尺那么长，于是他们又用绳索将它牢牢绑紧，动作不紧不慢的。他们没必要着急；他们高枕无忧；他们就是法律。菲利波夫人做出一副低声下气的姿态——可是，在低声下气和野蛮暴力之间，我们根本无从选择。（只有史密斯太太尝试过诉诸暴力——走到凯迪拉克轿车前，乞求他们把她一起带走。）我是从她的手势中看出来的，她讲话的声音太低，我听不清她说了些什么。也许她是想用金钱贿赂他们，好赎回自己的亡夫：在独裁统治下，人民一无所有，甚至连死去的丈夫都不属于自己。他们当着她的面甩上车门，开车驶上马路，一截棺身从行李厢里探出来，仿佛那是一箱要运往集市的水果。接着，他们找了个地方调头，又开了回来。史密斯太太这会儿已经站起来了，我们这一小群人站在那里，脸上露出罪恶的表情。一名无辜的受害者几乎总会流露出罪恶感，就像沙漠里那只替罪的羔羊。他们停住车，那个长官——我猜他是个长官，因为墨镜、软帽和左轮手枪便是他们所穿制服的全部装备——推开车门，打手势招呼我过去。我绝不是什么英雄。我服从了指示，穿过马路朝他走去。

"这家酒店是你开的，对不对？"

"对。"

"你昨天在警察局里待过？"

"是的。"

"下次见到我时，不要盯着我。我讨厌被人盯着看。那个老家伙是

177

谁？"

"总统候选人。"我说。

"你什么意思？哪儿来的总统候选人？"

"美利坚合众国的。"

"别跟我开玩笑。"

"我没开玩笑。你肯定还没读今天的报纸。"

"他来这里做什么？"

"我怎么知道？他昨天刚见过外交部长。也许他把原因告诉他了。他还期待觐见总统。"

"美国现在根本没有大选。这我可知道。"

"他们那里没有终身总统，不像你们这儿。他们每四年就选一次。"

"他跟这——这箱下水有什么关系？"

"他在参加朋友的葬礼，菲利波医生的。"

"我在执行命令。"他的口气里流露出一丝怯弱。我可算是明白他们这帮人为何都要戴墨镜了——他们也是凡人，但他们不能显出内心的恐惧：那将意味着他们横加在人民头上的恐怖可能会面临终结。坐在轿车里的那些通顿·马库特分子回瞪着我，脸上毫无表情，如同一群形状怪异的黑脸玩偶。

我说："在欧洲，我们绞死过不少执行命令的人。在纽伦堡。"

"我讨厌你这样对我说话。"他说，"你不够坦诚。说起话来有股刻薄劲儿。你有个仆人叫约瑟夫，对不对？"

"对。"

"我记得他，记得很清楚。我审过他一次。"他沉默片刻，让我好好琢磨一下这个事实，"这是你开的酒店。你得在这里谋生。"

"以后就不会了。"

"那个老东西很快就会走人，而你还得留下。"

"你不该对他夫人动手，那绝对是个错误，"我说，"这种事情他恐怕一辈子也忘不了。"他又一次重重地甩上车门。这帮人开着凯迪拉克下山回城去了，我们可以望见那截棺材屁股从行李厢里伸出来，直到他们转过拐角，消失在弯道后面。声响犹可闻，只听他们在路障前暂停片刻，随后汽车加速，一溜烟地驶下山坡，朝太子港奔驰而去。他们要去太子港的什么地方？一具前社会福利部长的尸体又对谁有用、能有何用呢？死人是感受不到折磨之苦的。然而，非理性的举动可以比理性之举更令人毛骨悚然。

"岂有此理！真是岂有此理！"史密斯先生终于开口了，"我要给总统打电话。我要把那家伙……"

"这里的电话打不通。"

"他打了我夫人！"

"这又不是第一次了，亲爱的，"史密斯太太说，"再说他也只是推了我一把。还记得在纳什维尔那次吧。当时的情况更糟糕咧。"

"这次和在纳什维尔那次不一样啊。"史密斯先生回答，他的话音里带着一丝哭腔。他曾经那么热爱黑人兄弟，而现在他却遭受到了最严重的背叛，比那些仇视黑人者遭受到的更厉害。他补充道："对不起，亲爱的，如果我刚才言语失当……"他挽住了她的手臂，我和菲利波夫人跟在他们身后走上车道。杜邦兄弟和那个小男孩正坐在走廊上，三个人都在吃着巧克力香草冰激凌。他们俩的高顶礼帽摆放在身旁，宛若两只贵重的烟灰缸。

我告诉他们："灵车没事。他们只把玻璃砸碎了。"

"野蛮人！"埃居尔先生说，而克莱芒先生伸出他那只殡仪员的手，安慰似地碰了碰他。菲利波夫人这会儿已是相当平静，泪水全无。她坐在自己孩子身边，帮着他吃冰激凌。不堪回首的往事已化作云烟，此刻坐在她身旁的才是未来的希望。我有一种感觉，不管过去多少年

179

月，当时机来临时，她决不会允许他忘记今天的深仇大恨。在她坐上约瑟夫叫来的出租车动身离开前，她只从牙缝里迸出来一句话："总有一天，有人会找到一颗银子弹。"

由于叫不到出租车，杜邦兄弟只好开着他们自家的灵车离去，留下我和约瑟夫形影相吊。史密斯先生刚才已经带着史密斯太太回约翰·巴里摩尔套房卧床休息去了。他在她身旁忙前忙后，而她也由着他这样照顾自己。我对约瑟夫说："一个躺在棺材里的死人对他们有什么好处呢？难道他们害怕老百姓会在他的墓前献花不成？这似乎不太可能吧。他倒不是坏人，可是他也没那么正派。为贫民区修建的水泵一直没有造好——我猜有些经费就落进他自己的口袋里去了。"

"百姓很害怕，"约瑟夫说，"在他们知道以后。他们怕自己死后尸体也会被总统抢走。"

"干吗要在乎这个啊？人死后不过只剩下一堆皮包骨头罢了，再说，总统要那些死人又有什么用？"

"百姓很愚昧，"约瑟夫说，"他们以为总统把菲利波医生放在宫殿的地窖里，让他整晚干活。总统是伏都教的大巫师。"

"星期六男爵？"

"愚昧的百姓说是这样。"

"所以，有那么多的还魂尸保护他，夜里就不会有人袭击他咯？他们比卫队还管用，比通顿·马库特还管用嘛。"

"通顿·马库特也是还魂尸。愚昧的百姓这么说的。"

"可是你相信什么呢，约瑟夫？"

"我也是个愚昧的老百姓，先生。"约瑟夫说。

我上楼来到约翰·巴里摩尔套房门外。在爬楼梯的时候，我心里寻思着，不知道他们会把尸体扔到哪里去——在太子港有许多未完工的挖掘作业，到处是坑坑洞洞，多一股尸臭味也不会有人注意到。我敲响了房门，听到史密斯太太说："请进。"

史密斯先生在五斗柜上点燃了一只便携式的石蜡小火炉，正在烧热水。炉旁有一只茶杯、一只茶碟和一个标有"益舒多"的纸板盒。他说："我头一次说服了史密斯太太不要喝她的保尔命。益舒多能更好地平缓情绪。"套房的墙壁上挂着一张约翰·巴里摩尔的巨幅照片，他翘起鼻孔，两眼朝下睥睨，和他平常那副装腔作势的贵族派头比起来，显得更加不可一世。史密斯太太正安然地躺卧在床上。

"您还好吗，史密斯太太？"

"完全没问题。"她一脸决绝地说。

"还好她的脸上一点伤都没有。"史密斯先生告诉我，他松了口气。

"我不是一直在跟你说嘛，他只是推了我一把。"

"男人是不应该推女人的。"

"我想他根本没意识到我是个女人。我，好吧——我必须承认，算是我先攻击了他。"

"您是一位勇敢的女人，史密斯太太。"我说。

"别胡说。一副廉价的太阳镜可瞒不过我的眼睛。"

"要是被人惹毛了，她会像母老虎那样凶狠无情呢。"史密斯先生一边搅拌着益舒多，一边说道。

"你打算怎么把这件事写进你的文章？"我问他。

"我一直在仔细考虑这个呢。"史密斯先生说。他舀了一勺益舒多尝了尝，看温度是否刚刚好。"我想还要再晾一分钟，亲爱的。现在稍微还有点烫。哦，对了，那篇文章啊。我觉得吧，如果要忽略这一事件完全不提，那会是不诚实的举动，然而如果要提的话，我们又很难指望读者会站在一个合适的角度去看待这件事。史密斯太太在威斯康星州很受人尊重和爱戴，可是即便在那里，也还是有人会利用这样一个故事去挑拨离间，煽动人们对黑人问题火上浇油。"

"他们决不会提到在纳什维尔的那个白人警官。"史密斯太太说，"他把我的一只眼睛都打青了。"

"所以经过通盘考虑，"史密斯先生说，"我决定撕掉那篇文章。乡人们只能继续等待我们的消息了——就是这样。也许过段日子，在演讲中，当史密斯太太安然地站在我身边，证明情况不是特别严重的时候，我可能会提到这一事件。"他又舀了一勺益舒多尝了尝，"我想，现在它够凉了，亲爱的。"

二

那天晚上，我很不情愿地去了大使馆。本来我并不想了解玛莎平日里所处的环境，宁可对其一无所知。这样一来，当她不在我身边时，她就像消失在一片虚空中，让我可以忘却她。现在，我很清楚她在驾车驶离哥伦布雕像后去了何处。我知道她会穿过一座门厅，有张桌子上面用链条拴着一本为访客准备的签名簿，然后她会走进客厅，里面有许多张扶手椅和沙发，熠熠生辉的枝形吊灯，还有某某将军——他们那位相对比较仁慈的总统的巨幅照片，它似乎让每位登门的客人都变成了做正式拜访的贵宾，甚至连我也一样。庆幸的是，我至少还没有见过她的卧室是什么样子。

当我九点半抵达时，大使正孤零零地待着——我以前从来没有见过他形单影只的样子：他仿佛变了一个人。他坐在沙发上，翻阅着《巴黎竞赛画报》[1]，好像是一个等在牙科诊所候诊室里的病人。我本想自己也静悄悄地坐下来，拿本《法国之光》[2]杂志看，可是他抢先一步向我打了招呼。他非要我马上啜饮一杯，抽根雪茄……也许他是个寂

---

1 《巴黎竞赛画报》（Paris Match）：法国著名时政类新闻周刊，是法国发行量最大的杂志。

2 《法国之光》（Jour de France）：法国著名新闻杂志，1958年创刊，是《巴黎竞赛画报》的主要竞争对手。

寞的人。当大使馆里没有官方宴会，而他的妻子又出门和我见面时，他都在做些什么呢？玛莎曾经说他喜欢我——这一认识帮助我把他当作普通人来看待。他看上去似乎很疲倦，显得没精打采。他拖着一身赘肉，好似在挑一副沉重的担子，缓缓地在酒桌和沙发之间移动。他说："我太太正在楼上念书给我儿子听。她马上就下来。她跟我说过你可能会来。"

"来之前我犹豫过——你们肯定有时候也想在家里独处一晚吧。"

"我一向很乐意见到我的朋友们。"说完，他陷入了沉默。我琢磨着，他是在怀疑我们的关系呢，还是说他其实已经知道了。

"听过你的孩子得了腮腺炎，我感到难过。"

"是啊。现在他仍然很痛苦。看小孩子遭受着疾病的折磨，可真不是滋味，对不对？"

"我想应该是吧。我从来没有小孩。"

"啊。"

我看了看将军的肖像。我感觉自己至少应该来这里做点文化交流方面的工作。将军胸前佩戴着一排勋章，一手按在他的佩剑剑柄上。

"你觉得纽约怎么样？"大使问。

"和平时差不多。"

"我很想去看看纽约。我只在机场里转过。"

"也许有一天你会被派驻到华盛顿。"我这句恭维话有点欠考虑了；以他这把年纪来说——我判断应该快有五十岁——这种外派的机会很少，毕竟他已经在太子港待了这么久了。

"哦，不会的，"他严肃地说，"我永远不可能去那里。你要明白，我太太是德国人。"

"这我知道——但现在肯定……"

他说："她的父亲在美国管制区里被绞死了。在盟军占领德国期

183

间。"听他的口气，仿佛在我们这个世界上，那是一件自然而然的事情，

"原来如此。"

"她母亲带她去了南美洲。她们在那儿有亲戚。当然了，那时候她还只是个孩子。"

"但她知道这件事情？"

"哦，是的，她知道。那不是什么秘密。在她的记忆中，他是一个温柔慈爱的父亲，但美军部门有很好的理由……"

我心想，这个世界是否还能再像一百年前的地球那样，带着表面上的宁静在宇宙间运行。那个时候，处在维多利亚时代的人们将骷髅藏在壁橱里——可如今谁又会在乎一副骨头架子呢？海地并不是正常世界中的一个例外：它是每天随机抽取的日常生活的其中一小部分。星期六男爵在我们所有的坟场中徘徊，他的身影随处可见。我想起了塔罗牌中的倒吊人[1]。我心想，有个名叫安杰尔（"天使"）的儿子，而他的外公又被绞死了，这肯定让人感觉有点怪异吧，随即我又琢磨起来，要是我的话会有怎样的感觉……我们对采取避孕措施从来没有特别上心过，很有可能我的孩子……也会是一张塔罗牌人物的孙辈吧。

"不管怎样，孩子们是无辜的，"大使说，"马丁·鲍曼[2]的儿子现在就在刚果当牧师。"

可是，我寻思着，他为什么要告诉我关于玛莎的这桩实情呢？一个男人迟早会感觉需要一件武器来对付自己的情妇：他在我的衣袖里悄悄地塞进了一把利刃，当愤怒的时刻来临时，我就会用它对付他的

1　倒吊人（The Hanged Man）：塔罗牌中的第十二张牌，寓意为"自我牺牲""奉献"。

2　马丁·鲍曼（Martin Bormann, 1900—1945?）：德国纳粹党秘书长、希特勒私人秘书，纳粹"二号战犯"，战后神秘失踪，有流言数种，一说其在1945年死于柏林，另一说其逃亡巴拉圭并于1959年去世。

妻子。

男仆打开门，领进来另外一位客人。我没听清他的名字，但当他轻轻地走过地毯时，我认出是那个叙利亚人，一年前我和玛莎曾在他那里租过房间秘密幽会。他对我露出一个同谋般心照不宣的微笑，说："我当然跟布朗先生很熟啦。我都不知道你已经回海地了。你觉得纽约怎么样啊？"

"城里有什么消息吗，哈米特？"大使问。

"委内瑞拉大使馆里又多了一个难民。"

"我想，总有一天他们也都会来我这儿，"大使说，"可是祸患喜欢结伴上门。"

"今天上午发生了一件可怕的事，阁下。他们打断了菲利波医生的葬礼，还偷走了他的棺材。"

"我听到传言了。我不相信竟有此事。"

"此事千真万确，"我说，"当时我就在场。我看见了全过程……"

"亨利·菲利波先生到。"男仆大声宣布，只见一个年轻人穿过静默的空气朝我们走来，他的脚步有点一瘸一拐，像得过小儿麻痹症。我认出了他。他是前部长的侄子，在过去那些更欢乐的日子里，我曾见过他一面，当时有个由作家和艺术家组成的小团体常在"特里亚农"酒店聚会，他便是其中的成员之一。我还记得他曾经大声朗读自己的部分诗作——词藻优美，旋律动听，有点颓废，略显老套，带着对波德莱尔[1]的仿效。那些好日子离现在似乎已经无比遥远。而今只剩下约瑟夫的朗姆潘趣酒能唤起我对它们的回忆了。

"您的第一位难民来了，阁下。"哈米特说，"我正想着你会来呢，菲利波先生。"

---

1 夏尔·皮埃尔·波德莱尔（Charles Pierre Baudelaire, 1821—1867）：法国 19 世纪最著名的现代派诗人，象征派诗歌先驱，代表作有诗集《恶之花》《巴黎的忧郁》等。

"哦，不，"这个年轻人说，"不是那么回事。为时尚早。我明白请求政治庇护的人必须作出承诺，保证不参与任何政治活动。"

"你打算参与什么样的政治活动？"我问。

"我要把一些家里祖传的银器拿去熔掉。"

"我不明白。"大使说，"来一支我的雪茄吧，亨利。它们是正宗的哈瓦那雪茄。"

"我那美丽亲爱的婶婶经常说起银子弹的事。但一颗子弹有可能会打偏。我想我们需要很多子弹才行。另外，我们要对付的魔鬼有三个，不只一个。'爸爸医生'，通顿·马库特的头头，还有王宫护卫队的上校。"

"他们用美援购买军火而不是显微镜，"大使说，"这可真是件好事儿。"

"今天早上你到哪里去了？"我问。

"我从海地角赶来参加葬礼时，一切都太晚了。也许这算我走运吧。我在路上的每一处关卡都被拦了下来。我想，他们以为我那部越野吉普车是侵略军派出的第一辆坦克。"

"那边山上的情况怎么样？"

"就是太安静了。那里到处都是通顿·马库特。看到那么多太阳镜，你可能会以为自己是在贝弗利希尔斯[1]。"

玛莎在他说话的时候走了进来，她第一眼先看的是他，这让我顿觉恼火，尽管我明白，她有意忽视我是出于谨慎小心使然。就连她和他打招呼，在我看来也显得过分亲热。"亨利，"她说，"你到这儿来可真让我高兴。我很为你担心呢。在这里和我们一起住几天吧。"

"我得陪我婶婶，玛莎。"

---

1 贝弗利希尔斯（Beverly Hills）：常译作"贝弗利山"，美国加利福尼亚州西南部城市，是好莱坞影星的集居地。

"那就把她也带来啊。还有那孩子也一起。"

"情况还没坏到那种地步。"

"可别拖得太晚来不及了啊。"她转身给了我一个毫无意义的微笑，和平日里她对二等秘书露出的笑容一样。她开口说："除非我们有几位难民进门入住，否则我们这里只是一家三流使馆，不是吗？"

"你的孩子怎么样了？"我问她。我想让这个问题显得和她的微笑一样没有意义。

"现在已经不那么疼了。他非常想见你。"

"他干吗想要见我？"

"他一直喜欢见我们的朋友。不然他会觉得自己受到了冷落。"

亨利·菲利波说："要是我们也像冲伯[1]那样有白人雇佣兵就好了。我们海地人这四十年来一直在用刀子和破酒瓶打仗。我们需要几个有游击战经验的老手。我们这儿的山峦和古巴的一样高。"

"但这里没有森林，"我说，"游击队无处藏身。你们的农民把森林全毁掉了。"

"我们不是也抵抗过美国海军陆战队好长一段时间吗。[2]"他又痛苦地加上一句，"我说'我们'，但我其实属于更晚的一辈。我们这一代人学会了美术——知道吗，他们买下伯努瓦的画，收进了纽约现代艺术博物馆（当然，出价远没有欧洲'稚拙派'艺术家的作品那么高）。我们的小说家在巴黎出版作品——而现在他们也去了巴黎生活。"

---

1 莫伊兹·冲伯（Moise Tshombe, 1919—1969）：刚果民主共和国政治家、军阀。1960 年策划加丹加省独立，导致"刚果危机"爆发。他曾利用白人雇佣兵对抗联合国维和部队与刚果政府军，最终失败并流亡海外。

2 1915 年 5 月，海地爆发政变，全国陷入无政府状态，最终招致美国的入侵。1915 年 7 月，美国海军陆战队在太子港登陆，控制局势并选出一个美国认为合适的总统，此后二十年间海地一直处于美军占领之下。20 世纪 30 年代以后，美国在拉丁美洲的门罗主义外交政策被富兰克林·罗斯福的睦邻政策取代。1934 年，最后一批占领海地的美国海军陆战队撤出海地。

"那你的诗呢？"

"它们读起来还挺悦耳的，对吧，但它们歌颂'爸爸医生'，帮他上了台。我们所有的美好期待却招致了一个异常可怕的结果。我甚至还投过他的票呢。你知道吗，我对怎么使用布伦式轻机枪一窍不通。你晓得怎么用它不？"

"那种武器很好用的。学五分钟你就上手了。"

"那你赶紧教我。"

"首先我们得有枪才行。"

"用图表和空火柴盒示范教我就行，也许有一天我会找到一挺布伦式。"

"我知道有个人比我更合适当你的老师，但他这会儿被关在监狱里。"我把琼斯"少校"的故事告诉了他。

"这么说他们毒打了他？"他满意地问。

"没错。"

"很好。白人对挨打是很记恨的。"

"他好像没把挨打当回事儿。我差点以为他对此已经习以为常了。"

"你认为他有实际作战的经验？"

"他说以前他在缅甸打过仗，但我也只是听他自己这么说而已。"

"你不信他的话？"

"也不是全都不信，只是他身上有些地方让我生疑。和他说话时，我想起了自己年轻的时候，我曾经说服过伦敦的一家餐厅录用我，因为我会说一口流利的法语——我说我曾经在富凯饭店当侍者。我一直担心有人会逼我摊牌，但后来也没人找上门。我很快就把自己推销了出去，就像推销一件不合格的商品，瑕疵用价格标签贴好遮住那样。后来，就在不久前，我成功地把自己扮成艺术专家——还是没人来拆穿我。有时我怀疑琼斯也在玩同样的把戏。我记得从美国坐船回来，有天晚上——那是在船上的音乐会结束以后——我看着他，心里想，难道你和我一样都是喜剧演员？"

"对我们大多数人而言，他们都可以那样说。我写出了《恶之花》味儿十足的诗篇，还自掏腰包用手工制造的纸张付印，我自己不就是个喜剧演员吗？我还把诗寄给了法国最主要的评论杂志。真是大错特错。我的底细被人家揭穿了。我从未读到过哪怕一条评论——除了小皮埃尔写的以外。同样这笔钱也许都能让我买一挺布伦式轻机枪了。"（布伦式轻机枪——这东西现在对他像是具有魔力一般。）

大使说："来来来，大家都高兴一点，让我们一起来当喜剧演员吧。抽一支我的雪茄。在酒吧里随意尽兴。我这儿有上好的苏格兰威士忌。也许连'爸爸医生'都是喜剧演员嘛。"

"哦，不，"菲利波说，"他是真实的。恐怖永远是真实的。"

大使说："我们不能对当喜剧演员太抱怨了——那是一份体面的职业。如果我们能把它演好，这个世界至少可能会获得一种格调感。我们演砸了——就是这样。我们是蹩脚的喜剧演员，但我们并不是坏人。"

"看在上帝的分上，"玛莎用英语喊道，仿佛是在直接对我说话，"我可绝不是什么喜剧演员。"我们刚才把她遗忘了。她用双手拍打着沙发椅背，用法语冲他们大叫："你们说得太多了。净是些废话。我的孩子刚刚还吐过。你们从我的手上还能闻得到臭味。他疼得又哭又叫。你们谈什么扮演角色的话。我告诉你们，我可是什么角色都没去扮。我一直在花力气干活，我去端脸盆，我拿阿司匹林，我帮他擦干净嘴巴，我还带他到我的床上哄他睡觉。"

她站在沙发后面开始哭泣。"亲爱的。"大使一脸窘迫地说。我却连朝她走过去都不行，甚至连看她都不能看得太专注：哈米特正盯着我，他面露嘲讽，摆出一副心领神会的姿态。我想起了我们在他家床单上留下的污渍，不由好奇，他是不是亲手换掉了那些床单。他就像妓女身边的宠物狗一样，知晓许多隐秘的私事。

"您让我们所有人深感惭愧。"菲利波说。

她转身离开我们，但当她踩上地毯边时，鞋跟从脚底脱落了，她跟跄了一下，差点摔倒在门口。我追上前，伸手扶住了她。我知道哈米特正盯着我，但大使很好地帮我们打了圆场，就算他注意到了任何异样，他也没有表露出来。他说："告诉安格尔，我会在半小时后上楼和他道晚安。"我关上了身后的房门。她已经脱掉鞋子，正拼命地想把鞋跟弄紧。我把鞋从她手里抓过来。

"我们什么也做不了。"我说，"你没有别的鞋可穿？"

"我还有二十双鞋呢。他知道吗，你觉得？"

"有可能。我也不清楚。"

"他知道的话，事情会不会更简单？"

"我不知道。"

"也许我们就不必再当喜剧演员了。"

"你刚才说你绝不是什么喜剧演员。"

"我夸口了，不是吗？但刚才那些话听了真让我心烦。它让我们每一个人都显得卑贱、无用、自艾自怜。也许我们就是这个样子，但我们没必要为此沾沾自喜。至少我还在做事情，哪怕做的是坏事，不是吗？我没有假装不想要你。我没有假装在头几天夜里就爱上了你。"

"你现在爱我吗？"

"我爱安格尔。"她辩解道，一边抬起穿着丝袜的光脚，走上了宽阔的维多利亚式楼梯。我们来到一条长长的走廊里，旁边是许多标着号码的房间。

"你们这里房间很多，足够收留不少难民了。"

"是的。"

190

"现在给我们自己找一间吧。"

"太冒险了。"

"和车里一样安全。而且有什么要紧，如果他已经知道的话……？"

"'在我自己的家里！'他会说，就像你也会说'在我们的标致车里'一样。男人对背叛总是要划分等级的。如果换作别人的凯迪拉克，你就不会这么在意了，是不是？"

"我们在浪费时间。他给了我们半小时。"

"你说好会去看安格尔的。"

"那看完他再……？"

"也许吧——我不知道。让我想想。"

她打开走廊里的第三道门，我发现自己正在自己从来不想身处的地方，在她和她丈夫的卧室里。房里的两张床都是双人床：上面玫瑰色的床单像地毯一样，仿佛把整个卧室铺满了。墙壁上安有一面高大的穿衣镜，他从里面可以看到她准备上床的样子。现在我开始感觉有点喜欢这个人了，我想不出玛莎会有任何理由讨厌他。他很胖，但有些女人就喜欢胖子，就像她们偏偏喜欢罗锅或独腿男人一样。他占有欲很强，但有些女人却很享受做奴隶的滋味。

安杰尔背靠着两条粉红色枕头，笔直地坐在床上，腮腺炎并没有让他的那张胖脸蛋明显增大一圈。我说："你好！"我不知道怎么跟孩子说话。他有一双像他父亲那样无神的拉丁式褐色眼睛——不是倒吊人的撒克逊式的蓝眼睛。玛莎就有那双蓝眼睛。

"我病了。"他说，口气显得高人一等。

"我看出来了。"

"我和我妈妈睡在这儿。我爸爸在更衣室里睡。直到我的烧退了为止。我发烧到……"

我说："你在玩什么呢？"

"智力玩具。"他又对玛莎说，"楼下没有别人了吗？"

"哈米特先生在楼下，还有亨利也在。"

"我想让他们一起过来看我嘛。"

"也许他们从没得过腮腺炎呢。他们可能怕被感染了。"

"布朗先生得过腮腺炎吗？"

玛莎犹豫起来，而他立刻察觉到了她的迟疑，就像一名正在进行交叉询问[1]的律师。我说："得过。"

"布朗先生喜欢玩牌吗？"他这个问题跟刚才明显不搭边。

"不。我是说——我不知道。"她说，像是在害怕他的话里有陷阱。

"我不喜欢玩牌。"我说。

"我妈妈以前很喜欢。她几乎每天晚上都出去玩牌——就在你离开以前。"

"我们现在得走了，"玛莎说，"爸爸会在半个小时后上楼来道晚安。"

他伸手把智力玩具递给我，说："玩玩这个。"这是一个长方形的小盒子，侧边是玻璃，里面有一张小丑的图片，眼窝所在的地方是两个凹洞，盒子里还有两颗小钢珠，玩的时候要摇晃盒子，把它们晃进凹洞里。我拿着盒子左摇摇右晃晃，刚把一颗弄进去，在弄第二颗的时候又把第一颗晃出来了。那孩子带着一脸不屑和嫌弃的表情看着我。

"对不起。我对这种东西一点也不在行。我玩不好这个。"

"你没有在好好试啦，"他说，"继续啊。"我能感觉到我和玛莎剩下的独处时间正在像煮蛋计时器[2]中的细沙一样飞快消失，而我几乎

1　交叉询问（corss-examination）：由一方当事人或其律师在法庭上对另一方证人进行的盘诘性询问，主要目的是对对方证人提供的证言进行质疑，以便降低甚至消除该证言在事实裁判者心目中的可信度。

2　煮蛋计时器（egg-timer）：用以计算煮蛋时间的小沙漏，约三分钟漏完。

可以确信他也能看到这一点。那两颗淘气的钢珠绕着盒子边缘互相追逐，然后冲向眼窝，却偏偏不肯落进去，总是潜入角落里。我稍稍放歪盒子，让它们缓缓朝下溜向眼窝，再用最微弱的力道倾斜盒身，引导它们落入洞里，结果它们却一头扎进了盒子底部。一切又得重新开始了——现在我几乎完全没有动弹盒子，只有我的神经在微微颤抖。

"我弄进去一个了。"

"那还不够啦。"他执拗地说。

我把盒子丢还给他。"行啊。你弄给我看看。"

他咧嘴对我露出一丝危险而冷漠的狞笑。他拾起盒子，用左手托好，乍看根本就没怎么动它。一颗珠子甚至逆向滚上斜坡，在一只眼窝的边缘逗留片刻，继而掉了进去。

"一个。"他说。

另一颗珠子径直滚向另一只眼睛，它从眼窝边缘擦过，然后回头一转，稳稳地落入洞中。"两个。"他说。

"你左手拿着什么？"

"没什么啊。"

"那就把没什么亮给我看。"

他张开手心，只见有一块小小的磁铁藏在那里。"你要答应我不告诉别人。"他说。

"我要是不答应呢？"

我们就像两个大人在为打牌耍老千的事情争吵。他说："如果你能替我保密，我也可以。"他那双褐色的眼睛没有吐露出半点秘密。

"我答应你。"我说。

玛莎亲吻了他一下，然后抚平他的枕头，让他平躺下来，再打开床边的一盏小夜灯。"你马上就过来睡觉吗？"他问。

"等我的客人们走了以后。"

"那要等到什么时候啊？"

"我怎么知道？"

"你完全可以说我在生病嘛。我可能还会吐啊。阿司匹林不管用。我身上很痛啊。"

"好好躺着别动。闭上眼睛。爸爸很快就上楼。我想那时候他们就都走了，我就会过来陪你。"

"你还没说晚安呢。"他指责我道。

"晚安。"我故作友善地伸出一只手放在他头顶，揉了揉他那头粗糙干硬的短发。后来我的手闻着有股老鼠的臭味。

在走廊里，我对玛莎说："连他好像都知道了。"

"他怎么可能知道？"

"不然他说可以替我保密是什么意思？"

"那只是个小把戏，所有孩子都会玩的。"但要我把他看成小孩是多么困难啊。

她说："他生病吃了不少苦头。你不觉得他现在表现得很好吗？"

"是。当然了。是很好。"

"颇有点像大人的样子了？"

"哦，是啊。我也这么想呢。"

我抓住她的手腕，拽着她来到走廊尽头。"这个房间是谁在住？"

"没人。"

我打开房门，把她拉了进去。玛莎说："不行。难道你不明白这是不可能的吗？"

"我出去三个月了，到现在我们只做过一次。"

"我又没让你跑去纽约。你感觉不到我现在没兴致，今天整个晚上都没兴致吗？"

"是你请我今晚过来的。"

"我想见见你。就这些。不是想和你做爱。"

"你不爱我了，是吧？"

"你不该问我这种问题。"

"为什么？"

"因为我也可能会问你同样的话。"

我意识到她的反驳合情合理，这让我火冒三丈，愤怒顿时驱散了我的情欲。

"你这辈子有过多少次'奇遇'？"

"四次。"她毫不犹豫地回答。

"我是第四次？"

"没错。如果你也想自称奇遇的话。"

几个月后，待这段恋情烟消云散，我才体会到她的坦诚率真，并对此心存感激。她没有扮演任何角色。她直截了当地回答我提出的问题。她从未违心声称喜欢自己讨厌的事物，或是假装热爱自己不感兴趣的东西。如果说我没能理解她，那是因为我没能向她问出正确的问题，仅此而已。她绝不是什么喜剧演员，这一点不假。她身上保持着纯真的美德，而我现在也明白自己为什么会爱上她了。到头来，一个女人能吸引我的地方除了姿色以外，唯一的特征便是那种模糊难辨的品质，"善良"。蒙特卡洛的那个女人背叛了她的丈夫，和一名男学生上了床，但她的动机却是慷慨高尚的。玛莎也背叛了她的丈夫，但让我留恋她的并不是她对我的爱意（如果她真的爱过我），而是她对自己孩子那份盲目无私的眷恋之情。怀着一颗善良的心，人便能感到安全无虞；为什么我以前对善良仍不知足，为什么我总是要问她错误的问题呢？

"干吗不将一段奇遇进行到底？"松手时我质问她。

"我怎么知道？"

我想起了自己从她手中收到过的唯一那封真正的书信，其他那些都是约会的便条，上面的留言写得含混模糊，以防它们落入不合适的人手里。收到信的时候，我还在纽约等待消息，在那之前我肯定给她写过信，信里充满了不情不愿、疑神疑鬼、嫉妒吃醋的味道。（我曾在东56号大街上找过一个应召女郎，因此，我理所当然地以为，她也同样另找了个情人填补那几个月空虚的时光。）她却温柔地给我回了信，没带半点怨恨。也许，她父亲因骇人听闻的罪行而被绞死这件事，把我们所有那些细小琐碎的愤懑不满之情都分摊扯平了。她写到了安杰尔和他在数学上的聪颖天资，写到了很多关于安杰尔的事情，还有他夜里做的噩梦——"现在我几乎每天晚上都待在家里陪着他"，而我立即开始揣测她不在家时都做了些什么，她跟谁一起度过了那些夜晚。我对自己说，她和丈夫在一起，或是在我第一次遇见她的那家赌场里，但这样做仍然无济于事。

　　突然，她笔锋一转，就好像她知道我会怎么想似的——或者是她的话产生了这种效果："也许性生活才是最大的考验。如果我们能安然度过它，对我们心爱之人施以仁慈，对我们所背叛之人感怀眷恋，那我们就不必过于担心自己身上的是非善恶。但倘若我们嫉妒、猜疑、狠心、报复、揭丑……那我们就失败了。即使我们是受害者而不是加害者，错误也就在那份失败当中。贞洁绝不是借口。"

　　当时我觉得她的话缺乏诚意，带着一股自命不凡的味道。我恼恨我自己，于是我便迁怒于她。我撕了那封信，尽管它饱含着脉脉柔情，尽管它实际上是我唯一拥有的来自她的手书。我以为她在跟我讲大道理，因为那天下午，我在东56号大街上的桃色公寓里消遣了两小时，但她又怎么可能知道这件事呢？正因如此，在我像寒鸦般收集的那些纪念品中——在迈阿密买的镇纸，从蒙特卡洛留下的赌场入场券——至今也没有留下她的只字片纸。现如今，尽管我已经全然忘记了她在信中说话的口吻，我却还能很清楚地想起她的笔迹，浑圆饱满，带着一丝孩子气。

"好吧，"我说，"我们最好还是下楼去。"我们所在的这个房间既寒冷又空荡，墙壁上的画很可能是工程部的人挑选的。

"你去吧。我不想看见那些人。"

"等他好些了，再去哥伦布雕像见？"

"哥伦布雕像见。"

正当我心灰意冷之时，她突然伸手一把抱住了我。她说："可怜的宝贝儿。这次回家可真糟糕啊。"

"又不是你的错。"

她说："来吧。让我们速战速决。"她躺倒在床沿上，把我拉向她，这时我听到安杰尔的声音在走廊外呼喊着："爸爸！爸爸！"

"别理他。"她说。她蜷缩膝盖向上抬起，这让我想到了跳水板下菲利波医生的尸体：分娩、性爱和死亡，它们的姿态彼此间竟然这般相似。我发觉自己什么也做不了，完全无能为力，也没有白鸟飞进屋里拯救我的自尊心。相反，门外响起了大使踏上楼梯的脚步声。

"别担心，"她说，"他不会上这儿来。"可让我心灰意冷的不是大使。我站起身，她说："没关系。是我的主意不好，就这样。"

"哥伦布雕像见？"

"不。我会找个更好的地方和你见面，我发誓。"

她在我之前走出了房间，叫道："路易。"

"怎么了，亲爱的？"他来到他们卧室的门口，手里拿着安杰尔的智力玩具。

"我刚才在向布朗先生展示楼上的房间。他说我们可以收留不少难民。"她的话里没有一点虚假的音调，表现得完全轻松自如。我不由想起了刚才在我们谈论喜剧演员时她火冒三丈的样子，而现在事实证明，她才是我们中间最出色的喜剧演员。我的表演比她略逊一筹，在我的声音里夹着一丝干涩，它暴露了我内心的焦虑。我说："我得走了。"

"为什么？现在时间还很早啊，"玛莎说，"我们很久没见到你了，不是吗，路易？"

"有个约会我必须要赴。"我告诉她，自己却浑然不知这个谎言即将成真。

三

漫漫长日仍未休：离午夜还有一个小时，又或者尚隔百年之久。我乘上自己的汽车，沿海边驱车前行，一路驶过了无数的坑洼。四下里罕见人迹，也许人们还不知道宵禁已经解除，又或者他们害怕外面布有陷阱。在我的右手边是一排木头小棚屋，立在栅栏里的小片土地上，几棵棕榈树生长其间，附近还有几条小水沟，仿佛是垃圾场中的几块废铁，微微闪亮。偶尔能看到一支蜡烛的微光，下方是一小群围着朗姆酒欠身而坐的人，就像守着一口棺材的送葬者。一个老头正在马路中间跳舞——我不得不猛踩刹车，把车完全停住。他走上前，透过车窗玻璃冲我咯咯傻笑——至少还有一个人那天夜里在太子港不晓得害怕。他操着一口土话，我没法听清他说的是什么，于是便继续开车上路。离上次来"凯瑟琳妈咪之家"已经有两年多了，但今晚我需要她的服务。性无能像诅咒一般蛰伏在我的体内，我需要一名女巫才能将它驱除。我想起了东56号大街上的那个应召女郎，也不情不愿地想起了玛莎，心头的怒火再度燃起。如果她在我想要她的时候和我做了爱，现在就不会有这些麻烦事了。

公路在离"凯瑟琳妈咪之家"不远的地方岔开——柏油路（如果它也能叫柏油路的话）突然走到了头（也许是修路的经费花完了，又或者是因为某人没有拿到他的回扣）。左边是通往南方的公路主干道，除了吉普车外，其他车辆几乎无法通行。我发现那里设了一道路障，这让我吃了一惊，因为谁也不会指望敌人从南方侵入海地。他们比平时更仔细地搜查了我，我则正好站在一块巨大的告示牌下，牌子上写着"美国－海地联合五年计划——大南方公路"的标语。然而，美国人已经撤走，所谓五年计划也已化为泡影，只有这块告示牌留在了这里，下面是发臭的水潭、公路上的辙印、巨石，还有一台陷入烂泥、人们懒得搭理的挖泥机残骸。

他们放我走后，我取道右边的岔路，来到了凯瑟琳妈咪的大院里。一切都如此安静。我怀疑自己值不值得花工夫钻出汽车。不远处，有一座低矮的长条形棚屋，像马厩似的被分隔成了许多独立的小单间，那里便是男欢女爱的场地所在。我可以望见主建筑里亮着一盏灯，凯瑟琳妈咪平时就在那里接待宾客，为他们奉上酒水，但此刻那里没传来半点儿音乐和跳舞的动静。一时间，忠贞之情在心底引诱着我，让我很想立刻驾车离开。可是我已经抱病沿着颠簸坎坷的公路走了太远，现在没法再回头了，于是我钻出汽车，小心地穿过黑暗的院落，朝那盏灯光走去，一路上心里厌恶着自己。刚才我愚蠢地将汽车头朝里停在了棚屋的墙脚边，没法开灯照明，所以这会儿我走在一片黑暗之中，几乎立刻就撞上了一辆熄灯停靠着的吉普，车上有个男人正在方向盘后打着瞌睡。我差一点再次掉头离开，因为在太子港很少有吉普车不是归通顿·马库特所有的，而如果通顿·马库特打算跟凯瑟琳妈咪的姑娘们找一晚乐子，那就没有外人插足的余地了。

但此时我依然固执地恼恨着自己，于是我继续走了过去。听到我跌跌撞撞的脚步声后，凯瑟琳妈咪走到门口迎接我，手里还提着一盏油灯。她生着一张和善的面孔，就像美国南部电影中慈祥的黑人奶妈，而她的身材精致娇小，从前她肯定是个美人胚子。这副容貌也算没有辜负她的内在心灵，因为她是我在太子港认识的最善良的女人。她自称她手下的姑娘们个个家境殷实，她只是在帮她们挣点零用钱，而你几乎就会相信她说的话，因为经过她的悉心调教，姑娘们在公共场合中都表现得十分完美。在进入隔间之前，她的客人们也必须端庄得体，而看着一对对男女婆娑起舞，你几乎会相信这是在女修道院学校里举办的一场毕业庆典活动。三年前有一次，我曾见过她冲进房里，将一个姑娘从暴行中解救出来。当时我正在品尝一杯朗姆酒，突然听见从所谓的"马厩"里传出一声尖叫，还没等我打定主意，凯瑟琳妈咪已经从厨房里操起一把短柄斧冲了出去，就像体积轻小的"复仇号"准备迎战一支舰队那样。[1]她的对手带着尖刀，块头有她的两倍大，而且人还醉醺醺的，灌满了朗姆酒。（他一定是把扁酒瓶藏在了屁股口袋里，因为凯瑟琳妈咪绝对不会允许他在那种状态下带着姑娘出门。）他转身见她冲过来，立刻拔腿逃之夭夭，后来等我离开时，我透过厨房窗户看到，她让那个姑娘坐在她的膝盖上，嘴里用一种我听不懂的土话轻声哼唱着，仿佛在哄小孩子，而那姑娘靠在她瘦骨嶙峋的窄小肩膀上进入了梦乡。

凯瑟琳妈咪小声地警告我："通顿·马库特在这里。"

"姑娘们都有主了？"

"没有，但你喜欢的那个女孩正在忙。"

我两年没来这里，她却仍然记得这件事，更令我不可思议的是，那姑娘居然还在她这儿——到现在她应该快有十八岁了。虽然我之前没指望能找到她，但现在听她这么一说，我还是感到有点失望。到了

---

1 "复仇号"（the Revenge）：16世纪英国设计的新一代小型快速战舰的代表作，建于1574年，是德雷克爵士（Sir Francis Drake, 1540—1596）在抗击西班牙"无敌舰队"海战中乘坐的旗舰。1591年，伊丽莎白女王派遣包括"复仇号"在内的私掠舰队拦截西班牙运输船队，面对30余艘护航的西班牙巨型战舰，英国舰队司令下令撤退，"复仇号"却主动留下，迎战西班牙护航舰队。数小时的鏖战中，"复仇号"在西班牙舰队阵列里左冲右突，击沉巨舰4艘，重创16艘（这些受伤的战舰在随后而来的风暴中悉数沉没），一直战斗到弹药告罄、船员几乎全部战死时才宣布投降，随即在风暴中壮烈沉没。

一定岁数，人会更喜欢老朋友，甚至在妓院里也是。

"他们现在危险吗？"我问她。

"我看不像。他们在伺候一个重要人物。那人正和婷婷待在外面。"

我几乎又想离开了，但我心里对玛莎的怨恨像伤口感染一样，让我不能不收拾。

"我要进去，"我说，"我渴了。给我一杯朗姆酒加可乐。"

"现在没有可乐。"我忘记美国已经停止援助了。

"那就朗姆酒兑苏打好了。"

"我还剩几瓶七喜汽水。"

"好吧。就加七喜。"

大厅门口，一个通顿·马库特正坐在椅子上睡觉；他把墨镜掉到了大腿上，看起来完全没有危险。他那条灰色法兰绒裤子的裤裆开着天窗，上面少了一粒纽扣。大厅里一片死寂。透过打开的房门，我看见有四个穿着细布白棉衣和灯笼裙的姑娘。她们正用吸管吮着橘子水，一句话也不说。其中一个姑娘拿起她的空饮料杯，摇曳着衣裙，踩着曼妙的步子离去，就像出自德加[1]之手的一座青铜小雕像。

"一个客人也没有？"

"通顿·马库特一来，他们就都走了。"

我进了大厅，只见坐在墙边一张桌子旁的人正是我在警察局里见过的那个通顿·马库特，也正是他砸碎灵车玻璃，抢走了前部长的棺材。现在他用双眼死死地盯着我，仿佛我永远也逃不出他的监视。他的软帽放在座椅上，胸前戴着一只条纹蝴蝶结。我朝他鞠了一躬，然后动身走向另一张桌子。我很害怕他，心里也在琢磨，婷婷正在抚慰的人究竟是谁——居然比这个傲慢的警官还重要。为她着想，但愿那

1　埃德加·德加（Edgar Degas, 1834—1917）：19世纪下半叶法国印象派著名画家、雕塑家。

个家伙不会比他心眼更坏。

那个警官说："我好像在哪里都能看到你啊。"

"我已经尽量不引人注意了。"

"你今晚来这儿想要什么？"

"朗姆酒加七喜。"

他对端着托盘给我送饮料的凯瑟琳妈咪说："你刚刚还说七喜没有了。"我留意到托盘上在我的酒杯旁边有一只装苏打水的空瓶子。这个通顿·马库特拿起我的酒杯尝了一口。"是七喜没错。你给这家伙上朗姆酒加苏打。剩下的七喜我们都要，等我的朋友回来喝。"

"酒吧里太黑。有些瓶子肯定是混在一起了。"

"你得学会分清楚重要的客人，"他迟疑片刻，最后决定还是适当保持礼貌为好，"和没那么重要的客人。你可以坐下了。"他又对我说。

我转过身。

"你可以坐在这里。给我坐下。"

我服从了。他说："在岔路口你被人拦住搜查过吗？"

"搜过。"

"在门口呢？你在门口被人拦过没？"

"拦过，被凯瑟琳妈咪。"

"我手下的人呢？"

"他睡着了。"

"睡着了？"

"没错。"

我毫不犹豫地讲了出来。让通顿·马库特去自相残杀好了。令我惊讶的是，他竟然一句话都没说，也没有做出要去门口查看的动作。他只是穿过那对不透光的黑色镜片毫无表情地瞪着我。他心里已经打好了什么主意，但他不想让我知道他的决定。凯瑟琳妈咪端来了我的

202

酒水。我尝了尝。朗姆酒里仍然加了七喜汽水。她是个勇敢的女人。

我说:"今晚你们好像戒备特别严嘛。"

"我负责保护一位重要外宾。我必须加强戒备以保障他的安全。是他要求来这里的。"

"他和小婷婷在一起安全吗?还是说您在卧室里也安排了一名保镖,上尉?或者我该称您一声司令官?"

"我是孔卡瑟尔上尉。你这家伙身上有点儿幽默感。我欣赏幽默。我喜欢笑话。笑话有政治价值。它们可以给懦夫和无能之辈带来解脱。"

"您刚才说有一位重要的外宾,上尉?今天早上我还以为您不喜欢外国人呢。"

"我对每一个白人的评价都很低。我承认你们的肤色让我很反感,叫我想到狗屎。不过,你们中间的某些人我们也可以接受——只要你们对国家有用。"

"你是指对'爸爸医生'有用吧?"

他带着一种非常细微的讽刺语气引述道:"我是海地的旗帜,统一而不可分割。"他喝了一口朗姆酒,"当然有些白人比其他人更可以忍受。至少法国人就跟我们有共同的文化。我很崇拜戴高乐将军。总统已经向他致函,表示愿意加入欧洲共同体。"

"他收到回信了吗?"

"这些事情很费时间。有一些条款我们需要坐下来讨论。我们懂外交。我们不像美国人那样莽撞行事——还有英国人。"

孔卡瑟尔这个名字在我脑中挥之不去。以前我好像在什么地方听到过。头一个音节和他这人很配,整个名字也暗示出毁灭性的力量,[1]

1　孔卡瑟尔(Concasseur)一词有"碎石机"之意。

或许就像斯大林和希特勒的名字一样。

"海地属于任何第三方势力，这理所当然。"孔卡瑟尔上尉说，"我们是抵抗共产主义的真正堡垒。没有哪个卡斯特罗能在这里革命成功。我们有忠心耿耿的农民阶级做后盾。"

"或者是吓破了胆的农民吧。"我喝了几大口朗姆酒，酒精能帮助我忍受他的夸夸其谈，"您那位重要的外宾还真是从容不迫啊。"

"他告诉我他已经很久没碰女人了。"他冲凯瑟琳妈咪咆哮，"我要服务！服务！"一边狠狠跺着地板，"怎么连个跳舞的人都没有？"

"自由世界的堡垒嘛。"我说。

四个姑娘从桌边站起，一人点上了留声机。她们开始跳起一支优雅、舒缓的旧式慢舞。她们的灯笼裙如银色香炉般轻轻摇曳，从里面露出修长苗条、呈小鹿肤色的腿脚；她们彼此微笑，她们都美丽动人，几无二致，就像一群羽毛相同的小鸟。这幅情景让人几乎无法相信她们是用来出售的。就像其他所有人一样。

"当然，自由世界给的价码更高，"我说，"而且付的是美元。"

孔卡瑟尔上尉知道我在往哪儿瞅，透过那两块黑色镜片，他什么也没有漏过。他说："我来找个女人招待你吧。那边儿那小丫头，头发上插朵花的，叫路易丝。她不朝我们看。她很不好意思，因为她怕我可能会吃醋。吃一个妓女的醋！真是荒唐！只要我一句话，她就会把你伺候得舒舒服服的。"

"我不要女人。"我能看穿他在那副慷慨的表面下打着什么主意。给白人打赏一个妓女，就像给狗扔一根骨头似的。

"那你在这儿干吗？"

他有权向我提出这个问题。我看着那些旋转跳舞的姑娘，只能回答说："我改主意了。"比起这里的木头小屋、朗姆酒酒吧和可口可乐的旧广告，她们实在应该配得上更好的环境。

我说："你从来没怕过共产党人吗？"

"哦，他们才不会有危险呢。要是他们真的能构成危险，美国就会派海军陆战队过来了。当然，在太子港是有几个共党分子。我们知道他们的姓名。他们没有危险。他们在小圈子里聚会，一起读马克思。你是共产党？"

"我怎么可能是呢？我坐拥'特里亚农'酒店。我仰仗美国游客生活。我是个资本家。"

"那你也算是我们中间的一员，"他说，话里带着一丝直到现在他才好不容易体现出的近乎礼貌的口气，"当然，除了你的肤色不同以外。"

"别这么过分羞辱我。"

"哦，你又没办法决定自己的肤色。"他说。

"我的意思是，别说我是你们中间的一员。一个资本主义国家如果变得太令人讨厌，也会有失去资本家忠心支持的危险。"

"只要能拿到百分之二十五的回扣，资本家就会永远忠诚。"

"一点仁慈心也是有必要的。"

"你说话就像个天主教徒。"

"是的。也许吧。一个丢失了信仰的天主教徒。但你们的资本家也有可能失去信仰，这不是很危险吗？"

"他们即使丢掉性命也从不会失去信仰。金钱就是他们的信仰。他们会守到最后一刻，然后把它留给自己的儿女。"

"还有你的这位重要人物——他是个忠诚的资本家，还是个右翼政客？"他叮叮当当地搅拌着酒杯里的冰块，这时我想起自己从哪儿听到过孔卡瑟尔上尉这个名字了。是小皮埃尔讲起他的，说时还带着几分畏惧。据称，从前这里曾有一家美国水利公司，在美国政府召回驻海地大使，公司员工悉数撤离后，孔卡瑟尔上尉便将该公司所有的挖泥机和水泵统统收缴,将它们运往肯斯科夫的山村里,去从事他自己异想天开的建筑工程。他的项目没多久便停了,因为工人们在月底没领到工钱后纷纷弃他而去;另外也有人说,他没处理好和通顿·马库特头目之间的关系,没有给人家期待的合理回扣。于是,孔卡瑟尔的愚蠢工程仁立在肯斯科夫的山坡上——四根水泥支柱和在日晒雨淋中已然龟裂的一片水泥地板。或许眼下正和婷婷在马厩里玩乐的那个重要人物是来帮他摆脱困境的金融家?可又有哪个脑子清醒的金融家会想往这个游客全跑光了的国度里投资,在肯斯科夫的山坡上修建一座溜冰场呢?

"我们需要技术人员,连白人技师也要。"孔卡瑟尔说。

"克里斯多夫国王就没要他们。"

"我们比克里斯多夫更时髦。"

"所以你们建溜冰场而不是造城堡?"

"我想我已经忍你忍得够久了。"孔卡瑟尔上尉说,而我也明白过来,自己刚才说得太过头了。我触到了他的旧伤疤,这让我心里有点害怕。如果之前我和玛莎做了爱,今晚将会是怎样不同的一个夜晚啊!我这时肯定已经回到了酒店,在自己的卧床上酣然入眠,对政治和权力的腐败毫不在乎。上尉从枪套里抽出左轮手枪放在桌上,就摆在他的空酒杯旁边。他低垂下巴,抵在白蓝相间的衬衫上。他阴郁无言地坐在那里,仿佛正在小心地衡量在我两眼中间利落地开一枪会有什么利弊。我目前还看不出这样做对他而言会有任何坏处。

凯瑟琳妈咪走过来站在我身后,放下两杯朗姆酒。她说:"你的朋友和婷婷去了不止半小时了。是时候去……"

"他想去多久,"上尉说,"就可以去多久。他是一位重要人物。一位非常重要的大人物。"唾沫在他的嘴角边汇成几个小泡泡,就像毒液一样。他用指尖轻轻触碰着左轮手枪。他说："溜冰场是很时髦。"他的手指在朗姆酒和左轮手枪之间徘徊。我很高兴他终于端起了酒杯。他说："溜冰场是很时髦。很有派头。"

凯瑟琳妈咪说："你付的是半个小时的钱。"

"我的表跟你的时间不一样。"上尉说，"你没有任何损失。这里又没有其他客人。"

"还有布朗先生哪。"

"今晚就算了，"我说，"我不知道排在这样一位重要的客人后面该怎么行乐。"

"那你还待在这儿干什么？"上尉问。

"我口渴了。我也很好奇。有贵客造访这种事在海地并不是经常发生。他是不是来资助你建溜冰场的？"上尉瞅了一眼自己的手枪，但是一触即发的时刻，那个真正危险的时刻，已经过去了。只有一点痕迹还在那里，就像沉疴顽疾遗留的症状：黄色眼球里布满了血丝，条纹蝴蝶结不知怎的已经弄歪，斜竖在领口上。我说："你不想让你那位重要的外宾一进门就看见一具白人的尸体吧。那样对谈生意可不好啊。"

"那种事永远可以稍后安排……"他说，话里包含着严峻的真相，接着，他的脸上突然绽开了一丝异乎寻常的微笑，就像他自家溜冰场水泥地上的一道裂缝，那是一丝彬彬有礼的微笑，甚至带着恭敬谦卑。他站起身，我听到背后传来大厅房门关闭的声响，转过去一看，只见婷婷全身上下一袭白装，脸上也挂着微笑，显得羞怯而纯洁，仿佛她是站在教堂门口的一位新娘。但孔卡瑟尔和她并不是在朝彼此微笑，他们俩的笑脸都对着那位挽着婷婷的手臂进门、身份无比重要的贵宾。他正是琼斯先生。

四

"琼斯！"我惊呼一声。他的脸上还有刑讯拷打留下的残痕，但它们现在已经被橡皮膏整洁利落地遮掩住了。

"呦，这不是布朗嘛。"他说。他走过来，无比热情地握着我的手。"能看到老伙计真是太好了。"他这话说得就好像我们是在步兵团联谊会上重逢的老兵，自从上一场战争结束后就再也没有见过面。

"昨天你还见过我呢。"我说，接着我便察觉到他有点尴尬——不愉快的事情过去以后，琼斯会很快就忘记它。他向孔卡瑟尔上尉解释道："布朗先生和我是'美狄亚'号上的旅伴。史密斯先生怎么样了？"

"和昨天去看你的时候差不多。他一直在担心你。"

"担心我？可是为什么呢？"他说，"请原谅。我还没有介绍这边我这位年轻的朋友。"

"婷婷和我很熟。"

"那就好，那就好。坐吧，亲爱的，我们大家都来喝点酒。"他为婷婷拉出一把椅子让她坐下，然后抓住我的胳膊，带我往旁边走了几步。他低声对我说："你明白所有那档子事现在都已经过去了吧。"

"我很高兴看到你安全出狱。"

他模棱两可地解释说："是我那张便条的功劳。我本来就觉得它会有用。我从来就没有真的担心过。双方都有错。但我不想让姑娘们知道这件事。"

"你会发现她们非常有同情心。可他难道不知道吗？"

"哦，他是知道，但他必须对此保密。明天我会告诉你事情的详细经过，但今晚我迫切需要跟女人好好来上一发。这么说你认识婷婷？"

"认识。"

"她是个可爱的姑娘。我很高兴选择了她。上尉想让我挑那个头上戴花的女孩子。"

"我猜你也不会注意到她们有多少区别。凯瑟琳妈咪把她们都调教得甜蜜可人。你跟他在一起做什么？"

"我们有一点生意上的往来。"

"不是溜冰场吧？"

"不是。为什么是溜冰场？"

"小心啊，琼斯。他很危险。"

"别为我担心，"琼斯说，"我见过不少世面。"凯瑟琳妈咪从我们身旁经过：她的托盘里装满了朗姆酒和店里可能仅剩的七喜汽水，琼斯从中抓了一杯。"明天他们要为我找辆车。等我拿到车以后，我会过来看你。"他朝婷婷挥了挥手；对上尉他则喊了一声"敬礼"。"我喜欢这里，"他说，"我已经安全脱险交上好运了。"

我离开了大厅，因为喝了太多七喜汽水，感觉嘴里甜腻腻的。经过门口的那个守卫时，我晃了晃他的肩膀——最好还是给某人做点善事积点德吧。我摸索着经过那辆吉普车，来到自己的汽车前，这时我听到身后有脚步声，便往旁边一闪，躲了起来。也许是上尉来挽回他那座溜冰场的荣誉吧。但实际上只有婷婷一人。

她说："我跟她们说，我想出来尿尿[1]。"

"你好吗，婷婷？"

"非常好。你呢……"

"还行[2]。"

"干吗不在车里多待一会儿？他们马上就要走了。那个英国人已经

---

1 原文为法语"faire pipi"。

2 原文为法语"Ça marche."。

完全没力气了[1]。"

"这我相信，但我已经累了。我必须要走。婷婷，他对你还好吗？"

"哦，很好。我喜欢他。我非常喜欢他。"

"你为啥这么喜欢他？"

"他能逗我笑。"她说。后来在其他场合中也有人对我重复过这句令我心烦的话。我从混乱纷扰的生活中学到了许多本领，可就是没有学会能逗人发笑的把戏。

1　原文为法语"tout à fait épuisé"。

第二部

第一章

一

琼斯从我们的视野中彻底消失了一段时间，就像前社会福利部长的尸体那样。没人知道他们究竟如何处置了前部长的尸体，尽管总统候选人曾不止一次地试图打听出它的下落。他单刀直入去了新任部长的办公室，在那里得到了对方迅速而礼貌的接见。小皮埃尔已经不遗余力地将他赞颂为"杜鲁门的竞选对手"并广为传播，而新任部长听说过杜鲁门的大名。

新任部长是个矮小肥胖的男人，出于某种原因，他身上戴着一枚兄弟会的饰针，而且他的牙齿很大很白，彼此分得很开，就像本来为另一座大型坟场设计的一块块墓碑。越过他的办公桌飘来一股异乎寻常的臭味，仿佛有一座墓穴还敞着口没封上。我陪同史密斯先生登门拜访，以便他需要翻译时我可以帮上忙，但新任部长说得一口流利的英语，还带着一丝轻微的鼻音，这也多多少少解释了那枚兄弟会饰针的来历。（后来我才知道，他曾在美国大使馆供职服务，给美国人当过一段时间的"小侍从"。要不是后来他在通顿·马库特组织里暂时待过一阵子，给格拉西亚上校——人称"胖子"格拉西亚——做过特别助理，他的擢升应该属于比较罕见的特例。）

史密斯先生为介绍信写给菲利波医生一事表示了歉意。

"可怜的菲利波。"部长说。我心想，我们是不是终于能收到政府当局对菲利波下场的官方定论了。

"他出了什么事？"史密斯先生问，他的直率实在令人钦佩。

"我们很可能永远也没法知道。他是个喜怒无常的怪人，而且我必须向您承认，教授，他的账目有些问题。在德塞街，有个他主管的水泵建设项目出了岔子。"

"您在暗示他是自杀的？"我先前低估了史密斯先生。出于正当的理由，他可以展现出狡猾机智的一面，现在他把手上的牌紧贴在胸前，深藏不露。

"有可能，另外他或许成了人民报复的牺牲品。我们海地人有个传统，要用我们自己的方式去铲除暴君，教授。"

"菲利波医生是暴君吗？"

"在用水问题上，德塞街的居民不幸被他欺骗了。"

"这么说，那座水泵马上就要开工运转了？"我问。

"它已经被列入我的首批项目之中了。"他朝身后架子上的档案卷宗挥了挥手，"但如您所见，我还有很多事情要操心。"我注意到许多"操心事"档案上的铁夹子已经因为漫长的雨季而生锈：可见"操心事"并没有得到快速及时的处理。

史密斯先生机智地把话题转了回来："所以菲利波医生现在仍然下落不明？"

"就像你们以前的战时公告所写的那样，'失踪，据信已死亡'。"

"可是我参加过他的葬礼啊。"史密斯先生说。

"他的什么？"

"他的葬礼。"

我注视着部长。他丝毫没有流露出任何窘迫。他发出一记短促的吠叫声，原来那是他在大笑（这让我想到了一只法国斗牛犬）。他说："根本就没有什么葬礼。"

"中途被打断了。"

"您可是无法想象，教授，我们的敌人会怎样不择手段地胡乱宣传。"

"我不是教授，而且我亲眼看见了棺材。"

"那棺材里装的全是石头，教授——对不起，史密斯先生。"

"石头？"

"确切地说是砖块，是从杜瓦利埃城运来的，我们正在那里建设我们美丽的新城市。被偷走的砖块。您哪天上午有空的话，我愿意带您去参观一下杜瓦利埃城。它相当于我们国家的巴西利亚[1]。"

"但他夫人当时也在场啊。"

"可怜的女人，她被人利用了，被肆无忌惮的狂徒们利用了，我希望她是无辜的。那些殡仪馆的人已经被逮捕了。"

他随机应变的能力和丰富的想象力让我心服口服。史密斯先生一时竟哑口无言。

"什么时候对他们进行审判？"我问。

"调查还要花一些工夫。这个阴谋背后还有许多分歧。"

"那么老百姓们猜想的并不是真事咯——说菲利波医生的尸体变成了还魂尸，在王宫里干活？"

"那些都是伏都教的胡说八道，布朗先生。幸运的是，我们的总统阁下已经把伏都教从我们国内铲除干净了。"

"那他的功劳可比耶稣会会士们还要大呀。"

史密斯先生不耐烦地插嘴进来。他在菲利波医生的事情上已经尽

1　巴西利亚（Brasilia）：位于巴西中部高原地区，1956 至 1960 年建成后成为该国首都。

力，现在他需要把全部精力放到他的使命上来。他心里有些着急，不想因为像还魂尸和伏都教这样不相干的事情而得罪了部长。部长极有礼貌地听他讲话，同时还拿着一支铅笔在纸上胡写乱画。也许那并不是漫不经心的表现，因为我注意到他涂写的是数不清的百分比符号和加号——到目前为止，我还看不到有任何一个减号。

史密斯先生谈到要建起一幢大楼，里面包含餐厅、厨房、图书馆和演讲礼堂。如果可能的话，大楼里还应该预留足够的空间用于将来扩建。甚至有一天，连剧院和电影院都有可能建于其中；他的赞助机构可以提供一些纪录电影，而他希望不久以后——如果有演出的机会——这里也能开办一座素食主义戏剧学院。"在此期间，"他说，"我们总还可以上演萧伯纳的戏剧作品。"

"真是一个了不起的大项目。"部长说。

史密斯先生在海地共和国已经待了一个星期。他曾亲眼看见菲利波医生的尸体被劫走；我也曾开车带他穿过贫民区里最糟糕的地方。那天早上，他不听我的劝告，非要自己去邮局买邮票。在摩肩接踵的人群中，我一时间失去了他的下落，等我重新找到他的时候，他已经没法再朝售票窗口前进半步了。两个独臂男子和三个独腿男人在他周围哼哼唧唧地打着转。其中有两个人想卖给他几只肮脏的旧信封，里面装着过期的海地邮票；另外三个人则干脆更老实地在向他乞讨。一个完全没有腿脚的男人把自己硬挤到史密斯先生的膝盖中间，解下了他的两条鞋带，准备为他擦皮鞋。其他人看到他们围成一小圈，也纷纷拼命挤过去凑热闹。有个脸上缺了鼻子、只剩下一处窟窿的年轻小伙儿，他低头想用力钻进圈子中间。一个双手全无的男人将他磨得发亮的粉色残肢高举在人群头顶，向这位外国人展示自己的残疾。这幅情景在邮局门前是很典型的，只不过如今外国人已经很罕见了。我不得不费劲推搡了一番才挤到他身边，途中，我的手碰到了一截僵硬的残肢，感觉它不像人体，而好似一块硬橡皮。我用力地将它推到一旁，这让我对自己都心生反感，就仿佛我是在抗拒痛苦灾难。我甚至还心想，往见学校的那些神父若是见到此番场景，又会对我说些什么呢？人在童年时期接受的行为准则和产生的神思幻想，竟然会如此深刻地植根于内心深处。我花了五分钟才把史密斯先生从乞丐堆里救出来，但他的两条鞋带都不见了。我们只好先去哈米特的商店把鞋带换好，然后再去拜访社会福利部长。

史密斯先生对部长说："这座素食中心嘛，当然了，肯定不会作为盈利性机构来运作，但我估计我们还应该雇用一名图书馆管理员、一位秘书、一名会计、一位厨师、几个服务员——最后当然还有电影院里的女引座员……至少二十个人。要放映的电影都是带有教育性质的，全部免费。至于剧院么——好吧，我们先别想得那么远。所有的素食产品都按照成本价供应销售，图书馆的文献资料也供人们免费阅览。"

听他说话时我满心震惊。他的梦想依然完好无损。现实情况摆在他眼前也无法触动他。甚至连困在邮局前的那一幕也不曾打破他的幻想。摆脱了酸性物质、贫困和激情的海地人民很快就会幸福地向坚果薄饼俯下身去。

"你们的这座新城市，杜瓦利埃城，"史密斯先生说，"也许可以提供一个不错的环境。我并不反对现代建筑——一点也不反对。新的创意需要用新的形式来表达，而我想带给贵共和国的就是一个新创意。"

"这个可以安排，"部长说，"城里有很多地方。"他在纸上画了一整排的小十字形，全是加号，"我敢肯定，您手头上应该有足够的资金吧。"

"作为和贵国政府共同合作的项目，我以为……"

"您当然了解，史密斯先生，我们不是社会主义国家。我们相信自由企业制。那幢大楼是要挂出来公开招标的。"

"有道理。"

"当然，政府会在诸位投标者中间做出最后的选择。这不仅仅是出价最低的问题。还有杜瓦利埃城里的各种康乐设施要考虑。当然，环境卫生问题是最重要的。出于这个原因，我认为这个项目可能首先就会交给社会福利部处理。"

"很好，"史密斯先生说，"那我就要先和您打交道了。"

"后面的话，我们当然还必须和财政部进行商讨。然后还有海关。进口货物嘛，当然了，是海关的责任。"

"这里对进口食品肯定不会征收关税吧？"

"电影……"

"教育电影也要？"

"哦，算了，这些以后我们再谈。首先是选址问题。还有场地支出。"

"您不认为贵国政府可能会倾向于免费提供场地吗？考虑到我们为劳工投资这一点。我猜土地在这里反正也卖不了高价。"

"土地属于人民，不属于政府，史密斯先生。"部长用略带责备的温和口气说，"不过，您会发现，在现代海地，没有什么事情是不可能的。如果您征询我的意见，我自己会建议您提供一笔土地捐款，相当于场地建筑的经费……"

"但这不是很荒唐嘛，"史密斯先生说，"这两笔费用根本就不相干啊。"

"当然，这笔费用可以返还，在项目完工之后。"

"所以您的意思是，选址场地是免费的？"

"完全免费。"

"那我就不明白了，捐那笔钱有什么意义啊。"

"这样做是为了保护我们的工人，史密斯先生。许多国外投资的项目突然间就停工了，而工人们到了发薪日却什么也拿不到。这对一户贫穷的家庭来说是件悲惨的事情。在海地，我们还有许多户家庭在贫困中挣扎。"

"也许有银行担保的话……"

"现金是更好的担保方式，史密斯先生。自上一代人以来，海地古德始终保持着稳定，但美元一直对它有压力。"

"我得给国内写信，向委员会告知这些事情。我恐怕……"

"写信回去吧，史密斯先生，就说我国政府欢迎所有发展性的项目，一定会全力配合。"他从办公桌后站起身，暗示会谈已经结束，而他脸上的那副龇牙咧嘴的大大笑容，又显示出他期待着参与项目的各方都能从中获益。他甚至用胳膊搂住了史密斯先生的肩膀，以此表示在这个了不起的发展项目中，他们是合作伙伴。

"那选址呢？"

"您会有很多地址可以选择，史密斯先生。也许要靠近大教堂？或者在大学附近？或是在剧院旁边？只要不跟杜瓦利埃城里的康乐设施冲突，随便在哪儿都行。那是一座多么美丽的城市啊。您会看到的。我会亲自带您参观那里。明天我的工作非常忙。有那么多的代表团要接见。您也明白，在民主政治下就是这个样子。但星期四的话……"

回到车上后，史密斯先生说："他看起来似乎挺感兴趣的。"

"我觉得对那笔捐款要留点神。"

"不是可以返还嘛。"

"只有在大楼完工以后才可以。"

"他那个棺材里装着砖块的故事，你觉得里面有没有几分真话？"

"没有。"

"毕竟，"史密斯先生说，"我们谁都没有亲眼见到菲利波医生的遗体。可千万不能仓促下判断啊。"

217

二

自从上次访问大使馆后，我有好几天没听到玛莎的消息，这让我有些担心。我在脑海里一遍遍地重播那天发生的情景，试图判断自己是不是说过什么无法挽回的话，但我压根儿就想不起来。最后，她总算寄来了一张简短的便条，口气很不温柔：安杰尔好多了，疼痛已经止住，如果我愿意，她可以来见我，在雕像旁边。这张便条让我松了口气，但同时又激怒了我。我去了约会地点，发现一切都没有改变。

可就算一切如故，她也表现得和善亲切，我依然找得到理由忿忿不平。哦，好吧，现在她倒准备好想跟我做爱了，趁她自己心情好的时候……我说："我们不能老在汽车里过活。"

她说："我也一直在考虑这个。我们这样遮遮掩掩的，肯定会毁掉自己。我来特里亚农吧——如果我们能避开你的客人的话。"

"史密斯夫妇这会儿肯定已经睡了。"

"我们最好还是把两辆车都开过去，以防万一……我可以说是帮我丈夫来给你送信的。一份邀请函。诸如此类的东西。你先走。我五分钟后过来。"我原本指望着今晚要和她大吵一架，结果呢，那道我以前那么多次想努力推开的紧闭房门，现在突然猛地打开了。我穿过门口走进去，发现里面唯有失望。我心想：她的脑筋转得比我快。她可真是轻车熟路啊。

回到酒店时，史密斯夫妇居然还在外面，他们俩传出的动静令我大吃一惊。有调羹搅拌的哗啦声、罐头碰撞的叮当声，还有不时响起的轻轻说话声。他们今晚占用了走廊，在那里品尝他们夜间服用的益舒多和保尔命。以前有些时候我就好奇他们两人在独处时不知会谈些什么。他们是在重温过去的那些竞选活动吗？我停好汽车，在原地站着听了一小会儿，然后才踏上台阶。我听到史密斯先生说："你已经放过两勺了，亲爱的。"

"哦，不可能。我肯定没放过。"

"你就先尝一尝嘛，待会儿你就知道了。"

从紧接着的沉默中，我猜他说得没错。

"我经常在想，"史密斯先生说，"那个睡在游泳池里的可怜人后来怎么样了。就在我们到这里的头天晚上。你还记得吗，亲爱的？"

"当然记得。要是我当时顺着念头下去看看他就好了。"史密斯太太说，"第二天我问过约瑟夫，但我觉得他对我撒了谎。"

"不是对你撒谎，亲爱的。他是没弄明白。"

我走上台阶，他们和我打了招呼。"还没睡呢？"我相当愚蠢地问。

"史密斯先生得抓紧赶完他的信件。"

我思索着怎样才能在玛莎到来前把他们从走廊上引开。我说："你们别睡太晚了。部长明天还要带我们去杜瓦利埃城。我们一早就要动身。"

"没关系，"史密斯先生说，"我妻子会留下。我不想让她顶着大太阳在路上颠簸。"

"你们受得了，我就能受得了。"

"我是不得不受啊，亲爱的。你就没这必要了。正好你也可以有机会补习你的雨果法语教程嘛。"

"但你还是需要早点睡。"我说。

"我睡得再少都可以，布朗先生。亲爱的，你还记得吗，在纳什维尔的第二天晚上……"

我已经注意到，纳什维尔这个地方会经常出现在他们共同的记忆中：或许因为那是他们竞选活动中最光辉的片段。

"你知道今天我在城里看见谁了吗？"史密斯先生问。

"不知道。"

"是琼斯先生。当时他正和一个穿制服的胖子从宫殿里出来。卫兵还敬了礼。当然我猜他们不是在向琼斯敬礼。"

"他好像混得挺不错嘛，"我说，"从监狱到宫殿。几乎可以胜过从小木屋到白宫的历程呢。"[1]

"我一直觉得琼斯先生拥有伟大的品质。我很高兴他现在发达了。"

"但愿他没有害了其他什么人。"

哪怕听到这样微妙的一丝批评，史密斯先生还是立刻收起了脸上的表情（他紧张地来回搅拌着他的益舒多），而我则真的很想跟他讲讲"美狄亚"号船长收到的那封电报。一个人若是如此热情地相信全天下都是正人君子，不也有可能存在着品质上的缺陷吗？

一阵汽车声将我从尴尬中挽救出来，不久玛莎便走到了台阶上。

"哎呀，是那位迷人的皮内达夫人来了。"史密斯先生松了口气，大声说道。他站起来忙着整理出一个座位。玛莎绝望地看了我一眼，说："天已经晚了。我不能久留。我只是从我丈夫那里带封信过来……"她从皮包里抽出一只信封，将它塞进我的手里。

"趁你还在，先喝杯威士忌吧。"我说。

"不，不行。我真的必须得回家了。"

史密斯太太开口发话了，我觉得她的语气有点生硬，但或许那只是我的想象而已。她说："你别因为我们就急着要走啊，皮内达夫人。史密斯先生和我正要上床睡觉呢。咱们走吧，亲爱的。"

"我无论如何都得走了。您要明白，我儿子得了腮腺炎。"她解释得太多了。

"腮腺炎？"史密斯太太说，"对此我很难过，皮内达夫人。那样

1　此处似暗指出身贫苦家庭的美国第16任总统亚伯拉罕·林肯（Abraham Lincoln, 1809—1865）。

的话，你当然想急着回家了。"

"我送你上车吧。"说完我便带她离开。我们把车开到了车道尽头，然后停住。

"出了什么问题吗？"玛莎问。

"你刚才不该把我写给你的亲笔信又交给我。"

"我一点准备也没有呀。我皮包里就剩下这封信了。她不可能看出你的笔迹吧。"

"她的眼睛尖着呢。跟她丈夫可不一样。"

"对不起。我们该怎么办？"

"我们可以等他们上床睡觉。"

"再悄悄溜回去，然后看到门突然打开，史密斯太太……"

"他们不在我那层住。"

"那我们肯定会在楼梯拐角碰上她。我做不到。"

"又一次约会被搅黄了。"我说。

"亲爱的，在你回来的头天晚上，在游泳池旁边……我是那么饥渴地想要你……"

"他们还住在约翰·巴里摩尔套房，就在我们头顶。"

"我们可以到树底下去。现在灯都灭了。黑咕隆咚的。就连史密斯太太也没法看见。"

我感觉心里有股说不出来的不情不愿。我试图为此找个借口，便说："会有很多蚊子……"

"让蚊子见鬼去吧。"

上次在一起时，我们争吵是因为她不愿意。现在轮到我了。我生气地想：如果她的房子神圣不可玷污，凭什么我的房子就要比她的低贱一等呢？可紧接着我又寻思，这种神圣是对谁而言的呢？对一具躺在游泳池底的尸体吗？

我们离开轿车，尽可能轻手轻脚地朝游泳池走去。巴里摩尔套房里亮着一盏灯，某位史密斯的身影从蚊帐前面走过。我们躺倒在棕榈树下一块微微凹陷的斜坡里，就像两具被集体埋葬的尸首，这让我不由地想起了另外一次死亡：马塞尔悬挂在枝形吊灯上。我们俩谁也不会为爱而殉情。我们会悲伤难过，分道扬镳，然后另觅新欢。我们属于喜剧的世界而不属于悲剧的世界。萤火虫在树林间穿梭，一闪一闪地点亮了一个我们无法参与其中的世界。我们——白人——全都离家乡太遥远了。我就像部长先生 [1] 那样一动不动地躺着。

"怎么了，亲爱的？你在为什么事情发脾气吗？"

"没有。"

她低声下气地说："你不想要我了。"

"在这儿不行。这会儿不行。"

"上次我惹你生气了。但我当时想弥补的。"

我说："我从没告诉你那天晚上发生了什么事情，为什么我要让你带着约瑟夫离开。"

"我想你是在保护我吧，不让史密斯夫妇有想法。"

"菲利波医生死在了池子里，就躺在那边。你看那一小片有月光的地方……"

"是他杀吗？"

"他切断了自己的喉咙。为了逃脱通顿·马库特的追捕。"

她挪远了一点儿。"我明白了。哦，上帝啊，多可怕，发生的那些事情。它们就像噩梦。"

"在这个地方只有噩梦才是真实的。比史密斯先生和他的素食中心更真实。比我们自己更真实。"

1　原文为法语"Monsieur le Ministre"。

我们肩并肩安静地躺在自己的坟墓里，我也从未像现在这样爱她，不管是在标致轿车内还是在哈米特商店楼上的卧室中。我们彼此用言语向对方靠拢，这比以前我们互相抚摸更加亲近。她说："我很羡慕你和路易。你们都有信仰。你们有很多解释。"

"我有吗？你觉得我还有信仰？"

她说："我父亲也有过信仰。"（这是她第一次对我提到他。）

"他信什么？"我问。

"宗教改革之神，"她说，"他是马丁·路德的信徒。一个虔诚的路德会教友。"

"他很幸运能拥有信仰。"

"德国也有很多人为了逃脱他的审判而割喉自尽。"

"是啊。这种情况并非不正常。人生就是这样。暴行就像一盏探照灯。它从一个点扫到另一个点。我们只能逃过一时。现在我们就躲在棕榈树下试图逃避。"

"什么事也不做？"

"什么事也不做。"

她说："我几乎更喜欢我父亲。"

"不会吧。"

"你知道他的事？"

"你丈夫跟我讲过。"

"至少他不是外交官。"

"或是一个依赖游客赚钱的酒店老板？"

"那又没什么不对。"

"一个等着美元回归的资本家。"

"你说话像个共产党人。"

"有时候我还真希望自己是呢。"

"但你是天主教徒，你和路易……"

"对，我们都是被耶稣会士抚养大的。"我说，"他们教会我们理性思考，所以至少我们知道我们现在扮演的是什么角色。"

"现在？"

我们躺在那里，紧紧相拥，过了很久很久。现在回顾这段往事，我有时候会想，那难道不是我们认识并走在一起之后相处最幸福的时刻吗？第一次，我们信任彼此，所依靠的不只是爱抚拥抱。

三

第二天，我们驾车驶出太子港，前往杜瓦利埃城，车上的乘客有史密斯先生、我和部长，司机则是一个通顿·马库特；他也许是来保护我们的，也许是来监视我们的，或者也许只是帮助我们通过途中的路障而已，因为这条公路通往北方，也许有一天圣多明各的坦克会沿着这条路隆隆驶来，就像城里大多数人所希望的那样。我心想，到那时候，把守路障的那三个邋遢民兵能起到什么作用。

好几百名妇女侧坐在她们各自的母驴背上，正成群结队地进入首都赶市集；她们注视着公路两侧，对我们毫不理睬：在她们的世界里，我们并不存在。公共汽车从我们旁边驶过，车身上涂有红、黄、蓝三色条纹。这片土地上或许食物很少，却永远不缺乏色彩。深蓝色的暗影亘古不变地坐落在山坡上，大海呈现出孔雀般的鲜绿。绿色随处可见，层次各异。剑麻叶片上带着毒药瓶般的深绿色，还显出几道漆黑的痕迹，而香蕉树的浅绿在树梢处开始转黄，和位于平坦碧海边的沙滩相得益彰。色彩像风暴一样浸染着这片土地。一辆巨大的美国轿车在这条糟糕的公路上以不顾一切的狂野速度飞驰而过，卷起的沙尘将我们裹得严严实实，而唯有尘埃是暗淡无色的。部长抽出一条鲜红色的手帕，轻轻擦了擦眼睛。

"狗杂种!"他大声骂道。

史密斯先生将嘴凑近我的耳边,轻声说:"你看清那些人是谁了吗?"

"没有。"

"我相信其中有个人是琼斯先生。但我也可能看错了。他们开得非常快。"

"这似乎不太可能吧。"我说。

在山丘和大海之间的劣质平原上,已经建好了几个白色的单人间小房子,一块水泥操场,还有一座巨大无比的斗鸡场,它坐落在周围矮小的房屋中间,看上去几乎就像古罗马竞技场那样雄伟。它们共同伫立在一片尘土中,当我们下车时,雷雨将至,阵阵疾风将尘埃卷起,绕着我们打转:到了晚上,这里肯定又会变成一片泥泞。身处这片水泥荒原中,我不由心想,菲利波医生的棺材里那些所谓在此失窃的砖块又是从何而来的呢?

"那个是希腊剧场吗?"史密斯先生饶有兴趣地问。

"不是。那是他们杀鸡的地方。"

他的嘴角抽搐了一下,但他立即将这份痛苦抛在脑后:能感到痛苦就是一种批评的态度。他说:"这附近看不到多少人。"

社会福利部长骄傲地说:"以前这里住着好几百人呢。都惨巴巴地挤在泥屋陋舍里过活。我们不得不把整块地皮清理干净。那可真是一项大工程。"

"他们都上哪儿去了?"

"我想有些人进了城。有些人跑进了山里。投奔亲戚去了。"

"等这座城市建好了,他们还会回来吗?"

"哦,这个嘛,您要明白,我们计划在这里安置社会层次更高的民众。"

在越过斗鸡场的远处，有四座带着倾斜厢房的屋子，就像折翅的蝴蝶。它们和巴西利亚的一些房屋很相似，大小却像是从拿反的望远镜里看到的样子。

"这些又是给谁住的呢？"史密斯先生问。

"给游客住的。"

"游客？"史密斯先生问。

在这里，连大海都退出了视野，除了那座大斗鸡场、水泥地、尘土、公路和多石的山坡，这里什么也没有。在其中一个白色单间外面，有个满头白发的黑人正坐在一张硬背靠椅上，他的头上挂着一块招牌，显示此人是一名治安法官。他是我们唯一见到的人——能这么早就被安排到这里上班，他肯定很有来头。这里没有任何工人干活的迹象，尽管在水泥操场上还停着一辆推土机，上面的车轮却掉掉了一个。

"前来参观杜瓦利埃城的游客。"部长带我们走近其中一座房屋：除了带有那些无用的厢房，它和刚才那些单人房没有任何区别，而我可以想象那些厢房在暴雨中也会慢慢垮掉。"这些房子——它们都是由我们最出色的建筑师设计的——您可以从中选一座来建设您的素食中心。这样您就不必再选择场地从头建起了。"

"我本来想要更大一些的地方。"

"您可以把它们整个儿拿去用嘛。"

"那你们的游客怎么办？"我问。

"我们会在那边再盖一些房子。"部长说，一边朝那片干燥无用的平原挥了挥手。

"这里似乎有点太偏僻了。"史密斯先生轻轻地说。

"我们要在这里安置五千名居民。这只是第一步。"

"他们上哪儿工作？"

"我们会把工业带给他们。政府很支持城市分散化发展。"

"还有大教堂呢？"

"它会盖在那里，在离那辆推土机更远的地方。"

从大斗鸡场的角落附近，一摇一晃地出现了另一个人的身影。那位治安法官原来并不是新城里唯一的居民。已经有乞丐也来了这里。刚才他肯定正躺在太阳底下睡觉，直到被我们的说话声吵醒。或许他以为那名建筑师的梦想已经变成了现实，杜瓦利埃城里真的来了一些游客呢。他有两条很长的胳膊，却没有腿脚，人就像摇摆木马一样不知不觉地朝我们爬近。接着，这人看到了我们的司机，还有他脸上的墨镜和腰间的手枪，便立刻停了下来。他不再往前凑，而是发出一阵哼哼唧唧的低语声，然后从他身上那件残破不堪、状如蛛网的旧衬衫下面掏出一个小小的木头雕像，朝我们伸过来。

我说："你们现在就有乞丐了啊。"

"他不是乞丐，"部长解释道，"他是一位艺术家。"

部长对那个通顿·马库特说了两句，那人便过去把雕像取了回来——那是一个半裸的少女，和叙利亚商店里摆设的许多雕像没啥两样，它们还等着容易上当的游客前来购买，只是那些游客如今再也不来了。

"让我送您一件礼物吧，"部长说，他将小雕像递过去，史密斯先生面带窘迫地接过它，"这是海地艺术的典范。"

"我必须给那人钱。"史密斯先生说。

"没必要。政府在照顾他。"说完，部长开始带我们回到汽车上去，他扶着史密斯先生的手肘，引领对方走过破烂不平的路面。乞丐来回摇晃着身体，发出悲哀而绝望的喊叫声。他说的话没有一个字能听清楚。我想他的嘴里肯定没有上颚。

"他在说什么？"史密斯先生问。

部长没有理会这个问题。"不久以后，"他说，"我们会在这里建设一座体面的艺术中心，供艺术家们居住、休闲，并从大自然中获取灵感。海地艺术是很出名的。有不少美国人都在收藏我们的绘画作品，在纽约现代艺术博物馆就有很多例子。"

史密斯先生说："我不管你说什么。我就要给那人钱。"他甩开社会福利部长那只保护着他的手，转身跑向那个没腿的残疾人。他掏出一沓美钞，伸手把钱递了过去。那残疾人难以置信地看着他，目光中透着恐惧。我们的司机作势想过去干涉，却被我拦住了去路。史密斯先生弯下身，将钱塞进残疾人的手心里。残疾人立刻使出吃奶的力气，开始摇晃着身体爬回斗鸡场。也许他在那里有个可以藏钱的洞……司机的脸上现出一副恼怒厌恶的表情，就好像他被人抢了似的。我觉得他甚至动了拔枪的念头（他的手指伸向了腰带），想结束至少一位艺术家的性命，可正往回走的史密斯先生挡住了他的弹道。"他可算是做了笔生意。"史密斯先生带着满足的笑容说道。

治安法官刚才站了起来，越过操场望着在他的单间外发生的这笔交易——站起来时他就像个巨人。他手搭凉棚遮在眼睛上，以便在强烈的阳光下看得更清楚。我们回到汽车上坐好，一时间大家都沉默无言。随后部长开口了："您现在想去哪儿？"

"回家。"史密斯先生干巴巴地说。

"我可以带您参观我们建大学的选址。"

"我已经看够了，"史密斯先生说，"如果您不介意的话，我宁愿现在就回家。"

我回头望去，只见治安法官迈开两条长腿，正跨着大步跑过水泥操场，而残疾人也正在摇摇晃晃地拼命朝斗鸡场爬去；他让我想到了一只仓皇逃回洞里的沙蟹。只差二十码远他就可以爬到了，但他毫无机会可言。一分钟后，当我再度回首时，杜瓦利埃城已经被我们车后扬起的漫天尘土遮蔽得无影无踪了。我什么也没对史密斯先生说，因为他正在为自己完成了一件善举而开心地微笑着。我想他已经在默诵排练自己要对史密斯太太讲述的故事，好让她分享他的这份幸福感。

我们驶出几英里路以后，部长开口了："当然，公共建设部长对游览区也负有部分责任，还有旅游局长也必须事先打好招呼，不过他和我私底下是好朋友。如果您愿意让我做出必要的安排，我会保证让其他人也都能得到满足。"

"满足？"史密斯先生问。他倒也不是个天真单纯的人，尽管在邮局外遭遇乞丐围堵的经历并未令他动摇，但我相信在杜瓦利埃城见到的一切已经让他睁开眼睛恍然大悟了。

"我的意思是，"部长边说边从后座取出一盒雪茄烟，"您不会乐意卷进无休无止的讨论当中。我会把您的意见转达给我的同僚。来几支雪茄吧，教授。"

"不用了，谢谢您。我不抽烟。"司机却是抽的。他从后视镜里看到了发生的情况，便往后一靠，伸手抓了两根雪茄烟。他点燃一根抽上，把另一根放进了衬衫口袋里。

"我的意见？"史密斯先生说，"如果您想听听我的意见，我现在就可以告诉您。在我看来，你们的杜瓦利埃城并不是贵国进步发展的中心地带。它的位置太偏僻了。"

"您是想在首都市内选择场地吗？"

"我要开始重新考虑整个项目。"史密斯先生说，他的口气如此坚决，就连部长也重新陷入了紧张不安的沉默。

四

可是史密斯先生仍然迟疑不决。或许当他回顾今天发生的事件，排练着如何讲给史密斯太太听时，他给那个残疾人提供的帮助让他重新产生了希望，相信自己还能对人类作出某些贡献。或许是她坚定了他的信念，击退了他的疑虑（她比他更像一名斗士）。在度过阴郁而沉闷的一个多小时以后，当我们抵达"特里亚农"酒店时，他便已经开始修正自己最严厉的批评意见了。他的评价可能有失公允，这个念头在他心里挥之不去。他疏远而彬彬有礼地向社会福利部长道别，还感谢对方"安排了这一趟非常有趣的短途旅行"，可是当他踏上走廊台阶时，他突然停住脚步，朝我转过身。他说："那个字眼'满足'——我想是我对他过于苛责了。它让我很生气，但毕竟英语不是他的母语。也许他不是那个意思……"

"他就是那意思，只不过他原本没想对你说得那么开。"

"那个项目并没怎么打动我，我得承认，但你知道，就连巴西利亚当年不也是这样……而且巴西人拥有他们需要的全部技术人员……想要做成一件事情，即便最后没成功，也算是其志可嘉吧。"

"我觉得在这里宣扬素食主义，时机还不太成熟。"

"我也这么觉得，但或许……"

"或许你首先得有钱买得起肉吃才行。"

他飞快地扫了我一眼，目露责备之色，说："我会和史密斯太太好好商量一下。"随后他便离开了，留下我一个人待着——至少当时我以为楼下只有我一个，直到我走进办公室以后才发现，英国大使馆的代办原来也在这里。我看到约瑟夫已经为他调了一杯自己拿手的朗姆潘趣酒。"多美妙的色泽啊。"代办迎着光线举起酒杯，对刚进门的我说道。

"里面有石榴汁糖浆。"

"我要去休假了，"他说，"下星期就走。所以我是来向你道别的。"

"能离开这里，你也不会感到遗憾吧。"

"哦，这里挺有意思，"他说，"挺有意思的。还有比这里更糟糕的地方呢。"

"或许刚果算一个？但那里的人死得更快。"

"至少我很高兴，"代办说，"临走前我没有把一名同胞留在监狱里。事实证明，史密斯先生的干涉是成功的。"

"我看未必是因为史密斯先生。我的感觉是琼斯无论如何都会出来，用他自己的门路。"

"但愿我能知道他用的是什么门路。我不想骗你说我没做过调查……"

"他也像史密斯先生那样带着一封介绍信，但我怀疑他的那封信也像史密斯先生的一样给错了人。我想，这就是为什么当他在港口出示那封信的时候他们要逮捕他。我怀疑他的信是写给一名军官的。"

"他前天夜里来找我了，"代办说，"我没想到他会过来。他到得很晚。我正要上床睡觉。"

"从他出狱那天晚上开始，我就再也没见过他。我想他的朋友孔卡瑟尔上尉认为我不够可靠。知道吗，孔卡瑟尔打断菲利波医生葬礼的时候，我也在现场。"

"琼斯给我的感觉是，他在为政府的某个项目而奔忙。"

"他现在住哪儿？"

"他们把他安排在克里奥尔别墅下榻。你知道政府已经接管那地方了吗？美国人走后，他们曾把波兰代表团安顿在那里。那是他们迄今为止接纳的唯一一批客人。而且波兰人很快就走了。琼斯配有一辆汽车和一名司机。当然，那个司机同时也可能是琼斯的看守。他是个通顿·马库特。你知不知道那会是个什么项目？"

"毫无头绪。他应该小心一点。和男爵共进晚餐，需要有一只特别长的长柄勺才安全。"

"我告诉他的话差不多也是这意思。但我觉得他心里够清楚——他不是一个愚蠢的人。你知道他以前去过利奥波德维尔吗？"

"我记得他的确说过一次……"

"这件事情我也是很偶然才知道的。他在那里的时候正值卢蒙巴[1]遭到软禁。我和伦敦总部核实过了。很显然，在我国驻当地领事的帮助下，他逃出了利奥波德维尔。这也没什么——有很多人都是通过领事援助逃离刚果的。领事给了他前往伦敦的机票，但他在布鲁塞尔就下了飞机。当然了，这也同样没什么对他不利的地方……我认为他来找我的真正意图是想确认一下，看看英国大使馆在这里有没有提供政治庇护的权利，以防将来他会遇到困难。我只好告诉他没有。我们在法律上没有这项权利。"

"他已经遇上麻烦了？"

"不。但他这么做就像是在勘察地形。像鲁滨逊·克鲁索爬到最高的那棵树上环视岛屿那样。不过，我可不怎么喜欢他的仆人星期五。"[2]

"你指的是谁？"

"他的司机。一个满嘴金牙、像格拉西亚那么胖的男人。我想他平时肯定在收集金牙。他的机会恐怕也不少。但愿你的朋友马吉欧能把臼齿上的那颗大金牙取出来，收进保险柜里。金牙总会招来贪心。"他喝干了最后一口朗姆酒。

今天真是宾客登门的好日子。我换上泳裤跳进游泳池里才一小会儿，下一位客人就已经登场了。在这里游泳时，我发觉自己必须强忍着某种反感，而当我看见小菲利波站在游泳池的深水区边缘，在他叔叔流血身亡之处的正上方俯瞰我时，这种反感再次涌上心头。游泳时我一直潜在水下，没听见他走近。当他的声音穿过水面传来时，我吓

1　帕特里斯·卢蒙巴（Patrice Lumumba, 1925—1961）：非洲政治家，刚果民主共和国的缔造者和首任总理。1960 年"刚果危机"爆发后，被刚果政变军人和美国控制的联合国军软禁在利奥波德维尔，后在逃亡途中被莫伊兹·冲伯集团绑架并秘密杀害。动乱期间，刚果境内的十余万名欧洲人大多逃离了该国。

2　典出 18 世纪英国作家丹尼尔·笛福的小说《鲁滨逊漂流记》。

了一大跳。"布朗先生。"

"怎么了，菲利波，我不知道你在这儿。"

"我听了你的建议，布朗先生。我去找过琼斯了。"

我已经全然忘记了我们的谈话。"为什么？"

"你当然还记得吧——布伦式轻机枪？"

或许我之前没拿他的话太当真。我还以为布伦式轻机枪只是他在诗歌中采用的一个新的意象符号，就像在我年轻时创作的诗歌中所出现的电缆塔一样：毕竟那些诗人从来没有进过供电局上班。

"他现在和孔卡瑟尔上尉一起住在克里奥尔别墅。昨天夜里，我一直等在外面，后来我看见孔卡瑟尔出门去了，但还有琼斯的司机坐在楼梯口守着。就是那个满嘴金牙的家伙。就是他打残了约瑟夫。"

"是他干的？你怎么知道？"

"我们中间有些人在做记录。现在我们的名单上有好多个名字。说来惭愧，我叔叔也在这份名单上。因为德塞街上那座水泵的事情。"

"我想那也不完全是他的错。"

"我也不这么想。现在我已经说服他们把他的名字放在另一份名单上了。受害者名单。"

"我希望你们把档案保存在一个非常安全的地方。"

"至少他们在边境那头还有好几份副本。"

"你是怎么见到琼斯的？"

"我先翻过一扇窗户爬进厨房，然后走佣人服务楼梯上楼。我敲了他的门，假装是孔卡瑟尔派我给他带话的。他已经在床上了。"

"他肯定有点吃惊吧。"

"布朗先生，你知道那两个人在搞什么名堂吗？"

"不知道。你呢？"

"我不敢确定。我想我是知道的，但我不敢确定。"

"你跟他说了什么？"

"我请求他帮助我们。我告诉他，边境上的游击队没法扳倒'爸爸医生'。他们顶多杀几个通顿·马库特，然后自己就会被人打死。他们没受过军事训练。他们没有布伦式轻机枪。我告诉他，以前有七个人曾经占领过军营，就因为他们手上有冲锋枪。[1] '你为什么要跟我说这些？'他问，'你该不会是密探[2]吧？'我说不是。我说要不是我们保持谨慎的时间太久，'爸爸医生'也不会现在还在宫殿里。然后琼斯说：'我已经和总统见过面了。'"

"琼斯见过'爸爸医生'？"我不敢相信地问。

"他是这么跟我说的，我也相信他的话。他正在搞什么名堂，他和孔卡瑟尔上尉两个。他告诉我，'爸爸医生'跟我一样对武器和军事训练感兴趣。'军队已经不行了，[3]'琼斯说，'这倒不是说它对任何人有任何好处，而通顿·马库特手上那些剩下的美制军械，因为缺乏适当的保养，统统生锈了。所以你要明白，你来找我是没有好处的——除非你能给我更好的提议，比总统已经开好的条件更优越。'"

"但他没有说明具体是什么提议？"

"我试图看清楚他桌上的文件——它们看起来像是一栋大楼的建设方案，但他对我说：'别看那些东西。它们对我很重要。'然后他主动提出要请我喝一杯，表示他不是对我个人有什么意见。他对我说：'一个人必须靠他最擅长的本领去谋生。你是做什么的？'我说：'我以前

1　此处暗指 1958 年 7 月 28 日至 29 日在太子港发生的未遂军事政变，发动政变的武装人员只有八人，曾一度占领总统府对面的德萨林军营。此次政变使杜瓦利埃更加认为军队是对他总统职位的威胁。

2　原文为法语 "agent provocateur"。

3　由于海地历史上大多数总统都是被政变军人赶下台的，所以弗朗索瓦·杜瓦利埃上台后立即对军队进行清洗，撤换大批军官，将军队的武器弹药储备转移到总统府内，并建立总统卫队和通顿·马库特，从而大大削弱了军队的力量。

写诗。现在我想要一挺布伦式轻机枪。还有训练。军事训练。'他问我:'你们的人多吗?'我告诉他,人数并没有那么重要。如果当时那七个人有七挺布伦式轻机枪的话……"

我说:"布伦式轻机枪并没有魔法,菲利波。它们有时也会卡壳。就像银子弹也会射偏一样。你这是退回到伏都教的迷信上去了,菲利波。"

"为什么不呢?也许来自达荷美[1]的诸神才是我们现在需要的。"

"你是天主教徒。你相信的是理性。"

"伏都教徒也是天主教徒,而且我们生活的世界不是一个理性的世界。也许只有奥贡·费拉耶[2]能教会我们如何战斗。"

"琼斯就跟你说了这些?"

"不止。他还说:'来来来,喝一杯苏格兰威士忌吧,老兄。'但我不想喝酒。我从前面的楼梯跑了下去,这样的话,那个司机就能看见我了。我想让他看见我。"

"如果他们质问琼斯,对你就不太安全了。"

"没有布伦式轻机枪,我唯一的武器就是离间。我想,如果他们开始怀疑琼斯,说不定就会发生什么事……"他说话时带着哭腔;这是一个诗人在为失落的世界而流泪,还是一个孩子在为没人肯给他布伦式轻机枪而哭鼻子?我转头游向浅水区,不想看到他哭泣的模样。我失落的世界是那个在泳池里赤身裸体的女孩,而他的又是什么呢?我想起了那天夜里,他向我们朗诵着自己蹈袭前人作品写就的诗句,听众有我和小皮埃尔,还有那个想成为"海地的凯鲁亚克"的"垮掉派"青年小说家。现场还有另外一位上了年纪的画家,他白天开货车,晚

---

1 达荷美(Dahomey):贝宁共和国的旧称,是伏都教的发源地。

2 奥贡·费拉耶(Ogoun Ferraille):海地伏都教中的战神。

上就前往美国艺术中心（那里为他免费提供颜料和画布），用长满老茧的手指绘画工作。在走廊上还架着一幅他最新的画作——田野中的几头母牛（它们和在皮卡迪利大街南端的画廊里出售的母牛不一样），一头将脑袋钻进桶箍里的猪，周围是碧绿的香蕉叶，无休无止的暴雨从山上刮来，在香蕉叶上投下黑暗的阴影。在这幅画里，有些东西是我那个艺术系学生无法捕捉到的。

我给了他充足的时间收住泪水，然后游回泳池底端与他会合。"你还记得吗，"我问他，"那个写了本小说叫《南方之路》的年轻人？"

"他现在在旧金山，那是他一直想去的地方。雅克梅勒[1]大屠杀发生后，他逃出了海地。"

"我刚才在想那天晚上，你为我们朗诵诗歌……"

"对那些日子我并不感到遗憾。它们不是真实的。那些游客，舞蹈，装扮成星期六男爵的男人。星期六男爵不是拿来给游客们消遣娱乐的。"

"他们给这个岛屿带来了财富。"

"谁见着那些财富了？至少'爸爸医生'已经教会了我们怎么过没有钱的生活。"

"星期六来这里吃晚饭吧，菲利波，和这里唯一的游客们见见面。"

"不行，那天晚上我有事要做。"

"不管怎样，你得小心。我希望你能重新开始写诗。"

他咧嘴露出一丝不怀好意的微笑，一口白牙闪着寒光。"关于海地的诗篇早就被人一劳永逸地写过了。你知道那首诗，布朗先生。"然后他开始对我吟诵：

1　雅克梅勒（Jacmel）：位于海地南部加勒比海沿岸，是东南省的首府。

这座凄凉阴暗的岛屿叫什么名字？——[1]

人道是基西拉岛[2]，诗歌中的名邦，

一切单身老汉有口皆碑的温柔乡[3]。

看哪，说到底，它只是一块不毛之地。

一扇门在我们头顶打开，其中一位"单身老汉"走出房间，来到约翰·巴里摩尔套房的阳台上。史密斯先生收起他晾在栏杆上的泳裤，然后朝花园里俯瞰。"布朗先生。"他喊道。

"什么事？"

"我跟史密斯太太商量过了。她觉得我的判断可能下得有点仓促。她认为我们应该姑且相信部长的话，哪怕我们对此抱有疑虑。"

"所以呢？"

"所以我们要再留一阵子，重新试试看。"

五

我邀请了马吉欧医生周六来吃晚饭，以便和史密斯夫妇见面。我想让史密斯夫妇知道，并非所有的海地人都是政客或虐待狂。另外，自从那天晚上我们一起处理掉尸体以后，我就再也没见过医生，我不想让他觉得我是因为胆小懦弱而在刻意回避他。他到酒店时刚好赶上停电，而约瑟夫正要点亮油灯。他把其中一盏灯的灯芯挑得太高了，火苗从灯罩里蹿起，将马吉欧医生的影子铺展开投向走廊，仿佛那是

1　出自波德莱尔诗集《恶之花》中的名篇《基西拉岛之游》（Un Voyage à Cythère）第二节。原文为法语。

2　基西拉岛（Cythère）：又译"西岱岛""希垞""库忒拉岛"，是位于希腊南端爱琴海上的一座小岛，在古希腊神话中，该岛是爱与美之神阿芙洛狄忒的居住地，故又称"爱神岛"。

3　温柔乡（Eldorado）：直译应为"黄金乡"，是传说中位于南美洲北部的黄金国，此处比喻为理想的欢乐仙境，故引申译为"温柔乡"。

一块黑色的地毯。他和史密斯夫妇都遵照旧式礼节彼此问候，有那么一会儿，我们仿佛回到了 19 世纪，在那个时代，油灯的光亮比电灯更柔和，而我们的情感——或者是我们自己相信如此——也比今天更舒缓。

"对于杜鲁门先生，"马吉欧医生说，"我很崇敬他的某些国内政策，但就朝鲜战争一事，我不能装作是他的支持者，这一点请您见谅。不管怎样，我很荣幸能和他的反对者见面。"

"也不是一个非常重要的反对者啦，"史密斯先生说，"我们并不是特别因为朝鲜战争而闹分歧的——虽然所有的战争我都反对，不管政客们可能为自己找出什么样的借口，这一点就不用说了。我参加竞选挑战他主要是为了宣扬素食主义。"

"我从来没想到，"马吉欧医生说，"素食主义也是总统大选的一项重要议题。"

"恐怕也并非如此，只有一个州是这样。"

"我们在选举中拿的票数有一万张呢，"史密斯太太说，"我丈夫的名字就印在选票上。"

她打开皮包，在几张舒洁纸巾里翻了一会儿，然后从中抽出一张选票。和大多数欧洲人一样，我对美国的选举制度所知甚少：我只有一个模糊的概念，以为参选的候选人只有两个，或者最多也就三个，而且全国各地的选民都会给他们从中选定的总统候选人投票。我没想到的是，在美国大多数州的选票上甚至根本就没有总统候选人的姓名，只有该州选民确实为其投过票的总统选举人的名字。[1] 不过，在威斯康

---

1 美国总统大选实行的是"总统选举团"（electoral college）制度，由各州选民先选出本州总统选举人（presidential elector），其数目与该州在国会中的议员数相同。全国共选出 538 名总统选举人。然后由各州选举人组成总统选举团，分别在各州府选举正、副总统，获得过半数选票人数（即 270 张以上）的总统候选人（presidential candidate）即可当选。若无一名总统候选人获得过半数选票，则由国会按宪法程序复选。该制度于 1788 年首次实行并沿用至今。

星州，史密斯先生的名字清清楚楚地印在选票上，顶部还有一个黑色的大方框，里面画着一个标志，让我觉得那肯定是棵卷心菜。政党的数目之多令我吃惊：甚至连社会主义者也分为两派，另外还有自由党和保守党的候选人在竞选政府部门的次要职位。从马吉欧医生脸上的表情我可以看出，他也像我一样感到困惑。如果说英国的首相大选不像美国总统大选这般复杂，那么海地的总统选举跟两者比起来都要简单得多。在海地，要是你不想受皮肉之苦，你就待在家里别出门，哪怕是在杜瓦利埃医生的前任上台执政的那段相对和平的日子里，情况也是如此。

我们把那张选票递给彼此传阅，而史密斯太太则两眼紧紧地盯着它，仿佛那是一张百元大钞。

"素食主义是个很有趣的观念，"马吉欧医生说，"但我不敢确定它对所有的哺乳动物都适用。比方说，想让狮子靠吃青草就活得很好，我怀疑这个能否做到。"

"史密斯太太曾经养过一条吃素的斗牛犬，"史密斯先生骄傲地说，"当然，它需要接受一些训练。"

"需要权威。"史密斯太太说，她逼视着马吉欧医生，等着他来反驳。

我把素食中心和我们去杜瓦利埃城的事情告诉了他。

"从前我有个病人来自杜瓦利埃城，"马吉欧医生说，"他一直在工地上干活——我想就是在斗鸡场那里，后来他被解雇了，因为当地有个通顿·马库特想把工作留给自己的亲戚。我的病人犯了一个非常愚蠢的错误。他向那个通顿·马库特求情，哭诉自己生活贫困，结果那个通顿·马库特先朝他肚子上开了一枪，然后又一枪射穿了他的大腿。我救活了他，但他从此瘫痪，现在在邮局外当乞丐过活。如果我是您，

239

我就不会去杜瓦利埃城。那里的环境对宣扬素食主义来说并不合适。”

“在这个国家难道没有法律吗？”史密斯太太质问道。

“通顿·马库特就是唯一的法律。您要明白，这个名字本身就是‘吃人魔王’的意思。”

“难道也没有宗教吗？”这次轮到史密斯先生发问了。

“哦，有的，我们是一个很有宗教信仰的民族。国家宗教是天主教——但大主教已经被驱逐出境，教皇使节留在罗马，总统也被革出了教门。民间宗教是伏都教，但在苛捐杂税的重压下，它几乎已经销声匿迹了。总统以前是个虔诚的伏都教徒，但自从他被赶出教会以后，他再也不能参加伏都教仪式——你必须首先是个能领圣餐的天主教徒，然后才能信伏都教。”

“可那是异端啊。”史密斯太太说。

“我又能说什么呢？我既不信奉达荷美的诸神，也不信仰天主教的上帝。伏都教徒却是两者都信的。”

“那你相信什么呢，医生？”

“我相信某些经济规律。”

“宗教是人民的鸦片？”[1] 我轻率地对他引述道。

“我不知道马克思在哪里写过这句话，”马吉欧医生颇不以为然地说，“就算他真的这样写过，但既然你和我一样生来便是天主教徒，那么当你读到马克思在《资本论》中关于宗教改革的言论时，你应该会感到高兴。他支持处于当时社会环境下的修道院。宗教可以作为治疗许多心理问题——抑郁，绝望，懦弱——的灵丹妙药。鸦片，请记住，是用在医学领域的。我不反对鸦片。我也自然不反对伏都教。要是我的同胞们只能将‘爸爸医生’作为这片土地上唯一的权力人物来崇拜，

1　出自卡尔·马克思 1843 年撰写的《〈黑格尔法哲学批判〉导言》一文。

他们将会感到多么孤独！”

"可那是异教啊。"史密斯太太不依不饶地说。

"对海地人来说却是正确的药方。美国海军陆战队曾经试图摧毁伏都教。耶稣会士们也尝试过。但只要找到一个能请得起巫师、缴得起税款的有钱人，仪式就会继续办下去。不过，我建议你们不要去现场参观。"

"她没那么容易被吓倒，"史密斯先生回答，"你应该看看她在纳什维尔的勇敢表现。"

"我对她的勇气并不怀疑，但仪式的有些内容对素食主义者不合适……"

史密斯太太严厉地问："你是共产主义者吗，马吉欧医生？"

这正是我以前好多次想问他的问题，我寻思着，不知道他会怎么回答呢。

"对我而言，夫人，我相信共产主义的未来。"

"我问你是不是共产主义者。"

"亲爱的，"史密斯先生说，"我们没有权利这样……"他试图岔开她的话头，"让我再给你来点益舒多吧。"

"在这个地方，夫人，当一名共产主义者是违法的。可是自从美国停止援助以后，政府又允许我们研究共产主义。宣传共产主义是遭禁的，但马克思和列宁的著作却没有遭禁——这其中自有细微的差别。所以我才说，我相信共产主义的未来，这是一种哲学上的观念。"

我酒喝得太多了。我说："就像小菲利波相信布伦式轻机枪的未来那样。"

马吉欧医生说："你无法阻止殉道者。你只能设法减少他们的数量。如果我认识一名活在尼禄时代的基督徒，我会想办法将他从狮口中救出来。[1] 我会劝他说：'抱着你的信仰继续生活下去吧，别带着它走向死亡。'"

"真是胆小鬼的建议，医生。"史密斯太太说。

"恕我无法苟同，史密斯太太。在整个西半球，在海地和其他地方，我们都生活在你们那个强大富庶国家的阴影下。想保持头脑冷静就需要巨大的勇气和耐心。我很钦佩古巴人的勇气，但愿我还可以相信他们的头脑——以及他们最后的胜利。"

1　古罗马暴君皇帝尼禄（Nero, 37—68）曾残酷屠杀基督徒，其中一种酷刑是将人投入竞技场活活喂狮子。

第二章

一

　　我在晚宴席间没有告诉他们的是，有钱人已经找到了，当天夜里，在肯斯科夫上方群山中的某个地方，人们会举办一场伏都教仪式。这是约瑟夫的秘密，他只告诉了我一人，因为他需要我开车送他过去。我敢肯定，要是我拒绝的话，他会拖着他那条残腿一路走到那里。现在已过午夜，我们开了大约十二公里路，然后把车停靠在肯斯科夫背后的公路上。下车后我们能听见十分轻柔的击鼓声，好似产妇分娩时跳动的脉搏。听那动静，就好像炎热的夜晚躺在那里喘着粗气。前方有一间透风敞亮的茅草棚屋，里面烛火摇曳，泛出道道白光。

　　这将是我目睹的第一场也是最后一场伏都教仪式。在那两年兴旺发达的好日子里，出于义务，我曾经观赏过为游客们表演的伏都教舞蹈节目。在我这个生来就是天主教徒的人眼中，那些舞蹈令人厌恶，如果圣餐礼仪式被放在百老汇，用芭蕾舞剧的形式上演，大概也会给人同样的感受。现在我来这里，仅仅是因为我欠约瑟夫的人情，而且让我印象最鲜活的并不是伏都教仪式本身，而是菲利波的那张脸。他坐在神棚对面的另外一侧，和他周围的黑人相比，他的面孔显得更加苍白，更为年轻。他闭着眼睛，谛听着轻柔、秘密、持续敲击着的鼓点，还有一队白衣女子的合唱。神棚的支柱立在我们中间，高高竖起，仿佛一根天线，作为迎接诸神降世的通道。柱子上挂着一条皮鞭，用来纪念从前受人奴役的岁月，另外，根据一项新的法律规定，柱子上还钉着一张"爸爸医生"的肖像照，提醒人们记住今日所受到的奴役。我想起了年轻的菲利波对我的指责所作出的答复："也许来自达荷美的诸神才是我们现在需要的。"政府辜负了他，我辜负了他，琼斯也辜负了他——他没有布伦式轻机枪；现在他待在这里，谛听着鼓声，等待着，等待力量，等待勇气，等待作出决定。泥土地上，在一只小火盆的周围，有人用炉灰画了一个图案，召唤神明的降临。这是在召唤雷格巴，那个喜欢引诱妇女的欢乐之神，还是在召唤爱斯利，贞洁与爱情的处女之神，或者是奥贡·费拉耶，战士们的守护神，还是那个身穿黑衣、戴着通顿·马库特的墨镜，对亡者无比渴求的星期六男爵？主持仪式的巫师知道，也许那个为仪式出资的有钱人也知道，而我猜想，已经参加过入会仪式的人应该也能读懂那个用炉灰画成的象形文字。

仪式在到达高潮前持续了几个小时。是菲利波的面孔让我保持着清醒，没有在反反复复的吟咏合唱与鼓点声中昏沉睡去。祈祷词中夹杂着几句拉丁语，它们如同沙漠中的小小绿洲，让我备感熟悉："救我们脱离凶恶[1]"，"天主的羔羊[2]"，从眼前摇摆而过的圣旗上写着献给圣徒们的祈祷文，"我们日用的饮食，今日赐给我们[3]"。中途我看了一眼手表的指针，微弱的磷光中，只见指针已经接近凌晨三点了。

---

1 原文为拉丁语 "libera nos a malo"，出自天主教的《天主经》(Oratio Dominica，在新教中称为《主祷文》)，是礼拜仪式中通用的祈祷词。此处采用中文和合本译文。

2 原文为拉丁语 "Agnus Dei"，出自天主教弥撒中的祈祷文《羔羊颂》(Agnus Dei)。

3 原文为拉丁语 "Panem nostrum quotidianum da nobis hodie"，出自《天主经》。此处采用中文和合本译文。

巫师手上摇晃着香炉从里屋走出来，但他在我们面前晃荡的那个香炉其实是一只受缚的公鸡——那对愚蠢麻木的小眼睛直勾勾地盯着我，一面圣露西[1]的旗帜在它背后挥舞。巫师在神棚内绕完一圈后，把鸡头塞进嘴里，干净利落地一口咬了下来；公鸡翅膀仍在拍打扑扇，鸡头却躺在泥土地上，像一个破玩具上的零件。接着，巫师弯下身，像挤牙膏似的用力挤着鸡脖子，将铁锈色的鸡血添洒在地上的灰色图案中。我望向对面，想看看精致纤弱的菲利波对他同胞的宗教作何反应，却发现他已经不在那里了。我本来也想一走了之，但我跟约瑟夫捆在一起，而约瑟夫则被棚屋里的仪式迷住了。

随着入夜更深，鼓手也变得越发肆无忌惮。他们不再试图压低击鼓的声响。在里屋中，一座祭坛周围堆满了旗帜，一根十字架立在一幅烙画祷词下面，那里有什么事情正在发生。不多久，从里屋拥出一支队伍。他们抬着一个人，我起先以为那是一具用白布裹好准备下葬的尸体——脑袋被白布盖住，一条黑色的手臂松垮垮地悬垂着。巫师跪在火堆旁，吹旺余烬中的火苗，直到火焰熊熊燃起。人们把尸体放在巫师身旁，他抓住那只松弛的胳膊，将它按进火焰里。我看到那具尸体往后退缩，这才明白那是个活人。也许这个新入教的信徒还疼得大叫了起来——虽然由于喧嚣的鼓点声与女子合唱声，我无法听见他的叫喊，但我可以闻到皮肉烧灼的焦臭味。那具"尸体"被抬了出去，下一个人又顶了上来，然后又是下一个。夜风穿过棚屋吹进来，将火焰的热气扑在我的脸上。最后一具"尸体"明显是个小孩子——身高还不足一米，而这一回，巫师抬起孩子的手，举在离火焰几厘米远的位置上——他不是一个心地残忍的人。当我再次朝神棚对面张望时，我发现菲利波已经回到了原位，这时我才想起，在刚才被按进火里的

1　圣露西（St Lucy, 283—304）：又名"圣路济亚"（St Lucia），生于意大利西西里岛上的城市锡拉库萨（一译叙拉古），早期基督教殉道者，后被罗马教廷封为圣徒。

手臂中，有一条胳膊看起来肤色似乎很浅，就像黑白混血儿那样。我告诉自己，刚才那个人绝不可能是菲利波。他曾经出过精装限量版的个人诗集，用上好的羊皮纸装订。他和我一样受过耶稣会士的教育；他在索邦大学念过书；我还记得他在泳池边如何对我引述波德莱尔的诗句。倘若连菲利波都成了伏都教的新信徒，那么对于将国家拖入深渊的"爸爸医生"来说，这将是何等重大的胜利啊。火光照亮了钉在柱身上的照片，照亮了那副沉重的眼镜，也照亮了那双眼睛，它们死死地盯着地面，仿佛是在仔细观察一具等待解剖的尸体。曾几何时，他是一名成功抗击伤寒疫情的乡村医生，还是海地民族学学会的缔造者。巫师祈祷着达荷美的诸神降临人间，多亏我以前在耶稣会受过的教育，现在我也能像他那样流利地引述出拉丁语格言："最高尚的人也败坏了……"[1]

那天夜里，来到我们身边的神祇并不是甜美的爱斯利，虽然她的灵魂似乎曾一度进入了棚屋，和坐在菲利波身旁的一名女子产生了接触，因为这个女人站了起来，双手掩面，开始轻轻地往这边摇一摇，朝那边晃一晃。巫师走到她面前，把她的双手从脸上扯开。她的表情在烛光中显得格外甜美动人，可是巫师不想要她。爱斯利没有受到待见。我们今夜聚集于此不是为了和爱神见面。巫师伸出双手按在女子肩头，将她推回到自己的长凳座位上。他还没来得及转身，约瑟夫便已经来到了场地中央。

约瑟夫绕着圈子直打转，他的双眼朝上高高翻起，让我只能看见眼白，他的双手朝前方伸出，仿佛是在向人乞讨。他撑着自己受伤的臀部，脚步跄跄踉踉，似乎眼看着就要摔倒。我周围的人们都神情专

---

1 原文为拉丁语"Corruptio optimi…"。此句不完整，全文应为"最高尚的人也败坏了，便是最可悲的事。"（Corruptio optimi pessima.）出自罗马天主教教皇格里高利一世（Pope Gregory I, 540—604）的著作《约伯传伦理释义》（*Morals on the Book of Job*）。

注地朝前倾身，仿佛是在察看某种预兆，想确定神明真的就在那里。鼓声陷入沉寂，歌声骤然停止，只有巫师在开口说话，他使用的语言比克里奥尔语更古老，也许比拉丁语还要古老，而约瑟夫停下脚步倾听，抬头瞪着那根木头支柱，目光扫过皮鞭和"爸爸医生"的面庞，直盯向棚屋的茅草屋顶，那里有一只老鼠在跑动，弄得茅草沙沙作响。

巫师朝约瑟夫走去。他捧着一条红色披巾，将它抛上约瑟夫的肩头围住。奥贡·费拉耶被认出来了。有人拿着一柄大砍刀走上前，将它塞进约瑟夫如木头般僵硬的手里，仿佛他是一尊有待完工的雕像。

这尊雕像开始移动了。它缓缓抬起一只手臂，继而挥起砍刀，画出了一个巨大的圆弧，所有人都吓得赶紧缩头俯身，生怕那把大刀会从神棚对面飞来。约瑟夫开始跑动，那柄寒光闪闪的大刀朝四下劈砍着；坐在前排的人们纷纷向后逃窜，现场一时间充满了恐慌。约瑟夫已经不再是约瑟夫了。他擎着大刀前劈后砍，左捅右刺，他的脸上大汗淋漓，双目貌似已经失明或是醉得惺忪迷离，而他的伤现在去哪儿了？他跑起来步子一点也不踉跄。中间有一次，他停下脚步，在人群逃开的泥地上抓起一只被丢弃的酒瓶。他喝了一大口酒，然后继续奔跑。

我看见菲利波独自坐在长凳上：他周围的人群全部退到了后面。菲利波向前倾身，两眼盯着约瑟夫，而约瑟夫越过场地奔过去，手里挥舞着砍刀。他抓住菲利波的头发，我还以为他要用那把刀将菲利波砍倒。紧接着，约瑟夫用力将菲利波的脑袋朝后拽，把烈酒灌进他的喉咙里。菲利波打着嗝，他的嘴巴像排水管一样，酒液从中涌出。酒瓶掉落在他们俩中间，约瑟夫又在地上转了两圈，然后倒了下去。鼓声响起，姑娘们开始齐声高唱，奥贡·费拉耶刚才已经降临人间，现在又回归神界去了。

包括菲利波在内的三个男人帮忙将约瑟夫抬进了神棚后面的房间

里，可是对我来说，我已经受够了这一切。我走出棚屋，进入炎热的夜晚，深深地吸了口气，空气中有柴火和雨水的气息。我告诉自己，我离开耶稣会可不是为了去当一位非洲神灵的牺牲品。圣旗在神棚里摇动，枯燥冗长的反复咏唱继续回响，我回到自己车上，坐在那里等着约瑟夫。既然在棚屋里他能行动得如此自如，那么没有我的帮助他也可以找到回车上的路。没过多久，天就开始下雨了。我关上车窗，坐在憋闷的热气里，看着这场雨浇在神棚顶上，就像灭火器灭火一样。雨点的嘈杂声淹没了击鼓的声响，我感到寂寞空虚，仿佛自己在参加完一个朋友的葬礼后，独自待在一家陌生的酒店里。车里放着一小瓶应急用的威士忌，我就着扁酒瓶喝了一大口，不一会儿，我便看到送葬的人们从汽车旁边走过，黑色的雨水中现出许多灰暗的人影。

无人在车前驻足：他们分成两路，从汽车左右两边流淌而过。有一次，我觉得自己好像听见了引擎发动的声响——菲利波肯定是自己开车过来的——可是落雨声掩住了它。我根本就不该跑来看这场葬礼。我根本就不该来这个国家，我是个陌生人，我母亲包养了一名黑人情夫，她的心因此有了牵挂，而我呢，自从许多年以前，在某个地方，我早就忘记该如何对任何事情产生牵挂了。不知何故，也不知在何地，我失去了挂念别人的能力。我朝外面看了一眼，感觉好像看到菲利波透过窗户在向我招手。那是我的幻觉。

又过了一阵子，约瑟夫还是没有出现，我便发动汽车，独自开回了家。时间已接近凌晨四点，在这个时候才上床睡觉，实在太晚了，因此我无法入眠，当通顿·马库特在凌晨六点时分驾车开上走廊台阶，冲我嚷嚷着叫我下楼的时候，我的头脑还是完全清醒的。

二

孔卡瑟尔上尉是这帮人的头目，他拿枪押着我待在走廊上，他的手下们则去搜查厨房和用人的房间。我可以听到橱柜和房门发出的砰然巨响，还有玻璃被砸碎的尖锐噪声。"你们在找什么东西啊？"我问道。

他靠在藤条躺椅上，手枪搁在大腿间，枪口对准我和我身下那张硬绷绷的靠背椅。太阳还没有升起，他却依然戴着黑色墨镜。我心想，不知他要开枪的话看不看得清楚，但我还是情愿不去冒险。他没有回答我的问题。他干吗要回答呢？他肩头上方的天空染上了一层红晕，棕榈树丛变得漆黑，轮廓鲜明。我坐在笔直的餐厅靠背椅上，有许多蚊子叮咬着我的脚踝。

"或者是你们在找什么人吗？我们这里没有难民。你的手下搞出这么大的动静，连死人都吵得醒。而且我这里还有客人。"我不无骄傲地补了一句。

孔卡瑟尔上尉换了一下放腿的姿势，同时也换了拿枪的位置——也许他正忍受着风湿病的折磨。那把手枪先前一直对准着我的肚子，现在它转而对准了我的胸口。他打了个哈欠，把头往后一仰，我以为他这是睡着了，但我没法透过那副墨镜看清他的眼睛。我做了个轻微的起身动作，他立刻用法语斥道："给我坐下。"

"我坐僵了，想伸伸腿脚。"手枪现在对准了我的脑袋。我说："你和琼斯在搞什么名堂？"这是一句反问，我没指望他会回答，但令我吃惊的是，他居然开口搭话了。

"关于琼斯上校的事你知道多少？"

"非常少。"我说。我留意到琼斯的军衔已经升级了。

这时从厨房里传出一声特别大的动静，我都开始怀疑他们是不是在拆炉灶了。孔卡瑟尔上尉说："菲利波来过这里。"我没有做声，不知道他指的是那个死去的叔叔，还是那个活着的侄子。他说："他来这里以前先去见过琼斯上校。他找琼斯上校想干什么？"

"我什么也不知道。你没去问问琼斯？他可是你的朋友。"

"必要时我们才会利用白人。但我们不信任他们。约瑟夫在哪儿？"

"我不清楚。"

"他为什么不在这儿？"

"我不知道。"

"昨晚你开车带他出去了。"

"没错。"

"你自己一个人回来的。"

"是的。"

"你是跟叛匪接头去了。"

"你这是在胡说八道。胡说八道。"

"要枪毙你简直是易如反掌。我会很高兴这么做。你一直在拘捕反抗。"

"对此我毫不怀疑。你肯定已经像这样干过不少次了。"

我很害怕，但我更怕的是流露出自己的恐惧——这会让他更加肆无忌惮。就像一条野狗，当它张嘴狂吠的时候，情况反而更安全。

"你凭什么逮捕我？"我问，"大使馆会想知道原因。"

"今天凌晨四点，一所警察局遭到了袭击。有个人被杀了。"

"是警察？"

"对。"

"干得好。"

他说："别装勇敢了。你其实非常害怕。看看你的手就知道。"（刚才我在睡裤上擦了一两次手心里冒出的冷汗。）

我拙劣地模仿出一声大笑。"夜里太热了。我问心无愧。四点以前我就已经上床睡觉了。其他那些警察怎么样？我猜他们都逃跑了吧。"

"没错。以后我们会处置他们。他们逃跑的时候，把所有枪械都扔在了后面。这是一个严重的错误。"

通顿·马库特从厨房间里蜂拥而出。在拂晓时分的黑暗中，被一群戴墨镜的人团团围住，这种感觉很奇怪。孔卡瑟尔上尉对其中一人做个手势，那人便一拳打在我嘴上，把我的嘴唇打破了。"顽抗拘捕，"孔卡瑟尔上尉说，"肯定会有一番挣扎。然后，如果讲点客气的话，我们会把你的尸体亮给那个代办看。他叫什么名字来着？我很容易忘记人的名字。"

我感觉自己的胆量消失了。在没吃早饭时，就连勇敢者的胆量也是蛰伏未醒的，而我也从来不是什么勇敢的人。我发觉自己要费很大力气才能保持在椅子上笔直地坐着，因为我的心里有一股可怕的欲望，想纵身扑倒在孔卡瑟尔上尉的双脚前。我知道这一举动将是致命的。枪毙一个废物不会让人产生半点犹豫。

"我来告诉你发生了什么事。"孔卡瑟尔上尉说，"值班的警察被人勒死了。他很可能是睡着了。一个瘸腿男人抢走了他的枪，一个混血儿夺走了他的左轮手枪，他们踢开了房门，其他警察正在房间里睡觉……"

"然后他们把警察放跑了？"

"换作我的人肯定会被他们打死。但有时他们会饶过警察。"

"在太子港肯定有不少人都是瘸子。"

"那约瑟夫又在哪儿？他应该在这里睡觉才对。有人认出了菲利波，他现在也不在家。你最后一次看见他是什么时候？在哪里看见的？"

他又朝同一个人打个手势。这回那人狠狠地踢了我的小腿一脚，而另一人从我身下猛地抽走了那把椅子，于是我发现自己待在了先前不想待的地方，我跌倒在孔卡瑟尔上尉的脚前。他的鞋透出一种可怕的红褐色。我明白我得重新站起身，不然我就完蛋了，但我腿疼得厉害，不确定自己是否还能站起来。我瘫坐在地上，摆出一副古怪的姿势，仿佛身处一场非正式的晚会中。所有人都在等着我走出下一步。也许我站起来以后他们又会把我踢倒。也许这就是他们想开的晚会玩笑。我想起了约瑟夫被打烂的臀部。我待在原地会更安全。但我还是站了起来。我的右腿上传来一阵剧痛。我朝后倾身倚靠在走廊的栏杆上。孔卡瑟尔上尉换了一下拿枪的位置，依然瞄着我，但他的动作显得从容不迫。他靠在躺椅上，显出一副十分舒适的样子。的确，看他那模样，仿佛他已经占有了这里。或许这正是他的打算。

我说："你刚才说什么？哦，对了……昨晚我和约瑟夫去看了一场伏都教仪式。菲利波也在那儿。但我们没有说话。仪式结束以前我就离开了。"

"为什么？"

"我觉得恶心。"

"海地人民的宗教信仰让你恶心？"

"每个人的品味不同。"

那些戴墨镜的人朝我逼近一步，纷纷将头转向孔卡瑟尔上尉。要是我能看清墨镜背后的眼神和表情该多好啊……这种深藏不露令我胆寒心悸。孔卡瑟尔上尉说："你怕我怕得要命，都尿在自己裤子上了。"我意识到他所言不虚。我能感觉到那股湿漉漉、热乎乎的暖流。我在众人面前异常丢脸地尿了裤子，尿液一滴一滴地滴在了地板上。他已经达到目的了，刚才我要是继续待在他的脚前不动弹，恐怕会更好一些。

"接着揍他。"孔卡瑟尔上尉对那个人说。

"可恶！"有个声音用法语骂道，"你们真是太可恶了！"

我就像他们一样深感震惊。这两句话中夹杂的美国口音，在我听起来，竟全然带着朱莉娅·沃德·豪夫人[1]的《共和国战歌》那样的激情和气魄。其中，愤怒的葡萄已被踩碎踏平，可怕的快剑已发出闪光。[2]我的对手挥起拳头正要朝我猛击，它们却让他的拳头停在了半空。

史密斯太太在孔卡瑟尔上尉的身后，在走廊对面的尽头出现了，而为了看清是谁在说话，孔卡瑟尔不得不收拾起那副懒洋洋的超然姿态，那把枪也不再对准我，我也趁机挪向一边，躲开了那只拳头。史密斯太太穿着一身旧殖民时代的睡袍，头发用金属发卷弄得朝上卷起，这给她带上了一种立体派[3]艺术家的奇怪气息。她坚定地站在拂晓的晨光中，用犀利尖锐却又支离破碎的句子训斥着他们，那些短语都是从《雨果法语自学教程》里东拉西扯搬出来的。她告诉他们，可怕的嘈杂声将她和她丈夫从睡梦中惊醒；她谴责他们是一群懦夫，竟然攻击一个手无寸铁的人；她要求他们出示搜查证——搜查证，又是搜查证：可是雨果法语教程中没有这个单词——"把你们的搜查证拿出来给我看！""你们的搜查证在哪儿？"这个神秘的字眼镇住了他们，比那些他们能听懂的话更有恐吓力。

孔卡瑟尔上尉开始说话了："夫人。"她转过身，定睛注视着他，一双近视眼中露出凶狠的光芒。"是你！"她说，"哦，对啊。我以前见过你。你就是那个连女人都打的家伙。"雨果法语教程中根本没有这样的字眼——现在只有英语才能表达出她的愤怒。她冲到他面前，把所有那些艰苦习得的法语词汇统统抛在了脑后。"你竟敢跑到这里来挥舞左轮手枪？把它给我！"她伸手向他要枪，仿佛他是一个拿着弹弓

---

1 朱莉娅·沃德·豪（Julia Ward Howe, 1819—1910）：19世纪美国著名女作家、社会改革家、废奴主义者。1862年创作《共和国战歌》（Battle Hymn of the Republic），成为至今在美国仍十分流行的爱国歌曲。

2 "愤怒的葡萄……发出闪光"出自《共和国战歌》，与歌词原文略有差异。

3 立体派（Cubism）：又译为"立方主义"，是西方现代艺术史上的一个运动和流派，1908年始于法国，代表人物有西班牙画家巴勃罗·毕加索和法国画家乔治·布拉克等人。

的小男孩。孔卡瑟尔上尉或许听不懂她说的英语，但他非常清楚那个手势是什么含义。他把手枪塞回皮套里，扣好扣子，就像是在生气的母亲面前守护自己的宝贝玩具。"从椅子上滚下来，你这个黑人败类。跟我说话你要好好站着。"这道来自纳什维尔种族主义的回音好像烫伤了她的舌头，为了捍卫她的全部过去，她紧接着又补了一句："你是你们民族的耻辱。"

"这个女人是谁？"孔卡瑟尔上尉虚弱无力地问我。

"总统候选人的太太。你以前见过她。"我觉得他直到现在才想起在菲利波葬礼上发生的情景。他已经控制不住局面了：他的手下透过墨镜盯着他，等他发号施令，他却毫无反应。

史密斯太太重拾起了《雨果法语自学教程》中的词汇。我和史密斯先生参观杜瓦利埃城的当天，在那一整个漫长的上午，她肯定花了巨大的工夫认真学习。她操着难听的口音说："你们搜也搜过了。你们什么也没有找到。你们可以走了。"除了缺少几个名词以外，这些句子对于才学到第二课的人来说，已经用得很合适了。孔卡瑟尔上尉犹豫起来。史密斯太太又开了口，还雄心勃勃地使用了虚拟语态和将来时态，虽然她把两者搞错了，但是孔卡瑟尔上尉依然能听明白她想说什么："如果你们再不走，我就要叫我先生过来了。"他屈服了。他带领手下出了门，很快便走下了车道，一路上强装大笑，闹出的动静比刚来时还要响，企图以此抚慰他们受伤的自尊心。

"那家伙是谁？"

"琼斯的一个新朋友。"我说。

"一有机会我就要跟琼斯先生说说这事儿。近朱者赤近墨者……你的嘴巴在流血啊。你最好跟我到楼上来一下，我用李施德林漱口水给你洗洗。我和史密斯先生出门旅行，上哪儿都不会忘记带一瓶李施德林在身上。"

三

"还疼吗？"玛莎问我。

"不怎么疼，"我说，"现在还好。"在我的记忆中，我们以前从来没有像现在这样孤独，这样平和。午后漫长的时光在卧室窗户上的防蚊纱帐后面缓缓流逝。如今回想起那天下午，有如神赐一般，那片应许之地的美妙风景远远地铺展在我们面前——我们已经走到了沙漠的边缘，奶与蜜在前方等待着我们，我们的探子杠抬着沉重的葡萄从身边走过。[1]可是后来我们转信了哪些伪神？除了我们当时的作为，还能有什么事情可待发生？

以前，在我不强迫她的时候，玛莎从未主动来过"特里亚农"酒店。我们也从未在我的床上同枕共眠。我们只睡了半个小时，感觉却比任何时候都睡得踏实——之后再也没有过。醒来后，我从她的唇边退开，受伤的牙床隐隐作痛。我说："我收到琼斯寄来的一封道歉信。他告诉孔卡瑟尔，像这样对待他的朋友就是在羞辱他本人。他威胁着要断绝来往。"

"什么来往？"

"天晓得。他请我今晚去他那里喝一杯。十点钟。我才不去呢。"

现在天色已晚，我们在暮光中很难看清彼此的面庞。每当她开口说话时，我都会以为她要说自己不能再待。路易已经返回南美洲，向外交部汇报述职去了，可是还有安杰尔老缠着她不放。我知道，今天她邀请了他的几个朋友到家里陪他喝茶，但茶会也拖不了太长时间。史密斯夫妇出门了——又是和社会福利部长会面。这回部长请他们单独赴约，史密斯太太便随身带上了那本《雨果法语自学教程》，以备翻译之需。

1　出自《圣经旧约·民数记》第十三章中摩西派遣十二名族长窥探"上帝应许之地"迦南的典故。

这会儿我好像听见一记重重的关门声，我对玛莎说："我想是史密斯两口子回来了。"

"我才不在乎他们呢。"她说。她把手放在我的胸口上，开口道："哦，我好累。"

"是舒心的累还是烦心的累？"

"烦心的累。"

"怎么了？"在我们的处境中，这是一个愚蠢的问题，但我很想听听我以前经常抱怨的那些话，从她自己的嘴里吐出来。

"不能独处让我好累。老跟人打交道让我好累。还有安格尔也让我好累。"

我惊讶地问："安格尔？"

"今天我给了他一大盒新的智力玩具。够他玩上一星期了。我希望能和你一起度过这个星期。"

"就一星期？"

"我知道。时间还不够长，对不对？我们之间再也不是'奇遇'了。"

"我在纽约的时候就不再是了。"

"没错。"

从城里的某个地方远远传来几声枪响。"有人被杀了。"我说。

"你没听说吗？"她问。

枪声又响了两下。

"我是说公开处决的事情？"

"没听说。小皮埃尔好些天没露面。约瑟夫也失踪了。我的消息来源被切断了。"

"他们从监狱里押出了两名犯人，在公墓里执行枪决，作为对警察局遭到袭击的报复。"

"在天黑以后？"

"这样才能叫人印象更深刻。他们架起了弧光灯，还有电视摄像机。所有上学的孩子都必须参加。这是'爸爸医生'下的命令。"

"那你最好等观众散了再走。"我说。

"好。只有这个对我们有影响。事情跟我们没关系。"

"对。我们不是当起义军的料子，你和我都不是。"

"我想约瑟夫也不是。他的屁股受过伤。"

"还有菲利波也不是，他没有布伦式轻机枪。我猜他是不是把波德莱尔诗集放在胸前的口袋里，用它来挡子弹。"

"别对他们太苛刻了，"她说，"因为我是德国人，而德国人什么事也没做。"说话时她伸手抚摸着我，令我的欲望卷土重来，所以我也懒得问她这话什么意思。路易远在南美鞭长莫及，安杰尔忙着玩他的智力玩具，史密斯夫妇也身处视听之外，大好时机，我可不想扫兴。我可以想象出她胸脯上分泌的奶水和双股间流泻的蜜汁是何等美味，一时间，我想象着自己正在走进那片应许之地，但这份突如其来的希望转瞬即逝，她继续往下说着，好像她的这些念头一刻也没有从脑海中离开。她说："法语里不是有个词指上街游行抵抗吗？"

"我猜我母亲肯定上街游行过，不然她那枚抵抗奖章就是情人送的。"

"我父亲在1930年也参加过游行抵抗，但他后来却变成了一名战犯。行动是危险的，不是吗？"

"是啊，我们从他们身上学到了教训。"

是时候穿衣下楼了。每下一级台阶，离太子港就越近一步。史密斯夫妇的房门敞开着，我们从门外经过时，史密斯太太抬头看了一眼。史密斯先生手拿帽子坐着，她的手放在他的后脖颈上。不管怎样，他们也是一对情侣。

"好吧，"走向汽车时我说，"这下他们看见我们了。你害怕了？"

"不。是释怀。"玛莎说。

当我回到酒店里时，史密斯太太从二楼上面叫我。我心想，莫非我会像很久以前塞勒姆的居民那样，被指控犯下了通奸之罪？玛莎得佩戴一块红字吗？不知为什么，我以前总以为他们是清教徒，只因为他们是素食主义者。然而，恋爱的激情不是由酸性物质造成的，而且他们俩都反对仇恨。我不情不愿地上了楼，发现他们还保持着同样的姿势。史密斯太太好像看透了我的想法并为之感到厌恶，用一种挑衅似的奇怪口吻说："我本来还想和皮内达夫人道声晚安。"

我说："她得赶回家看孩子。"我以为这样说会拒人千里之外，但史密斯太太却丝毫不为所动。她说："我本来还想多了解了解她呢。"从前我怎么会以为她只对黑人宽厚仁慈？那天晚上，莫非是我心中有愧，这才把她脸上的表情解读成了反感责难？或者，她该不会是那种女人吧，只要以前照料过一个男人，日后就会原谅他犯下的一切过错？或许是那瓶李施德林漱口水赦免了我的罪。她把手从丈夫的脖子上挪开，放在他的头上。

我说："现在也不算太晚。她改天还会再来的。"

"我们明天回国，"她说，"史密斯先生绝望了。"

"对素食中心绝望？"

"对这里所有的事。"

他抬头看着我，一双苍老暗淡的眼眸中噙满泪水。扮演政客的角色对他而言是多么荒诞不经的幻想啊。他说："你听见枪声了？"

"听见了。"

"我们半路上遇到了从学校出来的孩子们。"他说，"我从来没有想到……以前当自由行示威者的时候，史密斯太太和我……"

"我们不能去怪罪肤色，亲爱的。"她说。

"我知道。我知道。"

"和部长会谈的事情怎么样？"

"会谈很短。他要去参加典礼。"

"典礼？"

"在公墓里。"

"他知道你们要走？"

"哦，是的，我在——在那场典礼举办前就做出了决定。部长一直在反复考虑这件事，他最后得出的结论是，我毕竟不是一个傻瓜。另一种可能就是，我和他一样心术不正。我来这里是为了捞钱，不是为了花钱，所以他给我支了一招——反正就是把钱分成三份，而不是两份，到时和负责公共工程事务的某个人一起分。我的理解是，我得出钱购买一批建材，但不用很多，而且这笔钱实际上就来自我们分的赃款。"

"他们怎么把赃款拿到手呢？"

"政府会担保支付工人的工资。我们雇佣工人出的钱要比政府担保的工资低得多，而且一个月后我们就把工人解雇。接着，我们会把工程搁置两个月，然后再招募一批新的工人。这样一来，在工程搁置的那两个月里，政府担保的工资就会流进我们自己的口袋——除了我们购买建材花费的钱以外，而所有这些回扣会让公共工程部——我想应该是公共工程部——的领导高兴。这套方案让他非常得意。他还指出，到最后甚至真的有可能建起一座素食中心。"

"在我听来，这套方案简直漏洞百出。"

"我没让他谈具体细节。我想，等那些漏洞冒出来以后，他会再把它们全部补上——从那些赃款中拨钱去补。"

史密斯太太悲伤而温柔地说："史密斯先生来这里时曾抱着很高的期望。"

"你也是啊，亲爱的。"

"活到老学到老，"史密斯太太说，"日子还没完呢。"

"年轻人学起来才快。请你原谅，布朗先生，如果我的话让人心灰意冷。但我们不想让你对我们的离去产生误会。你把我们招待得非常好。能住在你这儿我们真的非常高兴。"

"我也很高兴能有你们住在这儿。你们是要赶'美狄亚'号回国吗？它预定明天返航。"

"不是的。我们不等坐船了。我已经给你写好了我们家的地址。明天我们就坐飞机前往圣多明各，然后在那里待上至少几天时间——史密斯太太想参观哥伦布的陵墓。[1] 我正在等下一趟船把部分素食文献运到这里来。如果你乐意的话，麻烦你到时候转寄它们……"

"素食中心的事我很遗憾。但是，您要明白，史密斯先生，它本来就不可能在这里落成。"

"现在我可算是明白了。也许在你眼里，我们是相当可笑的角色吧，布朗先生。"

"不是可笑，"我诚恳地说，"是英雄般的勇敢。"

"哦，我们绝对不是当英雄的料子。现在，布朗先生，如果你不介意，我要向你道晚安了。今天晚上我感觉有点筋疲力尽了。"

"今晚城里湿热得很。"史密斯太太解释道，她又摸了摸他的头发，仿佛是在触摸某件贵重的薄纱织品。

---

1 据称，哥伦布 1506 年在西班牙去世后，其遗骨多次辗转迁葬，其间曾于 1542 年被移至圣多明各。现在圣多明各市东区建有哥伦布陵墓博物馆。

第三章

一

　　第二天，我在机场为史密斯夫妇送行。小皮埃尔没有露面，但总统候选人的离开后来在他的专栏里还是确凿无疑地占据了一段篇幅，尽管他或许是迫不得已地省略了最后在邮局外发生的那可怕一幕。半路上，史密斯先生请我在广场中央停车，而我还以为他是想拍张照片。结果他下了车，手里拿着他太太的手提包，许多乞丐纷纷从周围拥过来——四下里响起一片叽里咕噜含混不清的低沉乞讨声，我还看见一个警察跑下邮局的台阶。史密斯先生打开手提包，开始随意地抛撒钞票——海地古德和美钞都有。"看在上帝的分上！"我说。一两个乞丐发出高亢刺耳的尖叫声；我看到哈米特站在他的商店门前目瞪口呆。傍晚绯红的天光给水池和泥浆染上了一层红土般的色彩。待最后几张钞票撒完后，警察们便开始围捕他们的猎物。有两条腿的人踢倒那些只有一条腿的人，有两条胳膊的人伸手抓住那些没胳膊的人的躯干，将他们摔倒在地。当我带着史密斯先生挤过人群匆忙回到车上时，我竟然看见了琼斯。他在一辆轿车里，坐在他的通顿·马库特司机的背后，显得不知所措、烦恼担心，而且有生以来头一次露出了失落的表情。史密斯先生说："好了，亲爱的，我猜他们再怎么挥霍这笔钱，也不会比我刚才做得更糟了。"

我把史密斯夫妇送上飞机，独自用了晚餐，然后开车前往克里奥尔别墅——我的好奇心让我想去会会琼斯。

那个司机懒洋洋地斜靠在楼梯口。他一脸怀疑地看着我，但还是放我过去了。从头顶的楼梯平台上传来一声愤怒的高喊——"真他妈见鬼了！[1]"紧接着，一个黑人从我身边走下楼，他手上戴的金戒指在灯光下闪闪发亮。

琼斯跟我打招呼时，那感觉就好像我是他在学校里的一个老朋友，已经很多年没见了，而且口气里还带着一丝降尊纾贵的味道，因为从那些日子开始，我们的地位已经相对发生了变化。"进来吧，老兄。很高兴见到你。昨儿晚上我还等着你来呢。抱歉我把日子给记混了。坐那把椅子试试吧——你会觉得它很温暖很舒服。"椅子的确很暖和：它还带着上一位愤怒客人的体温。三副纸牌在桌面上散落得到处都是，空气里飘着蓝色的雪茄烟雾，一只烟灰缸被打翻了，地板上掉了几只烟屁股。

"你的朋友是谁？"我问。

"财政部的人。输不起的家伙。"

"金罗美？"

"他不该打到一半就把赌注往高里抬，在他遥遥领先的时候。但你可不能跟财政部的人吵嘴，不是吗？不管怎样最后黑桃 A 出场，赌局一下子就结束了。我净赚了两千块。但他给我的却是古德，不是美元。你想喝点什么酒？"

"有威士忌吗？"

"我这里几乎什么酒都有，老兄。你就不想来点儿干马提尼？"

1　原文为法语 "La volonté du diable"，字面意思是 "魔鬼的旨意"。

我本来还是想喝威士忌，但他似乎急着要炫耀一番自己丰富的酒藏，于是我说："好吧，如果它很干的话。"

"十比一哦，老兄。"[1]

他打开橱柜上的锁，从橱柜里取出一只皮革旅行箱——里面有半瓶杜松子酒，半瓶味美思酒，四只金属大酒杯，一只摇酒壶。这是一套精致昂贵的调酒器，他恭恭敬敬地把它放在乱七八糟的桌面上，就像拍卖商在展示一件价值不菲的古董。我禁不住想评论几句。"阿斯普雷[2]？"我问。

"差不多。"他飞快地回答，然后开始调鸡尾酒。

"它肯定有点奇怪自己怎么在这里，"我说，"离伦敦西区那么远。"

"更奇怪的地方它都去过，"他说，"战争时期它陪着我待在缅甸。"

"它倒是一点伤痕都没有。"

"后来我把它重新擦亮了。"

他转身离开我去找酸橙，我凑近皮箱仔细察看。阿斯普雷的商标在箱盖内侧清晰可见。他拿着酸橙回来，正好看到我在端详。

"被你抓包了，老兄。它的确是阿斯普雷的名牌货。我刚才不想太炫耀，仅此而已。实际上，那只箱子背后很有一些故事。"

"跟我说说。"

"先尝尝酒吧，看合不合你的口味。"

"挺好。"

"这只皮箱是我跟部队里的几个弟兄打赌赢来的。以前我们旅长手里就有一套，我实在忍不住很羡慕他。我也曾经梦想着能有一套那样的调酒器，巡逻的时候带在身上——摇酒壶里的冰块叮当响。我身边

---

1 干马提尼（Dry Martini）是一款传统鸡尾酒，用烈酒和意大利干红葡萄酒味美思（Vermouth）调配制成，烈酒的比例越高，则酒精浓度越高，酒味越纯。

2 阿斯普雷（Asprey）：英国著名奢侈品品牌，创立于 1781 年。

有两个伦敦来的小弟兄——以前从来没去过比邦德街 [1] 更远的地方。家里很有钱，他们两个都是。他们经常拿旅长的调酒器跟我开玩笑。有一次，我们的水马上就要喝光了，他们俩就跟我打赌，看我能不能在天黑前找到一条小溪。如果我做到了，下次有人回家的话，就会给我带一套同样的调酒器。不知道我以前告诉过你没，我能用鼻子嗅出水源……"

"就是那回你弄丢了一整个排？"我问。他抬头越过玻璃杯看了我一眼，我敢说他读透了我的心思。"那是另外一次。"他说，然后突然转换了话题。

"史密斯先生和史密斯太太都还好吗？"

"你看到在邮局外发生的事情了吧。"

"没错。"

"那是最后一批美国援助。今天傍晚他们已经坐飞机走了。他们让我转达对你的问候。"

"我希望以前能多去看看他们，"琼斯说，"他身上有一种……"他让我吃惊地补充道，"他让我想起了我的父亲。不是指长相方面，我的意思是，不过……好吧，他给我一种慈祥亲切的感觉。"

"对，我明白你的意思。我不记得我父亲是什么样子。"

"实话告诉你，我对我父亲的印象也有点模糊。"

"这么说吧，他就像我们理想中的父亲。"

"就是这个，老兄，一点儿没错。别把你的马提尼酒放热了。我总觉得史密斯先生和我有些共同点。就像来自同一间马厩里的马。"

我惊愕地听着他的话。一位圣人和一个骗子怎么可能有共同点

---

1 邦德街（Bond Street）：位于伦敦西区，以英王查理二世的密友托马斯·邦德爵士（Sir Thomas Bond, 1620—1685）命名，自 18 世纪初便是伦敦最高档的时尚购物区。1847 年，阿斯普雷旗舰店在此开业。

呢？琼斯轻轻合上鸡尾酒箱盖，然后，他从桌上拿起一块抹布，开始擦拭皮革表面，动作轻柔得就像史密斯太太抚摸她丈夫的头发那样，而我则心想：也许，是纯真吧。

"很抱歉，"琼斯说，"关于孔卡瑟尔那件事。我告诉他了，要是他再碰我的朋友一下，我就和他们那帮人断绝来往。"

"你说话要小心。他们都很危险。"

"我根本不怕他们。他们太需要我了，老兄。你知道小菲利波来看过我吗？"

"知道。"

"想想吧，我要是帮他的话，能干出多大的事情来。他们明白这个。"

"你有布伦式轻机枪卖吗？"

"我有我自己啊，老兄。这可比布伦式强多了。起义军最需要的就是一个会打仗的老手。想想吧——在天气好的时候，从多米尼加边境可以一直望见太子港呢。"

"多米尼加人决不会进军海地。"

"不用他们帮忙。给我五十个海地人好好地训练一个月，'爸爸医生'就得坐飞机逃往金斯敦了。我当年在缅甸可不是白待的。对这件事我想了很多。我也研究过地图。海地角附近的那些袭击干得真是蠢到家了。我很清楚要在哪里佯攻，在哪里发动袭击。"

"那你干吗不去找菲利波？"

"我很想啊，哦，我是真的很想去，但我在这儿还有笔交易要做，一辈子就这么一次的好机会。要是我能顺利脱身，就能发一笔大财呢。"

"去哪儿？"

"去哪儿？"

"脱身以后去哪儿？"

他高兴地大笑起来。"全世界上哪儿去都行啊，老兄。以前有一次，我在斯坦利维尔[1]就曾经差点弄到手呢，可是我在跟许多野蛮人打交道，他们起了疑心。"

"这里的人就不起疑心吗？"

"他们都念过书。你总能把那些书呆子哄得团团转。"

他又倒了两杯马提尼酒，我则心想，他会用什么方式布下骗局。至少有一件事情是可以肯定的——他现在可比以前在监牢里过得好多了。他甚至还发了点福。我直接问他："琼斯，你在搞什么名堂？"

"为发大财奠基铺路啊，老兄。干吗不入伙跟我一起干？这又不是什么长期项目。现在我随时都能把这只肥鸟捉到手，但我还可以再找一名搭档。我以前想和你谈的就是这件事，可你一直不过来。有二十五万美元在里头哪。要是咱们胆子再大一些，也许还能赚更多。"

"搭档要做什么？"

"要做成这笔交易，我得出国跑两三趟，不在的时候我想找个靠得住的人看着这里。"

"你不相信孔卡瑟尔？"

"他们我一个都不信。这不是肤色的问题，但你想想，老兄，二十五万美元的纯利润啊。我不能抱任何侥幸。我得扣一点出来作开销——一万美元应该就够了，然后剩下的我们来分。你家酒店现在的生意不太好，是不是？想想你拿到你那份钱以后能做多少事情。加勒比海有很多岛屿都等着人上门开发呢——海滩，酒店，飞机跑道。你会成为百万富翁的，老兄。"

我猜是我在耶稣会受过的教育让我想起，在沙漠中的一座高山上，

1　斯坦利维尔（Stanleyville）：刚果民主共和国第三大城市基桑加尼（Kisangani）的旧称，1966 年更名。

魔鬼曾将世上的万国都展现出来。[1]我心想，魔鬼到底是真能拿得出手，还是只不过在虚张声势糊弄人而已。我在克里奥尔别墅的这个房间中四下环顾，寻找着彰显权力与荣耀的证据。屋里有一台留声机，肯定是琼斯在哈米特的商店里买的——他不可能乘坐"美狄亚"号把它一路从美国带过来，因为这是个便宜货。在它旁边很相称地放着一张艾迪特·比阿夫[2]的唱片《不，我从不后悔》，除此以外，没有其他迹象能显示出他拥有私产，并能从中预支开销去购买要运的货物——是什么货物呢？

"怎么样，老兄？"

"你还没跟我说清楚你想要我做什么。"

"我得先知道你肯跟我干才行，否则我没法告诉你内情，不是吗？"

"要是我什么都不知道，我怎么确定要不要跟你合伙？"

他越过那堆散乱的纸牌注视着我，那张幸运的黑桃 A 面朝天地躺在桌上。"归根结底这还是信不信任的问题，对吧？"

"当然。"

"要是战争期间我们曾在同一支队伍里待过就好了，老兄。在那些个情况下，你会学会信任……"

我说："当时你在哪支部队？"他毫无半点犹豫地回答："第四军。"他甚至补充了一点细节："第七十七旅。"他回答得很对。那天晚上，在"特里亚农"酒店，我查阅了以前某位客人落下的一本关于缅甸战役的历史书，找到了它们，可是即便如此，我那多疑的头脑还是想到，

---

1 出自《圣经新约·马太福音》第四章中魔鬼撒旦诱惑耶稣基督的典故。

2 艾迪特·比阿夫（Édith Piaf, 1915—1963）：法国女歌唱家、演员，以表演法国香颂而闻名世界，被誉为"香颂女王"。《不，我从不后悔》是她最著名的歌曲之一。另有《玫瑰人生》《爱的礼赞》等代表作。

他手上可能有同一本书，那些资料是他从里面找出来的。但我这样想他有失公平。他的确在英帕尔[1]待过。

"你对酒店的生意抱多大希望？"

"很小。"

"你尽管试试看，肯定找不着买家的。过不了多久你就会被剥夺财产。他们会说你没有好好经营你的产业，然后把酒店接管过来。"

"有可能会这样。"

"那又是为什么，老兄？跟女人有麻烦了？"

我猜是我的眼神出卖了我。

"要讲对爱情忠贞不渝这一套，你的年纪也太大了吧，老兄。想想看，有了十五万美元，你什么事情不能做啊。"（我注意到这笔金额提高了。）"你可以去比加勒比海更远的地方。你知道博拉博拉岛[2]吗？那里什么也没有，只有一条飞机跑道和一家客栈，可是只要投入一点资本……还有那些姑娘，你可从没见过像那样的姑娘，二十年前她们的母亲和美国人生的。凯瑟琳妈咪都找不出比她们更好的姑娘给你。"

"你以后打算拿你的钱怎么用？"

我从来没有想到，琼斯那双无精打采、像铜币一样的棕色眼睛里居然也能闪烁出梦想的光彩，它们现在微微湿润，流露出某种激动的情感。"老兄啊，我心里看中了一个特别的地方，离这里不远：一座珊瑚礁小岛，周围遍布白沙——那种可以用来建城堡的真正的白沙，背后是绿色的坡地，就和真正的草皮一样平滑，还有上帝创造的天然障碍物——这里简直就是一块完美的高尔夫球场啊。我要盖一家俱乐部，

1　英帕尔（Imphal）：印度东北部曼尼普尔邦首府，位于吉大港通往印度东部阿萨姆邦的交通干线上，与缅甸交界。1944 年 3 月至 7 月间，这里曾爆发二战期间著名的英帕尔会战。

2　博拉博拉岛（Bora-Bora）：太平洋东南部法属波利尼西亚社会群岛中的一座岛屿 位于塔希提岛东北约 265 公里，被誉为 "太平洋上的明珠" "梦之岛"。

还有很多带淋浴的平房套间，它会比加勒比海地区其他任何一家高尔夫俱乐部都要高级。你知道我打算给它取什么名字吗？……叫'绅士之家'。"

"你不打算让我在那儿做你的搭档。"

"在梦里可不能有搭档啊，老兄。会起冲突的。我已经按照我的心意把那地方规划好了，连最后一丝细节也没放过。"（我心想，菲利波之前见到的那些文件会不会就是设计蓝图。）"我费尽千辛万苦才走到这么远，但现在它已经近在眼前了——我甚至可以清楚地看见第十八号球洞要挖在哪儿。"

"你热衷打高尔夫？"

"我自己不打。不知怎的，我一直没有时间。是这个想法让我特别感兴趣。我要找一流的交际花来做招待。要既长得好看又有背景的那种。起先我确实想过让她们扮成兔女郎，但后来我越想越觉得不对，在有品位有格调的高尔夫俱乐部里，兔女郎会显得格格不入。"

"你是在斯坦利维尔谋划这一切的吗？"

"我已经为此谋划了二十年，老兄，现在时机马上就要成熟了。再来一杯马提尼？"

"不了，我得走了。"

"我要用珊瑚修建一座长长的酒吧，名叫'荒岛'酒吧。酒保要在巴黎丽兹酒店接受过培训。我还要用浮木做椅子——当然我们会配上软垫，让它们坐起来舒服。窗帘上要有鹦鹉，窗前还要装一架黄铜大望远镜，对准第十八号球洞。"

"我们以后再聊这个吧。"

"我以前从没跟任何人说过这个——我是说，任何能理解我心里在想什么的人。在斯坦利维尔，我曾经一边想着细节一边对我的小男仆说话，但那个可怜的小畜生一点也听不懂。"

"谢谢你的马提尼。"

"我很高兴你喜欢我的调酒箱。"我回过头一看，只见他已经又取出了那块抹布，正在重新擦拭皮箱。他在我背后喊道："我们不久以后再谈。只要你原则上同意……"

二

我一点儿也不想回到如今已经人去楼空的"特里亚农"，而我也一整天没有得到玛莎的任何消息，于是我又回到了赌场，那里最像是我的家，但它现在也有了许多变化，和当年我遇见玛莎时的那座赌场大不一样了。这里没有游客，而太子港的居民们很少有人敢在天黑后出门冒险。只有一张轮盘赌桌还在转，玩家也只有一人——一个名叫路易吉的意大利工程师，我和他不太熟，只知道他在经常停摆的发电厂上班。在目前的情况下，没有哪家私人企业能经营好一家赌场，所以政府接管了这里；现在他们每天晚上都在赔钱，但好在赔的是古德，而政府总能多印些钞票出来。

赌台管理员一脸不高兴地坐着——也许他在寻思自己的薪水从哪里来。即使轮盘赌桌上有双零位，让庄家赢面大增，[1]但玩家人这么少，只要押全注赌输个一两次，庄家当天晚上的赌本就要见底了。

"赢钱了？"我问路易吉。

"赢了一百五十古德，"他说，"我不忍心丢下这个可怜鬼。"可下一轮他又赢了十五块。

"你记不记得这里以前的样子？"

"不记得。那时候我还没来呢。"

赌场为了节约电费调暗了灯光，弄得我们好像在洞穴里一样。我兴味索然地玩着，把筹码押在第一栏上，然后居然也赢了笔钱。赌场

1　有 00 位的美式轮盘赌，庄家赢的概率比只有 0 位的欧式轮盘赌约高出一倍。

管理员的脸色更难看了。"我想发发善心,"路易吉说,"把赢的钱都拿来押红色,给他一个翻本的机会。"

"但你也有可能会赢啊。"我说。

"总还有酒吧可以去花钱嘛。他们从酒水上赚的钱肯定不少。"

我们点了两杯威士忌——这会儿买便宜的朗姆酒对赌场管理员似乎太残忍了,尽管对我来说,刚喝过干马提尼又喝威士忌也不是太明智的举动。我已经开始感到……

"哎呀,这不是琼斯先生嘛。"从赌场大厅的彼端传来了一个声音,我回头一看,原来是"美狄亚"号的事务长,他正伸出一只潮湿而热情的手朝我走近。

"你把名字弄错了,"我说,"我是布朗,不是琼斯。"

"这是要把赌场掏空吗?"他乐呵呵地问。

"不需要怎么掏它就空了。我还以为你从来不敢跑这么远冒险进城呢。"

"自己的建议我才不听,"他说,还眨了眨眼,"刚才我先去了一趟'凯瑟琳妈咪之家',可是那姑娘家里出了麻烦事——到明天她才能回去。"

"其他人你都不喜欢?"

"我向来喜欢用同一只碟子吃饭。史密斯先生和史密斯太太还好吗?"

"他们今天坐飞机走了。满心失望。"

"啊,他应该跟我们一起走的。办出境签证遇上麻烦没?"

"我们花三个小时就办好了。我还从来没见到出入境管理局和警察局的办事效率有这么高过。他们肯定是巴不得让他快点走。"

"政治问题?"

"我想是社会福利部长不喜欢他的计划。"

我们又喝了几杯酒，看着路易吉为求心安而输了一些古德。

"船长还好吗？"

"他巴不得早点开船走人咧。这鬼地方可叫他受不了。只有等我们重新回到海上以后，他的臭脾气才会好起来。"

"还有戴钢盔的那个人呢？你们把他安全地留在圣多明各了吗？"

当我说起那些曾经和我同船的乘客时，我的心里油然产生了一股奇怪的怀旧情绪，也许原因在于那是我最后一次体验到安全无忧的感觉——也是我最后一次抱有任何真实的希望。当时我正要重新回到玛莎的身边，而我心里还相信一切都有可能改变。

"钢盔？"

"你不记得了吗？他在音乐会上表演了诗朗诵。"

"哦，是啊，可怜的家伙。我们算是把他安全地留在了墓地里。在我们靠岸前，他犯了一场心脏病。"

我们为巴克斯特先生默哀了两秒钟，与此同时，轮盘赌桌上的小球只为路易吉一人跳动，发出叮当的声响。他又赢了一些古德，于是他做了个绝望的手势站起身来。

"还有费尔南德斯先生呢？"我问，"那个流眼泪的黑人。"

"他可太宝贵了，"事务长说，"他对白事非常了解。他负责包办了所有事情。你知道吗，原来他是搞殡葬行业的。唯一让他伤脑筋的是巴克斯特先生的信仰。最后他把巴克斯特先生安葬在了新教徒墓地里，因为他在死者口袋里找到了一本关于未来的年鉴。老什么来着……"

"《老摩尔年鉴》[1]？"

"正是。"

---

1 《老摩尔年鉴》（*Old Moore's Almanack*）：英国著名年鉴，由英国宫廷医师、占星家弗朗西斯·摩尔（Francis Moore, 1657—1715）创建于 1697 年，上面列有许多预测未来事件的条目。

"不知道年鉴上对巴克斯特先生的预测条目是什么。"

"我翻开看过了。不是什么太私人的条目。飓风将造成严重灾害。英国王室中间有人会生重病，还有钢铁股的股价会上涨几个点。"

"我们走吧，"我说，"空荡荡的赌场比空荡荡的墓地还要糟糕。"路易吉已经在拿筹码兑现金了，我也加入了他。赌场外的夜晚依旧沉闷，像往常一样，暴雨即将来临。

"有出租车接你吗？"

"没有。司机想结完账直接走人。"

"夜里他们不敢在外面转悠。我送你回船上去。"

操场上的灯光一明一暗地闪个不停。"我是海地的旗帜，统一而不可分割。弗朗索瓦·杜瓦利埃。"（"弗"字电灯泡的保险丝烧坏了，所以名字变成了"朗索瓦·杜瓦利埃"。）我们驶过哥伦布雕像，开进港口，来到了"美狄亚"号货轮前。一盏灯的光线沿着跳板照射下来，照到站在跳板底端的一个警察身上。在船长的舱房中也亮着一盏灯，光线同样照在舰桥上。我朝上看着甲板，在那里，我曾坐着观看同船乘客们竞走晨练，摇摇晃晃地经过我的身边。在港口中，"美狄亚"号看起来似乎出奇的小（它是这里唯一的一条船）。是空旷的大海给了这条小船尊严与重要性。我们的脚步踩碎了地面上的煤屑，我们的齿间有股吃到砂砾的感觉。

"上船再喝最后一杯吧。"

"不了。我上去的话可能就不想走了。到时候你们会怎么办？"

"船长会要求查看你的出境签证。"

"那个家伙会先开口向我要的。"我说，一边看了一眼那个站在跳板底部的警察。

"哦，他是我的一个好朋友。"

事务长做出模仿喝酒的动作，然后朝我指了指。那个警察对他咧嘴一笑。"你瞧，他不反对嘛！"

"算了吧，"我说，"我就不上去了。今晚我喝太多酒了，还是混着喝的。"可是我依然在那块木板前徘徊不去。

"还有琼斯先生呢，"事务长说，"琼斯先生现在怎么样了？"

"他混得不错。"

"我挺喜欢他的。"事务长说。对琼斯这么一个来历如此不明的人，大家都不怎么信任，可他偏偏就有本事赢取别人的友谊。

"他跟我说过他是天秤座——十月份生的，所以我也查了一下他的条目。"

"在《老摩尔年鉴》上？你找到什么了？"

"艺术家的气质。有雄心壮志。办文学公司很成功。但至于未来方面么——我只查到有一场戴高乐将军的重要新闻发布会，还有在威尔士南部会下雷阵雨。"

"他告诉我，他马上要发一笔二十五万美元的大财。"

"是办文学公司吗？"

"完全不是。他邀请我做他的搭档。"

"那你也快要发财咯？"

"不。我拒绝了。我以前也做过发财梦。或许有一天我能跟你讲讲我的流动画廊的故事，那是我曾经有过的最成功的梦想，但我不得不赶紧卖掉它，于是我就来了这里，找到了我的酒店。你想我会放弃这份保障吗？"

"你觉得酒店是份保障？"

"到目前为止算是最接近的吧。"

"等琼斯先生发了大财，你就会后悔没有放弃那份保障了。"

"也许他会借钱给我，让我能撑下去，直到游客们回来。"

"是啊。我觉得他是个很慷慨的人，有他自己的一套做法。他曾经给过我一大笔小费，可惜用的是刚果货币，银行不肯兑换。我们在这儿至少要待到明天晚上。你把琼斯先生带来看看我们吧。"

在佩蒂翁维尔的山峦上方，闪电开始嬉戏追逐：有时一道电光打到地面上，停留的时间够长，便从黑暗中雕刻出一棵棕榈树或是屋檐一角的形体。空气中充满了即将来临的雨水的气息，低沉的雷鸣声让我想到了学校里学童唱和应答的声响。我们互道了晚安。

第三部

第一章

一

　　我发觉自己难以入眠。闪电有规律地忽明忽灭，就像公园里"爸爸医生"的宣言那样，而只有在雨势稍歇时，才有一丝轻风从防蚊纱帐过滤进来。琼斯许诺的巨款让我想了很久。如果我真能分到这笔钱，玛莎会离开她丈夫吗？可是拖住她的不是钱，是安杰尔。我幻想着自己劝她说，只要我每周都送他一盒智力玩具和波旁饼干，就够让他开心了。后来我睡着了，梦见自己是个孩子，跪在蒙特卡洛的学校小礼拜堂中的祭坛围栏前，等待着领受圣餐。神父沿着前排座位走来，往每人口中放入一片波旁饼干，但来到我面前时，他却跳过了我。左右两边领受圣餐的人们来了又走，我却固执地跪在原地，继续等待。神父又分发了一轮饼干，但这回他还是没有理我。我随即站起来，闷闷不乐地走下过道，这时礼拜堂变成了一座巨大的鸟笼，一排排鹦鹉被铁链拴着站在十字架上。有人在背后高喊："布朗！布朗！"但我不敢肯定那是不是在喊我的名字，因为我在梦中没有回头。"布朗！"这次我惊醒了，一个声音从我卧房下面的走廊上传来。

　　我下床走到窗前，但透过防蚊纱帐我什么也看不见。楼下响起一阵凌乱的脚步声，然后从另一扇窗户下面远远传来一声急切的呼唤："布朗！"在雨水神圣的哗哗低语声中，我几乎听不见那声叫唤。我找到手电筒后便下了楼。在办公室里，我抓起了唯一一样顺手的武器，那个刻着字母 R.I.P. 的黄铜棺材小镇纸。然后我打开侧门，举起手电筒朝外照射，显示自己人在这里。光线落在通往游泳池的小径上。不一会儿，一个人转过酒店拐角走进了手电筒的光圈里，是琼斯。

他被暴雨浇成了落汤鸡，脸上还沾着斑斑泥渍。他抱着一个包裹，用身上的外套护着，以免被雨水淋湿。他说："把灯关掉。快让我进去。"他跟着我走进办公室，然后从湿漉漉的夹克外套下拿出那个包裹。原来是那套旅行调酒箱。他把箱子轻轻地放在我桌上，仿佛它是一只心爱的宠物，然后用手抚摸着它。他说："一切全完了。都结束了。三堆筹码全输光了。"

我伸手想去开灯。"别开，"他急忙说，"他们也许会从路上看见灯光。"

"他们看不见。"我说完便按下了开关。

"老兄啊，不介意的话我还是想关上……在黑暗中我感觉更自在。"他又关上了电灯，"你手里拿着什么呢，老兄？"

"棺材镇纸。"

他喘着粗气——我能闻到杜松子酒的气味。他说："我必须赶紧出境。得想办法。"

"出什么事了？"

"他们已经开始调查了。大半夜的，孔卡瑟尔给我打来个电话——我甚至都不晓得那部该死的电话还能用。它就在我耳朵边儿上突然响起来，吓了我一大跳。以前它从来都没响过。"

"我猜他们是在波兰人入住时修好电话的。你住的可是政府给重要人物准备的招待所。"

"在英帕尔，我们管他们叫重要个娘炮。"[1] 琼斯稍稍笑了一下说。

"我可以倒杯酒给你，如果你能让我开灯的话。"

"没时间了，老兄。我必须逃出去。孔卡瑟尔打电话时人在迈阿密。他们派他过去检查。他还没起疑心，只是有点摸不着头脑。可是到明天早上，等他们发觉我已经开溜了……"

"溜到哪儿去？"

"是啊，问题就在这里，老兄，价值六万四千美金的问题。"

"'美狄亚'号正在港口。"

"就去那儿了……"

"我得先穿几件衣服。"

他像条狗似的跟着我，身后留下一连串水迹。我很想念史密斯太太的帮助与建议，因为她对琼斯抱有很高的评价。在我更衣的时候——为此他已经同意给我一点灯光——他紧张地在墙壁之间走来走去，离窗户远远的。

"我不知道你玩的是什么把戏，"我说，"但既然牵扯到二十五万美金，你心里肯定明白他们迟早有一天会去调查。"

"哦，这个我早就好好想过了。我本来打算和调查员一起去迈阿密。"

"但他们肯定会把你扣在这里。"

"要是我有个搭档留在这儿就不会了。我没想到时间会这么紧——我本来以为至少还有一个礼拜或更多的时间——不然我老早就会试着说服你了。"

我刚把一条腿伸进裤管，这时不由猛然顿住，震惊地质问他："告

1　前句中的"重要人物"原文为"V.I.P.s"，即"very important persons"的首字母缩写，而琼斯在回答中将其戏谑为"very important pooves"，首字母缩写亦为"V.I.P.s"，其中"pooves"为英国俚语，原意指"女人气的男子"或"男同性恋者"，带贬义。

诉我，你就是这么想的吗，让我当你的替罪羊？"

"不，不，老兄，你言重了。我会事先给你通风报信，让你进英国大使馆的，这一点你可以百分之百地相信我。如果真有那个必要的话。但其实也不会啦。调查员肯定会发电报说一切正常，然后拿走他的回扣，接着你就可以过来跟我们会合了。"

"你本来打算给他多少回扣？我知道这个问题现在只有学术价值。"

"所有这些我都考虑到了。我给你的数目，老兄，是净利，不是毛利。全归你。"

"要是我还能活命的话。"

"是人就总能活下来的，老兄。"随着身上渐渐晾干，他的信心又卷土重来了，"以前我也失败过。当时我离打出绝好妙招[1]就差一步了——还有结局——在斯坦利维尔。"

"如果你的计划和军火有关，"我说，"那你就犯了个大错。他们以前被人坑过……"

"你什么意思，被人坑过？"

"去年这里有个人跟他们做过一笔军火生意，价值五十万美元，钱在迈阿密都付清了。但美国当局听到风声，扣押了那批军火。那些美金么，当然了，都留在了军火商的口袋里。没有人清楚那批军火到底有多少。同样的亏他们不会再吃第二遍。你来这里之前应该多做些功课才对。"

"我的计划并不完全是那样。事实上，根本就没有什么军火。我看着也不像是有那么多资本的人，对吧？"

"你的介绍信从哪儿来的？"

"用打字机打的啊。和大多数介绍信一样嘛。不过关于做功课的

---

1 绝好妙招（Grand Coup）：一译"华丽妙招"，是桥牌中残局打法的一种，为了能在残局中形成对对方的将牌进行飞张的形势，庄家有意地将吃明手的赢张以缩短自己将牌的打法。

事你倒说得没错。我的信投错了人。好在后来我自己想办法摆脱了困境。"

"我准备好了。"我看看躲在角落里坐立不安，手中把玩着一段电线的他：棕色的眼睛，修剪得不太平整的军官八字胡，不起眼的灰色皮肤。"我不明白我为什么要帮你担这个风险。又是当替罪羊……"

我把车开到外面的大路上，没有打灯，然后我们缓缓下山朝城里驶去。琼斯蜷缩起身子蹲伏在座位上，一边吹着口哨给自己壮胆。我觉得那支曲调像是来自1940年代——《停战后的星期三》。开到路障前面时，我打开了车灯，心里指望着那个民兵有可能已经睡着了。可是他还没睡。

"你今晚有没有经过这里？"我问。

"没有。我是穿过几座花园绕过来的。"

"好吧，现在我们没法绕开他了。"

但那个民兵实在太困，不想再找麻烦：他一瘸一拐地走到马路对面，升起挡路的栅栏。他的大脚拇指包在一条脏兮兮的绷带里，灰色法兰绒裤子后面有个破洞，从里面露出了他的屁股。他懒得对我们搜身，检查我们是否带有武器。我们继续往山下开，驶过通往玛莎家的岔路口，驶过英国大使馆。我在大使馆前减速：一切似乎都很平静——要是通顿·马库特知道琼斯逃跑了，他们肯定会在大使馆门前布置守卫。我说："去大使馆怎么样？你在那里会很安全。"

"我不想去，老兄。以前我给他们添过麻烦，他们不会欢迎我的。"

"'爸爸医生'给你的欢迎会更糟糕。这可是你的大好机会。"

"我有我的理由，老兄……"他顿了一下，我以为他终于要向我吐露秘密了，可结果是，"哦，上帝啊，"他说，"我的调酒箱忘带了。我把它落在了你的办公室里。就在桌子上面。"

"它有那么重要？"

"我爱那只箱子，老兄。它跟着我走遍了世界各地。它是我的吉祥物。"

"既然它对你这么重要，明天我就给你带过来。你还是想去试试'美狄亚'号？"

"如果碰了壁，我们随时可以回来，把这里当作最后的避难所。"他试着吹出另外一曲——我觉得像是《夜莺在歌唱》[1]——却中途卡了壳。"想想看，我们共同度过了那么多困难，现在我却把它落在……"

"这是你打赌赢来的唯一奖品吗？"

"打赌？你什么意思啊，打赌？"

"你跟我说过，它是你打赌赢来的。"

"是吗？"他沉思了一会儿，"老兄啊，你为我可是担了不小的风险，我就跟你明说吧。那些话都不是真的。我是把它偷到手的。"

"那缅甸呢——也不是真的吗？"

"哦，缅甸我倒真是去过。这个我可以保证。"

"你是从阿斯普雷商店里把它顺出来的？"

"不是我亲手所为，当然了。"

"又是用你的小聪明？"

"我当时在做事。在城里做点事。我用了公司的支票，但签名是用我自己的名字。我不想因为伪造罪被判刑入狱。那只是一笔临时贷款。你明白吧，看到那只箱子时我是一见钟情，不由想起了以前旅长手上的那套。"

"这么说它没跟着你在缅甸待过？"

"我那是有点异想天开了。不过在刚果我是带着它的。"

我把车留在了哥伦布雕像前——看见我的车晚上停在那里，警察

---

1 即英国经典情歌《夜莺在伯克利广场歌唱》（A Nightingale Sang in Berkeley Square），创作于1939年。

肯定早就习以为常了，尽管平时不止我这辆。我走在琼斯前面去侦察情况。事情比我想象的要简单。不知出于什么原因，那个警察不在跳板旁边，跳板也还搭着船舷，以便从"凯瑟琳妈咪之家"晚归的船员能上船：他也许巡逻去了，也可能是到墙后边解手去了。头顶上有个船员在守夜，可他看到我们的白人面孔后就放我们过去了。

我们走上顶层甲板，琼斯的劲头又起来了——从刚才忏悔到现在，他几乎一点也没做声。经过那座小交谊厅时，他开口说："还记得那场音乐会吗？多让人难忘的夜晚啊，不是吗？还记得巴克斯特和他的口哨不？'伦敦屹立，圣保罗大教堂岿然不倒。'他表演得太棒了，叫人不敢相信那真的是他，老兄。"

"他已经不再是真的了。他死了。"

"可怜的家伙。这会让人对他产生几分敬意，不是吗？"他稍微打了个哈欠，补充道。

我们爬上舷梯，来到船长的舱房前。我可不乐意来见船长，因为我还记得他收到从费城发来的质询电报后对琼斯表现出的态度。到目前为止一切都挺顺利，但我对运气能否持久并不抱太大希望。我轻轻敲响房门，船长的声音立即传了出来，听上去即沙哑又充满权威，他叫我进去。

至少我没有打扰他睡觉。他穿着一身白色的纯棉睡衣靠在床铺上，脸上戴着一副非常厚的眼镜，让他的两眼看起来就像破碎的石英片。台灯下，他手上斜捧着一本书，我认出那是西默农[1]的一本小说，这让我稍稍受了点鼓舞——看来他还有着常人的兴趣。

"布朗先生！"他吃惊地大叫一声，活像一位在酒店房间里受了惊扰的老夫人，左手也本能地向睡衣的领口伸去。

1　乔治·西默农（Georges Simenon, 1903—1989）：比利时著名侦探小说家，代表作有"梅格雷探案"系列。

"还有琼斯少校。"琼斯活泼地补了一句，从我身后走出来。

"哦，琼斯先生。"船长说，口气明显有些不悦。

"但愿你还有空儿给一名乘客？"琼斯勉强故作欢喜地问，"不缺杜松子酒吧，我希望？"

"对乘客不缺。但你是乘客吗？夜里这个点上，我想你肯定没有船票……"

"我有钱，可以买一张，船长。"

"还有出境签证？"

"对像我这样的外国人，那只是形式。"

"是所有人都得遵守的形式，只有罪犯除外。我看你是有麻烦了，琼斯先生。"

"是的。你可以说我是政治难民。"

"那你为何不去英国大使馆？"

"我觉得在亲爱的老'美狄亚'号上会更自在一些。"——那句措词从他嘴里说出来，就像在综艺剧场表演那般动听，也许正因如此，他又重复了一遍："亲爱的老'美狄亚'号。"

"你向来就不是个受欢迎的客人，琼斯先生。我收到太多电报要调查你了。"

琼斯朝我看过来，可我帮不了他多少忙。"船长，"我说，"你也知道他们在这里是如何对待犯人的。你肯定可以破例通融一下……"

他那件白睡衣的领口和袖口上带着刺绣，也许是他那令人望而生畏的夫人做的，流露出一股强烈的司法正义之气；他从高高的床铺上俯视着我们，仿佛他正坐在法院的审判席上。"布朗先生，"他说，"我要考虑我的事业。每个月我都要返回这里。你觉得在我这个岁数，公司还会让我干别的差事，跑别的航线吗？如果我像你建议的那样鲁莽行事的话？"

琼斯说:"对不起。我从来没想到这个。"他的温和态度不但令我惊讶,我想就连船长也为之感到诧异,因为当船长重新开口时,给人的感觉好像是在找理由向他道歉。

"我不知道你有没有家人,琼斯先生。但我肯定是有的。"

"没有,我没有家人。"琼斯承认,"一个也没有。除了这里那里有一两个远亲。你说得对,船长,我算不了什么。我得再去想想别的法子把问题搞定。"他沉思了一小会儿,我们都看着他,然后他突然提议道:"我可以偷渡出去,只要你能睁只眼闭只眼。"

"那样的话,到了费城我就必须把你交给警察。你觉得这样合适吗,琼斯先生?我知道在费城有人想找你问话。"

"没啥大不了的。我欠了一点钱,仅此而已。"

"你自己欠下的?"

"转念想想,可能也没那么合适。"

我佩服琼斯的冷静:他自己就像个法官,正和两名专家坐在房内审着一桩大法官法院[1]里的棘手案件。

"可供选择的行动措施似乎很有限啊。"他归纳总结道。

"那么我还是建议你去英国大使馆。"船长说,他的声音冷漠淡定,出自那种永远知道正确答案、不容别人反对的智者之口。

"也许你是对的。在利奥波德维尔,我和领事关系不太好,这是事实。他们都是同一路货色——从外交邮袋里混出来的家伙。恐怕在这里他们也会将我的情况呈报上去。真伤脑筋啊,不是吗?你真的非得把我交给费城的那些条子不成?"

"非交不可。"

"反正结果都一样,对不对?"他转向我说,"有没有别的使馆可

---

1 大法官法院(Chancery):指英国自 15 世纪开始建立的隶属于大法官的衡平法法院,用以向当事人提供某些不能从普通法法院获得的法律救济。现在它成为高等法院的大法官法庭。

以不用呈报的……?"

"这些事情都受着外交条例规定的管束,"我说,"他们不能声称外国人享有政治庇护权。只要这届政府还存在,他们就得一直收容你。"

从升降口扶梯上传来一阵"嗒嗒"的脚步声。有人敲响了房门。我看见琼斯屏住了呼吸。他并没有表面上假装的那么镇定。

"进来。"

二副走了进来。看见我们时他毫不惊讶,仿佛他本来就指望会找到陌生人。他用荷兰语对船长说话,然后船长问了他一个问题。二副回答时看了一眼琼斯。船长转向我们。他似乎终于抛弃了夜读梅格雷探案故事的希望,把手里的书放了下来。他说:"有个警官带着三名手下正在跳板前面。他们想上船。

琼斯不高兴地长叹一声。或许他是眼看着"绅士之家"、第十八号球洞和"荒岛"酒吧永远化为了泡影。

船长用荷兰语给二副下了一道命令,二副马上离开了舱房。船长说:"我必须穿好衣服。"他挪到床沿稳住身子,动作羞涩得如同一名家庭主妇[1],然后重重地跳到地上。

"你要让他们上船?"琼斯大叫起来,"你的尊严何在啊?这里可是荷兰领土,不是吗?"

"琼斯先生,麻烦您到卫生间里躲一躲,不要出声,这样对我们所有人都方便。"

我打开床铺尽头的一扇小门,推着琼斯穿了过去。他满肚子不情愿。"我被困在这里了,"他说,"像只耗子。"然后他又立即改口道:"像只兔子,我的意思是。"他对我露出一副心惊胆战的笑容。我像按小孩一样把他按在马桶上坐好。

---

1 原文为德语"hausfrau"。

我回房时，船长刚好拉起长裤，正在把睡衣往裤腰里塞。他从挂钩上取下一件制服外套穿上——睡衣在外套领口下被遮掩住了。

"你不会让他们来搜查吧？"我抗议道。他还来不及回答，也没来得及穿好鞋袜，门上便响起了敲击声。

我认识那个进门的警官。他是个不折不扣的杂种，就和通顿·马库特一样坏；他的块头有马吉欧医生那么大，挥起拳头来下手特别狠，在太子港有许多被打烂的下巴都领教过他的厉害。他的嘴里镶满了金牙，那些牙恐怕都不是他自己的：他带着它们，就像印第安人武士以前随身携带头皮那样。他傲慢无礼地看着我们俩，而二副，一个满脸粉刺的年轻小伙儿，在他身后紧张地来回转悠。他冲我开口了，听上去像是侮辱："我认识你。"

小个子船长光着脚，看起来很脆弱，但他仍然勇气十足地回答道："我不认识你。"

"你这么晚了还在船上干什么？"警官问我。

船长用法语对二副讲着话，这样所有人都能明白他的意思："我记得我不是告诉过你，让他把枪留在岸上吗？"

"他拒绝这样做，长官。他还把我推到了一边。"

"拒绝？还推你？"船长挺起胸膛，几乎够到了那个黑人的肩膀，"我邀请你上船可是有条件的。在这条船上只有我一个人能带武器。你现在不在海地。"

这句斩钉截铁的话着实让警官乱了手脚。它就像是一道魔咒——令他感到危险不安。他环顾我们所有人，又环顾了舱房一圈。"不在海地？"他用法语大叫一声，我猜他只看到了不熟悉的东西：一份安在墙上镜框里的海上救生证书，一个神情严肃、满脑袋铁灰色鬈发的白人妇女的照片，一只装着叫什么波尔斯酒的石头酒瓶，还有一幅冬日冰封下的阿姆斯特丹运河的照片。他心烦意乱地重复道："不在海地？"

"你在荷兰。"船长用法语说，然后他很高明地大笑一声，以主人的姿态伸出手去："把你的左轮手枪交给我。"

"我是奉命行事，"这个欺软怕硬的家伙惨巴巴地说，"我在执行公务……"

"等你离开这艘船以后，我的部下会把它还给你。"

"可是我在搜寻罪犯。"

"我的船上没有罪犯。"

"他是坐你的船来这儿的。"

"对此我不负任何责任。现在把枪给我。"

"我必须搜查。"

"你在岸上想怎么搜就怎么搜，但在这里不行。这里由我来负责法律与秩序。除非你把枪交给我，否则我就要叫船员过来缴你的械，然后把你扔回码头上。"

那家伙屈服了。他解开枪套扣，把手枪递过去，眼睛一边看向船长太太那张责怪的脸。船长把枪放在她的照片前让她保管。"现在，"他说，"我已准备好了，可以回答任何合理的问题。你想知道些什么？"

"我们想知道在你船上有没有一名罪犯。你认识他——一个叫琼斯的男人。"

"这是旅客名单。如果你识字的话就拿去看。"

"他的名字不会在上面。"

"我在这条航线上当船长已经有十年了。我一向非常遵纪守法。不在那份名单上的乘客我是决不会带的。没有出境签证的乘客我也不会带。他有签证吗？"

"没有。"

"那我可以向你保证，中尉，他决不会乘上这条船。"

船长提到了警官的军衔，这似乎让警官缓和了一点。"他可能在船上藏起来了，"他说，"而你还不知道。"

"明早起航前我会叫人把全船搜查一遍，如果发现他在船上，我会把他押上岸。"

警官迟疑起来。"如果他不在这里，"他说，"那他肯定是去了英国大使馆。"

"和皇家荷兰邮轮公司比起来，"船长说，"那是个更合理的去处。"他把左轮手枪递给二副。"等到跳板下面以后，"他说，"你再把枪交给他。"警官刚才想伸手接枪，这会儿那只黑手却停在半空，好似一条水族馆里的鲶鱼。船长背过身去不再搭理他。

我们在沉默中等待着，直到二副回来告诉船长，那名中尉已经带领手下开车走了，这时我才把琼斯从厕所里放出来。他表现得异常感激。"你真是太棒了，船长。"他说。

船长带着厌恶和鄙夷的神情盯着琼斯。他说："我只是告诉了他真相。如果在此之前我发现你想偷渡，这会儿我就已经把你押上岸了。我很高兴自己不必说谎，否则我会很难原谅我自己，还有你。请你趁现在安全赶紧离开我的船。"他脱下外套，从裤腰里拉出白睡衣，以便他可以端庄有礼地脱掉裤子。我们走开了。

到了外面，我倚在栏杆上，俯瞰着那个已经回到跳板下的警察。他正是昨晚的那个警察，而四下里并没有中尉和他手下们的踪影。我说："现在去英国大使馆已经太迟了。那地方会受到严密的监视。"

"那我们怎么办？"

"天晓得，但我们必须离开这艘船。如果明天早上我们还在这里，船长就会说到做到。"

从梦中欢畅醒来的事务长帮我们解了围（先前我们进门时，他正仰面平躺着，脸上露出一丝淫荡的微笑）。他说："布朗先生想走倒不难，警察已经认识他了。琼斯先生则只有一个办法。他得扮成女人离开。"

"可衣服呢？"我问。

"船上有一箱戏服，是开晚会时化装用的。我们有西班牙小姐穿的衣裳，还有福伦丹 [1] 的农妇装。"

琼斯可怜地说："但我的八字胡怎么办啊。"

"你得剃掉它。"

无论是为弗拉门戈舞者设计的西班牙小姐装，还是带着精巧头饰的荷兰农妇装，都没法不引人侧目。我们尽量折中地把两套衣服混搭了起来，让它不那么招摇。我们放弃了福伦丹农妇装的头饰和木屐，也没用西班牙小姐装的披头纱巾，还把两者都有的多层衬裙全扔掉了。与此同时，琼斯阴郁而痛苦地刮去了胡子——这里没有热水。奇怪的是，刮掉胡子以后，他看起来更加诚实可靠了，那感觉就好像以前他一直穿错了制服似的。现在我几乎可以相信他确实当过军人。更奇怪的是，一旦做出了这么巨大的牺牲，他便开始以专家般的热情投入到这场字谜游戏中去了。

"你手上没有胭脂或者口红吗？"他问事务长，可是事务长没有这些，于是琼斯只好用一管雷明顿牌剃须粉给自己化装。在黑色的福伦丹女裙和缀满亮片的西班牙女衫的映衬下，这管白粉让他的面孔显出一种可怕的惨白。"等走到跳板那儿，"他对事务长说，"你必须亲我一下。这样可以挡住我的脸。"

"你怎么不亲布朗先生？"事务长问。

1　福伦丹（Volendam）：位于荷兰西北部北荷兰省的一座小镇，主要行业为捕鱼和旅游业。

"他马上要带我回家了，现在就亲我会让人觉得别扭。你得想象一下，我们刚刚在一起过了夜，三个人都在。"

"过的什么夜？"

"一个放浪不羁的夜晚。"琼斯说。

"你的裙子能应付吧？"我问。

"当然了，老兄。"他神秘兮兮地补充道，"这又不是第一回了。当然，以前的情形很不一样。"

他挽着我的胳膊走下跳板。裙子实在太长了，他只好用一只手提着它们，就像维多利亚时期的女士经过泥泞的街道时要提起裙子一样。船上守夜的值班员目瞪口呆地看着我们：他不知道船上有个女人，而且还是个这副模样的女人。从值班员身边经过时，琼斯用那对棕色的眸子瞥了他一眼，目光中暗含打量和挑逗的意味。我留意到那双眼睛这会儿在围巾下显得多么漂亮和灵动；以前是那副八字胡抹杀了它们的光彩。在跳板底端，他和事务长亲吻拥抱，在事务长的两颊上留下了一层剃须粉。那个警察索然无趣地看着我们——很显然，琼斯不是第一个凌晨时分才离开这条船的女人，而只要是见过了"凯瑟琳妈咪之家"的姑娘们，任何男人都不会对他产生兴趣。

我们手挽着手慢慢走到了先前我停车的地方。"你把裙子拉得太高了。"我警告他。

"我从来就不是一个矜持的女人，老兄。"

"我是说警察能看到你的鞋。"

"天黑看不见的。"

我简直不敢相信我们居然这么容易就逃走了。身后没有脚步声跟着我们，汽车就在前方，无人监视，和平与哥伦布一起统治着这片黑夜。我坐在车里，想着心事，琼斯则整理着他的裙子。他说："我曾经扮演过博阿迪西娅[1]。在一出滑稽短剧里。给朋友们逗个乐子。观众里还有王室成员呢。"

"王室成员？"

"蒙巴顿勋爵。真怀念那段时光啊。麻烦你能把左腿抬一下吗？我的裙子卡住了。"

"我们从这里上哪儿去？"我问。

"我也不知道。我那封介绍信上写的人，他正在委内瑞拉大使馆里栖身。"

"那是守卫最严的地方。他们有一半的将军都在里面。"

"能进普通一点的我就很满意了。"

"恐怕你进不去。准确地讲，你并不是政治难民，对吧？"

"欺骗'爸爸医生'不算是抵抗行动吗？"

"也许人家不欢迎你长住呢。这个你想过吗？"

"他们总不能把我推出去，对吧，只要我安全进去的话？"

"我看有一两个使馆可能还真干得出来。"

我发动了引擎，我们开始缓缓地驶回城里。我不想给人留下逃跑的印象。每次转弯我都会先观察周围有没有其他汽车的灯光，但太子港空旷得如同一座墓地。

"你这是要带我去哪儿？"

"去我唯一能想到的地方。大使正好不在。"

汽车爬上山坡时我感到松了口气。在这个熟悉的岔路口上不会有路障。在使馆大门前，有个警察短暂地朝车里看了一眼。他认得我的脸，而琼斯在仪表盘的灯光熄灭后也很轻松地蒙混过关了。显然他们

1　博阿迪西娅（Boadicea, ?—公元 60 或 61 年）：拉丁语名，英文名为 Boudica 或 Boudicca，通译"布狄卡"，是古罗马帝国时期不列颠的古凯尔特人部族爱西尼人（Iceni）的女王，领导了不列颠诸部落反抗古罗马帝国占领军统治的起义。

还没有发出全面警报——琼斯只是一名罪犯——他还不是一名爱国者。他们很可能警告过把守路障的守卫，还在英国大使馆周围布置了一些通顿·马库特分子。再加上"美狄亚"号，恐怕还有我的酒店，他们肯定以为这下子琼斯就插翅难飞了。

我让琼斯留在车里，自己上前摁响了门铃。有人还醒着，因为我能看见一楼有扇窗户里亮着一盏灯。但我还是不得不摁了两次铃，直等得心烦意乱，门里才传出沉重的脚步声，从房屋深处远远地一路走近，听起来既笨拙又从容不迫。一条狗狂吠几声，继而呜咽哀号——这动静把我弄糊涂了，因为我以前从没见过屋里还有条狗。接着，一个人声响起——我猜是值夜班的门房在说话——问我是谁。

我说："我找皮内达夫人。告诉她是布朗先生找。有急事。"

屋里的人解开门锁，拉出门闩，又取下门链，可当他拉开房门后我才发现，那不是什么门房。大使本人站在那里，正眯缝着一双近视眼往外张望。他只穿着一件衬衫，身上没有披外套，脖子上也没打领带：我以前从未见过他衣冠不整的样子。在他身旁，有一条丑得吓人的袖珍犬摆出防卫的姿势，它浑身长满灰色长毛，形状像一条蜈蚣。"你找我太太？"他说，"她在睡觉。"看他那副疲惫而受伤的眼神，我心想：他知道，他什么都知道。

"你想让我叫醒她？"他问，"事情有这么急？她和我儿子在一起。他们俩都睡了。"

我怯弱而含混地说："我不知道你已经回来了。"

"我坐今晚的飞机刚到。"他把手伸向领带所在的位置，"有很多工作等着我去做。很多文件要读……你明白这是怎么回事。"那感觉就好像他在对我道歉，还低声下气地向我出示自己的护照——国籍：人类；外貌特征：戴绿帽。

我怀着一丝羞愧开口说："别，请你别叫醒她。实际上我要找的人就是你。"

"找我？"一时间，我以为他会惊慌失措，退回屋里关紧大门。也许他相信我是来找他谈那件他害怕听到的事情的。"不能等到明天上午再说吗？"他恳求我，"现在这么晚了。有那么多工作要做。"他伸手去摸雪茄盒，但它不在身上。我觉得他是有点想打算像别人塞钱那样往我手心里塞一把雪茄烟——好打发我赶紧走人。但他身上没有雪茄。他痛苦地放弃了，说："如果你必须要进的话，那就进来吧。"

我说："这只狗不喜欢我。"

"唐璜？"他对那只可怜的动物厉声喊出一道口令，它便开始舔他的鞋。

我说："我有个同伴。"然后对琼斯做了个手势。

大使绝望而难以置信地看着琼斯出现。他肯定仍然以为我打算承认一切，或许还想逼他离婚，而他也可能想质问我，眼前的这个"她"，在这段感情中又能扮演什么角色？是证人，照顾安杰尔的保姆，还是代替玛莎的新太太？在噩梦里，任何事情都有可能发生，无论它有多么残酷或是多么的荒诞不经，而对他来说，眼前这一幕的的确确就是一场噩梦。首先从车里伸出来的是沉重的胶底鞋，一双红黑条纹相间的短袜，仿佛是系错了地方的学校制服领带，然后是一层层的蓝黑色裙摆，最后出来的是用围巾裹得严严实实的脑袋和肩膀，用雷明顿牌剃须粉涂白的面孔，以及那对风骚撩人的棕色眼睛。琼斯像一只在沙堆里洗过澡的麻雀那样抖了抖身子，然后迅速走上前与我们会合。

"这位是琼斯先生。"我说。

"是琼斯少校。"他纠正我道，"很高兴见到您，阁下。"

"他想在此寻求庇护。通顿·马库特在追捕他。带他去英国大使馆已经没希望了。那里守卫太森严。我想或许……虽然他不是南美洲人……但他现在的处境非常危险。"

在我说话时，一种如释重负的放松表情在大使的脸上舒展开来。这是政治问题。这个他能对付。家常便饭。"请进，琼斯先生，请进。非常欢迎。我的房子请你随便住。我这就去叫醒我妻子。我有个房间马上就能准备好。"一旦放松下来，他便像抛撒五彩纸屑一样到处乱扔他的所有品。然后他关好门，上好锁，插好门闩，安好门链，又心不在焉地向琼斯伸出胳膊，要护送他进屋。琼斯挽住他的手臂，如同一名维多利亚时期的妇女，大模大样地穿过客厅。那条可怕的灰狗跟在他身旁，用乱蓬蓬的毛发清扫着地面，一边嗅着琼斯裙上的流苏。

"路易！"玛莎站在楼梯平台上，睡眼惺忪，带着惊愕的表情俯瞰着我们。

"亲爱的，"大使说，"让我向你介绍一下——这位是琼斯先生。我们的第一位难民。"

"琼斯先生！"

"是琼斯少校。"琼斯纠正他们俩道，一边抬起裹在头上的围巾，就像摘下一顶帽子。

玛莎靠在楼梯扶手上哈哈大笑，笑得眼泪都流出来了。透过睡衣我能看见她的双乳，甚至是她私处毛发的阴影，而我心想，琼斯也能看见。他抬头冲她微笑，说："在女子军队，当然。"我想起了"凯瑟琳妈咪之家"里那个名叫婷婷的姑娘，当我问她为啥喜欢琼斯时，她对我说："他能逗我笑。"

二

这天晚上我没剩多少时间可睡了。当我返回"特里亚农"酒店时，之前上过"美狄亚"号的同一名警官在车道入口前拦住了我，质问我去了哪里。"你跟我一样清楚。"我说。作为报复，他把我的汽车彻底搜了个遍——真是个蠢货。

我在酒吧里翻了一通，想找点酒喝；但冰柜里空空如也，货架上也只剩一瓶七喜汽水了。我在汽水里掺了许多朗姆酒，然后出门坐在走廊上，等待着旭日初升——蚊子早就不来找我麻烦了，我是一块变质发馊的臭肉。我身后的酒店看上去比以往任何时候都要空荡；我怀念跛脚的约瑟夫，一如我怀念某处熟悉的旧伤，因为以前当他一瘸一拐地从酒吧来到走廊，在台阶上爬上爬下时，我在潜意识里也随他感觉到一丝轻微的痛苦。至少他的脚步声是我可以轻易辨别出来的，不知现在他的足音在哪片荒山野岭中回荡，又或许他已在海地山脊的嶙峋巨石之间命丧黄泉。对我而言，他的足音好像是我唯一有空去习惯和熟知的声响。我的心里充满了自怜自艾，就像安杰尔的波旁饼干那样甜腻。我不由问自己，我能把玛莎的脚步声和其他女人的区别开吗？对此我感到怀疑，我也确实从未学会识别我母亲的足音，还没来得及她就把我丢给往见学校的神父们不管了。还有我的亲生父亲呢？他甚至连一份童年的记忆都没给我留下。他有可能已经死了，但我不敢确定——在这个世纪中，老人们长寿得足以超越他们所处的时代。但我对他并没有真正的好奇心，我也丝毫不想去找他本人或是他的墓碑，而墓碑上刻的有可能是布朗这个姓氏，但也没法完全确定。

　　好奇心的缺失在我身上形成了一个本不该有的空洞。我没有用替代品填补这个空洞，就像牙医将蛀牙的窟窿暂时补好那样。没有哪位神父曾扮演过我父亲的角色，这个世上也没有哪块地方曾取代过我的故乡。我是一名摩纳哥的公民，仅此而已。

　　棕榈树开始从无可名状的黑暗中渐渐显形。它们让我想起了赌场外面的棕榈树，那些树扎根在一片蓝色的人工海岸上，那里甚至连沙子都是舶来品。轻风吹拂着长长的叶片，它们如锯齿般错落有致地排列着，好似一架钢琴的琴键。那情形就仿佛有一位看不见的演奏家在两键一按或三键一按地弹奏着乐曲。我为什么在这里？我到这里来是因为母亲寄给了我一张明信片，而它很容易在途中丢失——任何一家赌场的赔率都不会比这个几率更高。在这世上，有些人一出生便与一个国家紧密相连，甚至在离开后他们也会感觉到这种联系；还有一些人则从属于一个省、一座县城、一处乡村。然而，对于蒙特卡洛这座匆匆过客之城，对于环绕在它的花园和街道周围的这片数百平方公里的土地，我却根本无法感觉到半点联系。反倒是对这里，对上天偶然为我选择的这片荒凉破败的恐怖之土，我感到了更加强烈的羁绊。

花园里染上了第一抹色彩，先是深绿，再是深红——瞬息万变就是我上色的法则。无论在哪里，我的根基都不会稳固，这将让我无以为家，也无法爱得踏实。

第二章

一

酒店里再也没有任何客人了。史密斯夫妇走后,那个靠蛋奶酥令我的酒店厨房声名大噪的厨子放弃了全部希望,辞职去了委内瑞拉大使馆,至少在那里还有一些难民需要他做饭吃。我要吃饭的话,就会煮个鸡蛋或者开盒罐头,或者和我最后仅剩的女仆和园丁分享海地食品,又或者和皮内达夫妇一起用餐——但次数不多,因为琼斯在场让我心烦。安杰尔如今去了西班牙大使夫人开办的一所学校上学,每到下午,玛莎就会大大方方地开车驶上"特里亚农"酒店的车道,把轿车停在我的车库里。害怕被人发现的恐惧感已经离她远去,又或许是她那百依百顺的丈夫如今给了我们有限的自由。在我的卧室里,我们凭借做爱或是聊天打发时光,但也经常只是争吵。我们甚至还为大使的小狗吵过一架。"它让我直起鸡皮疙瘩,"我说,"就像一只披着羊毛围巾的老鼠,或是一条大蜈蚣。他怎么会想到要买它呢?"

"我猜他是想有个伴儿。"她说。

"他有你啊。"

"你知道,我陪他太少了。"

"我是不是应该为他难过?"

"能为某些人难过，"她说，"对我们任何人都没有坏处。"

她的感觉比我敏锐得多，当争吵的乌云在天边远远浮现，还不到一只巴掌大的时候，她便已然发觉，而且往往会采取正确的规避动作，因此她会给我一个拥抱，待我们分开，争吵往往也就结束了——至少那一回便是如此。有一次，她说起了我母亲和她们之间的友谊。"很奇怪不是吗？我父亲是个战犯，而她却是抵抗运动的女英雄。"

"你真觉得她是？"

"没错。"

"我在一只小猪存钱罐里找到过一枚奖章，但我认为那可能是一段风流韵事的纪念品。在小猪里还有一枚宗教奖章，可那毫无意义——她肯定不是个虔诚的女人。她把我留给耶稣会士只是为了自己方便。他们可以承担没付清的账单。"

"你和耶稣会的人在一起？"

"是的。"

"现在我想起来了。我以前以为你是——无神论者。"

"我是无神论者。"

"对，但我以为你是新教徒无神论者，不是天主教的。我就是新教徒无神论者。"

我的脑海中浮现出彩色皮球凌空飞舞的画面，每一种信仰都由不同的颜色代表——甚至连缺失的信仰也是如此。有存在主义的彩球，有逻辑实证主义的彩球。"我甚至曾经想过，你也许是个共产主义无神论者。"只要你能身手敏捷地拍打这些皮球，让它们四处飞舞不落地，那么事情还是很好玩、很有趣的；只有当一只皮球落到地上时，你才会产生和个人无关的某种伤痛感，就像有条狗死在主干道上叫人难受那样。

"马吉欧医生是共产主义者。"她说。

"我猜也是。我羡慕他。他很幸运能有信仰。我把所有这些绝对的事物都留在往见学校的小教堂里了。你知道吗，他们甚至一度以为我会蒙受圣召？"

"也许你是一个未能如愿的神父[1]。"

"我吗？你是在笑我吧。把手放这儿来。这玩意儿一点神学信仰都没有。"我一边自嘲一边和她交欢。我纵身扑向欢愉，仿佛跳楼自尽时投向人行道的路面。

那次短暂的激烈争吵过后，是什么事情又让我们谈起了琼斯呢？在记忆中，我把很多个下午、很多场欢爱、很多回讨论和很多番争吵都混在了一起，它们全是最后那场争吵的序曲而已。例如，有一天下午她想提早离开，当我问她为什么要走时——离安杰尔放学回家还有很长时间呢——她回道："我答应过琼斯，让他教我玩金罗美纸牌。"那时离我让琼斯住进她家屋檐下才过了十天，当她告诉我这句话时，我立即感到了嫉妒滋生的前兆，就如同身体的第一丝颤抖是宣告发烧即将来临的前兆一样。

"那游戏肯定很刺激吧。你宁肯打牌也不想做爱？"

"亲爱的，能做的我们都做过了。我不想让他失望。他是个好客人。安格尔喜欢他。他经常和安格尔一起玩。"

很久以后的又一个下午，争吵以另一种方式开始了。她突然问我——那是我们身体分开后她说的第一句话——"小咬"这个词是什么意思。

"一种类似小蚊子的昆虫。怎么了？"

"琼斯总是管那条狗叫小咬，而它居然有叫必应。它的真名是唐璜，可它从来都记不住。"

1　原文为法语"prêtre manqué"。

"我猜你是要告诉我，连那条狗也喜欢琼斯咯。"

"哦，不过它是喜欢他啊——比喜欢路易还多。路易天天喂它，连安格尔想去喂它他都不允许，而琼斯只要喊一声小咬……"

"琼斯是怎么叫你的？"

"什么意思？"

"他一叫唤你就跑过去了。你提早走掉就为了跟他玩金罗美。"

"那是三周以前的事了。我后来再也没这么做过。"

"现在我们有一半时间都在聊那个可恶的骗子。"

"是你把那个可恶的骗子带到我们家的。"

"当时我可不晓得他会变成你们全家人的朋友。"

"亲爱的，他会逗我们发笑，仅此而已。"她选择给我的这个解释恰恰是最让我烦心的，"这里能让人笑的东西并不多。"

"这里？"

"每个字你都要歪曲意思。我不是说这里的床上。我是说在太子港这里。"

"两种不同的语言会造成误解。我以前应该学点德语才对。琼斯会说德语吗？"

"连路易都不会。亲爱的，你要我的时候我是女人，可当我伤到你的时候，我永远是个德国人。真可惜摩纳哥从来没当过世界强国。"

"它当过。但英国人在英吉利海峡里打败了摩纳哥亲王的舰队。就像打败德国纳粹空军那样。"

"你们打败德国纳粹空军的时候我才十岁。"

"我没打过仗。我坐在办公室里上班，把反对维希政权的宣传材料翻译成法语。"

"琼斯打过的仗更有意思。"

"哦，是吗？"

是因为纯真她才会这么多次提到他的名字，还是因为她觉得嘴上不说心里就不痛快呢？

"他当时在缅甸，"她说，"跟日本鬼子打仗。"

"他已经告诉你了？"

"一聊起游击战他就变得非常有趣。"

"这里的抵抗组织可以用得上他。不过他还是选择了政府。"

"但他现在已经看透了政府的真面目。"

"或者是他们看透他了吧？他有没有跟你说过那一排失踪的士兵？"

"有。"

"还有他能用鼻子嗅出水源？"

"有。"

"有时候我都奇怪，他怎么没能至少混上个旅长当当？"

"亲爱的，你这是怎么啦？"

"奥赛罗就是用他的冒险故事俘获了苔丝德蒙娜的芳心。老掉牙的伎俩。我也应该告诉你当年我是怎么被《时人》紧追不放的。也许能赢取你的同情心。"

"什么时人？"

"算了。"

"在大使馆有新的话题可聊，总是很不错的。我们的一等秘书是研究海龟的权威专家。聊起自然史方面的事情，有一阵子大家还觉得挺有趣，但后来也腻了。二等秘书是塞万提斯的崇拜者，但他又不喜欢《堂吉诃德》，说它是为了博取读者欢心而写的畅销书。"

"我猜缅甸战役迟早也会变得乏味无聊。"

"至少他不像其他人那样把故事颠来倒去地讲。"

"他有没有告诉你那只调酒箱的来历？"

"有啊。他当然讲过。亲爱的，你轻看他了。他是个非常慷慨的人。你知道，我们家的摇酒壶会漏，所以他把自己的送给了路易——哪怕那只壶承载着他所有的记忆。一件非常好的东西——从伦敦的阿斯普雷商店里买的。他说只有这件东西能回报我们的殷勤款待。我们说借用一下就好——可你知道他后来做了什么吗？他拿钱给一个佣人，让他带它去了哈米特的商店，在壶上刻了字。这样一来——我们就没法还回去了。题字也挺古怪的。'赠给路易和玛莎，来自对他们心怀感激的客人，琼斯。'就这样。没有教名。没有名字的缩写首字母。就像一个法国演员。"

"但有你的名字。"

"还有路易的。亲爱的，现在我该走了。"

"我们花了这么长的时间，一直在聊琼斯的事，不是吗？"

"但愿以后我们能花更多时间聊聊他。'爸爸医生'不会给他颁发安全通行证。甚至连让他去英国大使馆那么近的地方都不准。政府每个礼拜都会提出一次正式抗议。他们声称，他是一名普通罪犯，可是，当然了，那全是胡说八道。他当时正准备为他们做事，但紧接着他的眼睛就睁开了——是小菲利波帮他看清了一切。"

"他是这么说的？"

"他企图破坏通顿·马库特的一笔军火交易"

"真会编故事。"

"所以这件事的确让他成了政治难民。"

"他靠小聪明过日子，仅此而已。"

"我们大家多多少少不都是这样吗？"

"你这么快就抢着为他说话了哈。"

突然间，我的眼前浮现出一个荒唐可笑的幻景：他们俩躺在床上，玛莎就像现在这样赤裸着，而琼斯还穿着那身女装，脸色因涂了剃须粉而泛黄，他正将巨大的黑天鹅绒裙子拉过大腿上方。

"亲爱的，现在你又怎么了？"

"真是蠢到家了。想想看，我居然会带那个死骗子去跟你住一起。现在可好，他在你家扎了根——也许一辈子都不走了。或者要等有人能靠近'爸爸医生'并用银子弹干掉他以后。明曾蒂[1]在布达佩斯的美国大使馆里待了多久？十二年？琼斯一整天都能看见你……"

"可不像你这样看。"

"哦，琼斯一定得有女人定期陪着他——这个我很清楚。我以前见过他的做法。可我呢，我只能在聚餐的时候，或是在开二流鸡尾酒会的时候才能见你。"

"你现在又不是在聚餐。"

"他已经爬过围墙了。他已经钻进花园里了。"

"你真应该去当个小说家，"她说，"这样我们就全是你笔下的人物了。我们没法对你说自己不是那样，我们没法回应。亲爱的，你看不出来吗，你这是在拿我们当角色创造啊。"

"我很高兴，至少这张床是我创造出来的。"

"我们连跟你说话都不行，是吧？如果我们说起话来跟你的角色——跟你强加给我们的个性不相符，你就连听都不愿意听。"

"什么角色？你是我爱的女人。仅此而已。"

"哦，是吗，我被分类了。一个你爱的女人。"

她爬起床，开始飞快地穿衣服。一只吊袜带扣不上，衣服在头顶扭成一团，她只好重新开始穿——"该死的！"她用法语骂了一句——那情形就好像她要逃离火灾现场。她找不到另一只长袜了。

---

1 约瑟夫·明曾蒂（József Mindszenty, 1892—1975）：匈牙利枢机主教，是匈牙利反法西斯、反极权主义政府的代表人物。1956年"匈牙利事件"爆发后，他前往美国大使馆寻求政治庇护，至1971年才离开。

我说："我要把你的客人赶紧送走。得想个什么法子。"

"我不在乎你送不送走他。只要他安全就好。"

"可是安杰尔会想念他。"

"会的。"

"还有小咬。"

"对。"

"还有路易。"

"他能逗路易发笑。"

"那你呢？"

她把双脚猛地插进鞋里，没有做声。

"他一走我们就能安宁度日了。到时候你也不用在我们中间左右为难。"

她瞪了我好一阵，仿佛我说了什么话让她惊愕不已。然后她来到床前握住我的手，仿佛我是个小孩子，虽然不懂自己说的话是什么意思，但还是必须受到警告，以便将来不会再说它们。她说："亲爱的，要小心啊。你还不明白吗？对你来讲，除了你自己心里想的，别的东西都不存在。我不存在，琼斯也不存在。我们是你选择看到的模样。你是个贝克莱主义者。我的上帝，好一个贝克莱主义者！你把可怜的琼斯看成玩弄女性的骗子，把我看成水性杨花的荡妇。你甚至连你母亲的奖章都不相信，不是吗？她在你笔下也成了另外一个角色。亲爱的，你要试着去相信，就算没有你，我们也是真实的人。我们是独立于你的存在。我们谁也不是你想象中的那个样子。你的思想太阴暗了，一直都太阴暗了，但其实如果你能阳光开朗一些，可能也不会有什么要紧的。"

我想亲吻她，让她心情好起来，她却飞快地转过身，站在门口对着空荡荡的走廊说："你活在一个阴暗的自我世界里。我为你感到难

305

过。就像我为我父亲感到难过一样。"

我在床上呆躺了许久，纳闷自己和一个要为无数死者负责的战犯能有什么共同点。

二

汽车灯光在棕榈树丛间一扫而过，然后像黄色飞蛾一样停在我的脸上。车灯关闭后，我什么也看不清了——只见隐隐约约有个黑色的庞然大物朝走廊靠近。我从前受过一次毒打，现在可不想再来第二次。我大喊一声："约瑟夫！"但约瑟夫当然不在这里。刚才我在喝下一大杯朗姆酒后睡着了，忘了约瑟夫不在这件事。

"约瑟夫回来了？"听到是马吉欧医生的声音，我不由松了口气。他缓缓爬上走廊残破的台阶，透出一股难以言喻的高贵感，仿佛那些台阶是古罗马元老院的大理石台阶，而他是一位来自帝国外域、受封荣获公民身份的元老。

"刚才我睡着了。没用脑子去想。我能给你做点吃的吗，医生？现在只有我自己下厨了，不过给你做个煎蛋卷还是很简单的。"

"不，我不饿。我能把车停到你的车库里吗，以免有人过来？"

"没有人会在夜里跑到这儿来。"

"这可说不定。以防万一嘛……"

他回来后，我又提议给他做点吃的，但他什么也不想要。"我只想找人聊聊，仅此而已。"他挑了一张笔直的硬靠背椅坐下，"以前我经常来这里见你母亲——在那些更幸福的日子里。现在太阳一下山我就感到孤独。"

夜空中开始扯闪，每晚必下的暴雨即将降临。我把椅子朝走廊上遮雨的廊架里面拉了拉。"你从来不去看你的同事吗？"我问。

"什么同事？哦，是有几个像我这样的老人留了下来，把自己锁在房门后面。过去十年里，有四分之三的医生毕业后选择去了其他地方，只要他们能买到一张出境许可就立马出国。这里的人们会花钱买出境许可而不是执业证书。如果你想找海地医生看病，最好是去加纳。"他陷入了沉默。他需要的是有人陪伴而不是找人聊天。雨点开始落下，在重新变得空荡荡的游泳池里哗哗作响；夜色如此黑暗，我看不见马吉欧医生的面孔，只能看到他放在座椅扶手上伸出来的指尖，恍若木雕。

"不久前有天晚上，"马吉欧医生说，"我做了一个荒唐的梦。电话响了——想想吧，是电话呢，我已经有多少年没听见电话响了？有人召唤我去综合医院治疗一名受伤的病人。到那儿一看，我深感欣慰，只见病房里那么干净，护士们也很年轻，收拾得一尘不染无可挑剔。（当然，在现实中你会发现，她们也已经离开海地去了非洲。）我的同事走上前来迎接我，他是一个年轻小伙子，我曾对他寄以厚望，如今他正在布拉柴维尔实现自己的梦想。他告诉我，反对党候选人（这字眼甚至在今天听起来都很过时）在政治集会上遭到了暴徒的袭击，伤者出现了并发症症状，左眼也有危险。我开始检查那只眼睛，结果我发现，他受伤的地方不是那只眼睛，而是他的面颊，被刀砍得露出了骨头。我的同事回来了。他说：'警察局长打来了电话，袭击者已经被逮捕，总统阁下急着想听到您的检查结果，总统夫人派人送来了这些鲜花……'"马吉欧医生开始在黑暗中轻笑起来。"即使在最好的年代，"他说，"即使在埃斯蒂梅总统[1]任内，情况也从来没有这样好过。弗洛伊德那种达成愿望的梦一般不会如此明显。"

"这可不太像是马克思主义者的梦想啊，马吉欧医生。还有反对党候选人呢。"

---

1 迪马瑟·埃斯蒂梅（Dumarsais Estimé, 1900—1953）：海地黑人政治家，1946 年出任总统，曾推动举办 1949 年海地世博会，1950 年因军事政变被迫下台并流亡海外，最终客死巴黎。

"也许这是一个关于遥远未来的马克思主义之梦。在国家渐渐消亡以后，世界上便只有地方选举存在。海地会变成一个选区。"

　　"以前我去你家里的时候，看到书架上公开地摆着《资本论》，当时我很惊讶。这样做安全吗？"

　　"我曾经跟你讲过一次。'爸爸医生'在政治哲学和政治宣传这两者之间做了区分。他想让面朝东方的窗户继续开着，直到美国人再次给他提供武器为止。"

　　"他们再也不会那样做了。"

　　"我可以和你打个一赔十的赌，用不了几个月，海地和美国的关系就会修复，美国大使也会回来。你忘了——'爸爸医生'可是反共的堡垒。这里不会成为古巴，也不会有猪湾。另外，当然还有其他的原因。'爸爸医生'在华盛顿的游说者也在给一些美国人拥有的面粉厂当说客（这些工厂把从美国进口的过剩小麦研磨成灰面粉卖给海地人民——真让人吃惊，只要稍微动点脑筋，他们就能从穷人阶级中最穷苦的贫民身上榨出那么多油水）。然后还有大规模的牛肉出口生意。这里的穷人吃不起肉就像他们吃不起蛋糕一样，所以我猜就算所有的海地牛肉都被卖到了美国市场，穷人也不会觉得难过——美国进口商对这里没有肉牛养殖标准并不在乎——自然而然，那些牛肉都被做成了罐头，卖给了依赖美国援助的不发达国家。这桩生意就算中止也不会影响美国老百姓的生活，但它会伤害那个华盛顿政客的利益，因为每出口一磅牛肉他就能从中捞到一美分的油水。"

　　"你对未来感到绝望？"

　　"不，我不绝望。我认为绝望没用，但我们的问题不能让美国海军陆战队来解决。我们已经领教过被美军占领的滋味了。如果美军要来，我说不定会站在'爸爸医生'这一边。至少他是海地人。不，这件事必须要由我们自己来做。我们这里是一座恶劣的贫民窟，漂浮在

308

离佛罗里达州只有几英里远的海上，没有哪个美国人会用出售军火或是援助资金或是提供顾问的形式帮我们。几年前我们就明白他们的顾问是怎么回事了。当时这里有一个地下抵抗团体，和美国大使馆里的一个同情者有过接触：那人向他们许诺会提供各种道义上的支持，但这份情报直接就被发往了美国中情局，然后又从中情局通过一条非常直接的线路传给了'爸爸医生'。你可以想象那群人会有什么下场。美国国务院不希望加勒比海地区出现任何动乱。"

"那共产主义者呢？"

"和其他人相比，我们的组织更有序，行动也更加慎重，不过，要是我们企图接管政权，美国海军陆战队就一定会登陆海地，'爸爸医生'还会继续掌权。在美国政府的眼里，我们是一个非常安定的国家——只是不适合游客观光，但不管怎么说，游客们都很讨厌。有时候他们目睹了太多，还会给他们的参议员写信。你那位史密斯先生就被在公墓里处决犯人的事情搅得非常不安。顺便说一句，哈米特失踪了。"

"出什么事了？"

"但愿他是躲了起来，但有人发现他的汽车被抛弃在码头附近。"

"他有不少美国朋友啊。"

"可他不是美国公民。他是海地人。对海地人你想怎样就怎样。和平时期，特鲁希略在屠杀河[1]上杀害了我们两万同胞，那些人都是去他国家砍甘蔗的农民——男人，女人，小孩——但你能想到华盛顿那边竟然连一句抗议都没有吗？特鲁希略又活了将近二十年，靠美援养肥

1　屠杀河（the Massacre River）：位于多米尼加共和国西北部达哈朋省境内的一条河流，因1728年西班牙定居者在此屠杀三十名法国海盗而得名。1937年12月，时任多米尼加总统的特鲁希略下令军队屠杀在境内居住的海地民众，约两万人遇害，史称"荷兰芹大屠杀"（Parsley Massacre）。

了自己。"

"你有什么希望，马吉欧医生？"

"也许在王宫里会爆发革命。（'爸爸医生'从来不在王宫外活动，你只有在王宫里才能靠近他。）然后，趁'胖子'格拉西亚还没坐稳他的位置，由海地人民发起一场清算。"

"起义军就一点希望也没有吗？"

"可怜的家伙们，他们不知道怎么打仗。就算他们手里有枪，他们也只会冲着武装哨所挥舞枪杆子。他们也许是英雄，但他们必须学会如何生存而不是去送死。你以为菲利波了解游击战的基本战术？还有你那可怜的跛脚约瑟夫？他们需要一个有实战经验的人，然后或许再过上一两年……我们海地人就像古巴人一样勇敢，但是这里的地形非常恶劣。我们毁掉了我们的森林。你只能住在洞穴里，睡在石头上。另外还有饮水的问题……"

仿佛在对他的悲观发表评论一样，暴雨倾泻而下。我们甚至连自己的说话声都听不见了。城里的灯光被暴雨遮掩。我走进酒吧，端出两杯朗姆酒，摆在医生和我中间。我得引着医生的手去拿他那杯酒。我们坐在原地沉默无语，直到那阵最猛烈的暴雨过去。

"你是个奇怪的人。"马吉欧医生终于开口道。

"为什么奇怪？"

"你听我说话就像在倾听一个长者讲述遥远过去的故事。你看起来是那么冷漠——可是你又住在这里。"

"我生在摩纳哥，"我说，"这就和当个无名之地的公民差不多。"

"如果你母亲还在世，看到今天这个样子，她绝对不会如此冷漠。她多半这会儿就已经跑到山上打游击去了。"

"白费力气？"

"哦，是的，白费力气，当然。"

"跟她的情人一起？"

"他当然决不会让她一个人去。"

"也许我更像我父亲。"

"他是谁？"

"我不知道。就像我出生的国度一样，他是个无名之人。"

雨势渐渐减弱，这会儿我能听出雨点打在树上、灌木丛上和游泳池的硬水泥地上所发出的不同声响。"我喜欢随遇而安。大多数人都这样，不是吗？人总得活下去。"

"你想从生活中得到什么，布朗？我知道你母亲会怎么回答。"

"怎么回答？"

"她会笑话我连这个答案都不知道。是乐子。不过，'乐子'对她来说几乎包含了一切。连死亡也是。"

马吉欧医生起身站在走廊边上。"我好像听到了什么动静。是错觉吧。夜晚让我们所有人都很紧张。我真的很爱你母亲，布朗。"

"那她的情人呢——你是怎么看待他的？"

"他让她开心。你想要什么，布朗？"

"我想经营好这家酒店——我想看到它恢复昔日的繁华，像在'爸爸医生'上台前那样。约瑟夫在吧台后面忙碌，姑娘们在泳池里戏水，汽车纷纷开上车道，到处是愚蠢的享乐之声。冰块在酒杯里丁零作响，树丛中传出纵声欢笑，哦，对了，当然还有滚滚而来的美钞。"

"然后呢？"

"哦，我想接下来是要找一具美好的肉体相爱。就像我母亲当年那样。"

"再然后呢？"

"天晓得。这还不够我欢度余生的吗？我都已经快六十了。"

"你母亲是天主教徒。"

"算不上真的是。"

"我持有信仰，哪怕它只是从某些经济规律中体现出的真理，但你已经完全失去了你的信仰。"

"是吗？或许我从来就没有过呢。无论如何，信仰也是一种限制，不是吗？"

我们端着空酒杯在沉默中坐了一会儿。然后马吉欧医生说："我有一条菲利波的口信。他目前在沃凯市背后的山野里，但他打算往北方转移。他身边有十二个人，包括约瑟夫。我希望其他人都不是跛子。要是有两个跛脚男人就够麻烦了。他想去加入多米尼加边境附近的游击队——据说那里有三十人。"

"好一支大军！才四十二个人。"

"卡斯特罗当年只有十二个。"

"但你总不能跟我说菲利波是另一个卡斯特罗吧。"

"他认为自己可以在边境附近建一处训练基地……'爸爸医生'把农民驱赶到了离边境十公里远的地方，所以在那里或许可以保密行事，只要不去招募兵源的话……他需要琼斯。"

"为什么是琼斯？"

"他对琼斯很有信心。"

"找一挺布伦式轻机枪对他才更有好处呢。"

"在一开始，训练比武器更重要。你总能从死人身上夺取武器，但首先你得先学会杀人。"

"你是怎么晓得所有这些事的，马吉欧医生？"

"有时他们也得信任我们中的一员。"

"你们中的一员？"

"一名共产主义者。"

"你能活到今天可真是个奇迹。"

"假如没有共产主义者——我们大多数人的名字都在美国中情局的黑名单上——'爸爸医生'就不再是自由世界的堡垒了。另外可能还有一个原因。我是一名优秀的医生。那一天可能会来……他又不是百病不侵……"

"要是你能把听诊器变成某种致命武器就好了。"

"是啊，我也想过这个。但他很可能会比我活得久"

"在法国医学中，是不是喜欢用栓剂和注射疗法？"

"它们首先会被用在某个无足轻重的小人物身上做实验。"

"你还真以为琼斯能行啊……他只会逗女人发笑而已。"

"他在缅甸的作战经验再合适不过了。日本人可要比通顿·马库特聪明。"

"哦，是啊，他经常吹嘘那段日子。我听说他把大使馆的人都唬得入了迷。他就拿这手把戏当作回报。"

"他不可能想在大使馆里待一辈子。"

"他也不想一出门就死在台阶上。"

"总会有逃走的法子。"

"他不会冒险的。"

"他冒了很大风险想骗走'爸爸医生'的钱。你可别小看他。不要仅仅因为他经常吹牛就……你能把吹牛大王骗进陷阱。你可以逼他摊牌。"

"哦，请不要误会我，马吉欧医生。我也很想让他离开大使馆，就像菲利波一样。"

"是你把他送进去的。"

"当时我没有料到。"

"料到什么？"

"哦，那完全是另一码事了。我会尽力……"

有人正沿着车道走上山来。他的脚步踩在潮湿的落叶和旧椰子壳的碎片上，发出"咯吱咯吱"的尖锐声响。我们俩静静地坐着，等待着……在太子港，没有人会在夜里出门走动。我心想，不知道马吉欧医生身上有没有带枪。但这样做不符合他的个性。有人在车道拐弯处的树丛边缘停下了脚步。一个声音喊道："布朗先生。"

"什么事？"

"你没有灯吗？"

"你是谁？"

"小皮埃尔。"

我突然意识到，马吉欧医生已经不在我身边了。这个大块头男人行动起来竟然可以如此悄无声息，实在令人惊奇。

"我去拿一盏过来，"我喊道，"这里就我一个人。"

我摸索着回到酒吧里。我知道在哪儿能找到手电筒。当我打开它时，我发现通往厨房间的门是开着的。我提了一盏油灯返回走廊，小皮埃尔随即爬上了台阶。从上一次我看见他那轮廓鲜明、表情暧昧的五官到现在已经有好几个礼拜了。他身上的夹克衫湿透了，他便把它晾在一把椅子背后。我给他倒了一杯朗姆酒，然后等着他作出解释——在太阳下山以后见到他是不太寻常的。

"我的车抛锚了，"他说，"我一直等到刚才那阵雨下完才走过来。今晚的供电也来得比平时要晚。"

我机械地问——这是在太子港闲聊谈天的一部分："他们在路障那儿搜过你的身没有？"

"下这么大雨就不会了，"他说，"这种时候连路障也不会有。你别指望民兵会顶着暴雨继续工作。"

"我很长时间没看见你了，小皮埃尔。"

"我一直都很忙。"

"你的漫谈专栏肯定没什么好写的吧？"

他在黑暗中咯咯笑道："总会有东西可写的。布朗先生，今天在小皮埃尔的人生中可是一个了不起的好日子呢。"

"你该不会是结婚了吧？"

"不，不，不。再猜猜看。"

"你继承了一大笔财产？"

"太子港的财产吗？哦，不是的。布朗先生，今天我装了一部高保真立体声电唱机。"

"恭喜你。它能用吗？"

"我还没有买唱片呢，所以我也说不上来。我已经从哈米特那里预订了一些，有朱丽叶·格雷科[1]，弗朗索瓦丝·阿迪[2]，约翰尼·阿利迪[3]……"

"我听说哈米特不再跟我们一路了。"

"为什么？出了什么事情？"

"他失踪了。"

"这是头一回，"小皮埃尔说，"你比我更早听到风声。是谁告诉你的？"

"来源我得保密。"

"以前他常去外国大使馆，去的次数未免太多了些。这很不明智。"

灯光突然亮了起来，沉思中的小皮埃尔猝不及防，让我第一次撞见了他脸上不安的表情，但他随即对灯光作出反应，使出他平时的那股快活劲儿，兴高采烈地说："这样的话，我的唱片得等上一阵子了。"

---

1 朱丽叶·格雷科（Juliette Gréco, 1927— ）：法国著名香颂女歌手、演员。

2 弗朗索瓦丝·阿迪（Françoise Hardy, 1944— ）：法国著名女歌手、演员、时尚名人。

3 约翰尼·阿利迪（Johnny Hallyday, 1943— ）：法国著名摇滚男歌星、演员，被誉为"法语歌坛的猫王"。

"我的办公室里有一些唱片，我可以借给你。那是以前我为客人们准备的。"

"今天晚上我人在机场。"小皮埃尔说。

"有人下飞机吗？"

"事实上，真的有。我没想到会遇见他。在迈阿密，人们有时会比原计划待得更久一些，而他已经出去很长一段日子了，还遇上那么多麻烦……"

"你说的是谁？"

"孔卡瑟尔上尉。"

我想我现在明白小皮埃尔为什么要登门拜访了——不仅仅只是为了告诉我他买高保真立体声电唱机的事情。他是来警告我的。

"他有麻烦了？"

"凡是接触过琼斯少校的人都有麻烦。"小皮埃尔说，"上尉非常恼怒。他在迈阿密受了不少羞辱——他们说他在警察局里蹲了两个晚上。想想看！是孔卡瑟尔上尉啊！他要为自己恢复名誉出口恶气的。"

"怎么做？"

"想办法逮住琼斯少校。"

"琼斯在大使馆里很安全。"

"他应该继续待在那儿，能待多久就待多久。他最好不要相信任何安全通行证的鬼话。可谁知道新大使会有什么样的态度呢？"

"什么新大使？"

"有传言说，总统已经向皮内达先生的政府发过话，说他不再是受欢迎的人了。当然，这也有可能是空穴来风。请问我能看看你的唱片吗？雨已经停了，我必须要走了。"

"你的车停在哪儿？"

"在路障下面的公路旁边。"

"我开车送你回家。"我说。我去车库里取车。打开前灯后,我看见马吉欧医生耐心地坐在他的汽车里。我们没有说话。

<h1 style="text-align:center">三</h1>

我把小皮埃尔放在了他称之为"家"的棚屋前,然后驱车开往大使馆。门前的守卫拦住我的车,朝里面仔细查看了一番,这才放我通过大门。当我摁响门铃时,我能听见大厅里面传出的狗叫声,还有琼斯那副带着主人口吻的说话声:"安静,小咬,安静。"

那天晚上只有他们在家,大使、玛莎和琼斯,我感觉就像一场家庭聚会。皮内达和琼斯在玩金罗美——不用说,琼斯稳居上风。而玛莎则坐在一张扶手椅中织毛线,我还从未见过她手里拿毛线针的样子。琼斯这一来,好像给这间屋子里带来了某种家庭生活的氛围。小咬坐在琼斯的脚背上,仿佛他才是自己的主人,而皮内达抬起头,眼里流露出受伤和不太友善的神色,开口说:"请原谅,我们想把这一局先打完。"

"来看看安格尔吧。"玛莎说,我们一起上楼梯,中途我听见琼斯说:"再拿一张 2 我就停手。"从楼梯平台上我们转向左边,走进了以前我们吵过架的那个房间,她奔放而快乐地亲吻了我。我把小皮埃尔口中的传言说给她听。"哦,不,"她说,"不。这不可能是真的。"但随后她又补了一句:"路易这几天是在为某些事情烦心。"

"但如果这是真的……"

玛莎说:"新大使还是照样得收留琼斯。他不能把他赶出去。"

"我想的不是琼斯。我在考虑我们自己。"如果一个女人和一个男人睡过,我心想,她还会继续用他的姓氏来称呼他吗?

她在床沿坐下,两眼瞪着墙壁,脸上露出一副惊愕的表情,好像那堵墙突然朝她逼近了似的。"我不相信这是真的,"她说,"我不会相信。"

"迟早有一天它会发生。"

"我一直在想……等安格尔长大能懂事了……"

"到那时候我都已经有多老了啊？"

"你以前不也想过这个的嘛。"她责备我说。

"没错，我已经想过很多了。这也是我为什么要去纽约想把酒店卖掉的原因之一。我要手里有钱才能跟着你，不管你被送到哪儿去。可是现在没有人肯买下它。"

她说："亲爱的，我们会想出办法的，可是琼斯——对他来说，这是生死攸关的事情啊。"

"我想，我们俩要是还年轻的话，也会觉得这对我们是生死攸关的事情。可现在呢——'男人们丧命，被蛆虫吞噬，却不是为爱情而死。'[1]"

琼斯在楼下喊道："牌打完了。"他的声音如莽撞的陌生人一样闯进了房间。"我们最好下去。"玛莎说，"什么也别提，直到我们弄清楚了再说。"

皮内达将那条可怕的小狗抱在膝上坐着，用手抚摸着它；它无精打采地接受着他的爱抚，心里似乎想去别处，它用那双湿润的眼睛望向正坐在那里忙着计分的琼斯，目光中透出一股朦胧的热爱。"我赢了一千两百点。"他说，"明天早上我会派人去哈米特的店里，给安杰尔买波旁饼干吃。"

"你都把他宠坏了，"玛莎说，"给你自己买点东西吧。也好记得我们嘛。"

"瞧你说的，就好像我会忘记你们似的。"琼斯说，他朝玛莎看去，

---

1 这句俗语源自莎士比亚喜剧《皆大欢喜》（*As You Like It*）第四幕第一景中的台词，和莎翁原本有异。

脸上露出一副悲哀的表情，眼眶里微微泛潮，同时又显得有点虚伪，就和皮内达膝盖上的那条狗看着他的样子如出一辙。

"你的信息好像不太灵光嘛，"我说，"哈米特已经失踪了。"

"我没听说啊，"皮内达说，"为什么……？"

"小皮埃尔觉得是因为他有太多外国朋友了。"

"你必须做点什么，"玛莎说，"哈米特帮过我们很多忙。"我想起了其中一个：小房间里的黄铜大床，淡紫色的丝绸床单，还有靠墙摆放的一列东方式硬背靠椅。那些美好的下午属于我们最轻松愉快的时光。

"我又能做什么？"皮内达说，"内政部长顶多会收下两根我的雪茄，然后礼貌地告诉我，哈米特是海地公民。"

"把老连队还给我，"琼斯说，"我就能像一剂泻盐那样直捣警察局，非找到他不可。"

他这一番又好又快的回应正合我意：马吉欧说过，"你能把吹牛大王骗进陷阱"。在琼斯说话的时候，他用一种年轻人寻求认可的表情看着玛莎，而我可以想象，在所有那些居家和睦的夜晚，他是如何用自己在缅甸的故事取悦他们的。他确实已经不年轻了，但在我们俩之间还是有十年左右的差距。

"那里有很多警察。"我说。

"要是我有五十个自己的弟兄，我就能占领这个国家。日本鬼子当年可比我们人多多了，而且他们懂得怎么打仗……"

玛莎向门口走去，但我拦住了她。"请别走。"我需要她做一名证人。她留下了，而琼斯还在继续吹牛，一点也没起疑心。"当然了，起初在马来半岛他们打得我们溃不成军。当时我们对游击战还一窍不通，但后来我们就学会了。"

"温盖特。"我鼓励道，生怕他不肯再继续说下去。

"他是最棒的一个，不过我还能说出其他人的名字。我对自己的一些本事也蛮骄傲的。"

"你能用鼻子嗅出水源。"我提醒他。

"那可不是我费劲学来的，"他说，"我天生就会。唉，在我小时候……"

"现在你却被关在这里，真是悲剧啊。"我打断他的话头。他的童年太遥远了，跟我的目的搭不上边。"现在山里有帮人正需要学习打游击。当然他们已经有菲利波了。"

我们俩就像是在表演一首二重唱。"菲利波，"琼斯大叫起来，"他什么都不懂，老兄。你知道他来找过我吗？他想请我帮忙训练……他提出……"

"你没有动心吗？"我说。

"我当然有啊。我怀念以前在缅甸的日子。这你能理解吧。可是，老兄，当时我还在为政府服务。我还没看清他们的真面目。也许我是很天真，但你至少得跟我坦诚相待吧……我曾经信任过他们……如果当时我就知道现在我所了解的情况……"

我不知道他是怎么向玛莎和皮内达解释自己逃跑这件事的。很显然，在他逃跑当晚告诉我的故事的基础上，他又大大地添油加醋了一番。

"你当时没跟菲利波走真是太可惜了。"我说。

"对我们俩都很可惜，老兄。当然，我不是在说他的坏话。菲利波很勇敢。只要有机会，我就可以把他训练成一流的突击队员。那次针对警察局的袭击——真是太业余了。他放跑了大多数敌人，抢到的武器也只有……"

"如果再有一次机会……"即使是没经验的小老鼠也不会像琼斯这样，一闻到奶酪诱饵的香味就拼命往陷阱里钻。"哦，那我现在就过去找他。"他说。

我说："如果我能安排你逃跑……去加入菲利波……"

他没有半点迟疑，因为玛莎的眼睛正看着他。"只要告诉我怎么做就行，老兄，"他说，"只要你告诉我怎么做。"

正在这时，小咬突然跳上琼斯的膝头，开始舔他的脸，从鼻子一直舔到下巴，仿佛在给这位英雄人物致以漫长的告别；他开了个明显的玩笑——因为到这时他都没意识到陷阱已经关紧了——逗得玛莎哈哈大笑起来。我安慰自己，这种欢声笑语的好日子已经屈指可数了。

"你得做好要随时出发的准备。"我告诉他。

"我一向轻装出行的，老兄，"琼斯说，"现在连调酒箱都没有了。"他还真敢冒险提起那档子事啊！他对我太有把握了……

马吉欧医生正坐在我的办公室里，周围一片漆黑，尽管照明已经恢复。我说："我已经引他上钩了。真是再容易不过了。"

"你听起来非常得意，"他说，"但说到底这又能怎样呢？一个人不可能打赢一场战争。"

"不，我有其他得意的理由。"

马吉欧医生在我的书桌上摊开一张地图，我们仔细研究起那条通往沃凯市的南方公路。如果我要单独返回的话，去的时候就必须装作车上没有别的乘客。

"可如果他们要搜车呢？"

"待会儿我们再说这个。"

我自己需要一张警察颁发的通行证，还要有出行的理由。"你必须拿到星期一的通行证，在12号那天……"他告诉我。在最好的情况下，他想得到菲利波的回复也需要一周时间，所以12号是可能成行的最早日期——"那天夜里几乎没有月光，对你们很有利。你在到达阿

321

坎市[1]以前要把他放在附近的公墓旁边，然后继续开到沃凯市。"

"要是通顿·马库特在菲利波之前先找到他的话……"

"午夜以前你们到不了那里，而且没有人会在天黑以后进墓地。如果有人发现他，你的前景可就不妙了。"马吉欧说，"他们会逼他开口的。"

"我看也没有其他可行的办法了……"

"我是不可能拿到通行证离开太子港的，不然我早就提出……"

"别担心。我还有一笔私人恩怨要找孔卡瑟尔算账。"

"我们大家都有。至少有一样东西我们可以仰仗……"

"什么东西？"

"天气。"

四

沃凯市有一个天主教布道团和一家医院，我编了个故事，说我承诺过要亲自送一包神学书籍和一包药品去那里。结果这个故事基本没派上用场，警察只关心他们在职务上受到尊重。办一张去沃凯市的通行证要花那么多个小时等待，还要忍受动物园里似的恶臭，叛匪尸体的可怖照片贴在头顶，周围的空气像火炉一样炎热，真是够了。我和史密斯先生初次见到孔卡瑟尔的那间办公室已经关上了。或许他已经失宠，而我的私怨也已得到解决。

下午一点的钟声敲响前，有人叫到了我的名字，我朝坐在桌前的一名警察走去。他开始在表格上填写无穷无尽的细节，关于我，关于我的车，从我在蒙特卡洛的出生情况直到我的亨伯牌汽车的颜色。一名警官走过来，越过警察的肩膀看了看。"你疯了。"他说。

"怎么了？"

---

1 阿坎市（Aquin）：位于海地共和国南部省的一座滨海市镇，距首都太子港市约150公里。

"没有吉普车，你根本到不了沃凯。"

"我走大南方公路。"我说。

"一百八十公里的烂泥和坑洞。就算开吉普车过去也要八个小时。"

当天下午，玛莎过来看我。我们肩并肩躺着休息时，她对我说："琼斯把你的话很当真。"

"我就想让他当真。"

"你明明知道，你们连第一个路障都过不了。"

"你就这么为他担心？"

"你真是个大傻瓜，"她说，"我看如果是我要永远离开，你也会把我们最后相处的时间弄得很扫兴……"

"你要走了？"

"总有一天要走。当然了。这是肯定的。人总是要继续前进。"

"你会事先告诉我吗？"

"我不知道。也许我没有勇气说出来。"

"我会跟着你走。"

"是吗？好一长串行李啊。到了新首都，丈夫、安格尔还有情人都一起跟着来了。"

"至少你会把琼斯留在后面。"

"谁知道呢？或许我们可以把他装进外交邮袋里私运出去。路易喜欢他胜过喜欢你。他说琼斯为人更真诚。"

"真诚？你说琼斯？"我勉强装出一声大笑，但在欢爱过后，我的喉咙已经变得干哑。

就像以前经常发生的那样，暮色在我们谈论琼斯的时候悄然降临，我们没有再一次做爱：这个话题让人提不起兴致。

"我觉得很奇怪，"我说，"他交起朋友来怎么那么容易。路易和你。甚至连史密斯先生都喜欢他。或许就像黑人喜欢金发碧眼的女子一样，奸妄之徒能勾起正人君子的兴趣，或者是有罪之人对纯真之人颇具吸引力吧。

"我是纯真之人吗？"

"是的。"

"那你还以为我跟琼斯睡过。"

"这跟纯真没有半点关系。"

"如果我们离开这里，你真的会跟我走？"

"当然会了。只要我能筹足现金。以前我还有一家酒店。现在我只剩下你了。你要走了吗？你是不是在对我隐瞒什么？"

"我没瞒你。但路易可能有事隐瞒。"

"他不是什么都会告诉你吗？"

"也许他比你更怕惹我不高兴。关怀会让人变得更加——柔弱。"

"他多久和你做一次爱？"

"你觉得我是个贪得无厌的女人，对吗？我需要你，还有路易，还有琼斯。"她说，但她没有回答我的问题。棕榈树和三角梅已经变成黑色，雨开始下了起来，一滴一滴就像凝成团状的重油。阵阵雨滴之间，沉寂降临在闷热的空气里，闪电随即劈落，暴雨的轰鸣从山中传来。雨水就像一堵事先砌好的墙壁，重重地砸在地面上。

我说："那天夜里就会像今天这样，等月黑无光之时，我就来接琼斯出发。"

"你怎么带他通过那些路障呢？"

我重复了小皮埃尔对我说过的话："暴雨天是不会有路障的。"

"可是他们会怀疑你啊，如果他们发现……"

"我相信你和路易是不会让他们发现的。你必须封紧安杰尔的嘴巴，还有那条狗。别让它在屋里转悠，长哼短叫地寻找失踪的琼斯。"

"你害怕吗？"

"我只希望我有辆吉普车，就这些。"

"你为什么要这样做呢？"

"我讨厌孔卡瑟尔和他的通顿·马库特手下。我讨厌'爸爸医生'。我讨厌让他们当街摸我裤裆搜查手枪。游泳池里的那具尸体——我曾经有过迥然不同的美好记忆。他们折磨过约瑟夫。他们毁了我的酒店。"

"如果琼斯是个骗子，就算他去了，情况又能有什么不一样？"

"也许到头来他并不是骗子。菲利波很信任他。也许他确实打过日本鬼子。"

"如果他是骗人的话，就不会想去加入游击队了，不是吗？"

"他在你面前把话说得太满了。"

"我对他没有那么重要。"

"那重要的又是什么？他有没有跟你说过关于高尔夫俱乐部的事情？"

"说过，可是没有人会为高尔夫俱乐部去冒生命危险。他是真的想去。"

"你相信这个吗？"

"他请我把他的摇酒壶借还给他。他说这是他的吉祥物。在缅甸的时候他总是把它带在身上。他说，等游击队攻入太子港以后，他会把它还给我。"

"他可真会做梦，"我说，"也许他也是个纯真之人。"

"你别生气，"她恳求我说，"今天我想早点回家。我答应过要和他聚一聚——打金罗美纸牌，我的意思是，在安格尔放学回家以前。他对安格尔非常好。他们一起扮突击队，还玩徒手格斗的游戏。金罗美也没有几次好打了。你能理解的，不是吗？我想对他好一点。"

她走后，我感觉心中的厌倦超过了愤怒，而厌倦的对象主要是我自己。我就不能对别人抱以信任吗？然而，当我给自己倒了一杯威士忌，听那无边的寂静在四周如洪水一般泛滥时，怨恨重新涌上我的心头。怨恨是消解恐惧的良药。我心想，我凭啥要相信一个德国人，一个绞刑犯的孩子呢？

五

几天后，我收到了史密斯先生的来信——从圣多明各寄到这里，路上花了一周多的时间。他在信中写道，他们俩已经在圣多明各逗留了几日，一起四处游玩，还参观了哥伦布的坟墓。猜猜他们在那里遇见了谁？我甚至不用翻页就能猜到答案。自然是费尔南德斯先生。他们抵达机场时他正好也在。（我心想，莫非是他的职业让他像救护车一样时刻在机场里待命不成。）费尔南德斯先生带他们看了很多地方，十分有趣，因此他们决定多待几天。费尔南德斯先生的英语词汇量显然有所增加。在"美狄亚"号上的时候，他的心里一直忍受着巨大的悲痛，因为他的母亲患了重病，这也是为什么他会在音乐会上崩溃痛哭的原因。不过，现在她已经康复了，之前诊断的癌症被证实不过是纤维瘤而已，而且史密斯太太还说服了她改吃素食。费尔南德斯先生甚至认为，在多米尼加共和国建一座素食中心是有可能的。"我必须承认，"史密斯先生写道，"这里的环境更和平，但贫困依然随处可见。史密斯太太遇到了一位来自威斯康星州的朋友。"他请我向琼斯少校转达他最诚挚的问候，并感谢我提供的所有帮助和殷勤款待。他是一位礼数周全尽善尽美的老人，我突然意识到自己有多么地想念他。在蒙特卡洛的学校小教堂里，我们每个礼拜天都会祈祷"愿主赐予我们和平"[1]，但我怀疑在大家后来的人生中，那句祈祷又在多少人身上得到了回应。史密斯先生不必祈求和平。自出生起，他的心中便充满了和平，

1　原文为拉丁语"Dona nobis pacem"，出自天主教弥撒中的祈祷文《羔羊颂》（Agnus Dei）。

没有坚冰的碎片。那天下午，有人在太子港城郊的一条露天下水道里发现了哈米特的尸体。

我开车出门，前往"凯瑟琳妈咪之家"（既然玛莎待在家里陪着琼斯玩耍，我干吗不能去寻欢作乐？），可是没有一个姑娘敢在那天晚上离家外出。哈米特的事情这会儿恐怕已经传遍了全城，人们都害怕光死一个人满足不了星期六男爵的胃口。菲利波夫人和她的孩子已经躲进委内瑞拉大使馆，跟其他避难者会合了，而城里到处都弥漫着一股惶惶不安的气氛。（开车经过玛莎的大使馆时，我注意到现在有两个守卫待在外面了。）尽管返回途中天已经开始下雨，但我在酒店下方的路障前还是被守卫拦下来搜查了一阵。我怀疑有些举动是不是孔卡瑟尔回国以后指使的——他必须证明自己的一片忠心。

到了"特里亚农"，我发现马吉欧医生的侍童正拿着一张便条等我——他邀请我去共进晚餐。饭点已过，我们伴着雷鸣开车到他家里。这次我们没有被人拦住——现在雨下得太大，那个民兵蹲到用破麻袋搭成的遮篷下面躲雨去了。车道旁的那棵南美杉上垂落着雨滴，仿佛它是一把破旧的雨伞，而马吉欧医生在他那维多利亚风格的起居室里等着我，还准备了一瓶波尔图红葡萄酒。

"哈米特的事情你听说了吧？"我问。用混凝纸浆做成的餐桌上，有两块用小珠编出花朵图案的杯垫，上面摆着两只酒杯。

"听说了，可怜的人。"

"他们逮到他什么把柄了？"

"他是给菲利波通风传信的情报员之一。而且他没有开口招供。"

"你是另外一个？"

他从瓶中倒出红酒。我从来不喜欢拿波尔图当开胃酒喝，但那天晚上我没有反对，以我当时的心情，不管是什么酒都可以接受。他没有回答我的问题，于是我问了他另一个："你怎么知道他没有招供？"

他给了我明显无疑的答案。"我还在这里。"平时给他收拾屋子和做饭的老妇人费里太太开门进来,提醒我们晚饭已经备好。她一身黑衣,头戴白色软帽。对一个马克思主义者来说,这副场景可能会显得有点古怪,但我随即想起以前曾听说过,在早期的苏联伊尔喷气客机上还配有蕾丝窗帘和陶瓷橱柜呢。就像她一样,它们给人一种安全的感觉。

我们享用了美味的牛排和奶油蒜香土豆,还品尝了波尔多红酒,在离波尔多这么遥远的地方,能喝到这般品质的酒已经是颇为不错了。马吉欧医生没有心情说话,但他的沉默就像他的言语一样不朽。当他开口说"再来一杯?"的时候,这句话就像刻在墓碑上的一个简短的名字。晚饭结束后,他说:"美国大使要回来了。"

"你确定?"

"而且政府即将与多米尼加共和国展开友好会谈。我们又一次被抛弃了。"

老妇人端着咖啡走进房里,他立即缄口不语。他的脸庞被里面摆设着蜡花盆景的玻璃罩挡住,我看不见他的表情。我当时的感觉是,我们应该在饭后去找布朗宁诗社的其他成员,共同讨论《葡萄牙十四行诗集》[1]。哈米特倒毙在下水道中,距离此地十分遥远。

"我还有几瓶库拉索酒[2],或者如果你想要的话,我还剩一点法国廊酒[3]。"

---

1 《葡萄牙十四行诗集》(*Sonnets from the Portuguese*):由 19 世纪英国著名女诗人伊丽莎白·布朗宁(Elizabeth Browning, 1806—1861)创作的爱情诗集,于 1850 年出版,是英国文学史上的珍品。

2 库拉索酒(Curaçao):一种带有橙皮味的利口甜酒,产于加勒比海中的荷属库拉索群岛,味微苦却十分爽适,比较适合用作餐后酒或配制鸡尾酒。

3 法国廊酒(Benedictine):一译"本尼迪克特甜酒",历史悠久,酒中含香草,是上佳的利口酒和养生保健酒。目前是世界最大酒商百加得公司(Bacardi)经营的品牌之一。

"请上库拉索酒好了。"

"库拉索酒，费里夫人。"沉寂再次降临，耳边只有屋外的雷鸣声。我在心里奇怪，他为什么要叫我来，而等到费里夫人终于来了又走以后，我听到了答案。"我收到了菲利波的回信。"

"幸好它转给了你，而不是哈米特。"

"他说他下周会连着三个晚上等在集合地点附近。从下周一开始。"

"在墓地里？"

"没错。那几天夜里应该不会有月亮。"

"可是如果也没有暴雨怎么办？"

"每年到这个季节，你碰上过连着三天不下大雨的情况吗？"

"没有。但我的通行证有效期就一天——在礼拜一。"

"细节不重要。警察中间没几个识字的。你把琼斯放下，然后继续往前开就行了。如果情况出了什么闪失，你受到当局怀疑，我会尽力协助你，在沃凯市给你通风报信。有可能你得坐渔船逃走。"

"天主保佑，千万别出任何闪失。我可不想逃亡海外。我的人生基业都在这里。"

"你必须在暴雨结束前经过小戈阿沃[1]，不然他们会在那里搜你的车。过了小戈阿沃，直到阿坎市以前应该都不会有问题，而等你到了阿坎市，你又是独自一人了。"

"我真希望自己有辆吉普车。"

"我也是。"

"大使馆外面的守卫怎么办？"

"别理他们。下暴雨时他们会躲进厨房里喝朗姆酒。"

"我们必须提醒琼斯，让他做好准备。我觉得他有可能会临阵脱

逃。"

马吉欧医生说："从现在开始到你离开的那天晚上，这段时间我希望你不要去大使馆。明天我会过去——给琼斯治病。腮腺炎在他这年纪是非常危险的疾病，它有可能会造成不孕不育，甚至是阳痿。从那孩子发作到现在他病倒，这段潜伏期在医生眼里可能会显得太长，让人有点怀疑，但用人们不会明白这个。琼斯会被隔离起来，安心静养。在有人发现他逃跑以前，你应该早就从沃凯赶回来了。"

"那你呢，医生？"

"需要多久我就治他多久。这段时间就是你的不在场证明。我的车不会离开太子港——那也是我的不在场证明。"

"我只希望他值得我们如此大费周章。"

"哦，我向你保证，我也这么希望。我也这么希望。"

第三章

一

第二天，我收到玛莎寄来的一张便条说，琼斯生病了，马吉欧医生担心会引起并发症，她正在亲自照顾他，目前不能离开大使馆。这张便条是写给别人看的，读完可以随便扔掉，但它还是让我感到心寒。她本来肯定可以从字里行间向我隐晦地透露出某些爱的信号。危险不光是琼斯一人担着，我身上也有份，可最近这些日子里，她的慰藉全归琼斯所有了。我在脑海中想象着她坐在他床上，被他逗得哈哈大笑，就像婷婷在"凯瑟琳妈咪之家"的马厩里被他逗得哈哈大笑一样。周六来而复去，周日接踵而至，漫长的一天由此开始。我烦躁不耐，只想尽快把任务完成。

到了下午，我正在走廊上看书，这时孔卡瑟尔上尉开着吉普车上山来了——我很嫉妒他有那辆吉普。坐在孔卡瑟尔身边的人就是以前派给琼斯的那名司机，他肚皮滚圆，满嘴金牙，脸上永远挂着一副龇牙咧嘴的狞笑，仿佛一只被押送到动物园里的猿猴。孔卡瑟尔没有下车。他们两人都透过墨镜死死地盯着我，而作为回敬，我也直瞪着他们，不过他们占了上风——我看不到他们眨眼睛。

过了很久很久，孔卡瑟尔才开口道："我听说你要去一趟沃凯。"

"是。"

"哪天去？"

"明天——我希望。"

"你的通行证只能跑短途旅行。"

"我知道。"

"一天去，一天回，还要在沃凯住一晚。"

"我知道。"

"你的事情一定很重要，非得让你跑这么难受的一趟路。"

"我在警察局已经说过了。"

"菲利波正在沃凯附近的山地里，还有你的用人约瑟夫也在。"

"你知道的比我多。但这是你的工作。"

"现在这里就你一个？"

"是。"

"没有总统候选人。没有史密斯太太。连你们的使馆代办也在休假。你在这里非常孤立。晚上你有时候会害怕吗？"

"我现在已经习惯了。"

"我们会一路监视你的动向，每个哨所都会记录你抵达的情况。到时你必须向我们交代清楚。"他对司机说了句什么，那人狂笑起来，"我跟他说，要是你在路上耽搁逗留，他或者我就会找你问话。"

"就像你以前找约瑟夫问话那样？"

"没错。完全一样的问法。琼斯少校怎么样？"

"很不好。他被大使的儿子传染了腮腺炎。"

"听说马上会来一个新大使。庇护权不该被滥用。你最好劝琼斯少校搬进英国大使馆。"

"要不要我转告他一声，你们会给他颁发安全通行证？"

"好。"

"等他好些了，我会去告诉他。我不敢肯定自己得没得过腮腺炎，我可不想冒险。"

"我们依然可以做朋友，布朗先生。我敢肯定你不喜欢琼斯少校，不会比我更喜欢。"

"也许你说的没错。不管怎样，我会把消息带给他。"

孔卡瑟尔一把将吉普车倒进三角梅灌木丛，碾断了不少枝条，他干得意兴盎然，就和平时喜欢打断别人的四肢一样，然后他转过弯道，驱车扬长而去。在那个漫长的星期日，他的造访是唯一一件打断白天无聊时光的事情。灯光头一回准点熄灭，暴雨也自肯斯科夫两侧倾泻而下，仿佛天神按动了秒表。我试着想潜下心来，阅读一部平装本的亨利·詹姆斯短篇小说集《绝好的去处》，它是某人很久以前落在这里的。我想忘记明天是礼拜一的事，但我做不到。"我们这个可怕时代的狂野汪洋，"詹姆斯写道，让我纳闷的是，在他那令人羡慕的维多利亚时期的悠长和平生活中，到底是什么临时突发的状况让他感到如此困扰。是他的管家向他提出辞呈了吗？我把我的余生都投在了这家酒店上——和往见学校的神父们希望我侍奉的天主相比，它所代表的稳定感更深厚；曾几何时，它比我开流动画廊买赝品仿画的生意更成功；在某种意义上，它就是一座家族坟墓。我放下《绝好的去处》，提着油灯走上楼梯。我觉得——如果事情出了差池——恐怕这就是我在"特里亚农"酒店度过的最后一晚了。

楼梯上的大部分挂画已经卖给或是还给了它们现在的主人。我母亲初到海地不久便明智地买下了一幅伊波利特的画，而我在所有的好日子和坏年月里，也拒绝了所有美国人的出价，一直保留着它，将它作为一份保险。另外还剩一幅伯努瓦的画，描绘了1954年"黑兹尔"

大飓风的惨状，画中有一条洪水泛滥的灰色河流，裹挟着画家精心挑选出的各种奇怪物体：一头四脚朝天顺水漂流的死猪，一把椅子，一匹马的脑袋，还有一张带着鲜花图饰的床架，而在河岸上，一名士兵和一位神父正在祈祷，狂风将所有的树木都吹得倒向一边。在第一座楼梯平台上，有一幅菲利普·奥古斯特的狂欢游行画，画中的男人、女人和小孩都戴着色彩鲜艳的面具。到了早晨，当阳光穿过二楼窗户照在画上时，那耀眼的色彩给人一种喜气洋洋的欢乐印象，画中的鼓手和小号手们仿佛就要奏响一支轻快活泼的乐曲。只有当你走近时你才会发现，那些面具是多么可憎，那些戴面具的人正围着一具身穿寿衣的尸体；接着，原始稚拙的鲜亮色彩变得单调暗淡，就好像浓云已自肯斯科夫上方滚滚而下，马上就会电闪雷鸣。我心想，这幅画挂在哪里，我就会在哪里感觉到海地近在身旁。星期六男爵会在最近的坟场中穿行，即使离此地最近的那座坟场也远在图厅贝克[1]。

我上楼后首先来到了约翰·巴里摩尔套房。当我临窗向外远眺时，我什么东西也没看见；整座城市都隐没在黑暗中，只有从王宫里射出了几簇灯火，另外在码头前还亮着一排路灯，勾勒出码头的轮廓。我注意到史密斯先生在床边留了一本素食手册。我心想，不知道他随身带了多少本册子，用来分发给众人。我打开它，发现他在扉页上用美国式的清晰斜体字写了一段话："亲爱的陌生读者，不要合上这本小书，请您读上几段再睡觉吧。这本书中蕴藏着智慧。您陌生的朋友。"我很羡慕他的这种自信，真的，还有他那份动机的单纯无邪。那些大写的首字母让人觉得这本手册就像一部基甸版《圣经》[2]。

楼下便是我母亲的房间（如今我睡在那里），而在许多房门紧闭，

1　图厅贝克（Tooting Bec）：位于英国伦敦市南郊旺兹沃思区（Wandsworth）内的一处地点。

2　基甸版《圣经》（Gideon Bible）：由国际基甸会（The Gideons International）免费分发在酒店房间、医院病房和其他公共场所的《圣经》。

已经很久没有人住的客房中，有一间曾经是马塞尔的，我在太子港的头天晚上也在那里住过。我还记得那阵叮当刺耳的摇铃声，还有那个大块头的黑人，身穿口袋上绣着首字母的鲜红睡衣，忧伤而歉疚地对我说："她要我。"

　　我依次走进这两个房间：里面已经没有任何东西属于那个遥远的过去。我更换过家具，我粉刷过墙壁，我甚至改造过房间的形状，以便把浴室也加进去。陶瓷坐浴盆上积了厚厚的灰尘，热水龙头也早已不听使唤。我进了自己屋里，在那张曾经属于我母亲的大床上坐下。哪怕经过了这么多纷扰不断的日子，我依然抱着几分期许，想在枕头上找到一根我母亲那不可思议的提香式的红发。可是除了我特意选择保留下来的物品外，她生活过的痕迹已经完全消失了。床边的桌子上有一只用混凝纸浆做成的盒子，我母亲曾在里面存放过一些奇形怪状的珠宝。那些珠宝我已经以近乎白送的低价卖给了哈米特，而那个纸盒里，如今只剩下那枚神秘的抵抗奖章，以及那张摄有城堡废墟的风景明信片，上面带着我手里唯一拥有的她写给我的文字——"如能过来探望，不胜欣喜。"——然后是曾被我误看成"玛侬"的签名和她没来得及向我解释的头衔"拉斯科‑维利耶伯爵夫人"。盒子里还有另一张字条，出自她的手笔，却不是写给我的。在我割断腰带将马塞尔从吊灯上放下来后，我从他的口袋里找到了这张字条。我不明白自己为什么要留着它，也不明白自己为什么还把它读过两三遍，因为它只能加深我缺父少母的凄苦感受。"马塞尔，我知道我是个老女人，而且就像你说的，有点像个女演员。但请你继续假装下去吧。只要我们装下去，我们就能逃避。假装我像情妇一样爱你。假装你像情人一样爱我。假装我会为你去死，假装你也会为我死去。"现在我把这张字条又读了一遍；我觉得它的措辞很感人……而且他的确为她死去了，所以也许他根本不是喜剧演员。死亡是真诚品质的证明。

二

  玛莎迎接我时手里握着一杯威士忌。她穿着一身金色亚麻女裙，双肩裸露在外面。她说："路易出门去了。我正要给琼斯送杯酒过去。"

  "我替你送上去。"我说，"他会需要的。"

  "你不会是来带他走的吧？"她问。

  "哦，没错，我正是来带他走的。天刚刚开始下雨。我们还得再等一小会儿，等守卫们去躲雨了以后再出门。"

  "他能有什么用啊？在外面那种鬼地方？"

  "如果他说的都是实话，那么他的用处会很大。在古巴也只需要一个人……"

  "这话我已经不知听过多少遍了。简直就是鹦鹉学舌。真让我听得恶心。这地方又不是古巴。"

  "他走了，对你我会更方便一些。"

  "你满脑子惦记的就是这个？"

  "对啊。我想就是这个。"

  她的肩胛骨正下方有一小块淤青。为了让问题听起来像个笑话，我开口说："你最近对自己都做了些什么呀？"

  "你什么意思？"

  "那块淤青啊。"我用手指碰了碰它。

  "哦，那个吗？我不知道。我很容易碰伤的。"

  "玩金罗美的时候碰的？"

  她放下酒杯，转身背对着我。她说："给你自己也倒一杯吧。你也会需要的。"

  我一边给自己倒了杯威士忌，一边开口道："如果我礼拜三拂晓离开沃凯市，下午一点以前我就能赶回来。你要到酒店里来吗？安杰尔那时候还在学校。"

"也许吧。我们等等看再说。"

"我们好几天没待在一块了，"我补充道，"你也不用再提早赶回家去打金罗美纸牌了。"她重新朝我转过身，我发现她正在哭。"怎么了？"我问。

"我告诉过你了。我很容易碰伤的。"

"我刚才说错什么了吗？"恐惧带有十分奇特的效果：它让肾上腺素分泌到血液中，它让一个男人尿湿裤子，而在我身上，它注入了一种想要伤人的欲望。我说："你好像对失去琼斯很心烦嘛？"

"为什么不该心烦？"她说，"你觉得自己在'特里亚农'孤单寂寞。好吧，我在这里也很寂寞。跟路易在一起我很寂寞，我们躺在两张单人床上，彼此无话可说。和安格尔一起我也很寂寞，他从学校回来以后，我得陪他没完没了地做算术题。没错，琼斯在这里是让我觉得很快乐——听大家被他那些蹩脚的笑话逗得大笑，和他一起打金罗美纸牌。没错，我会想他。我会想他想到心里发痛。我会多么多么地想他啊。"

"比我去纽约时你想我还要厉害？"

"你还会回来啊。至少你说过你会回来。现在我可吃不准你的心到底有没有真的回来。"

我拿起两杯威士忌上了楼。在楼梯平台上，我意识到自己不清楚琼斯住在哪间屋里。我轻轻地呼喊他，免得用人们听见："琼斯。琼斯。"

"我在这儿。"

我推开一扇门走了进去。琼斯坐在床上，全身穿戴整齐：他甚至连自己的橡胶长筒靴都套上了。"我听见你的声音了，"他说，"在楼下。就是今晚了吧，老兄？"

"没错。你最好喝了这杯。"

"我很乐意能喝上一杯。"他扮了个难看的鬼脸。

"我车上还有一瓶。"

他说："我已经收拾好了。路易借了我一只旅行包。"他扳起指头逐一清点着物品："换洗的鞋，换洗的内裤。两双短袜。换洗的衬衫。哦，还有那只摇酒壶。它是我的吉祥物。你要知道，那是人家送给我的……"他突然停住不说话了。也许他想了起来，以前他曾告诉过我那个故事的真相。

"你好像不准备打持久战嘛。"我给他找了个台阶下。

"我带行李总不能比部下带得还多吧。给我点时间，我就会把补给供应系统管理妥当。"他的话听起来很在行，这还是头一回，我不由心想，或许我以前真的是有点看扁他了。"你也可以给我们帮上忙啊，老兄。等我把情报系统运作起来以后。"

"先想想接下来几个小时该怎么办吧。我们必须熬过那段时间。"

"我有很多事情想感谢你。"他的话再一次令我感到吃惊，"这是我的大好机会，不是吗？当然了，我现在可是怕得要死哈。这一点我绝不否认。"

我们在沉默中并肩而坐，喝着手里的威士忌，聆听将屋顶震得直摇晃的隆隆雷声。原本我确信琼斯会在关键时刻临阵脱逃，这会儿我竟有点不知下一步该如何是好了，结果还是琼斯主动发号施令起来："如果我们想在暴雨结束前离开这里，那么我们最好现在就动身。不介意的话，我要去找我可爱的女主人道个别。"

他回来时嘴角边有一抹口红的残迹：一次笨拙的亲嘴拥抱，或是一次笨拙的亲面颊拥抱——很难说到底是哪一个。他说："情况很安全，警察都在厨房里喝朗姆酒。我们最好立刻动身。"

玛莎为我们拔掉了前门的门闩。"你先走。"我对琼斯说，企图重掌主导权，"可以的话你就弯腰蜷到挡风玻璃下面去。"

我们一出门就被暴雨淋了个透。我转身向玛莎道别，但哪怕到这时候了，我仍然忍不住问她："你还在哭吗？"

"没有，"她说，"是雨水。"我能看出她说的是真话。雨水从她的脸上淌下，一如在她身后的墙壁上流淌那样。"你还在等什么？"

"我不配得到一个吻吗，就像你给琼斯的那样？"我说，于是她便将嘴唇贴近我的面颊：我能感觉到她拥抱中的那股倦怠的冷漠。我责备她说："我也冒了不少危险啊。"

"但我不喜欢你的动机。"她说。

我不禁脱口而出，就仿佛某个令我痛恨的家伙在我来得及阻止前借我的嘴问道："你和琼斯睡过吗？"最后一个字甚至还没吐出口，我便已经开始后悔起来。沉重的雷声轰然响起，要是它能早点将我说的话掩盖住，那该有多好啊，我决不会再重复第二遍。她背靠房门僵直地站着，仿佛正面对着一排行刑队，而我不知为何竟想到了她父亲临刑前的样子。他是不是曾在绞刑架上对着他的审判官们破口大骂？他的脸上是不是带着一副愤怒和轻蔑的表情？

"好几个星期了，你一直在问我这个问题，"她说，"每次我去看你，你都会问。那好吧。我的回答是睡过，睡过。这就是你想要我说的，对吧？没错。我和琼斯睡过。"最糟糕的是，我对她的这番话只是半信半疑。

三

我们驶过通往妓院的转角，然后开上了南方公路，只见"凯瑟琳妈咪之家"里灯火全无，要不然就是因为雨势太大，我们看不见光亮。我以每小时二十英里的速度行驶，感觉自己就像是蒙着眼睛开车，而这一段已经是比较好走的路了。在当年广为宣传的五年计划中，这段公路是在美国工程师的援助下修建而成的，可后来美国人回国了，铺好碎石的路段也在太子港郊外七公里处就此中止。我很清楚这里会有路障，但当车前灯扫过民兵小屋外的空吉普车时，我心里还是吃了一惊，因为这意味着通顿·马库特分子也在此地。我没有时间加足马力，但小屋里没人出来——就算通顿·马库特分子在里面，他们也肯定是在避雨。我竖起耳朵听身后有没有汽车追逐的声响，但耳中能听到的只有擂鼓般咚咚作响的暴雨声。这条了不起的高速公路已经变成了乡间小道：我们的车速降到了每小时八英里，车子在石块间颠簸碰撞，压过死水潭时又溅起片片水花。我们在沉默中行驶了一个多小时，始终被晃荡得没法开口。

有块石头猛地顶在汽车底盘上擦过，一时间我心里生怕车轴被撞坏了。琼斯开口问："我能找找你的威士忌喝吗？"

找到酒以后，他猛灌了一大口，然后将瓶子递给我。就在我分神的一刹那工夫，汽车向旁边滑去，后轮陷进了湿软的红土里。我们费尽力气折腾了二十分钟，这才重新上路。

"咱们还能按时赶到会合点吗？"琼斯问。

"依我看恐怕是不能了。你可能得一直躲到明天晚上才行。我给你准备了几块三明治，以防万一。"

他轻笑了几声。"就是这种生活，"他说，"我以前经常梦想着过上这样的生活。"

"我还以为你以前一直过的就是这种生活呢。"

他再次沉默不语，仿佛意识到刚才的话有点欠考虑了。

路况突然毫无理由地好了一些，雨势也迅速小了下来，但愿在我们经过下一处警察哨所之前雨不会停住。然后，在通往阿坎市的公路上一直到那片墓地，中间都不会有问题。我开口说："那玛莎呢？你和她相处得怎么样？"

"她是个很棒的女人。"他小心地说。

340

"我感觉她挺喜欢你的。"

在棕榈树丛之间，我有时能察觉到一条细细的海岸线像火柴的闪光一样若隐若现，这可不是什么好兆头，天快要放晴了。琼斯说："我们俩可是一见如故啊。"

"我有时候很羡慕你，但也许她不是你喜欢的类型吧。"这就像从伤口上剥离绷带一样，我剥得越慢，疼痛就越持久，但我又没有足够的勇气将绷带一把扯下来，而我还得一直注意盯着坎坷的路面。

"老兄啊，"琼斯说，"无论哪种类型的女人我都喜欢，但她是很特别的那种。"

"你知道她是德国人？"

"德国小姐们都很有经验的。"

"就像婷婷那样？"我装出一副漫不经心的冷静口气问他。

"婷婷和她不在同一个阶级嘛，老兄。"我们就像两个医学院的学生，正在互相吹嘘着自己的早年经历。之后很长一段时间里我都没有再开口说话。

我们即将到达小戈阿沃镇——在以前那些更好的日子里，我曾来过此地。我记得警察局就在离公路不远的地方，而我应该先开到那里去报到。我希望雨还下得够大，能让警察躲在他们的营房里——这里不太可能有民兵驻扎。公路边那些湿漉漉的小茅屋在汽车灯光下摇摇晃晃，墙上的泥土被暴雨浇裂打碎，把茅草弄得又湿又脏：没有一盏灯点亮，四下里一个人影也没有，就连一个残疾人都见不到。小墓地中的家族墓碑看起来比人住的小茅屋更坚实。死人分配到的宅邸比活人的更高级——带有窗孔的两层小屋，到了万灵节的晚上，人们可以把食物和灯烛放在窗孔里。在我们通过小戈阿沃镇之前，我不能有丝毫走神。在公路边一块长长的园地里，立着好几排小小的十字架，上面挂着许多金色鬃发似的东西，彼此环绕相连，就好像从埋在地底下的女人头骨上拔下来似的。

"我的天哪，"琼斯说，"那是什么东西啊？"

"只不过是晾晒的剑麻。"

"晾晒？在这么大的雨里面？"

"谁知道这里的主人出了什么事情？也许他被枪毙了。被关进监狱了。逃进山里去了。"

"这可有点诡异啊，老兄。有几分埃德加·爱伦·坡的味道。看着比墓地还可怕咧。"

小戈阿沃镇的主大街上空无一人。我们经过了一家叫"悠悠俱乐部"的地方，一块写着"梅尔兰妈妈啤酒馆"的大招牌，一个名叫布鲁图斯的人开的面包店，还有一个名叫加图的人开的修车行——如此说来，这个黑人民族的顽固记忆中竟还保留着对一个更美好的共和国的回忆 [1]——接着，让我庆幸放松的是，我们又回到了乡间小路上，在石头中间颠簸前行。"我们成功了。"我说。

"快到了吗？"

"差不多走完一半了。"

"我想再来一口威士忌，老兄。"

"你想喝就喝。不过，你还得靠它撑很长一段时间。"

"我最好在跟那些兵瓜蛋子会合前干掉它。要是到了他们手里，这酒可喝不了多久。"

我也灌了一口烈酒，想给自己壮壮胆，但我还是把最后那个直白露骨的问题暂时拖在了后头。

"你和她丈夫又相处得怎么样？"我小心地问他。

"挺好的。我没偷他一草一木。"

1　此处指古罗马共和国。布鲁图斯和加图均为古罗马共和国末期的著名政治家。

"是吗？"

"她已经不跟他一起睡觉了。"

"你怎么知道的？"

"我自有办法。"他一边说一边抓起酒瓶大声地嘬起来。我又需要全神贯注对付糟糕的路况了。我们现在的车速实际上已经降到跟走路一样慢：我必须在岩石中间小心穿行，就像在马术比赛上表演的小马一样。

"我们早该弄辆吉普车的。"琼斯说。

"在太子港你上哪儿去找吉普车？从通顿·马库特手里借吗？"

道路分岔了，我们把大海甩在身后，开始转向内陆行驶，朝群山之间攀爬。小路好一段都是红土，只有湿软的泥浆阻塞着我们前进的通道。和刚才在石头上颠簸不同，这段路又是一种全新的体验。我们已经开了三个小时——现在已经快到深夜一点了。

"现在遇上民兵的危险很小了。"我说。

"但雨已经停了啊。"

"他们害怕上山。"

"我们的帮助从此而来。"[1]琼斯仿造出一句妙语。威士忌已经让他变得飘飘然了。我再也等不下去，直接推出了那个问题："她是个好床伴吗？"

"好——好极了。"琼斯说，我不由紧紧地抓住方向盘，免得一怒之下对他挥拳相向。过了很久我才重新开口说话，但他什么也没有注意到。他张着嘴睡着了，身体往后靠在玛莎曾经多次倚靠过的那扇车门上；他睡得像孩子那般安详，纯洁无瑕。或许他确实就像史密斯先生那样纯真，而这就是他们彼此惺惺相惜的原因。愤怒很快便离我而

1　出自《圣经旧约·诗篇》（Psalms）中的赞美诗第121首第1节。此处原文与圣经原诗略有差异。

去：这个小孩打翻了一碟好菜，仅此而已——没错，一碟好菜，我心想，他肯定就是这样形容她的。中间他醒了一阵，主动提出要换我开车，但我觉得即使不让他酒后驾驶，我们目前的情形也已经够危险的了。

接着，汽车来了个大撒把——也许是我分了神，也许它就是在等着再狠狠地撞上一下，把肚子里的部件全都震出来。车子撞到一块石头后弹了出去，我努力想开回路面上，但方向盘在我手里直打转：我们又撞上了另一块大石头，然后停了下来，车前轴断成两截，一盏前灯也撞得粉碎。这下子可真是无计可施了——我没法赶去沃凯，也没法赶回太子港。无论如何，今晚我和琼斯都算是绑在一起了。

琼斯睁开眼睛，说："我梦见……我们怎么停下了？是到地方了吗？"

"前轴断了。"

"我们，依你看，还有多远的路要走——离那里？"

我看了看里程表，说："要我说还有两公里，也许三公里远。"

"坐 11 路公交车咯，走过去吧。"琼斯说。他开始把旅行包拖出车外。我拔出车钥匙，把它放进口袋里，我也不明白为什么要这么做——全海地恐怕还没有一家车行能把车修好，而且无论如何，谁会自找麻烦跑到这条路上来拖车回去？太子港周围的公路上到处都是废弃的轿车和倾覆的公交车残骸；有一次我曾见到一辆抛锚的大货车连同拖它的吊车一起横躺在水沟里——就像救生船撞坏在礁石上一样，真是自相矛盾哪。

我们开始步行。我带了一只手电筒，但道路十分难走，琼斯的橡胶长筒靴在湿软的红土上也不住地打滑。时间已过两点，雨也已经停住。"要是他们在追咱们，"琼斯说，"这会儿就不用费什么力气了。我们根本就是证明人类存在的活广告嘛。"

"他们没有理由要现在来追咱们吧。"

"我在想刚才我们经过的那辆吉普车。"他说。

"里面又没有人。"

"我们不知道屋里是谁在看着我们过去。"

"不管怎样，我们别无选择。不开车灯的话我们连两码地都开不出去。要是有车从这条路上过来，我们从两英里外就能听见。"

我打开手电筒照向公路两边，只能看见石块、泥土和低矮潮湿的灌木丛。我说："我们千万不能错过公墓，可别一下子走到阿坎市去了。在阿坎有民兵哨所。"我能听到琼斯气喘吁吁，便主动提出想帮他拎会儿行李，但他说什么也不愿意。"我有点不在状态，"他说，"就这样。"又过了一会儿，他说："刚才我在车上说了很多胡话。我不是一个完全可信的人。"

这话在我听来有点轻描淡写，但我不明白他为何要这么说。

终于，手电筒照出了我正在寻觅的地点：位于我右手边的一片公墓，沿着山坡向黑暗中延伸。它就像一座矮人建造的城市，街道上排列着许多间小屋，有些大到几乎可以容纳我们自己，有些小到只能放进新生婴儿，它们全部用灰石砌成，上面粉刷的灰泥早已剥落。我把手电筒转向另外一侧，据我收到的情报，公墓对面应该会有一间荒废的小茅屋，可是在会合计划中总是会出现差错。我们到达公墓后，本该在第一个拐角对面就能看到那间小茅屋，孤零零的单独一间，可那里除了一片土坡以外什么也没有。

"搞错地方了？"琼斯问。

"不可能。现在我们离阿坎肯定很近了。"我们沿着小路继续往下走，在更远处的拐角对面，我们的确找到了一间茅屋，但在手电筒的光亮中，我觉得它看起来并没有那么破败。我们别无选择，只能试一下了。要是有人住在里面，至少他也会像我们一样吓个半死。

"我真希望手上有把枪。"琼斯说。

"你没枪我才高兴呢，不过你那身徒手搏斗的技能怎么样了？"他咕哝了一声，听起来像是"生疏了"。

我推开房门后，却发现里面空无一人。屋顶破了一个大洞，透进一块微微泛白的夜空。"我们晚到了两小时，"我说，"他很可能已经来过又走了。"

琼斯坐在旅行包上喘着粗气。"我们应该早点出发的。"

"怎么可能早出发呢？我们得等着下暴雨啊。"

"现在我们怎么办？"

"天亮了我就回汽车那儿去。在这条破路上，待在撞坏的汽车里不会惹人怀疑。我知道白天有段时间，在小戈阿沃和阿坎之间有一趟地方公交，也许我从那里可以搭便车，或者也许另外还有车能开到更远的沃凯。"

"听起来很简单，"琼斯羡慕地说，"可是我怎么办？"

"坚持到明天晚上。"我不怀好意地补了一句，"现在你又回到熟悉的丛林里了。"我朝门口望去：外面什么也看不见，什么也听不见，甚至连狗叫声都没有。我说："我不喜欢待在这里。假如我们睡过去了——夜里可能会有人进来。那些士兵有时肯定也会沿着这些道路巡逻——或者是哪个农民去田里干活时路过。他肯定会去报警。干吗不呢？我们是白人嘛。"

琼斯说："咱们可以轮流站岗。"

"有个更好的法子。我们去公墓里睡觉。没人会去那里，除了星期六男爵。"

我们穿过所谓的道路，再翻过一堵低矮的石墙，然后便发现自己来到了那座微缩城市的大街上，街边的房屋都只有齐肩高。因为琼斯背着旅行包，我们便放慢脚步缓缓爬坡。身在墓地中心让我感觉更加安全，在那里，我们找到了一间高过我们的小屋。我们把威士忌酒瓶放在一个窗洞里，然后背靠着墙壁坐下。"哦，好吧，"琼斯口气呆板地说，"更糟糕的地方我都待过。"我心想，要多糟的地方才能让他忘记自己那口腔调。

"要是你在坟墓中间看见一顶高礼帽，"我说，"那肯定就是星期六男爵。"

"你相信有还魂尸吗？"琼斯问。

"不知道。你相信有鬼吗？"

"咱们别再谈神说鬼了，老兄，再来喝口威士忌。"

我感觉听到了什么动静，赶紧打开手电筒。灯光照亮了整整一条街的坟墓，映入一只猫的眼睛里，让它们像佛朗哥式金属饰钉一样闪闪发亮。它跳上一栋屋顶，消失不见了。

"咱们把手电打开真的好吗，老兄？"

"就算有人看见，他也会吓得不敢过来。你明天还是埋伏在这里最好。"——在公墓里选用"埋"这个字眼可不会让人高兴。"我看除了埋死人以外，不会有人跑到这儿来。"琼斯又嘬了一口威士忌，我提醒他："瓶里的酒只剩下四分之一了。明天你还有一整天要等呢。"

"玛莎帮我把摇酒壶也装满了，"他说，"我从没见过像她那么体贴的女人。"

"或者是像她那么好的床伴？"我问。

接下来是一阵沉默——我心想，也许他是在开心地回顾那些欢场情爱的时光。随后琼斯说："老兄啊，现在游戏可是玩成真格的了。"

"什么游戏？"

"假扮当兵的游戏啊。我能理解为什么人们要坦白忏悔。死亡是一件非常严肃的事情。在它面前很难问心无愧，如同接受一枚受之有愧的奖章。"

"你有那么多罪过要忏悔吗？"

"我们每个人都有。我说的不是向神父或天主忏悔。"

"那又是对谁？"

"对任何人都行。要是今晚在这里陪我的不是你而是一条狗，我也会向那条狗忏悔的。"

我不想听他忏悔，我不想听他说自己和玛莎睡过多少次。我说："你向小咬忏悔过？"

"没有机会啊。当时游戏还没有变成真格的。"

"狗至少能守住你的秘密。"

"我才不在乎别人说些什么呢，但我不想在死后留下一大堆谎话。以前我已经撒过太多的谎了。"

我听见一阵动静，那只猫又爬回了屋顶上，我重新打开手电，照亮了那双猫眼。这回它趴在一块石头上，开始磨起爪子来。琼斯拉开旅行包，从里面掏出一块三明治。他把三明治一分为二，然后给那只猫扔了其中一半过去，它立即逃掉了，仿佛以为那两片面包是石头。

"你最好悠着点，"我说，"现在你的口粮很紧张。"

"那小可怜儿都饿坏了。"他收起另外半块三明治，我们和猫都沉默了许久。最后还是琼斯打破了寂静，那桩心事在他脑海中固执地萦绕不去。"我是个糟糕透顶的大骗子，老兄。"

"我一直都这么觉得。"我说。

"刚才我说玛莎的事情——里面没有一句话是真的。我睡过很多女人，但只有她一个人我不敢碰。"

我不知道他这会儿是在说真话，还是要进一步过渡到某种更体面的谎言上去。也许我的态度向他道明了一切，让他从中察觉到了某些隐情。也许他是在可怜我。让琼斯来可怜——我心想，恐怕没有比这更令人掉价的事了。他说："关于女人的事情我一直在说谎。"他不安

348

地笑了笑，"在我占有婷婷的那一刻，她就变成了海地上层阶级的头等贵妇，如果当时身边有人要我讲起她的话。知道吗，老兄，我这辈子睡过的女人里还没有一个不是付过钱的——或者至少是承诺过要付钱。有时情况不好，我还不得不赖账。"

"玛莎告诉我说她和你睡过。"

"她不可能跟你这么说吧。我不相信你。"

"哦，这是真的。那几乎是她对我说的最后一句话。"

"我从来不晓得。"他阴郁地说。

"晓得什么？"

"晓得她是你的女人。又一个谎言让我露了馅儿。你可千万不要相信她。她生气是因为你要跟我走。"

"或者是因为我要把你带走她才生气。"

黑暗中传来爪子扒拉的声音，那只猫已经找到了三明治。我说："这里蛮有丛林氛围的。你会觉得像在家里一样自在。"

我听见他灌了一大口威士忌，然后开口说："老兄啊，我这辈子根本没在丛林里待过——除非你把加尔各答动物园也算上。"

"你从没去过缅甸？"

"哦，不，我去过。也算是差不多吧。不管怎样，我离边境只有五十公里远。当时我在英帕尔，主管劳军事务。好吧，确切地说，我也不是主管。我们曾请到过诺埃尔·科沃德[1]。"他补充道，口气里带着骄傲和一丝放松——这件真事是他可以拿来吹嘘的。

"你们俩相处得怎么样？"

---

1 诺埃尔·科沃德（Noel Coward, 1899—1973）：英国著名剧作家、演员和作曲家，以精练的社会风俗喜剧闻名，曾因影片《与祖国同在》（*In Which We Serve*）获得1943年奥斯卡终身成就奖。二战爆发后，科沃德曾秘密为英国情报部门效力，并在战争期间多次前往作战前线参加劳军慰问演出。

"其实……我没跟他说过话。"琼斯说。

"但你当时是在军队里吧?"

"不是。我被军队拒绝了。扁平足。他们发现我曾在西隆¹经营过电影院,于是就给了我这份工作。我有一套军服,但没有军衔徽章。"他又用那种古怪的骄傲口气补充说,"我和全国劳军演出协会²有过联系。"

我拿手电筒扫过周围这一大片灰色的坟墓。我说:"那我们还跑到这儿来干什么啊?"

"我吹牛有点吹过头了,对吧?"

"你已经自己跳进火坑里了。难道你就不害怕?"

"我就像第一次救火的消防员。"他说。

"你的扁平足走这种山路可吃不消!"

"有拐棍我就能应付过去,"琼斯说,"你不会跟他们说吧,老兄?这是我的秘密。"

"用不着我来说,他们很快就会发现的。所以你也根本不会用布伦式轻机枪?"

"他们手上又没有的。"

"你现在才说,已经太晚了。我没法把你弄回去了。"

"我不想回去。老兄,你不知道我在英帕尔过得是什么样的生活。有时候我也经常交些朋友——我可以给他们介绍姑娘,然后他们开拔走人,有的从此再也不会回来。或者有的会回来一两次,给我们讲故事。有个叫查特斯的家伙能嗅出水源……"他猛地顿住,想起来了。

1　西隆(Shillong):印度东北部山地城市,1972年前曾是阿萨姆邦首府,现为梅加拉亚邦首府。

2　全国劳军演出协会(Entertainments National Service Association, 缩写 E.N.S.A.):英国劳军组织,成立于1939年,旨在为军人提供慰问演出和娱乐服务,曾作为英国陆海空军协会的分支机构运作。二战结束后,被联合服务娱乐公司取代。现为英国注册慈善机构"声音与影像服务公司"的下属机构。

"又一个谎言。"我说，仿佛我自己是个诚实正派的君子。

"也不全是谎话啦，"他说，"你瞧，他给我讲这个故事的时候，就像有人在喊我的真名。"

"你的真名不叫琼斯？"

"琼斯是我出生证上的名字，"他说，"我亲眼见过。"然后把我的问题抛在一边。"在他告诉我这个故事以后，我就晓得自己也可以办到，只要稍加训练就行。我知道我也有这本事。我让秘书在办公室里藏起几杯水，然后自己待在屋里等着，直到口干舌燥了再用鼻子去闻。这种训练不是很有效果，可是自来水毕竟和外面的水不一样嘛。"他补充道，"我想我要让脚放松放松。"从他的动作中我可以猜到，他正在脱掉脚上的长筒靴。

"你怎么会去西隆呢？"我问。

"我出生在阿萨姆。我父亲是种植茶叶的——至少我母亲这么说。"

"这话你只有信的份儿？"

"嗯，他在我出生以前就回老家了。"

"你母亲是印度人？"

"半个印度人，老兄。"他说，好像对小细节尤为重视。我仿佛遇见了一个未曾谋面的兄弟——琼斯和布朗，这两个名字几乎可以互换，而我们的身世也是如此。就我们所知，我俩都是私生子，当然父母有可能办过结婚仪式——我母亲生前总是给我留下那种印象。我们都被抛入命运的长河中，任凭沉底毁灭或是游泳逃生，结果我们都游了上来——我们在生活的洪流中艰难击水，从彼此天各一方相隔万里，到现在聚首于海地的一块墓地中。"我喜欢你，琼斯，"我说，"如果那半块三明治你不想要，我可以吃掉它。"

"当然了，老兄。"他伸手在旅行包里摸了一阵，然后在黑暗中摸索着找到了我的手。

"跟我多讲讲吧，琼斯。"我说。

"战争结束以后，"他说，"我去了欧洲。我吃了不少苦头。不知怎么的，我找不到自己想做的事情。你知道吗，在英帕尔的时候，有好几次我都恨不得日本鬼子能打到我们那儿去。军部当局那时候甚至连随军商贩都想武装起来，就像我和海陆空三军合作社[1]的办事员还有厨子。毕竟我还有一套制服嘛。很多非职业军人在战争中也干得挺出色，对不对？我学会了许多东西，窃听情报，研究地图，监视侦察……即使你没法从事那份职业，但你也可以感到心中有一份召唤，不是吗？于是我就干上了那份工作，检查那些三流演员的旅行工具和证件——科沃德先生是个例外，另外我还得帮着照顾那些小姑娘。我管她们叫小姑娘。其实她们更像是一群大龄女演员。我的办公室闻起来就像是舞台化妆间。"

"所以油彩味把水的味道给掩住了？"我说。

"你说得没错。那场实验不合理。我只是想争取到机会。"他补充说，而我心想，也许在他那充满波折的一生中，他一直绝望地暗恋着美德，从远处遥望着她，希望得到她的青睐，或许，就像小孩子为了引起美德的注意而故意做错事情一样。

"现在你有机会了。"我说。

"要谢谢你，老兄。"

"我还以为你最想要的是高尔夫俱乐部……"

"那也是真的。它是我的第二个梦想。人总得有两个梦想，对吧？以防第一个搞砸了。"

"对。我想也是。"赚钱也曾经是我的梦想。还有过第二个吗？我

1　海陆空三军合作社（Navy, Army and Air Force Institutes, 缩写 N.A.A.F.I.）：由英国政府于1921年建立，负责运营英军的康乐设施及供官兵、军眷消费的各种商店、营站，办事员虽然身穿军队制服，但身份上仍属于民间雇员。

实在不想去探究那么久远的过去了。

"你最好睡上一会儿。"我说，"白天睡觉不安全。"

于是他睡下了，身体在墓碑下像胎儿似的蜷成一团，几乎很快就进入了梦乡。在这方面他跟拿破仑一模一样，而我心想，也许他还有其他本事能与皇帝媲美呢。中间他睁开过一次眼睛，评价说这里是个"好地方"，然后又睡着了。我看不出这里有任何好的地方，但最后我也昏沉沉地睡了过去。

两小时后，有什么动静把我从梦中惊醒。我一时以为那是汽车发出的噪音，但转念一想，天还这么早，不太可能会有车子开在这条路上，而残梦依然逗留在我的脑海中，解释了噪音的由来——刚才我梦见自己开车越过一条布满卵石的河床。我躺着一动不动，侧耳倾听周围的动静，两眼直视着清晨灰暗的天空。我能看见立在周围的墓碑显出了形体。太阳很快就要升起。是时候回到汽车那儿去了。在确定周围没有动静以后，我轻轻地推醒了琼斯。

"从现在起你最好别再睡了。"我说。

"让我送你一程吧。"

"哦，不用，你就别送我了。为我的安全起见。天黑以前你千万要离大路远远的。乡下农民马上就要去赶集。他们只要看见白人就会报警。"

"那他们看见你也会报咯。"

"我有很好的理由。去沃凯的路上车撞坏了。天黑以前你必须和那只猫待在一起。然后你再去茅屋那里等菲利波。"

琼斯坚持要和我握手。在勉强过得去的光亮下，我之前对他产生的好感飞快地流失殆尽。我又想起了玛莎，而他好像多少看出了我的心思，开口说："下次你见到玛莎，请代我向她致意。当然了，还有路易和安杰尔。"

"还有小咬？"

"以前多好啊，"他说，"我们生活得就像一家人。"

我沿着排成一条长街的坟墓朝大路走去。我天生就不是当游击队的料——没有采取任何戒备措施。我心想：玛莎没有理由对我说谎啊，难道她真有什么理由不成？公墓的围墙对面停着一辆吉普车，可我看到它以后，一时竟没有回过神来，还在想着脑子里的事情。接着，我停住了，站在原地等待。天光依然很暗，我看不清是谁坐在方向盘后面，但我心里很清楚接下来会发生什么事情。

孔卡瑟尔上尉的声音轻轻响起："乖乖地待在那儿。别出声。不许动。"他爬出吉普车，后面跟着那个满嘴金牙的胖司机。即使在这样昏暗的光线下，他仍然戴着那副墨镜，这是他身上唯一的制服。一挺样式老旧的汤普森冲锋枪对准了我的胸口。"琼斯少校在哪儿？"孔卡瑟尔轻声问。

"琼斯？"我敢多大声就有多大声地说，"我怎么知道？我的车坏掉了。我有去沃凯的通行证。这你是知道的。"

"说话小点儿声。我要带你和琼斯少校回太子港。抓活的，我希望。总统更想要活口。我必须跟总统言归于好。"

"你可真是荒唐。你肯定已经看到我的车在路上抛锚了。我正要去……"

"哦，没错，我看到了。我本来就指望会看到。"汤普森冲锋枪在他手中转了个向，瞄准我左手边的某个位置。这对我还是没有任何好处——那个司机也端起枪对准了我。"往前走。"孔卡瑟尔说。我往前走了一步，他又说："不是你。琼斯少校。"我转身一看，琼斯正站在我身后。他手里拿着那瓶喝剩的威士忌。

我说："你这个该死的蠢货。你怎么不在老地方待着啊？"

"对不起。我以为你等车时也许用得着威士忌。"

354

"到车上去。"孔卡瑟尔对我说。我服从了。他走向琼斯，在琼斯脸上狠狠地打了一拳。"你要诈。"他说。

"咱俩算是彼此彼此吧。"琼斯说完，便又挨了孔卡瑟尔一拳。司机站在那里看着这一切，咧开嘴狞笑起来，他的金牙在初现的几缕晨光中闪闪发亮。

"上车坐你朋友旁边。"孔卡瑟尔说。有那个司机用枪指着我们，他便放心地转过身，开始朝吉普车走去。

一声动静突然传来，即使感觉够响，离我们也挺近，却几乎逃过了我的耳朵：我只感到耳膜在振动，却没有听到爆炸声。我看见孔卡瑟尔猛地朝后一仰，好像被一只看不见的拳头狠狠打倒在地，那个司机也脸朝下跌倒不起，公墓围墙的一小块碎片飞到了空中，过了许久才落下，在大路上传出"砰"的一响。菲利波从茅屋里走了出来，约瑟夫跛着脚跟在后面。他们手上都端着样式同样老旧的汤普森冲锋枪。孔卡瑟尔的墨镜躺在大路上。菲利波抬起鞋跟，一脚把它踩得粉碎，而尸体没有流露出任何不满。菲利波说："我把司机留给了约瑟夫。"

约瑟夫弯腰伏在司机的尸体上，正在拔他嘴里的金牙。"我们得赶紧动身，"菲利波说，"他们在阿坎肯定已经听到枪声了。琼斯少校在哪儿？"

约瑟夫说："他刚才进了公墓。"

"他肯定是去拿旅行包了。"我说。

"叫他快点儿。"

我走上山坡，穿过墓地里那些灰色的小房屋，来到我们昨晚过夜的地点。琼斯就在那里，他跪在墓碑旁，做出一副祷告的姿势，但他转头以后我才发现，他的脸上现出橄榄绿色，挂着一副难受的表情。刚才他跪在那里吐了一地。他说："抱歉啊，老兄。在所难免的事儿。请你别告诉他们，但我以前从没见过有人死掉。"

第四章

一

我驱车沿着铁丝网篱笆开了十几公里，这才找到了一扇大门。费尔南德斯先生在圣多明各帮我以折扣价买下了一辆小跑车，对于我要办的差事而言，这辆车或许显得太浮夸了一点。另外，我手上还有史密斯先生的私人介绍信。我离开圣多明各时还是下午，这会儿却已经是黄昏了。那段日子里，多米尼加共和国境内没有架设任何路障，到处是一片和平的景象——当时没有军人独裁政府——美国海军陆战队也还没有在此登陆。[1] 旅途中我有一半路程走的都是宽敞的高速公路，有些车辆竟以每小时一百英里的速度从我身边超过。海地的暴力局势似乎离这里不止几百公里远，经历了那一切之后，眼下的这份安宁让人感觉十分真实。没有人拦下我检查证件。

我来到安在篱笆里的一扇大门前，大门上了锁。一个头戴钢盔、身穿蓝色粗布工作服的黑人从铁丝网对面问我有何贵干。我告诉他，

---

1 多米尼加独裁总统特鲁希略于 1961 年 5 月遭暗杀身亡后，多米尼加经历了一段相对和平的过渡时期。1963 年 2 月，多米尼加左派政治人物胡安·博什（Juan Bosch, 1909—2001）当选总统，同年 9 月却被反动军人推翻政权，其后的一年零七个月，多米尼加由亲美的军人独裁政府实行恐怖统治。1965 年 4 月，该亲美独裁政权被拥护博什的爱国民众推翻，美国总统林登·约翰逊为防止多米尼加成为"第二个古巴"，下令派遣四万余名海军陆战队士兵进驻多米尼加维持稳定，直到1966 年受美国扶植的华金·巴拉格尔（Joaquín Balaguer, 1906—2002）当选总统后才最终撤离。

我是来见斯凯勒·威尔逊先生的。

"让我看看你的通行证。"他命令道，我感觉自己仿佛又回到了我来的地方。

"他在等着见我。"

那个黑人走进一间小屋，我看见他在打电话（我几乎已经忘记这里的电话能打通了）。接着，他打开大门，递给我一枚证章，说只要在矿场的地界上，我就得戴着它。我可以一直开到下一个关卡。我又沿着平坦蔚蓝的加勒比海开了好几公里，路上经过了一座小飞机场，里面立着一条风向袋，被风吹往海地的方向，然后是一座空荡荡的港口，里面一条船也没有。红色的铝矾土粉尘飘得到处都是。我开到了公路尽头的另一处关卡前，碰上了又一个戴钢盔的黑人。他检查了我的证章，再次询问了我的名字和来访事由，然后打了电话。随后他让我等在原地，有人会过来接我。我等了十分钟。

"这里是五角大楼吗？"我问他，"还是中央情报局的总部？"他不肯跟我讲话。也许他有令在身，不能随便开口。我很高兴他没有带枪。接着，有个头戴钢盔的白人骑着摩托车到了这里。事实上他不会说英语，而我也不懂西班牙语；他打了个手势，让我跟在他的摩托后面。我们沿着蔚蓝的大海在红土地上又开了好几公里，这才来到第一批办公大楼前，它们都是用水泥和玻璃打造的长方形建筑，远远望去，里面连一个人影也见不到。在更远一点的地方有一片豪华的房车停车场，在那里，一群身穿儿童航天服、手持太空玩具枪的孩子正在嬉戏。女人们越过厨房的炉灶朝窗外张望，空气中飘着一股烧饭做菜的香味。终于，在一座庞大的玻璃建筑面前，我们停了下来。这里有一个巨大的阶梯，宽敞得足以容下整座国会的成员，另外还有一个摆着许多长沙发椅的露天阳台。一个身材肥胖，长着一张大众脸，面庞刮得像大理石一样光滑的大个子男人站在阶梯顶部。俨然一派等待授予我自由特权的市长架势。

"布朗先生？"

"斯凯勒·威尔逊先生？"

他摆出一副傲慢粗暴的姿态看着我。也许是因为我把他名字的发音念错了。也许是因为他不喜欢我的跑车。他不情不愿地说："喝杯可乐吧。"然后伸手指向一张沙发椅。

"请问能否来杯威士忌？"

他毫无热情地说："我去看看有没有。"说完便走进那座巨大的玻璃建筑，把我独自落在后面。我感觉我已经给他留下了一个坏印象。也许只有来访的公司董事或是政客要人才能喝威士忌。我只是一个潜在的餐饮部经理，正在寻找一份工作。然而，他真的带来了威士忌，另一只手上还拿着可乐，仿佛是在责备我。

"史密斯先生已经给您写信介绍过我了。"我说。我差点儿就把他说成了总统候选人。

"对。你们是在哪里认识的？"

"他在太子港住过我的酒店。"

"没错。"他好像是在复核情况，看我们中间有没有人说谎，"你不是素食主义者吧。"

"不是。"

"因为这里的小子们喜欢牛排和炸薯条。"我喝了一口威士忌，发觉酒里掺了苏打水。斯凯勒·威尔逊先生紧紧地盯着我，就好像我喝的每一滴酒他都舍不得。我越来越觉得这份工作可能不会顺利到手了。

"你在餐饮行业有什么经验？"

"嗯，我在海地拥有一家酒店，直到上个月为止。我也在伦敦的特罗卡德罗餐厅工作过——"然后我加上了那个年代久远的谎言，"还有巴黎的富凯饭店。"

"有推荐信吗？"

"我总不能自己给自己写一份，对吧？我自己当老板已经有好些年了。"

"你那位史密斯先生有点儿古怪，是不是？"

"我喜欢他。"

"他的太太有没有告诉过你，以前他曾竞选过美国总统？从素食主义者身上拉选票。"斯凯勒·威尔逊先生大笑起来。他的笑声中暗含愤怒，丝毫没有被逗乐的意味，就像是一只暗处的野兽发出的恐吓声。

"我想那只是一种宣传。"

"我不喜欢宣传。我们这里有好多宣传单都从铁丝网底下被塞进来，企图收买我们的人。但我们付给他们很高的薪水，我们给他们提供很好的伙食，他们没那么容易离开的。你为什么要离开海地？"

"跟政府当局有麻烦。我帮助一名英国人从太子港逃跑。通顿·马库特在追捕他。"

"通顿·马库特是什么？"

我们离太子港不到三百公里，他居然能问我这种问题，这让我感觉很奇怪。但我又想，也许他读的报纸里面已经很久没有出现关于海地的故事了。

"就是秘密警察。"我说。

"你是怎么逃出来的？"

"他的朋友帮助我越过了边境。"这份简短的声明足以囊括为期两周的辛苦奔波和劳顿挫折。

"他的朋友——你指的是谁？"

"起义的叛军。"

"你是说共产党？"他这样盘问我，就好像我申请的职位是中央情报局的特工，而不是采矿公司的餐饮部经理。我有点耐不住脾气了。

我说："起义的叛军并不总是共产党，直到你们把他们逼成共产党以后才是。"

我发的脾气倒把斯凯勒·威尔逊先生给逗乐了。他头一次露出了微笑——这是一种很自满的笑容，就好像他已经用高超的审讯手法套出了我本想隐藏的秘密。

"你倒是个很不错的行家嘛。"他说。

"行家？"

"我的意思是你有自己的酒店，在巴黎你提到的那个地方工作。我猜你在这里干活不会很开心的。我们只需要简单的美国式餐饮就可以了。"他站起身，向我表示面谈已经结束。我喝干手里的威士忌，他则不耐烦地看着我，然后说："很高兴认识你。"他没有跟我握手，"在第二扇大门那里把证章还掉。"

我驱车驶过了那座私人飞机场和那个私家港口。我交还了证章：它让我想起了离开艾德怀尔德机场[1]时要递交的的入境许可证。

二

我驱车来到了史密斯先生下榻的"大使"酒店。这里位于圣多明各市郊，环境很不适合他，至少在我看来是这样。我已经习惯了看到那个驼背的身影，还有那副温和谦逊的表情和那头杂乱的白发，出现在贫困潦倒的环境下。在这座宽敞华丽的酒店大厅里，男人们散坐着，腰带上别着钱包而不是左轮手枪的皮套，而他们戴墨镜也只是为了不让眼睛被强光刺伤。从"独臂强盗"[2]那边传来持续不断的叮当声，你还可以听见赌台管理员在赌场中吆喝。这里每个人都很有钱，就连史

1　艾德怀尔德机场（Idlewild Airport）：即1948年开放的纽约国际机场，1963年更名为肯尼迪国际机场。

2　"独臂强盗"（one-armed bandit）：一种吃角子老虎机，机身上有一根臂状拉杆，可操纵钱币落入槽口。

密斯先生也是。贫穷无迹可寻，它远在城中。一个身穿比基尼泳装的姑娘披着鲜艳的浴袍从游泳池边走来。她问前台，有没有一位小霍克施特鲁德尔先生来过这里。"我是说威尔伯·K.霍克施特鲁德尔先生。"接待员说，"还没有，但霍克施特鲁德尔先生稍后会到。"

我找人带话给史密斯先生，说我已在楼下，然后便找了把椅子坐了下来。旁边的桌子上，人们正在喝朗姆潘趣酒，我不由想起了约瑟夫。他调的酒比这里的要好，我很想念他。

我在菲利波身边只待了二十四个小时。他对我态度还算客气，只是有点拘谨，但他已经不是我以前认识的那个菲利波了。以前听他朗诵自己那些波德莱尔式的诗句时，我曾经是个很好的听众，但要说到打仗，我就太老迈无用了。他现在需要的是琼斯，他想拉琼斯入伙。有九名同志和他一起藏在山里，但听他对琼斯说话的口气，你会以为他指挥着至少一个营的兵力。琼斯很明智地选择以听为主，自己讲的不多，但在我陪他们度过的那个晚上，我曾醒过来一次，听见琼斯在说："你们必须站稳脚跟壮大自己。要到离边境够近的地方去，好让新闻记者接触你们。然后你们就可以要求得到外界认可。"身在这样一个乱石堆中的小山洞里（而且我还得知，他们每天都会换地方），难道他们真的已经在考虑组建临时政府的事了？他们手里有三挺老式的汤普森冲锋枪，从警察局抢来的——这些冲锋枪很可能从阿尔·卡彭的时代就开始使用了[1]——另外还有两杆一战时期的旧式步枪、一把猎枪和两支左轮手枪，而最后剩下的那个人手里则只有一柄大砍刀了。琼斯像个老手似的补充道："这种战争就有点像是一场骗局。以前我们曾用一招骗过了日本鬼子……"他没有找到自己的那块高尔夫球场，但我

1　阿尔·卡彭（Al Capone, 1899—1947），绰号"疤面"，在 1925 至 1931 年间曾是芝加哥犯罪集团的首领。1931 年因逃税案被捕入狱。在 20 世纪 20—30 年代，汤普森冲锋枪曾被美国黑帮分子大量使用。

真的相信他当时很快乐。游击队员们紧紧地围在一起,虽然他们听不懂他说的每一个字,可是那副情景就好像一位领袖来到了营地中间。

第二天,他们派约瑟夫当我的向导,试图带我越过多米尼加的边境。到这时,我的汽车和那两具尸体早已被人发现,在海地没有任何地方对我是安全的。由于约瑟夫的臀部受过伤,他们很容易就敲定了让他带我上路,而且他还可以同时去执行另一个任务。菲利波打算让我悄悄穿过国际公路,它位于巴尼卡¹北部,绵延近五十公里,将两个共和国分隔开来。没错,在这条公路的两侧,每隔几公里就有海地和多米尼加的边防哨所,但据说海地这边的哨所到了晚上就会撤空,因为驻防哨兵害怕游击队会在夜里袭击他们,而菲利波很想弄清楚这是不是真的。边境附近所有的农民都已经被赶走了,但据说那里还有一支三十人左右的游击队在山区里活动,菲利波也想和他们取得联络。如果约瑟夫能活着回来,他带回的情报就会很有价值,即使他没能回来,他们的损失也比派其他人去要小。另外,我猜测,他们觉得约瑟夫走路不快,像我这么大年纪的人也能跟得上他。琼斯私下里对我说的最后几句话是:"我会好好干下去的,老兄。"

"那高尔夫俱乐部呢?"

"高尔夫俱乐部留到老了再说吧。等我们占领太子港以后。"

那段旅途走得很缓慢,既艰苦又累人,我们花了十一天才走完。在前面的九天里,我们东躲西藏,从一个地点突然冲向另一个地点,在羊肠小道上加紧赶路,而在最后两天,我们因为饥饿而变得鲁莽起来,不顾危险地抓紧冲刺。日暮时分,当我们站在脚下那座风雨侵蚀、寸草不生的灰色山冈上,远远望见多米尼加境内的茂密森林时,疲惫不堪的我依然感到欢欣鼓舞。我们这边到处是光秃秃的岩石,和他们

---

1 巴尼卡(Banica):位于海地与多米尼加交界处的一座山村,始建于1504年,现为旅游景点。

那边密布的植被形成了鲜明对比，借此你可以清楚地看到每一条曲折的边界线。同在一座山脊上，那些树木却从未跨过边界，进入海地贫瘠干燥的土地中。半山腰上有一处海地哨所——不过是几间破败的小茅屋——而隔着那条小路，在哨所对面一百码远的地方，耸立着一座城堡般的要塞，仿佛来自西属撒哈拉[1]。天快黑的时候，我们望见海地哨兵纷纷跑出茅屋，没有一个人留下来站岗。我们看着他们离开，去了只有上帝才晓得的藏身地点（这里没有任何公路或村庄，他们没法从这片无情的岩地中逃走），然后我便和约瑟夫道了别，开了几句有关朗姆潘趣酒的愚蠢玩笑，继而爬下山坡，顺着一条涓涓细流走向国际公路——它的名头很响，实际上却只是一条小马路，比海地境内那条通往沃凯市的大南方公路好不了多少。第二天早上，多米尼加人让我搭上了一辆每天给城堡运送补给的军用卡车，一路来到了圣多明各，在那里我下了车，衣着褴褛，风尘仆仆，兜里揣着一百块无法兑换的海地古德和一张五十元的美钞，之前为了安全起见，我把它缝进了裤子的衬里。我拿这张钞票在酒店订了一个房间，洗了个澡，把自己收拾干净，然后结结实实地睡了十二个小时，这才前往英国领事馆，打算请求领事提供经济援助并安排移居海外——要去哪里好呢？

是史密斯先生将我从那份屈辱中解救了出来。他正好坐着费尔南德斯先生的汽车从附近经过，看见我站在大街上，试图从一个只会说西班牙语的黑人嘴里问出去领事馆的路。我让史密斯先生把我放在领事馆门口，但他执意不肯。所有的事情，他说，都可以等到吃完午饭以后再说。而等我们吃完午饭，他又告诉我，想从一个冷漠无情的领事手里借钱是不可能的，而他，史密斯先生，就在这里，身上带着

1　西属撒哈拉（Spanish Sahara）：即今天的西撒哈拉（Western Sahara），位于非洲西北部撒哈拉沙漠西部，滨临大西洋，与摩洛哥、毛利塔尼亚、阿尔及利亚相邻，至今仍是一块有争议的地区。1884—1975 年间曾为西班牙殖民地，建有多处贸易据点和军事要塞。

很多美国运通公司的美金。"想想我欠你的。"他说，但我想不出他欠过我什么。他付清了"特里亚农"酒店的账单。他甚至还自己准备了益舒多。他不顾我的反对，请费尔南德斯先生站出来说句公道话，而费尔南德斯先生开口说："是。"史密斯太太也生气地说，如果我以为他丈夫是那种会让朋友失望的人，那么我可真该和他们一起度过在纳什维尔的那一天……现在我在酒店里等着他，不禁心想，他和斯凯勒·威尔逊先生之间真的是有天壤之别。

史密斯先生独自一人来到"大使"酒店的休息室和我见面。他为史密斯太太缺席一事向我道歉，说她正在跟费尔南德斯先生学习西班牙语第三课。"他们俩在一起能说个没完没了，你真该去听听，"他说，"史密斯太太学起语言来可是很有天分的。"

我把斯凯勒·威尔逊先生接待我的经过告诉了他。"他以为我是共产主义者。"我说。

"为什么？"

"因为通顿·马库特在追捕我。你还记得吧，'爸爸医生'是抵抗共产主义的堡垒。而叛军么，当然了，是一个肮脏的字眼。我在想，约翰逊总统现在会怎么去处理类似法国地下抵抗组织的武装。我的母亲就是一名反叛分子——幸好我没告诉斯凯勒·威尔逊先生这个。"

"我不明白，让共产主义者当餐饮部经理又能有什么坏处。"史密斯先生看着我，脸上露出悲哀的神情。他说："为同胞感到羞耻可实在叫人不好受。"

"你当年在纳什维尔肯定已经受得够多了。"

"那不一样。在那里，它是一种病，一种热病。我可以为他们感到难过。在我们州里还保留着殷勤好客的传统。当有人敲门求助时，我们不会问他关于个人政见的问题。"

"我本来希望能还清你的借款。"

"我不是穷人，布朗先生。在我领钱的地方还有更多资金。我建议你现在再拿一千元走。"

"那怎么行？我没有任何抵押可以给你。"

"如果你担心的是这个，那我们可以起草一份文件——我接受用你的酒店作抵押，这样总是相当公平合理的吧。毕竟那是一块不错的产业。"

"现在它连一块铜板都不值了，史密斯先生。政府很可能已经接管了它。"

"总有一天情况会改变的。"

"我听说在北边有另外一份工作。靠近蒙特克里斯蒂。在一家水果公司做餐厅经理。"

"你不必沦落到做那么差的工作呀，布朗先生。"

"我以前也曾经沦落过，做的事情比这个更差，更不受人待见。希望你不介意让我再次搬出你的名字……这也是一家美国公司。"

"费尔南德斯先生告诉我，他需要一位会说英语的合伙人。他在这里有一份小生意，做得还挺不错。"

"我可从没想过干殡仪员这一行。"

"这是一项很有价值的社会服务，布朗先生。而且也很有保障。不愁生意不景气。"

"我先去试试餐厅经理的职位吧。对这一行我的经验更丰富。如果不成功的话，谁知道呢……？"

"你知不知道皮内达夫人正在城里？"

"皮内达夫人？"

"就是到你酒店里去过的那位迷人女士。你肯定还记得她吧？"

一时间我还真没想明白他指的是谁。"她在圣多明各做什么？"

"她丈夫被调到利马工作了。她带着她的小男孩要在这里的大使馆住上几天。我忘记那孩子的名字了。"

"安杰尔。"

"没错。是个好孩子。我和史密斯太太都非常喜欢孩子。也许是因为我们自己从来没有小孩的缘故吧。听说你安全逃出了海地，皮内达夫人很高兴，但她也自然很担心琼斯的安危。我想明晚我们也许可以聚一聚，一起吃顿晚饭，你也好把事情的经过说给她听。"

"我打算明天一早就去北方。"我说，"工作不等人。我在这里闲逛得已经够久了。请你转告她，我会给她写信过去，把我知道的有关琼斯的事情全部告诉她。"

三

这一回，在费尔南德斯先生的安排下，我又以折扣价购买了一辆吉普车，用来对付糟糕的路况。然而，无论如何，我还是没能抵达蒙特克里斯蒂和那座香蕉种植园，我也永远不会知道以我的才干能否胜任餐厅经理一职。我清晨六点出发，在早餐时间之前赶到了圣胡安[1]。一直到埃利亚斯皮尼亚[2]为止，公路的状况都还不错，但随后沿着边境行驶时，也许是因为这里每天只有一趟公交车和几辆军用卡车通行的缘故吧，那条国际公路的路况就差得更适合骡子和奶牛行走了。开到佩德罗·桑塔纳[3]的军事哨所时，我被人拦了下来——我不明白是为什么。我认出了自己在一个月前穿越边境时见到的那名中尉，他正忙着和一个城里人打扮的肥胖男子说话。那个人向他展示了许多闪闪发光的假珠宝、项链、手

1　圣胡安（San Juan）：全名为圣胡安—德拉马瓜纳（San Juan de la Maguana），多米尼加共和国西部圣胡安省的首府城市，位于蒙特克里斯蒂以南约 110 公里处。

2　埃利亚斯皮尼亚（Elías Piña）：多米尼加共和国西部埃利亚斯皮尼亚省的首府城市，在当地的官方名称为科门达多（Comendador），与海地相邻。

3　佩德罗·桑塔纳（Pedro Santana）：埃利亚斯皮尼亚省西部边陲小城，位于多米尼加与海地交界处。

镯、手表、戒指——边境是走私者的乐园。钞票易手后，中尉来到了我的吉普车前。

"出什么事了？"我问。

"出事？什么事也没出啊。"他的法语说得和我一样好。

"你的人不让我过去。"

"那是为你的安全着想。在国际公路的另一边有很多枪声。疯狂交火。我以前见过你，是不是？"

"我一个月前从路对面过来的。"

"是的。现在我想起来了。我敢说很快我们就会见到更多像你这样的人。"

"你们这里经常接收难民吗？"

"就在你过来以后不久，我们接收了大约二十名海地游击队员。他们目前待在圣多明各的一座营地里。我还以为对面已经没有游击队剩下了呢。"

他指的一定是菲利波从前想要接触的那帮人。我想起了那天夜里，琼斯和菲利波在畅谈他们宏伟的计划，而其他人则专心地听着：要控制一处稳固的据点，要成立临时政府，要去拜访新闻记者。

"我想在天黑前到达蒙特克里斯蒂。"

"你还是回埃利亚斯皮尼亚比较好。"

"不了，我就在这里等着，如果你不介意的话。"

"欢迎。"

我的车里有一瓶威士忌，我便把它拿出来分享，让自己变得更受人欢迎。那个卖珠宝的男人想勾起我的兴趣，诱使我买下几只据说镶着蓝宝石和钻石的耳环。过了一会儿，他开车驶向了埃利亚斯皮尼亚。刚才他卖给了中尉一块手表，向中士卖出了两条项链。

"送给同一个女人？"我问中士。

"给我妻子的。"他一边说一边朝我眨眼示意。

时间已到正午。我坐在守卫室台阶上的阴凉处，心里思索着，要是那家水果公司拒绝我的话，接下来我该怎么办。至少我手里总还有费尔南德斯先生的那份工作：我心想，不知道我是不是一定得穿上黑色西服。

也许出生在像蒙特卡洛那样的城市里，生活无根无依，也是有好处的，这样你就更容易随遇而安。和其他人一样，无根之人也会受到诱惑，意图分享那份由政治信念或宗教信仰所带来的安全感，但出于某种原因，我们拒绝了这种诱惑。我们是缺乏信仰之人；我们钦佩像马吉欧医生和史密斯先生那样为信仰献身的人，钦佩他们的勇敢与正直，钦佩他们对事业的忠贞不渝，而我们自己却胆小怯弱，或是对事业缺乏足够的热情，但到头来，从这些特质中我们发现，我们自己才是世上仅有的真正愿意献身的人——献身于这个邪恶与良善并存的完整世界，献身于智慧之人与愚昧之人，献身于冷漠之人与被误解的人。我们别无选择，只能苟活于世，"天天和岩石、树木一起，随地球旋转运行"。

这番思辨令我颇觉有趣。我敢说，它给我那颗从未平静过的良心带来了安宁，遥想当年，在我年幼无知的时候，往见学校的神父们未经我同意便把它灌输进了我的体内。接着，阳光渐渐转移过来，照在了台阶上，将我赶进了守卫室，只见里面的床铺好似担架，墙壁上钉着几张美女照片，还有许多残留的家什物件，凝滞憋闷的空气中弥漫着一股臭味。那名中尉走进来，在屋里找到了我。他说："你很快就能继续赶路了。他们正在过来。"

几个多米尼加士兵正沿着公路缓慢地走向哨所，他们排成单列纵队走着，以便继续待在树荫下面，步枪挂在肩头，手里拿着从海地游击队员身上收缴的武器。那些游击队员刚刚从海地的群山之间钻出来，这会儿跟在士兵身后几码远的地方，因疲惫而步履蹒跚，脸上带着窘迫的表情，就像小孩打碎了某件贵重的物品时那样。那些黑人我一个也不认识，但在这一小股纵队靠近结尾的地方，我看见了菲利波。他用衬衫将自己的右臂绑在体侧，从腰部以上都赤裸着。看见我时，他不服气地说："我们已经没子弹了。"但我觉得他当时并没有认出我——他只看到了一张白人的面孔，好像在责备他。在小股纵队的最尾端，有两个人抬着一副担架。约瑟夫躺在上面。他睁着眼睛，但他已经看不见他们带他走进的这片异乡异乡的土地了。

其中一个抬担架的人问我："你认识他？"

"认识，"我说，"他以前会做很好喝的朗姆潘趣酒。"

那两个人不满地看着我，我这才意识到，对逝者是不该说出这种话的。费尔南德斯先生肯定会做得更好。我默默地跟在担架后面，就像一个送葬的人。

在守卫室里，有人给了菲利波一把椅子坐，还给他点了一支烟。那名中尉在向他解释，汽车要到明天才能过来，而哨所里现在也没有医生。

"只不过断了条胳膊，"菲利波说，"下峡谷时我摔了一跤。没什么要紧的。我可以等。"

中尉友好地说："我们在圣多明各附近为你们准备了一块舒适的营地。以前那里是一家疯人院……"

菲利波开始狂笑："疯人院！你说得没错。"然后他哭了起来。他抬起手捂住眼睛，藏起自己的泪水。

我说："我有辆车在这里。如果中尉同意的话，你就不用等了。"

"埃米尔的脚也受了伤。"

"我们可以把他一起带上。"

"我现在不想和他们分开。你是谁？哦，当然，我认识你。我的脑子都糊涂了。"

"你们俩需要去看医生。在这里干坐到明天毫无意义。你是在等其他人从那边过来吗?"我想到了琼斯。

"不是的,已经没别人了。"

我试图回想起刚才有多少人从公路上过来。"其他人全死了?"我问。

"全死了。"

我把他们俩尽可能舒服地安置在吉普车上,逃亡者们则手握面包站在远处观望。总共有六个活人,还有死去的约瑟夫躺在树荫下的担架上。他们全都一脸茫然,就像从森林大火中侥幸脱险的人一样。我们开车走了,有两个人朝我们挥手告别,其他人继续啃着面包。

我对菲利波说:"那琼斯呢——他死了吗?"

"现在应该是死了。"

"他受伤了?"

"没有,但他的脚走不动了。"

我必须从他嘴里把情报掏出来。一开始我还以为他是想忘掉这段经历,但实际上他只是脑子里装满了事情分不开神。我问:"他和你们希望的一样吗?"

"他是个了不起的人。跟他在一起,我们开始学习作战,但他没有足够的时间教我们。弟兄们都爱戴他。他把他们逗得哈哈大笑。"

"但他不会说克里奥尔语啊。"

"他不需要会说。那家疯人院里有多少人?"

"大概二十个。你以前想找的那些游击队都在那儿。"

"等我们重新武装起来,我们还会打回去的。"

我安慰他说:"那是当然。"

"我想找到他的尸体。我想让他有一座像样的坟墓。我要在我们越过边境的地方为他立一座石碑，等有一天'爸爸医生'死掉以后，我们还要在他牺牲的地方再立一座相似的石碑。那里会成为人们朝圣的地点。我还要请来英国大使，也许再邀请一位王室成员……"

"但愿'爸爸医生'不会比我们活得久。"我们驶出埃利亚斯皮尼亚，转弯开上了通往圣胡安的好路段。我说："如此说来，他毕竟还是证明了自己可以做到。"

"做到什么？"

"指挥一支突击队。"

"他以前打日本人的时候就证明过了。"

"对哦。我给忘了。"

"他是个聪明人。你知道他是怎么欺骗'爸爸医生'的吗？"

"知道。"

"你知道他从很远以外就能闻到水吗？"

"他真的可以？"

"当然了，可事实上，我们那里从来就不缺水。"

"他的枪法好吗？"

"我们的武器太老旧，太过时了。我得教他怎么用。他的枪法不好，他告诉我，当年他是挂着一根拐棍走遍缅甸的，但他知道如何带兵打仗。"

"靠他的扁平足走路。事情最后怎么变成这个样子了？"

"我们转移到边境地带，想找到其他人会合，然后我们就中了埋伏。那不是他的错。有两个弟兄被打死了。约瑟夫受了重伤。除了逃跑，我们没有别的选择。因为有约瑟夫，我们没法走快。在下最后一道峡谷的时候，他死了。"

"那琼斯呢？"

"他因为自己的脚几乎动不了。他找了一个他所谓的好地方。

他说他会抵挡一阵子追兵，好让我们有时间逃到公路上——那些士兵没有一个敢冒险追太近的。他说他会再慢慢跟上来，但我清楚，他再也不会来了。"

"为什么？"

"有一次他曾经告诉过我，出了海地就没有他的立足之地了。"

"我不懂他这话是什么意思。"

"他的意思是，他的心留在海地。"

我想起了"美狄亚"号船长从费城办公室收到的电报，还有英国代办收到的那条信息。可以肯定，他做过的事情绝对不止是从阿斯普雷公司盗走一套调酒器那么简单。

菲利波说："我越来越敬爱他。我想写信给英国女王，向她陈述琼斯的故事……"

四

他们为约瑟夫和另外两名死者举办了一场弥撒（三个黑人全是天主教徒），虽然琼斯的信仰无人知晓，但出于礼貌起见，他们还是把他也算了进去。我和史密斯夫妇来到了坐落在一条小路上的方济各会小教堂里。参加弥撒的人不多。这让人觉得海地之外的世界冷漠无情，我们身处其中无法自拔。菲利波从疯人院带来了他那一小队人马，而在最后一刻，玛莎走了进来，安杰尔陪在她身边。一位流亡到此的海地神父主持了弥撒，费尔南德斯先生当然也在——他显出很专业的样子，对这种场合他早就习以为常了。

安杰尔表现得很听话，而且他看起来比我印象中的要瘦了一圈。我心想，为什么我以前会觉得他那么讨厌，而眼看着站在我面前两步远的玛莎，我又心里奇怪，我们那段若即若离的爱情生活为何曾经那么重要。现在看来，它似乎全然独属于太子港，属于宵禁期间的恐怖与黑暗，属于无法拨通的电话，属于戴墨镜的通顿·马库特，属于暴力、不义与折磨。就像某些葡萄酒一样，我们的爱情既无法酝酿成熟，也经不起长途运输。

主持弥撒的神父是个年轻人，和菲利波年纪相近，身上带着混血儿特有的浅色皮肤。他借用使徒圣多马[1]的话作了一番十分简短的布道。"我们也去耶路撒冷和他同死吧。"[2]他讲道，"教会处在俗世中，它是俗世中诸多苦难的一部分，尽管基督责备他的门徒不该削掉大祭司仆人的耳朵，[3]但对所有那些不忍见到他人受苦而使用暴力的人，我们心里仍会感到同情。教会谴责暴力，但它谴责起冷漠来更加严厉。暴力可以是爱的表达，冷漠却绝对不是。前者是不完美的慈悲，后者是完美的利己主义。在充满恐惧、怀疑与混乱的时代里，一个门徒的单纯和忠心之举促成了从政治上解决的办法。虽然他错了，但我宁可跟圣多马一样有错，也不愿和冷漠懦弱之人同站在正确一边。让我们也去耶路撒冷和他同死吧。"

史密斯先生悲哀地摇着头，这段布道实在不合他的口味。里面有太多酸性，太多人类的激情了。

我看着菲利波走到祭坛围栏前去领取圣餐，他那一小队人马也大部分跟在后面。我心想，不知道他们是否已经向神父告解，忏悔自己使用暴力的罪行；不知道他是否向他们提出要求，让他们抱着坚定的决心赎罪悔过。弥撒结束后，我发现自己站在玛莎和孩子的身边。我注意到安杰尔刚才一直在哭。"他爱琼斯。"玛莎说。她牵起我的手，带我走进教堂里的一间侧室：我们单独相处，身边只有一座面目可憎

1　圣多马（St Thomas the Apostle）：一译"圣多默"，天主教圣人，耶稣的十二门徒之一。

2　出自《圣经新约·约翰福音》第 11 章第 16 节。此处采用和合本译文，原文与《圣经》原句略有区别。

3　出自《圣经新约·马太福音》第 26 章第 51 节。

的圣克莱尔[1]的塑像。她说："我有坏消息要告诉你。"

"我已经知道了。路易被调去了利马。"

"这难道真算得上是坏消息？我们的感情已经走到头了，不是吗，你和我？"

"是吗？琼斯已经死了。"

"和我比起来，安格尔才更在乎他。最后那天晚上你把我气坏了。就算你不担心琼斯，你也会去担心其他人。你是在找借口好跟我分手。我从没和琼斯睡过。你必须相信我的话。我爱过他——方式却和爱你很不一样。"

"是啊。现在我可以相信你了。"

"但你当时却不肯相信我。"

说到底，她竟然一直对我忠贞不渝，这个事实真是讽刺，然而现在，它似乎已经一点都不重要了。我几乎希望琼斯曾享受过他的"乐子"。"你的坏消息是什么？"

"马吉欧医生死了。"

我向来不知道父亲的忌日，如果他已经去世的话，所以这是我第一次体验到这种和我能信赖的最后一人突然分别的感受。"他是怎么死的？"

"官方的说法是他因顽抗拘捕而死。他们指控他是卡斯特罗的间谍，是个共产主义者。"

"他的确是共产主义者，但我非常确定，他没给任何人当过间谍。"

"事情的真相是，他们派了一个农民到他家门口，请他出门救治一个生病的孩子。他刚走到屋外的小路上，通顿·马库特就从车上开枪

1　圣克莱尔（Saint Clare of Assisi, 1194—1253）：一译"圣嘉勒"，天主教圣女，是圣方济各（Saint Frawcis of Assisi，1182—1226）的早期追随者之一，也是贫穷修女会（Order of Poor Ladies）的创始人。

打死了他。现场有目击证人。他们还打死了那个农民，但很可能不是故意的。"

"这种事必然会发生。'爸爸医生'可是抵抗共产主义的堡垒。"

"你现在住在哪儿？"

我把城里那家小旅店的名字告诉了她。"要我来看你吗？"她问，"今天下午我能过去。安格尔有朋友陪。"

"如果你真的想来。"

"我明天就要去利马了。"

"如果我是你，"我告诉她，"我知道我是不会去的。"

"你会写信告诉我你过得怎么样吗？"

"当然。"

我在旅店里枯坐了一整个下午，怕万一她会过来，但我很高兴她没有出现。我想起从前我们有两次做爱都被死人搅黄了——首先是马塞尔，其次是前部长。现在是马吉欧医生，他已经加入了那些尊贵高尚、克制守纪的人物的行列；他们都在谴责我们的轻浮举动。

到了傍晚，我和史密斯夫妇以及费尔南德斯先生一起共进晚餐——史密斯太太做我的翻译，她已经学会了足够多的西班牙语，可以胜任这个角色，而费尔南德斯先生也能说上几句英语。我们达成了协议，我会在费尔南德斯先生的公司做一名小股东。我要处理那些去世的法国人和英国人的业务，而史密斯先生也承诺，等他的素食中心建成以后，他会分给我们一些股份。史密斯先生认为只有这样才算公平，因为他的素食主义一旦推行成功，我们的生意可能就会受到不利影响。要不是因为暴力在几个月后也来到了圣多明各，那座素食中心也许真的已经建成了——暴力让费尔南德斯先生和我自己的生意很是红火了一阵。不过，在这种情况下，死者的业务主要都归费尔南德斯先生那边所有。和英国人比起来，黑人更容易遭到杀害。

那天夜里，我回旅店房间以后，在枕头上发现了一封信——一封来自死者的信。我永远无法得知是谁把它送来的。前台接待员什么也告诉不了我。信上没有署名，但字迹毫无疑问是出自马吉欧医生之手。

"亲爱的朋友，"我读道，"我写这封信给你是因为我曾经爱过你的母亲，而在这最后的几个小时里，我想和她的儿子说几句话。我的时间很有限：敲门声随时都会响起。他们不太可能会按门铃，因为就像往常一样，这里的供电被切断了。美国大使即将重返海地，星期六男爵肯定会献上一份小小的贡品作为回馈的赠礼。像这样的事情在全球各地都会发生。他们总能找出几名共产主义者当牺牲品，这就像当年的犹太人和天主教徒一样。你记得吧，那个败守台湾的蒋介石，也曾下令把共产党员投进火车锅炉里残忍杀害。天知道'爸爸医生'会觉得我在哪一项医学研究中能派上用场。我只请求你记住这个大个子黑人[1]。你还记得那天晚上史密斯太太指控我是马克思主义者吗？'指控'这个字眼用得太重了。她是一个善良的女人，痛恨世间的不公正。但我已经开始讨厌'马克思主义'这个词了。它经常只是被用来描述一种特定的经济计划。我当然信奉那种经济计划——在某些情况下，在某些时段里，在海地这儿，在古巴，在越南，在印度。可是共产主义，我的朋友，比马克思主义范围更广，就像天主教——别忘了我生来也是一名天主教徒——并不仅仅是罗马教廷一样。除了政治以外，还有奥秘存在。我们是人道主义者，你和我都是。也许你不肯承认这一点，但你是你母亲的儿子，你也曾经走过那段危险的旅途，而我们所有人在临死之前都必须要走那条路。我宁可让双手沾满鲜血，也不愿像彼拉多那样用清水洗手。[2]我了解你，也很爱你，我相当用心地在写这封

---

1 原文为法语"ce si gros neg"。

2 出自《圣经新约·马太福音》第 27 章第 24 节。彼拉多（Pilate, ?—41）是古罗马帝国犹太行省的执政官，在仇视耶稣的犹太宗教领袖的压力下，判处耶稣钉死在十字架上，并用清水洗手以表示自己对处死耶稣不负责任。

信，因为这很可能是我与你交谈的最后一次机会。这封信也许永远也到不了你的手中，但我还是要委托一个我信得过的人传送过去——虽然在这个疯狂的世界里（我不是指我那贫穷渺小、无足轻重的祖国海地），无人能够确保它一定可以送到。我恳求你——只要响起一下敲门声，我可能就无法写完这个句子，因此请你把它看作是一个临终之人死前最后的恳求——即使你曾抛弃过一份信仰，你也不要去抛弃所有的信仰。这个世上总会有其他东西可以取代我们失去的信仰。或者那其实就是同一份信仰，只不过掩盖在另一副伪装下面？"

我想起玛莎对我说过："你是一个未能如愿的神父。"一个人在别人的眼中肯定不晓得有多古怪。我可以肯定，我早就把世间牵挂抛在身后，留在那座耶稣会圣母往见学校里了：我扔下了它，一如当年在奉献仪式上扔下那枚轮盘赌筹码。我早就觉得自己不只是缺乏爱的能力——许多人都缺乏这种能力，可我甚至连感觉内疚都做不到。在我的世界里既无高岗也无深渊——我看见自己身处一片广袤的平原中，在无边无际的平地上持续不停地行走着。曾几何时，我或许还有可能走出不同的人生方向，可是现在一切都已经太晚了。在我年幼的时候，往见学校的神父们告诉过我，有一种考验信仰的方法是这样的：一个人要随时准备好为信仰而死。如此说来，马吉欧医生也是这么想的，但琼斯又是为了哪一种信仰而甘心赴死的呢？

也许，在这种情况下，我会梦见琼斯是再自然不过的事情。在那片平原之上，他躺在我身旁一堆干燥的石头中间，对我说："别再叫我去找水了。我做不到。我累了，布朗，累了。演了七百场演出，我有时候都会忘记自己的台词了——而我其实只有两句话要讲。"

我对他说："你为什么要死啊，琼斯？"

"那是因为我的角色需要，老兄，我的角色需要啊。不过我有这么一句很滑稽的台词——等我说出口的时候，你会听见整座剧场里的人哄堂大笑。特别是女士们。"

"是哪一句台词？"

"问题就在这儿啊。我把它给忘了。"

"琼斯，你必须想起来。"

"现在我想起来了。我必须说——你要看着这些该死的石头——'这是一个好地方'，然后所有人都哈哈大笑，直到眼中涌出了热泪。然后你要说：'让私生子睡觉的好地方？'然后我回答：'我不是这意思。'"

电话铃声惊醒了我——刚才我睡过头了。我迷迷糊糊地听出，是费尔南德斯先生打来的电话，他在传唤我去处理我的第一笔业务。